KB156909

시인의 울음

시인의 울음

漢詩, 폐부에서 나와 폐부를 울리다

안희진 지음

2016년 11월 7일 초판 1쇄 발행
2018년 10월 25일 초판 2쇄 발행

펴낸이 한철희 | 펴낸곳 돌베개 | 등록 1979년 8월 25일 제406-2003-000018호
주소 (10881) 경기도 파주시 회동길 77-20 (문발동)
전화 (031) 955-5020 | 팩스 (031) 955-5050
홈페이지 www.dolbegae.co.kr | 전자우편 book@dolbegae.co.kr
블로그 imdol79.blog.me | 트위터 @Dolbegae79

주간 김수한
편집 이경아
표지디자인 김동신 | 본문디자인 이은정·이연경
마케팅 심찬식·고운성·조원형 | 제작·관리 윤국중·이수민
인쇄·제본 한영문화사

ISBN 978-89-7199-761-1 (03820)

이 도서의 국립중앙도서관 출판시도서목록(CIP)은 서지정보유통지원시스템(http://seoji.nl.go.kr)과 국가
자료공동목록시스템(http://www.nl.go.kr/kolisent)에서 이용하실 수 있습니다.(CIP제어번호:
CIP2016026177)

책값은 뒤표지에 있습니다.

漢詩, 폐부에서 나와 폐부를 울리다

시인의 울음

안희진

돌베개

서문

어린아이가 물에 빠지려 할 때, 사람이면 누구나 달려가서 구한다. 사람이 사람다운 까닭이 거기 있다. 달려가서 아이를 구하려는 마음이 없다면 맹자의 말대로 '사람이 아니다.'非人也 왜 놀라 소리치며 달려가는가. 물에 빠진 아이의 생명과 내 생명이 연결돼 있기 때문이다. 누군가 고통으로 발버둥치는데, 그 앞에서 먹는 밥이 맛있을 리 없다. 다른 사람이 다 죽고 없는데 나만 살아 있다면 그런 삶에 무슨 의미가 있는가.

모든 생명은 한 그루의 나무에서 피고 지는 꽃들이다. 시인은 바람과 구름을 말하면서 그 꽃들이 내는 내면의 소리를 전한다. 이 책은 중국의 옛 시와 노래들을 번역해서, 같은 나무에서 피고 지는 모든 생명의 아픔을 옛사람들이 어떻게 승화시켰는지 얘기했다. 책의 앞부분에서는 시인들이 보여주는 서정의 시를, 그 쓰인 배경과 함께 설명했다. 응고된 정서를 펼쳐 보여준 이 시들을 이 책에서는 '유아지경'이라는 말로 개괄했다. 유아지경이란 각각의 꽃들이 외로워서 울고 허무해서 우는 정경이다. 뒷부분에서는 시인들이 '무아지경'의 경지를 보여주는 것에 초점을 맞췄다. 시적 무아지경이란 나와 남, 세상과 내가 연결돼 있음을 노래하는 정경이다.

어떤 노래를 듣고 어떤 그림을 보면 그것이 슬픈 내용이 아닌데도 눈물이 날 때가 있다. 왜 그럴까. 자신의 일에 몰입한 누군가의 모습을 보거나 심지어 그 뒷모습을 보면 왜 코끝이 찡할까. 노래를 부르거나 시를 읽을 때도 마찬가지다. 인생이 허무하다고 말하면 그처럼 슬프지는 않다. 그런데 그 말이 리듬에 실리고 문장에 실리면 느낌이 다르다. 가슴속에 있는 심연에서 물결처럼 일어나 멀리까지 간다. 누군가 그렇게 노래한 시가 시간과 공간을 넘어 우리의 가슴으로 울려 퍼져 온다. 그런데 우리의 가슴을 울리게 하는 그 힘이 단지 문학이나 예술의 힘일까.

만약 그렇다면 모든 문학과 예술이 우리에게 감동을 줘야 할 것이다. 그러나 단순한 기예만으로 이루어진 문학과 예술은 눈과 귀를 즐겁게 할 뿐 오랜 감동을 주지는 못한다. 결국은 그 문장에 실린 내용이 중요하다. 문학적 기예는 '표현'技이고, 그 내용은 '체득'道이다. '체득'과 '표현'이 모두 갖춰졌을 때 문학과 예술이 힘을 발한다. 이를 소동파는 '기도양진'技道兩進이라고 했다. '표현'을 중국의 문학 용어로 말하면 '울음'鳴이다. 남에게 내 마음을 전하려면 내가 잘 울어야 한다. 울음소리가 크고 길다고 해서 남도 함께 울지는 않는다. 가슴속 깊은 곳에서 울려 나와야 남도 공명한다. 표현은 오랫동안 배우고 연마하면 되지만, 체득이라는 것은 연습하고 훈련하는 것만으로는 되지 않는다.

'체득'이란 머릿속에서 굳어 버린 관념의 껍데기를 깨트리고 우리 내면에 있는 영혼의 눈을 뜨는 일이다. 집착과 아집을 벗어 놓고, 신념이 되어 버린 갖가지 생각을 내려 놓는 것. 버리고 물러설 때 비로소 눈이 뜨인다. 세상을 밝게 보려면 의식을 맑고 고요하게 해야 한다. 맑고 고요하면 모든 꽃들의 소리가 들린다. 우리는 세상이라는 거대한 나무의 한 송이 꽃이며, 모든 나뭇가지와 이파리들은 그 나무의 영혼으로 이어져 있다. 나뭇가지가 바람에 흔들리는 것처럼, 시인이 우는 것은 꽃 한 송이가 우는 것이다. 울면 다른 꽃들도 함께 운다.

인생이라는 무대에서 우리는 모두 시인이다. 삶의 순간순간, 어떤 사람은 그 느낌을 글로 남기고 어떤 사람은 다른 것으로 남길 뿐이다. 사는 동안 남에게 따뜻함을 느끼게 한다면 그가 바로 시인이다. 남에게 어려운 일이 있을 때 달려간다면 그가 바로 시인이다. 또 누군가 삶이 힘들어서 울 때 함께 울어 준다면 그가 바로 시인이다. 길거리에 쓰러진 사람이 있을 때 별말 없이 부축해 주고 떠나는 사람. 다툼이 생겼을 때 기꺼이 지고, 이익이 되는 줄 알면서 때로는 손해를 자처하는 사람. 경쟁에서 한 걸음 물러서고, 자신의 작은 성취에 만족하는 사람. 화를 내는 대신 따뜻하게 미소 짓고, 낮은 목소리로 얘기할 줄 아는 사람. 그런 사람이 시인이다. 그런 너와 나, 우리는 다 시인이다.

다툼에서 지고, 이익 앞에서 손해를 자처하는 것이 왜 시인인가. 남의 아픔에 관심을 갖고 남의 슬픔을 함께하는 것이 왜 시인인가. 시인은 알고 있다. 그 모든 것이 이어져 있음을. 이기고 지는 것, 이익과 손해, 나와 남이 하나의 줄기에 있으며 세상과 내가 하나임을. 다르다고 본다면 책상에 줄을 그었던 어린 시절처럼 모든 것에 줄을 긋게 된다. 그러나 나중에 돌아보니 그때 그었던 줄은 아무 의미 없는 것이었다. 사는 동안 갖가지 줄을 긋는 것은 삶의 서글픈 몸짓에 다름 아니다.

직위에 줄을 긋고, 성별에 줄을 긋고, 지역에 줄을 긋고, 사상에 줄을 긋는 것은 모든 어설픈 삶의 발버둥이다. 그들이 긋는 줄은 모두 알맹이가 아닌 껍데기에 그어진 줄이다. 마치 바닷가 모래 위에 그린 줄처럼 시간이라는 파도가 휩쓸고 지나가면 순식간에 사라질 줄이다. 그런즉 이 모두는 다 생각에 얽매인 관념의 줄긋기일 뿐이다. 일시적으로 자신에게 이득이 되거나 안위를 준다 하더라도 그것은 그저 껍데기를 붙잡고 있는 일이다. 이런 분리와 괴리에서 벗어나 큰 눈으로 밝게 보며 세상을 받아들일 때 비로소 우리는 진정한 시인이다.

여기 중국의 옛 시인들이 전하는 노래들이 있다. 익히 알려진 이 노래들은 누구나 한번쯤 들어봤을 것이다. 그 노래 중에 어떤 것은 삶의 하소연이며, 어떤 것은 삶의 관조다. 앞의 것을 이 책에서는 '시인의 노래'라고 했고, 뒤의 것은 '어부의 노래'라고 했다. 시인은 굴원이며, 어부는 굴원을 두고 떠난 사람이다. 굴원은 남들이 그은 줄이 가슴 아파 울던 애틋한 성품의 시인이고, 어부는 남들이 그은 줄을 넘어 노래하며 사라진 사람이다. '창랑의 노래'를 부르며 떠난 그 어부는 어디로 갔을까. 어부가 간 곳을 찾아 나선 나는 이 책에서 여러분에게 그 어부의 소식을 전한다.

2016년 11월
안희진

차 례

2부 어부의 노래

1부. 시인의 노래

살아있으므로 운다

서강월西江月

신기질

취해서 담소하는 이 순간에는	醉裡且貪歡笑,
시름도 내 마음 흔들 수 없지.	要愁那得功夫。
요새 들어 알았네 책이라는 게	近來始覺古人書,
옳은 말씀 하나도 없다는 것을.	信著全無是處。
어젯밤 소나무 옆 취해 쓰러져	昨夜松邊醉倒,
나무에게 물었네 '나 취했느냐?'	問松我醉何如。
나를 부축하려는 그 소나무를	只疑松動要來扶,
손으로 떠밀면서 '가!'라고 했네.	以手推松曰去。[1]

친구들과 아무리 호탕하게 웃고 기쁘게 취해도 신기질辛棄疾(1140~
1207)은 슬펐다. 나라가 망하려면 내부가 먼저 썩는 법이다. 나라는 북
방에서 밀고 내려온 금金나라에게 짓밟히는데 조정은 득세한 간신들
이 좌지우지하고 있었다. 자신 같은 장수들을 등용해서 항전 북벌할
생각은 없고, 그 와중에 자기들끼리 싸우면서 서로 죽이고 죽었다. 그
도 처음에는 안무사按撫使 직위를 갖고 여러 항쟁에서 공을 세웠다. 그
러나 금나라에 아부하는 부정한 세력들에 의해 쉰 살 무렵 관직을 잃
고 이십 년 가까이 뜻을 펼치지 못했다. 종종 장검長劍을 꺼내 쓰다듬
으며 탄식하던 그는 결국 예순여덟의 나이로 병사했다. 신기질은 6천
여 수라는 많은 시를 지었다. 위의 시는 그가 관직에서 물러난 뒤 무너
져 가는 나라를 보며 좌절과 울분의 심정을 그린 노래다.

'서강월'이란 노래의 곡목이고 이 시의 제목은 「견흥」遣興이다. 뒤
에 설명하겠지만 곡목이 있는 것은 이 시가 노래 가사로 쓰였기 때문
이다. 이 시를 읽으면 먼저 현실에 대한 불만과 그 불만 때문에 술에
취해 인사불성이 된 시인의 비애감이 느껴진다. '견흥'이란 가슴속 답
답함을 푼다는 뜻이다. 『맹자』에 보면 "『서경』 등의 책 내용을 완전히
믿느니 아예 책을 안 보는 게 낫다"[2]는 말이 있다. 책이라는 게 어떤 의
미를 전하는 도구일 뿐인데도 그 문장 자체가 완벽한 진리인양 맹신하
면 사달이 난다는 뜻이다. 신기질은 맹자의 그 말을 생각하며 본말이
뒤바뀐 현실 정치의 혼란을 탄식한다. 옛 책들은 옳고 그른 것이 무엇

---

1   唐圭璋 編,『全宋詞』, 中華書局, 1992, p.1944.
2   "盡信書, 則不如無書。"(『孟子』「盡心下」) 方勇 譯註, 中華書局, 2015, p.285.

인지 그럴 듯하게 말하지만, 모순된 현실을 보면 역시 맹자의 말처럼 책을 집어던지는 게 낫다. 기분 좋게 술을 마시며 환담을 나누는 그 분위기 속에는 남모를 비애가 깔려 있다. 결국 크게 취해서 전개되는 술 주정은 시를 절정으로 끌고 간다. 소나무 아래 쓰러진 채 소나무에게 말을 걸고, 소나무가 자신을 부축하려 한다고 여긴다. 여기서 팔을 휘저으며 그 나뭇가지를 뿌리치는 정경은 시인의 절망을 보여주는 처절한 경험이다. 세상사가 내 마음 같지만은 않은 것이다.

뜻 같지 않은 것이 나랏일만은 아니다. 신기질이 한창 젊은 시절이었을 때다. 절강 지방의 소흥에서는 육유陸游(1125~1210)가 비련의 슬픔에 빠져 있었다. 육유는 1만 수 가까운 시를 전하고 있어, 중국 고대 시인 중 가장 많은 시를 남긴 사람이다. 그중 잘 알려진 다음의 노래 시는 비극적인 배경을 안고 있다. 육유는 원래 당완唐琬과 결혼해서 사이가 매우 좋았다. 그러나 드센 시어머니 아래서 당완은 고된 시집살이를 했고, 급기야 시어머니에게 떠밀려 이혼 당한다. 육유는 모친의 강요에 못 이겨 왕씨와 재혼하고, 당완도 같은 지역 사람인 조사정趙士程과 재혼했다. 육유와 당완은 그렇게 헤어진 뒤 서로 소식 없이 지냈다. 헤어진 지 7년 되는 어느 날 육유는 소흥의 우적사禹迹寺 근처 심원沈園에 봄나들이를 갔다가 우연히 남편과 놀러 나온 당완을 만났다. 당완은 육유를 위로하며 그 자리에서 술을 대접했다. 육유는 그녀와의 옛정을 못 이겨 그날 저녁 이 시를 지어 심원의 벽에 붙인다.

채두봉 釵頭鳳

육유

고운손,	紅酥手,
황등술,	黃縢酒,
온 마을에 봄 오는 버드나무 담.	滿城春色宮牆柳。
봄바람,	東風惡,
헛사랑,	歡情薄,
시름 가득 몇 해인가 이별의 슬픔.	一懷愁緒, 幾年離索。
틀, 렸, 네.	錯! 錯! 錯!

같은 봄,	春如舊,
늙은 나,	人空瘦,
눈물 자국 진하게 젖은 손수건.	淚痕紅浥鮫綃透。
꽃 지고,	桃花落,
빈 누각,	閒池閣,
사랑 약속 누구에게 써서 보낼까.	山盟雖在, 錦書難托。
그, 만, 둬.	莫! 莫! 莫!3

옛 아내를 보니 황등술을 따라 주는 그 고운 손이 더욱 예뻐 보인다. 품질 좋은 관청의 공식 술인 '황등술'은 술병의 겉을 누런 천으로

---

3   唐圭璋 編, 앞의 책, p.1585.

쌌기 때문에 붙인 이름이다. 담을 뜻하는 '궁장'宮牆은 소흥 도심의 성벽이다. 사나운 모친을 봄바람인 '동풍'東風에 비유했다. 모친 때문에 헛되이 잃어버린 사랑. 시인은 지나온 세월이 다 잘못되었음을 아프게 느낀다. 봄기운이 역력한 화창한 날은 다시 왔지만 그동안 자신도 늙고 여위었다. 눈물 젖은 손수건, 영원히 변치 말자던 사랑의 맹서를 적은 편지는 더 이상 부칠 데도 없다. 이제는 다 부질없는 일이 됐다.

이 시를 전하는 진곡陳鵠은 이렇게 말한다. "내가 스무 살 무렵 회계현을 여행하다가 허씨 가문의 원림을 구경하는데 그곳 담장에 육유의 시가 이렇게 적혀 있었다. ……순희 연간까지도 그 담장이 남아 있어서 호사가들이 대나무 등으로 장식해 보존했다. 그러나 이제는 그마저 남아 있지 않다."[4]

당시 문인들은 직접 행낭에 휴대용 벼루와 지필묵을 갖고 다니거나 시종을 시켜 소지하게 했으므로, 도처에 글을 써서 남길 수 있었다. 나중에 이 시를 읽은 당완도 통곡하며 다음과 같이 시를 지어 전한다.[5]

---

[4]　"余弱冠客會稽, 遊許氏園, 見壁間有陸放翁詞云 ……淳熙間, 其壁猶存, 好事者以竹木來護之, 今不複有矣."(陳鵠, 『耆舊續聞』 권10)

[5]　"육유는 원래 당홍의 딸 당완과 결혼했다. ……실제로 소흥 을해년의 일이다."(陸務觀初娶唐氏, 閎之女也, ……實紹興乙亥歲也。; 周密, 『齊東野語』 권1) 각주 4의 글은 진곡이 1151년에 기록한 것이고, 이 글은 주밀이 1155년에 기록한 것으로 두 기록 사이에는 4년의 시간차가 있다. 이 책에서는 진곡의 기록을 사실로 보았다.

채두봉 釵頭鳳

당완

무정한	世情薄,
세상사	人情惡,
비 오는 황혼에 꽃이 집니다.	雨送黃昏花易落。
말라 버린	曉風乾,
눈물로	淚痕殘,
난간에 기대어 편지 씁니다.	欲箋心事, 獨雨斜闌。
못, 잊, 어.	難, 難, 難!

남 되고	人成各,
흘러간	今非昨,
내 마음 그네처럼 흔들리네요.	病魂嘗似鞦韆索。
호각 소리	角聲寒,
새벽녘	夜闌珊,
이 눈물 눈치 챌까 표정 꾸며요.	怕人尋問, 咽淚裝歡。
아, 니, 야.	瞞, 瞞, 瞞![6]

이들의 이런 시가 곡조에 실려 불렸다는 것을 기억하자. 곡목은
'채두봉'. 원래 궁중의 노래였다. 육유가 '봉황 무늬 비녀'라는 제목으

---

6   唐圭璋 編, 앞의 책, p.1602.

로 비녀를 선물하는 노래를 지으면서 유명해진 곡목이다. 당완은 이 노래로 말한다. 몸은 당신을 떠났지만 마음은 떠나지 않았다고. 밤새도록 울다가 말라 버린 눈물, 그래도 못 다한 말, 편지로 전하고 싶어도 차마 쓰지 못하고 비 내리는 창가에서 서성인다. 뭐라고 쓴단 말인가. '못 잊어'로 번역된 '난'難은 할 말을 편지로 다 옮기기 '어렵다'는 말이다. 상처 입은 마음은 그네의 줄처럼 흔들리고 있다. '새벽녘'夜闌珊까지 잠 못 들고 있다. 순찰병의 차가운 '호각 소리'角聲가 들린다. 눈물로 얼룩진 얼굴을 누가 이상하게 볼까봐 억지로 환한 표정을 지어 보인다. 그러나 그건 '눈속임'瞞이다. 내 마음이 아니다. 당완은 이 시를 쓰고 몇 년 뒤에 병으로 죽는다.

이 세상에 뜻대로만 되는 사랑이 어디 있는가. 순조롭기만 한 삶이 얼마나 되겠는가. 사람들은 그런 아픔을 말로 하소연할 수도 있고, 구구절절 글로 표현할 수도 있다. 그런데, 그런 아픔이 이처럼 시와 노래로 지어지면 왜 읽는 사람조차 가슴이 시릴까? 뜻을 펼치지 못하는 괴로움을 토로한 신기질의 노래, 깨어진 사랑을 슬퍼한 육유와 당완의 노래. 이들의 노래는 왜 천년 가까운 세월을 두고 사람들의 가슴을 저리게 하며 내 마음, 내 노래처럼 울릴까? 그 해답의 실마리를 찾는 일은 당나라 때 한유韓愈(768~824)의 말을 듣는 것에서 출발해야 한다. 한유는 이렇게 말한다.

모든 사물은 균형을 잃으면 운다. 초목에는 소리가 없지만 바람이 지나가면 울고, 물에도 소리가 없지만 바람이 불면 운다. 물이 튀는 것은 부딪쳤기 때문이고, 물이 급한 것은 목이 좁기 때문이며,

물이 끓는 것은 불로 데웠기 때문이다. 돌이나 쇠에는 소리가 없지만 무엇이 때리면 소리를 낸다. 사람이 하는 말도 마찬가지다. 무엇인가 답답하니까 말을 하는 것이다. 노래를 하는 것은 생각이 있기 때문이요, 우는 것은 갈망하는 게 있기 때문이다. 입에서 나오는 모든 소리는 다 무엇인가 균형을 찾으려는 애씀이 아닌가.[7]

이 글은 한유가 율양현의 현위로 부임하는 맹교孟郊(751~814)의 전별식에서 시문집에 써 준 서문의 앞부분이다. 한유는 당나라 때의 대문장가다. '당송팔대가'唐宋八大家 여덟 명 중에서 유종원과 함께 당나라 시기의 두 명 중 한 사람이다. 한유보다 열일곱 살이 많은 맹교는 문장이나 시를 잘 썼지만 과거에 누차 낙방하고, 마흔여섯에 가까스로 진사가 된다. 그리고 쉰이 되어서야 지방의 현위縣尉로 발령을 받은 것이다. 다분히 위로의 성격이 짙은 이 글에서 한유는 문학 창작의 중요한 개념을 전한다. 즉 '사물은 균형을 잃으면 운다'는 것이다. 이는 중국문학에서 '불평즉명'不平則鳴이라는 성어가 됐다. 사는 일이 평탄치 않으면 누구나 하소연을 하게 마련이다. 그 하소연이 글로 쓰이고 노래로 불리는 것이다. 관직에 나아가는 일이 순조롭지 않았던 맹교는 시풍이 너무 쓸쓸해서[8] 후세 사람들의 평판이 엇갈렸다. 송宋나라의

---

7   "大凡物不得其平則鳴。草木之無聲, 風撓之鳴。……其歌也有思, 其哭也有懷, 凡出乎口而爲聲者, 其皆有弗平者乎!"(한유, 「送孟東野序」) 謝冰瑩 註譯, 『古文觀止』, 三民書局, 民86, p.628.

8   소식은 「제유자옥문」(祭柳子玉文)에서 "맹교는 (시가) 쓸쓸하고 가도는 (시가) 비쩍 말랐다"(郊寒島瘦)라고 개괄했다.『蘇軾文集』全六冊, 中華書局 , 1986, p.1938.

소식蘇軾은 맹교의 시가 "자신의 폐부에서 나와서 남의 폐부를 울린다"
고 했다.[9] 맹교의 다음 시가 바로 그런 작품이다.

유자음 遊子吟
맹교

어머님 손의 실,	慈母手中線,
아들이 입을 옷.	遊子身上衣。
떠나기 전 꼼꼼히 꿰매는 것은,	臨行密密縫,
돌아올 날 먼 것을 염려하신 듯.	意恐遲遲歸。
작디작은 풀 같은 자식의 마음,	誰言寸草心,
어떻게 저 봄볕 사랑 보답을 할까?	報得三春暉?[10]

이 시는 형식으로 보면 율격에 구애 받지 않는 고시 형식의 옛 노
래이기 때문에 네 구절이 아닌 여섯 구절로 되어 있다. 시구는 글자 수
만이 아니라 두 구절씩 모두 의미의 짝을 이뤘다. '유자음'이란 '나그
네의 노래'로 번역되지만, 여기서 '유자'遊子란 단순히 나그네가 아니
라 관직에 따라 이리저리 옮겨 다니는 관리를 말한다. 시인이 이 시의
제목 뒤에 "율양현에서 어머니를 뵙고 짓다"迎母溧上作라고 쓴 것을 보
아 현위로 부임했을 때 쓴 작품이다. 율양은 지금의 강소성 의흥현 서

9   "詩從肺腑出, 出輒愁肺腑。"(소식,「讀孟郊詩」) 王文誥 輯註,『蘇軾詩集』全八冊, 中華
     書局 , 1987, p.796.
10   『全唐詩』, 上海古籍出版社, 1992, p.93.

쪽이다. 시는 어머니가 맹교의 낡은 옷을 꺼내어 바느질을 하는 정경을 소재로 했다. 시인이 그린 것은 그런 어머니의 자식에 대한 사랑이다. 묵묵히 바느질하는 어머니를 보며 나이가 쉰이 넘은 맹교는 마음속으로 울었을 것이다. 젊어서 번듯한 자식 노릇을 못한 까닭에 늙도록 어머니를 고생시킨다고 생각했을 것이다. 석 달 봄볕처럼 따뜻하기만 한 자애로움 앞에 보잘것없는 자식의 마음이 절절하게 그려졌다.

앞에서 본 한유의 말처럼 사물은 균형을 잃으면 소리를 내게 마련이다. 사람은 감정이 물결치면 운다. 허무해서 울고, 서러워서 운다. 그리워서 울고, 외로워서 운다. 시인은 우는 사람이다. 기뻐서도 울고, 슬퍼서도 운다. 시인은 그 울음을 아름다운 언어와 노랫말에 실어 문자로 남긴 사람들이다. 음악인은 노래나 악기로 울고, 화가는 그림으로 운다. 영화인은 영화로, 소설가는 소설로 운다. 모든 문학과 예술인은 우는 사람이다. 운다는 것은 모든 살아있는 생명의 '울림'이다. 살아있으므로 운다. 울기 때문에 살아 있다.

문자로 전하는 기록으로는, 중국에서 가장 처음으로 가슴 저리게 운 시인이 있었다. 지금으로부터 2,300년 전 전국시대戰國時代의 굴원屈原(기원전 339~기원전 278)이다. 굴원은 초나라 회왕의 총애를 받다가 쫓겨나 오지로 귀양을 갔다. 3년이 넘도록 그는 자신의 충정을 표시하려 했지만 소용없었다. 왕에 대한 일편단심은 중상모략에 가려졌다. 마음은 복잡했고 어떻게 해야 할 줄 몰랐다. 결국 점을 치는 정첨윤鄭詹尹을 찾아가서 말했다.

"저는 도대체 알 수 없습니다. 선생님께서 제 의문을 좀 풀어 주십

시오."

첨윤은 점치는 도구를 펼쳤다.

"무엇이 궁금해서 오셨습니까?"

굴원이 말했다.

"성실하고 충성스럽게 살며 고생을 해야 하나요, 적당히 휩쓸리면서 영합을 해야 하나요? 자신의 힘으로 농사지으며 살아야 하나요, 높은 사람 찾아다니며 부귀와 영달을 좇아야 하나요? 올바른 말 하면서 자신을 힘들게 하는 게 옳은가요, 세태와 힘센 사람을 따르며 흘러가야 하나요? 초연하고 고상하게 자신의 순수함을 지켜야 하나요, 굽실거리면서 지위 높은 여자의 비위를 맞춰야 하나요? 청렴하고 정직하고 곧게 살아야 하나요, 빠질거리고 유연하게 살며 아첨해야 하나요? 고개를 높이 든 천리마처럼 살아야 하나요, 물 따라 흐르는 오리처럼 살아야 하나요? 좋은 말들과 함께해야 하나요, 당나귀들 뒤를 따라야 하나요? 백조들과 함께 멀리 날아야 하나요, 오리나 닭처럼 먹이를 두고 다퉈야 하나요? 도대체 어느 것이 옳은 것이고, 어떤 길을 가야 합니까?"

굴원의 하소연은 계속 이어진다.

"지금 세상은 너무나 혼탁하고 더럽습니다. 매미의 날개를 무겁다고 하고, 무쇠의 솥을 가볍다고 합니다. 최고로 좋은 범종을 깨트려 버리고, 깨진 기왓장으로 종소리를 내겠다고 합니다. 거짓과 아부의 말을 일삼는 사람은 출세하고 부유한데, 현명하고 능력 있는 사람은 갈 곳이 없습니다. 정말 탄식하고 침묵할 수밖에 없습니다. 그 누가 저의 청렴함과 충성스러움을 알아준단 말입니까?"

첨윤이 점치는 도구를 손에서 내려놓으며 사죄의 말을 한다.

"긴 잣대도 짧게 여겨질 때가 있고, 짧은 잣대도 길다고 여겨질 때가 있습니다. 사물의 현상에는 언제나 밝은 면과 어두운 면이 있으며, 대단히 지혜 있는 사람도 실수를 하게 마련입니다. 점괘도 못 맞추는 점이 있고, 귀신도 알 수 없는 문제가 있습니다. 선생은 자신의 마음이 가는 대로 거취를 정하셔야 합니다. 점을 쳐서는 물어보신 문제를 알 수 없습니다."[11]

어떤 것이 정의이고 어떤 것이 불의인지 점쟁이도 알 수 없었다. 모든 가치란 상대적이기 때문이다. 그러나 굴원의 말을 자세히 들어보면 그는 이미 자신의 갈 길을 알았다. 그의 갈 길이란 위의 모든 두 갈래 길 중에서 앞의 길이다. 올바르고, 성실하고, 충성스럽고, 청렴하고, 초연하고, 당당하게 사는 길이다. 그리고 그런 부류의 사람들이 주도하는 세상이 와야 한다고 믿었다. 그런데 현실은 정반대로 흘러간다. 더럽고, 삐뚤어지고, 잔꾀 부리고, 야비하고, 비굴하고, 탁하게 사는 사람들이 득세해 있다. 게다가 그들은 그들끼리 뭉쳐서 명예를 누리며 부귀하게 산다. 굴원은 이런 세상을 결코 이해하거나 받아들일 수 없었다. 이런 의문을 풀고 싶다며 점쟁이를 찾았지만, 점쟁이도 점으로는 이런 문제의 답을 알 수 없다고 한다.

---

[11]　"屈原既放, 三年不得復見。……用君之心, 行君之意。龜策誠不能知此事。"(굴원, 「卜居」, 『楚辭』) 中華書局, 2015, p.101.

그런 어느 날, 강가를 걷고 있는 그의 행색은 너무 초췌했고 몸도 비쩍 말라 있었다. 배를 타고 지나가던 어부가 물었다.

"그대는 삼려대부가 아닌가요? 어떻게 이런 외진 곳까지 와서 삽니까?"

굴원이 대답했다.

"남들은 다 더러운데 나만 혼자 깨끗하고, 남들은 모두 취했는데 나만 홀로 깨어 있다 보니 결국 쫓겨나게 됐습니다."

어부가 말했다.

"지혜가 있는 사람은 주변에 의해서 휘둘리지 않습니다. 세상의 흐름과 함께하지요. 사람들이 다 더러우면 어째서 자신도 흙을 좀 묻혀 더럽게 하지 못하나요? 남들이 다 취했다면 어째서 자신도 술지게미라도 좀 먹고 취하지 못하나요? 어째서 고고하게 처신하고 깊게 생각하다가 쫓겨납니까?"

굴원이 말했다.

"제가 듣기로는, 머리를 감고 나면 갓을 털어 쓰고, 목욕을 하고 나면 옷을 깨끗하게 해서 입는다고 합니다. 어떻게 정결한 몸으로 더러운 것들을 뒤집어쓴단 말인가요? 차라리 강물에 뛰어들어 물고기 밥이 될지언정 이 결백한 몸에 어떻게 세속의 때를 묻히란 말입니까?"

어부는 미소를 짓고 뱃전을 두들기며 이렇게 노래를 했다.

창랑의 물 맑으면 　　　滄浪之水淸兮,
갓끈을 씻고, 　　　　　可以濯吾纓。

살아있으므로 운다

창랑의 물 더러우면	滄浪之水濁兮,
발을 씻으리.	可以濯吾足。

그리고 떠나면서 더 이상 말을 하지 않았다.[12]

　어부가 무엇을 얘기해도 굴원은 이해하지 못할 것이었다. 굴원은 중국문학사에서 가장 이른 시기에 자신의 이름으로 시와 노래를 지어 세상과 대화한 사람이다. 황하 일대에서 『시경』의 노래들이 불리고 있을 때, 남쪽의 장강 주변에는 굴원이나 송옥宋玉 같은 서정의 문인들이 나타났다. 그중 가장 주목 받은 사람이 굴원이다. 그의 글이 대거 실린 양자강의 노래시집 『초사』에서 위의 이야기가 실린 「복거」와 「어부」편을 볼 수 있다. 그동안 이 두 편은 굴원의 글이 아니라는 학설이 있어 왔다. 어부의 언행이 굴원의 처신보다 더 나은 것처럼 묘사됐기 때문이다. 그러나 내 글에서는 청나라 왕부지王夫之의 설을 따랐다. "장강과 한수 일대에는 예로부터 은둔자들이 농사와 낚시를 하며 살았다. 예를 들면 접여나 장자 같은 인물로, 그들은 세속을 떠나 자신의 삶을 온전히 하는 생활을 한 것이다. 역시 그런 사람의 하나인 어부도 굴원의 충정이 결국 재앙이 될 것을 알고 마음을 바꾸라고 한 것이다. 굴원이 어부의 얘기를 듣고 이를 기록한 것은 어부의 말이 맞다는 것을 몰라서가 아니다. 재앙과 행운의 갈림길에서 자신이 지켜 온 기개를 꺾거나

12　　　"屈原既放, 遊于江潭, ……遂去, 不復與言。"(굴원, 「漁父」, 『楚辭』) 中華書局, 2015, p.107.

지조를 더럽히고 싶지 않았던 것이다. 쓸데없는 짓이라고 은둔자들의 비웃음을 사리라는 점을 모르는 바 아니나 굴원은 끝내 그들처럼 살고 싶지 않았다."[13] 굴원은 그것이 절망의 길인 줄 알면서도, 어부 같은 삶이 아니라 자기 의지를 추구하는 삶의 기록을 남기려 했다고 보아야 한다는 것이다.

굴원의 대표작인 「이소」離騒는 373구절에, 2,777자로 쓰였다. 그는 이 시에서 자신의 삶을 돌아보면서 나라에 공헌하고 싶은 의지와 포부, 그리고 그것을 이루지 못하는 슬픔을 그렸다. 이 시의 궁극적인 내용은 그런 꿈을 이룰 수 없는 현실에 대한 좌절과 탄식이다. 시의 제목을 왜 '이소'라고 했을까. 사마천司馬遷의 『사기』에서부터 2천 년이 넘도록 수많은 사람들의 설명이 있어 왔지만 아직도 정론이 내려지지 않았다.[14] 그러나 '이소'離騷는 새가 둥지를 떠났다는 뜻의 '이소'離巢다. 초나라 문화의 상징물에는 봉황 등의 새가 많이 등장하는데, 『초사』에도 여러 곳에서 새는 시인 자신으로 그려졌다. 총애를 잃고 자기 삶의 둥지를 떠난 굴원은 그 깨진 균형의 마음을 풍부한 비유와 절절한 운율에 실었다. 이야말로 하소연의 아름다운 울음 아닌가. 다른 시 「천문」은 굴원의 또 다른 울음소리다.

---

13   "江漢之間, 古多高踏之士, 隱于耕釣, 若接輿莊周之流, 皆以全身遠害爲道, 漁父蓋其類也. 閔原之忠貞將及于禍, 而欲以其道易之. 原感而逃之, 以明己非不知此, 而休戚與俱, 含情難忍, 修能已夙, 素節難汚, 未嘗不知冥飛蠖屈者之笑己徒勞, 而固不能從也."(王夫之, 『楚辭通釋』)

14   사마천이나 반고는 '이소'가 '근심에 빠지다'(離騷者, 猶離憂也. 離를 遭라고 봄)라는 뜻이라고 했고, 왕일(王逸)은 '시름을 떠나다'(離, 別也, 騷, 愁也。)라고 해석했다.

천문 天問
굴원

그 옛날 세상 모습	曰: 遂古之初,
누가 전해 오나요?	誰傳道之?
태초의 이전 세상	上下未形,
어찌 알 수 있나요?	何由考之?
어둡고 밝은 것은	冥昭瞢暗,
누가 있게 했나요?	誰能極之?
혼돈의 본 모습은	馮翼惟象,
파악할 수 있나요?	何以識之?
밤낮의 밝고 어두움	明明暗暗,
어찌 된 것인가요?	惟時何爲?
음양이 결합하여	陰陽三合,
어떻게 변했나요?	何本何化?
한없이 깊은 우주	圜則九重,
누가 잴 수 있나요?	孰營度之?
이런 대단한 일을	惟玆何功,
누가 시작했나요?	孰初作之?
그 중심은 어디이고	斡維焉系,
그 끝은 어딘가요?	天極焉加?[15]

······

[15] 굴원, 「天問」, 『楚辭』, 中華書局, 2015, p.79.

이런 끊임없는 굴원의 물음은 이 한 편의 시에서 172개에 이른다. 「천문」의 전체 시구가 374구니까 시의 절반은 질문으로 이어진 셈이다. 질문은 천지의 생성, 역사의 흥망, 귀신과 신선 등에 관한 문제를 물었다. 굴원의 이런 질문은 진정 그가 그런 사실을 알고 싶어서가 아니다. 중국의 현대 학자들은 이 시에서 굴원이 지식을 추구하고 국가를 염려했다고 설명하지만, 그건 아니다. 그건 문자에 드러난 것만으로 해석한 설명이다. 이것은 굴원의 울음이다. 존재와 의미, 현실과 이상의 괴리에서 오는 처연한 이성의 울부짖음이다. 울면서 하늘에 묻는다. 알 수 없는 이 세상은 누구의 설계대로 움직여 가는 것인가. 역사는 왜 흥망성쇠를 거듭하는가. 이상은 왜 현실 앞에 무너져야 하고, 정의는 왜 불의에 의해 뒤집혀야 하는가. 간절하고 처절한 굴원의 물음에서 이성이 깨어 있는 사람의 감성적 시름을 본다. 시인들이 본능적으로 느끼는 두려움이다. 이런 두려움이란 시인처럼 감각이 열려 있는 사람만이 온몸으로 감지하는 우환 의식이다.

　때론 고요한 듯하지만 끊임없이 흐르며, 변화하고 동탕질치는 거대한 물 위에 한 척의 배가 가고 있다. 배 안의 사람들은 배의 흔들림에 따라 이리저리 쏠린다. 그들은 배 안의 세계를 전부라고 안다. 그저 그렇게 배 안에서 휩쓸리며 울고 웃다가 사라질 뿐이다. 그러나 시인은, 감각이 열린 사람은 그 배가 물살에 따라 흔들린다는 것을 안다. 깨어 있으므로 배가 강물에 떠밀리며 흘러간다는 것을 안다. 세상이 알 수 없는 힘에 의해 움직인다는 것을 의식하는 순간 두려움을 느낀다. 굴원은 모든 깨어 있는 사람처럼 그것을 본능적으로 느꼈다. 그러면서 굴원은 그 배가 안정되고 바르게 가기를 바랐다. 그 안의 사람들도 흔들리는 배에 따라 이리저리 휩쓸리지 말아야 한다고 생각했다. 그는 현실에 저항한 것이다. 그 저항의 갈등을 그는 수많은 노랫말로 남겼다.

한편, 앞에서 굴원과 더 이상 대화를 하고 싶지 않았던 어부는 '창랑의 노래'를 부르며 떠났다. 어부가 보기에 굴원에게는 흘러가는 물과 그 위에 뜬 배, 그리고 천지의 모습과 그 이치를 아무리 설명해도 소용없을 것이었다. 현실을 부정하고 저항하는 과정에서 오는 고통과 번민을 노래로 남긴 시인 굴원이 있다면, 현실을 인정하고 받아들이는 과정에서 오는 고요한 기쁨을 노래로 남긴 시인 어부가 있다. 한 사람은 '어긋남'을 노래한 시인이요, 다른 한 사람은 '어울림'을 노래한 시인이다. 같은 시인이지만 이 두 사람은 서로를 안타까워하면서도 다시는 만날 수 없었을 것이다. 강변에 남겨진 굴원도 이제는 가 버린 어부를 찾을 수 없다. 그는 그저 가슴속의 그 의문과 고통을 한없는 노래로 쏟아 낼 뿐이었다. 굴원은 중국문학사에서 처음으로 자신의 이름을 걸고 수많은 시를 쓴 사람이다. 사실 현대적 의미의 문학 창작이라기보다는 가슴에서 터져 나오는 언어를 아름다운 음률에 끊임없이 실었다고 보아야 할 것이다. 굴원은 중국 최초의 낭만주의 시인으로 불린다. 그러나 위의 문장 「복거」나 「천문」에서 보듯 그에게는 풀리지 않는 의문이 있었다. 혹시 '창랑의 노래'를 이해하면, 어쩌면 굴원의 이 곤혹스러운 의문이 풀릴지도 모른다. 그러나 굴원은 그 해답을 찾지 못하고 고통 속에 몸부림치다가 기원전 278년 결국 멱라강에 몸을 던지고 만다. 그의 나이 예순 둘이었다.

위에서 본 몇 수의 시에는 공통점이 있다. 모두 가슴속에 맺힌 것을 푸는 노래라는 점이다. 그 전형적인 최초의 시인이 굴원이었다. 시란 자기 가슴속 생각과 감정의 울림을 그린 것이다. 이는 고대 중국에서 시에 대한 기록이 잘 증명한다. 사람들이 전하는 "『시경』의 노래는 마음 가는 것을 말로 표현한 것"詩以言志이다. 『좌전』左傳 '양공襄公 27년'에 나오는 이 말이 시에 대한 최초의 기록으로 알려졌다. 여기서의 '시'는 현대적 개념의 시가 아니라 『시경』에 기록된 '노랫말'이다. 시란 가슴 속에서 쏟아져 나오는 그 무엇이다. 이쯤에서 중국 고대 시의 대부분을 차지하고 있는 그런 전형적인 노래들을 들어 보자.

시란 울음이다

　노래란 가슴속에 맺힌 것을 소리로 푼 것이다. 아름다운 음악에 시가 어우러지면 감성이 실린다. 오래도록 사람들은 그 맺힌 것을 멋들어지게 푸는 일에 골몰해 왔다. 기쁘면 기쁜 대로 슬프면 슬픈 대로 노래를 했다. 시란 아름다운 울음이다. 어느 다른 문화와 다름없이 중국의 문화도 시의 기록 위에 축적되어 왔다. 중국인들은 한 글자 한 글자 이어지는 문자의 특성상 말이 곧 시가 되었다. 그러다 보니 저도 모르게 시로 대화했고 시로 노래했다. 노래를 했을 뿐만 아니라 상商나라, 주周나라 사람들은 『시경』의 시구를 빌려 의사를 전하기도 했다. 대부분 네 글자로 된 당시의 시구는 느릿한 호흡으로 리듬감을 살렸다.

관저 關雎

꾸욱 꾸욱 물수리   關關雎鳩,
강의 섬에 깃들듯,   在河之洲。
아름다운 아가씨   窈窕淑女,
멋진 남자 짝이지.   君子好逑。

들쭉날쭉 물풀들   參差荇菜,
이러저리 흐르듯,   左右流之。
아름다운 아가씨   窈窕淑女,
자나 깨나 찾는데.   寤寐求之。

만나려도 안 되니   求之不得,
자나 깨나 그리네.   寤寐思服。
끊임없는 님 생각   悠哉悠哉,
잠 못 들고 뒤척여.   輾轉反側。

들쭉날쭉 물풀들   參差荇菜,
이러저리 따는데,   左右采之。
아름다운 아가씨   窈窕淑女,
금슬로 친해 볼까.   琴瑟友之。

들쭉날쭉 물풀들   參差荇菜,

이러저리 따는데,　　　左右芼之。

아름다운 아가씨　　　窈窕淑女,

악기로 꾀어 볼까.　　　鍾鼓樂之。[1]

『시경』맨 처음에 나오는 이 시는 구애求愛의 노래다. 마음에 드는 처녀를 어떻게 만날 수 있을까. 그녀의 마음을 어떻게 차지할 수 있을 까. 잠 못 드는 청년은 밤낮으로 생각한다. 가야금으로 유혹할까. 종과 장고 등 악기로 사귀어 볼까. 공자가 이를 "즐거워하되 지나치지 않고, 슬퍼하되 상처받지 않는"樂而不淫, 哀而不傷 노래라고 평한 것처럼 가슴 속에서 끓어오르는 정감을 풀어 가는 노래다. 상해박물관에는 공자의 '시론'詩論으로 명명된 일부 죽간竹簡이 있다. 『시경』에 관한 공자의 언 급으로는 가장 이른 시기의 것으로 '시'에 관한 공자의 견해를 볼 수 있다.[2] 공자가 『시경』의 모든 노래를 한마디로 말하면 "치우침이 없다" 思無邪고 개괄한 것은, 노래란 모두 정서적 균형을 잡으려는 표현이라 는 말이다. '사'邪는 일반적으로 사악하다고 번역되는데, 원래는 '정'正 의 반대말로, '삐뚤어지다', '기울어지다'라는 뜻이다. 한쪽으로 극단에 치우친다는 것이 '사악하다'는 의미로 확대 해석되었다. 『시경』의 노래 란 다른 모든 노래처럼 한쪽에 치우치는 일 없는 정서적 균형을 위한 감성의 표현이다. 안타까운 마음을 실은 이 노래는 지금도 호북 지방 에서 가사만 약간 변형되어 혼례의 노래로 불린다. 원래는 사랑의 노

1　　　『毛詩』, 『四部備要』卷二, 中華書局, 1989, p.2.
2　　　季旭昇 主編, 『上海博物館藏戰國楚竹書〔一〕讀本』, 北京大學出版社, 2009년 1월 참 조.

래였던 것이 결혼식 노래가 되었다.

가슴에서 울려 나오는 소리는 사랑의 노래만이 아니다. 진秦나라 멸망 이후 주도권을 다투던 항우項羽(기원전 232~기원전 202)와 유방劉邦의 싸움에서 항우는 끝내 막다른 길에 이른다. 오강烏江이라는 강가에 이른 항우는 더 이상 승산이 없다고 여겼다. 막사에서 술을 든 항우는 한밤이 되자 자신의 애첩 우희虞姬에게 춤을 추게 하고 자신은 이렇게 울부짖는다.

해하가垓下歌
항우

기세는 산을 뽑고 온 세상 뒤덮어도　　　力拔山兮氣蓋世,
시기가 불리하니 천리마도 멈춰 섰다.　　　時不利兮騅不逝。
멈춰선 천리마는 어찌할 수 있지만　　　　騅不逝兮可奈何,
우희여 우희여 그대를 어찌하리.　　　　　虞兮虞兮奈若何。[3]

분명 재기할 수 있음에도 항우는 이런 패배한 모습으로 돌아가서는 잠시라도 고향의 어르신들을 볼 면목이 없었다. 운명의 종착지에서 그는 애첩 우희와 술을 들고 비장한 노래를 부른 며칠 뒤 유방의 군대에 쫓기던 중 자결한다. 죽음을 앞두고 부르는 노래, '절명사'絶命辭였다. 일본 학자 다니구치 히로시谷口洋 등은 항우의 「해하가」가 항우 본

3　　　『斷句本史記』, 新文豐出版公司, 民64, p.145.

인의 노래가 아니라 역사가 설화로 전래되는 도중 민간에서 지어져 문학적으로 가미된 시라는 견해를 제시한다.[4] 역사서 『사기』의 일부가 '문학적 기록'이라는 관점은 중국의 국내외 학자들에 의해서 줄곧 제기돼 왔다. 실제 사실이 아니라 구전되고 기록되는 과정에서 상당 부분 구연 설화자가 '꾸민 것'이라는 설이다. 그럼에도 불구하고 시인 두목杜牧(803~852)의 말처럼, 항우는 잠시의 수치를 무릅쓰고 강을 건너 재기를 노렸더라면 천하를 제패할 수 있었을지도 모른다. "승패란 전쟁에서 흔한 일이다/수치를 견디는 게 진정한 장부.//강동의 자제들도 뛰어났으니/권토중래했다면 어찌 됐을까."[5] 항우가 죽은 때로부터 400년 뒤 삼국의 영웅 조조曹操(150~232)도 다음과 같이 자신의 속마음을 노래했다.

귀수수 龜雖壽

조조

천년 사는 거북이도	神龜雖壽,
죽을 때가 있으리라.	猶有竟時。
구름 타는 용이라도	騰蛇乘霧,
언젠가는 흙 되리라.	終爲土灰。

4 谷口洋,「『垓下歌』『大風歌』與項羽劉邦傳說─試論『史記』中的歌謠與傳說」,『司馬遷與史記論集(第七輯) 2005年 8月, 念司馬遷誕辰2150周年暨國際學術討論會論文集』
5 두목,「제오강정」(題烏江亭), "勝敗兵家事不期, 包羞忍恥是男兒。江東子弟多才俊, 卷土重來未可知。"

마구간의 늙은 명마   老驥伏櫪,
꿈은 천리 달리듯,   志在千里。
열사는 노년에도   烈士暮年,
웅지가 끝이 없다.   壯心不已。

오래 살고 짧게 삶은 盈縮之期,
하늘에 있지 않네.   不但在天。
몸을 잘 보양하여   養怡之福,
무병장수 누리리라. 可得永年。

참으로 행운이다!   幸甚至哉!
포부를 노래하라.   歌以詠志。[6]

이 시는 건안 12년(207) 쉰세 살의 조조가 북벌 전쟁의 승리 후에 회군하면서 지어 부른 노래 '거북이 오래 살아도'龜雖壽이다. 다섯 번째 구절의 '기'驥는 천리마, '력'櫪은 말구유다. 천리마가 늙어서 이제 마구간에 엎드려 있으나 그 마음은 아직도 천리를 달리고 있다는 뜻이다. '마구간의 늙은 명마' 이하 네 구절은 후세의 많은 사람들이 좌절할 때마다 비분강개해서 따라 읊었다. 동진東晉의 대장군 왕돈王敦은 주둥이가 깨지도록 질그릇을 두들기며 종종 이 노래를 불렀다. 마지막 두 구

6   余冠其 選註,『三曹選集』, 人民文學出版社, 1990, p.13.

절은 이 노래의 후렴구라서 이 원곡의 가사마다 붙었다.[7] 문학적으로
수준 높은 시는 아니지만 한나라 후기 시인들의 기개를 잘 보여준다.
비장한 노래를 부른 사람 중에 우리가 기억할 만한 또 한 사람이 당나
라 초기에 있었다.

등유주대가 登幽州臺歌
진자앙

옛날의 그 현인들 떠나 버리고	前不見古人,
눈앞엔 그런 인물 보이지 않네.	後不見來者。
천지의 흘러감을 생각하노니	念天地之悠悠,
슬픔에 북받쳐서 홀로 우노라.	獨愴然而涕下。[8]

　　당나라 만세통천 원년(696), 소수민족인 거란족의 후예 이진충李盡
忠이 반란을 일으켰다. 진자앙陳子昂(661~702)은 무유의武攸宜의 참모가
되어 진압 전투에 나갔다. 당시 당나라는 고종 황제와 측천무후가 재
위하던 시절이다. 고종이 죽자 측천무후가 황제로 등극한다. 중국 역
사상 유일하게 공식적으로 여성이 황제가 된 것이다. 무씨 가문 사람
들이 대거 득세하며 혼란이 야기될 수밖에 없었다. 무유의는 진자앙의
조언을 무시하고 전투를 벌여 패전했다. 진자앙은 그 뒤에도 여러 차

7　　이 시는 악부시(樂府詩) 「보출하문행」(步出夏門行) 4장 중의 마지막 노래다. 『先秦
　　漢魏晉南北朝詩』, 中華書局, 1983 참조.
8　　『全唐詩』, 上海古籍出版社, 1992, p.214.

레 조언했지만 무시당하고 좌천됐다. 진자앙은 지금의 북경에 있는 누대樓臺에 올라갔다. 옛날의 역사를 생각하며 비분강개해서 악부시 형식의 이 시 '유주대에 올라 부르는 노래'登幽州臺歌를 지어 불렀다.

'악부시'에서 '악부'樂府는 한나라 때 음악을 관리하던 관서의 명칭이다. 이곳에서 정리된 노래 곡목과 노래들을 '악부시'라고 했다. 시인들은 그 곡조에 자신의 시를 넣어 불렀다. 이 시 첫 구절의 '고인'古人이란 뛰어난 인물을 잘 발탁했던 성군들이나 훌륭한 업적을 남긴 현인들이다. 둘째 구절의 '래자'來者란 그런 위업을 계승할 만한 인재들이다. 역사상에는 그처럼 훌륭한 인걸들이 왔다 갔는데, 눈앞의 현실에는 왜 이처럼 보잘것없는 자들만 행세하고 있을까? 답답함이 가슴에 북받치는 시인은 옛사람들이 그리워서 운다. 이 시는 옛날 노래의 형식이기 때문에 글자 수가 다섯 자와 여섯 자로 쓰였다. 문학적인 맛은 별로 없지만, 시인의 가슴에서 솟구쳐 나오는 울림이 있다.

사천의 부유한 집안 출신인 진자앙은 기백 있는 사람이었다. 어려서는 협객을 자처했으나 칼로 남을 다치게 한 실수를 저지른 뒤로 십대 후반에서야 뒤늦게 공부를 시작했다. 그러나 득의에 차서 올라간 장안의 과거 시험에서 두 번이나 낙방한다. 그는 당시 장안 거리에서 한 노인이 파는 명품 악기가 너무 비싸 아무도 못 사고 둘러서 있자 그 자리에서 천금을 주고 샀다. 이튿날 귀족들의 연회에 참석한 그는 악기를 보고 감탄하는 사람들에게 말했다. "나, 사천 진자앙의 문장은 천하제일인데도 아무도 아는 사람이 없습니다. 이까짓 악기가 아무리 비싼들 내 글과 비교할 수 있소이까?" 그는 그 자리에서 악기를 부숴 버리고, 자신의 문장을 사람들에게 나눠줬다. 이 일로 그의 문장은 장안에 알려졌다. 과연 그 이듬해 그는 과거 시험에 합격했다.

진자앙은 당나라 초기의 문풍을 일신하고 혁신적인 주장을 실천했다. 위진남북조에서 수나라를 거치며 시와 산문 등 글을 쓰는 사람들은 글이 주는 아름다움에 매료되어 있었다. 문인들은 글 쓰는 즐거움을 알았고 그 보이지 않는 힘을 느꼈다. 특히 한자의 문장이 발산하는 리듬감과 운율감은 문장을 한층 더 수준 높게 발전시켰다. 사람들은 글을 쓰면서 정교하게 글자 수를 맞추거나 평측平仄의 억양을 맞춤으로써, 말을 하는 것조차 마치 노래처럼 들리게 했다. 한자로 할 수 있는 모든 아름다운 수사법은 다 동원됐다. 문인들은 글 쓰는 일에 재미를 느끼고, 시를 쓰는 것처럼 산문 짓는 일에도 몰두했다. 문장을 짓는 일이 상당히 의미 있는 작업이며, 의미 있는 문장은 어떻게 써야 하는 것인지 알게 된 시기였다. 위진 시기에 시작된 이런 인식과 풍조는 남북조와 수나라를 거쳐 당나라에 이르러 더욱 고조된다.

이 당시, 시는 '율시'律詩라고 하는 가장 아름다운 스타일의 정형시로 체제가 갖춰졌다. 그러다 보니 일반 문장도 시와 다름없이 보일 정도로 글자 수를 맞추고 수사 기교가 넘쳐났다. 이런 문장은 수레를 끄는 말이 짝을 맞춰 달리는 모양과 같다는 뜻으로 '변려문'駢儷文이라고 했다. '변려문'은 글자 수를 대부분 네 자나 여섯 자로 이어 가기 때문에 '사륙문'四六文으로도 불린다. 많은 문인들이 아름다운 글쓰기에 몰두했다. 글자 수만 맞추는 게 아니라 의미도 짝을 이루도록 대구를 맞춰 썼다. 변려문은 산문도 아니고 시도 아니지만, 산문과 시의 요소를 모두 갖추고 있는 중국 고대 문장의 독특한 문체다. 이런 문장을 읽으면 사람들은 그 리드미컬한 소리와, 의미가 짝을 이룬 채 펼쳐지는 문장의 멋을 듬뿍 느끼게 된다. 그러다보니 문장에 꼭 필요하진 않지만 비유와 함축의 장식적 표현을 나열함으로써 극도의 화려한 분위기를 준다. 더구나 역사나 일화의 깊은 의미를 담고 있는 단어인 '전고'典故를 곳곳에 넣어 내용에 깊이를 더함으로써 읽는 이에게 지적 유희의 즐거움을 주었다.

그러나 모든 사물은 시간이 지나고 세월이 가면 알맹이보다 껍데기가 더 두터워지는 법이다. 수나라를 거쳐 당나라에 이르자 내용은 없고 기교만 부린 글이 만연했다. 이런 풍조는 사람들의 생각을 허망하게 하고 실속은 없게 만들었다. 진자앙은 이런 분위기를 보며 통탄했다. 그는 글을 제대로 써야 정신도 제대로 잡힌다고 생각했다. 이것이 그가 주장한 글쓰기 정신의 핵심이다. 이런 생각은 당나라 중반의 한유와 유종원이 이끈 '고문운동'과, 송나라의 구양수와 소식 등이 주도한 '고문혁신운동'으로 이어진다. 물론 문학사의 이런 용어들은 당시의 것이 아니라 현대에 와서 붙여진 이름이다. 그 옛날의 문장처럼 자연스럽게 쓰되, 화려한 껍데기보다는 알맹이에 치중하자는 주장이다. 그 알맹이란 유교 사상을 바탕으로 한 깊이 있는 내용을 가리켰다.

이제, 당시에 쓰인 '변려문' 중 중국문학사에서 가장 아름다운 문장의 하나로 꼽히는 글을 살펴보자. 형식과 내용이 충실하게 갖춰진 이 명문은 진자앙과 같은 세대이지만 몇 년 앞서 태어난 당나라 초기의 문인 왕발王勃(649~676)의 글이다. 당 고종 상원 2년(675), 지금의 강서성 남창南昌의 시장 염백서閻伯嶼는 등왕각滕王閣을 중건하고 중양절 날을 잡아 경축 연회를 벌였다. 이날 연회에서 염백서는 빈객들에게 자신의 사위인 오자장吳子章의 멋진 문장을 자랑하고 싶었다. 사위에게는 미리 문장을 준비하도록 했다. 연회 시문집의 서문을 써 달라고 하자, 눈치를 챈 빈객들은 아무도 붓을 들지 않았다. 그런데 말석에 앉은 젊은이가 붓을 드는 것이 아닌가. 화가 난 염백서는 옷을 갈아입는다는 핑계로 자리를 떴다. 그리고 뭐라고 쓰는지 알아보라고 시종을 보냈다. "옛 이름 예장이요, 지금은 홍도인데"라는 첫 구절을 듣더니 "별것 아니군!" 한다. "익성 진성 멀리 있고, 형산 여산 접해 있다"라는 문장을 썼다고 하자 말없이 침음한다. 그러다가 문장의 중간에 "지는 노을 따오기와 함께 떠 있고, 가을 물빛 긴 하늘과 한 빛이로다"라고 썼다고 하니 염백서는 무릎을 치며 칭찬한다. 술을 더 올려서 계속 잘 써 달라고 부탁하게 한다.[9]

등왕각서滕王閣序
왕발

옛 이름 예장이요	豫章故郡,
지금은 홍도인데,	洪都新府。
익성 진성 멀리 있고	星分翼軫,
형산 여산 접해 있다.	地接衡廬。
강물로 이어진 다섯 개 호수	襟三江而帶五湖,
형초를 당겨서 절강을 잇네.	控蠻荊而引甌越。

---

9   "王勃著「滕王閣序」, 時年十四。…… 公矍然而起曰：'此眞天才, 當垂不朽矣!' 遂亟請宴所, 極歡而罷。"(五代 王定保, 『唐摭言』) 이 서문의 원제목은 '추일등홍부등왕각전별서'(秋日登洪府滕王閣餞別序)이다.

물산이 풍부하니 　　　物華天寶,

용천검 날의 빛 하늘로 솟고, 　龍光射牛斗之墟。

인재가 걸출하니 　　　人傑地靈,

진번도 서유를 공대했었지. 　徐孺下陳蕃之榻。

도시가 연이었고 　　　雄州霧列,

인재도 줄 잇는다. 　　俊采星馳。

남방과 중원 지방 사이에 있어 　臺隍枕夷夏之交,

주인과 빈객들도 준걸들이다. 　賓主盡東南之美。

도독 염공은 덕이 높아서 　都督閻公之雅望,

의장 행렬들 멀리서 왔다. 　棨戟遙臨。

모범 관리인 자사 우문은 　宇文新州之懿範,

마차 대오를 잠시 멈췄다. 　襜帷暫駐。

백일만의 휴가 맞아 　　十旬休假,

좋은 벗들 몰려와서, 　　勝友如雲。

멀리 나가 영접하니 　　千里逢迎,

남은 자리 하나 없다. 　　高朋滿座。

아름다운 절세 문장 　　騰蛟起鳳,

맹 학사의 글 솜씨요, 　孟學士之詞宗。

번쩍이는 무장 차림 　　紫電青霜,

왕 장군의 위엄이라.　　　　　　王將軍之武庫。

부친 찾아뵈러 가다　　　　　　家君作宰，
명승지를 지나는 길,　　　　　　路出名區。
내가 어찌 알았으랴　　　　　　童子何知，
이런 연회 참석할 줄.　　　　　躬逢勝餞。

시기는 구월이요　　　　　　　時維九月，
계절은 늦가을에,　　　　　　　序屬三秋。
빗물은 다 말라서 호수도 맑고　潦水盡而寒潭清，
안개가 이는 곳에 푸른 저녁 산.　煙光凝而暮山紫。

마차 몰고 길을 나서　　　　　儼驂騑于上路，
언덕 위에 풍경 보고,　　　　訪風景于崇阿。
태자의 장주 가서　　　　　　臨帝子之長洲，
신선의 도관 본다.　　　　　　得仙人之舊館。

푸른 지붕 산과 같이　　　　　層巒聳翠，
하늘 위로 솟아 있고,　　　　上出重霄。
처마마다 고운 단청　　　　　飛閣流丹，
아래로는 물이로다.　　　　　下臨無地。

학과 오리 노니는 곳　　　　　鶴汀鳧渚，

섬과 섬들 둘러 있고,　　　　　　窮島嶼之縈回。

계수나무 난목 궁전　　　　　　　桂殿蘭宮,

산세처럼 겹겹이다.　　　　　　　即岡巒之體勢。

화려한 창문 열고　　　　　　　　披繡闥,

용마루 굽어보니,　　　　　　　　俯雕甍,

산과 들은 시야에 가득히 차고　　　山原曠其盈視,

강과 호수 눈길을 사로잡는다.　　　川澤紆其駭矚。

즐비한 민가들은　　　　　　　　　閭閻撲地,

모두가 부유한 저택들이요,　　　　鍾鳴鼎食之家。

빽빽한 배들 보니　　　　　　　　舸艦迷津,

전부 다 화려한 선박들이다.　　　　青雀黃龍之舳。

비구름 걷힌 곳에　　　　　　　　雲銷雨霽,

더없이 맑은 하늘.　　　　　　　　彩徹區明。

지는 노을 따오기와 함께 떠 있고　　落霞與孤鶩齊飛,

가을 물빛 긴 하늘과 한 빛이로다.　秋水共長天一色。

어부의 뱃노래 소리　　　　　　　漁舟唱晚,

팽려의 물가에서 맴돌고,　　　　　響窮彭蠡之濱,

추위 속 기러기 울음　　　　　　　雁陣驚寒,

형양의 나루에서 끊긴다.　　　　　聲斷衡陽之浦。

시란 울음이다

멀리 보니 가슴 트이며　　　　　　遙襟甫暢，

멋진 흥취 문득 솟는다.　　　　　　逸興遄飛。

피리소리에 맑은 바람이 불고　　　爽籟發而清風生，

노랫소리에 가던 구름 머문다.　　纖歌凝而白雲遏。

휴원 대숲 문인처럼　　　　　　　睢園綠竹，

술 마시는 기세는 도연명이요,　　氣凌彭澤之樽。

업수 연꽃 조식처럼　　　　　　　鄴水朱華，

글 펼치는 솜씨가 사령운이다.　　光照臨川之筆。

네 가지를 다 갖췄고　　　　　　　四美具，

두 가지가 잘 만났다.[10]　　　　　二難竝。

눈을 가늘게 뜨고 하늘을 보자　　窮睇眄于中天，

휴일을 맞아 한껏 즐거워하자.　　極娛遊于暇日。

하늘은 높고 땅은 넓어서　　　　　天高地迥，

우주의 무궁함을 깨닫겠구나.　　覺宇宙之無窮。

기쁨 다하면 슬픔이 오니　　　　興盡悲來，

세상에 굴곡 있음 이제 알겠다.　　識盈虛之有數。

하늘 끝 장안을 바라다보고　　　望長安于日下，

10　　'네 가지'란 음악·음식·문장·대화이고, '두 가지'란 멋진 주인과 좋은 손님이다.

48

구름 속 소흥을 내어다보면,　目吳會于雲間。

땅의 끄트머리 남쪽 바다요　地勢極而南溟深,

하늘의 높은 곳 북극성이다.　天柱高而北辰遠。

산과 관문들 넘기 어려워　關山難越,

그 누가 길 잃은 자 슬퍼해 주랴.　誰悲失路之人。

우연히 마주친 부평초처럼　萍水相逢,

모두들 타향의 나그네로다.　盡是他鄉之客。

황제 계신 궁궐을 그리워해도　懷帝閽而不見,

어느 때나 뵈옵고 모시게 될까?　奉宣室以何年?

오호라　嗟乎!

시운이 안 맞으면　時運不齊,

운명도 틀어진다.　命途多舛。

풍당은 헛 늙었고　馮唐易老,

이광도 뜻 못 폈다.　李廣難封。

가의는 장사로 귀양 갔으니　屈賈誼于長沙,

좋은 군왕 없었던 게 아니다.　非無聖主。

양홍이 해곡에서 고생한 것은　竄梁鴻于海曲,

태평시절 아니어서가 아니다.　豈乏明時?

군자는 시기를 보며 살므로　所賴君子見機,

달인은 운명을 아는 법이다.	達人知命。
나이 들수록 강인해지면	老當益壯,
늙은이 같은 마음 어찌 생기랴?	寧移白首之心?
역경일수록 굳건하다면	窮且益堅,
청운의 커다란 꿈 잃지 않으리.	不墜靑雲之志。
샘물을 마시니 상쾌하구나	酌貪泉而覺爽,
궁지에 처해도 더욱 기쁘다.	處涸轍以猶歡。

북해 비록 멀다 해도	北海雖賖,
언젠가는 갈 수 있다.	扶搖可接。
해 뜨는 곳 지났지만	東隅已逝,
해 지는 곳 아직 멀다.	桑楡非晩。

맹상은 고결하게 살았어도	孟嘗高潔,
공연히 나라를 걱정했고,	空餘報國之情。
완적은 제멋대로 살았으니	阮籍猖狂,
어찌 그 통곡을 흉내내랴.	豈效窮途之哭!

나 왕발은	勃,
어리고 부족한	三尺微命,
일개 서생이라.	一介書生。
청탁할 곳 하나 없어	無路請纓,
약관 나이 종군과 같아도,	等終軍之弱冠。

포부 위해 공부 접고   有懷投筆,
큰 뜻 펼친 종각이 부럽다.   慕宗愨之長風。

평생 꿈인 관직을 저버리고   舍簪笏于百齡,
멀리 가서 부모님 모시련다.   奉晨昏于萬里。
사씨 집안 같은 인재는 못 되지만   非謝家之寶樹,
맹씨 집안 같은 이웃은 만나리라.   接孟氏之芳鄰。
언젠가 공리처럼 정원 거닐며   他日趨庭,
공자 같은 부친과 대화하리라.   叨陪鯉對。

오늘 나는 옷깃 여미고   今玆捧袂,
용문 대가 방문했으니,   喜托龍門。
양의는 못 만나도   楊意不逢,
기품을 잃지 않고 안위하리라.   撫淩雲而自惜。
종기는 만났으니   鍾期既遇,
내 생각을 펼쳐도 괜찮으리라.   奏流水以何慚?

오호라   嗚乎!
좋은 경치 드물고   勝地不常,
멋진 잔치 또 없다.   盛筵難再。
난정은 사라졌고   蘭亭已矣,
재택도 폐허됐지.   梓澤丘墟。
떠나기 전 말씀 올려   臨別贈言,

좋은 연회 감사하고,   幸承恩于偉餞。

누각 올라 글을 씀은   登高作賦,

선비들께 배우는 일.   是所望于群公。

부족함을 다하여서   敢竭鄙懷,

짧은 서문 지은 끝에,   恭疏短引。

시 한 수에 운을 맞춰   一言均賦,

사운 팔구 이룰 테니,   四韻俱成。

반악이나 육기처럼   請灑潘江,

멋진 문장 펼치시라.   各傾陸海云爾。

"강가의 등왕각은 그대로인데   滕王高閣臨江渚,

여인들 노랫소리 간 곳 없구나.   佩玉鳴鸞罷歌舞。

아침마다 그림 같은 남포의 구름   畫棟朝飛南浦雲,

저녁 휘장 제치면 서산 안개비.   珠簾暮卷西山雨。

흰 구름 뜬 그림자 느릿한 햇살   閑雲潭影日悠悠,

계절 가고 별도 흘러 그 몇 해던가. 物換星移幾度秋。

누각의 등왕 태자 지금 어딨나?   閣中帝子今何在?

난간 밖엔 덧없이 강물 흐른다."   檻外長江空自流。[11]

---

11   謝冰瑩 等 譯註, 『新譯古文觀止』, 三民書局, 民86, p.524.

제목에서 '서'序란 연회나 시문의 모임이 있으면 그중 글 잘 쓰는 좌장격의 사람이 쓰는 '서문' 글이다. 서문을 쓰면 그 모임에서 지어진 시문을 묶을 때 지금처럼 맨 앞에 올린다. 「등왕각서」라는 이 아름다운 문장은 한문의 장점을 최대한 발휘한 명문이다. 원문으로 읽으면 그 멋을 흠뻑 느낄 수 있다. 글자 수에 따른 운율감과 성조에 따른 리듬감, 아름다운 수사와 장식이 많다는 점이 이런 문장의 특징이다. 문장에서 끊임없이 이어지는 '전고'典故는 아는 사람만 알 수 있다는 단점을 갖고 있다. 그러나 그게 바로 전고 수사의 장점이다. '전고'는 많은 이야기와 풍부한 의미를 단 몇 글자로 축소한 것이기 때문이다.

　이 문장은 전체적으로 글자 수의 배치는 물론, 처음부터 마지막까지 내용의 흐름이 완벽하다. 문맥의 흐름은 먼저 도시의 이름을 언급하고, 지형적 위치를 입체적으로 표현한다. 이어서 지역 인재와 물산의 특징, 연회에 참가한 훌륭한 빈객들을 칭찬한다. 그러고는 자신이 이런 연회를 만난 기쁨, 자신이 돌아본 연회 안팎의 풍경, 개인의 처지와 감회, 빈객들에게 권하는 당부 등 그야말로 완벽한 글쓰기이다. 끝부분에 "강가의 등왕각은 그대로인데"부터 "난간 밖엔 덧없이 강물 흐른다"까지는 왕발이 지은 시인데, 이 시는 아직도 많은 사람들이 즐겨 읊고 있다.

　이 문장에는 여러 가지 내용이 전개되지만 핵심적 주제는 뜻을 펴지 못하는 자신의 운명에 대한 탄식이다. 그것을 집약한 마지막 부분의 시는 흐르는 세월 속에 묻힌 등왕을 회상하며 자신의 처지를 슬퍼한다. 당시 왕발은 일찍 재능을 드러내서 이십대 초반에 관직을 제수받고 궁중에서 근무하고 있었다. 668년 재미로 쓴 문장 「격영왕계」檄

英王雞 때문에 고종의 노여움을 사 추방된다. 황자들 사이를 이간시킨 다고 오해받은 것이다. 게다가 왕발은 672년 괵주 참군으로 있을 때 관노를 죽인 죄로 파직 당했다. 그에 연루된 부친도 지금의 베트남 북부인 교지交趾로 귀양 간다. 왕발은 부친을 뵈러 가는 남행 길에서 남창을 지나다가 등왕각 연회에 참석하게 된 것이다. 그는 부친을 만나고 돌아오다가 676년 해남도海南島 근처에서 배로 바닷길을 이동하던 중 익사한다. 나이 스물일곱이었다.

앞의 시들은 모두 가슴속에서 터져 나오는 마음의 소리들이다. 사랑의 갈망, 꿈의 좌절, 포부의 구가, 이 모두 지으려고 지은 시가 아니라 마음속에서 솟구치는 생각이 언어로 그려진 것들이다. 왕발의 「등왕각서」에 나오는 시는, 시인의 눈앞에 펼쳐진 아름다운 정경 속에서 인생과 세월의 무상함을 잘 잡아냈다. 이 시는 읽는 이에게 묘한 여운을 남겨 준다. 등왕이 지은 이 거대한 누각이 여기에 이처럼 남아 있지만, 세월이 흘러 등왕도 죽고 여기에서 노래하고 춤추던 아름다운 여인들도 죽고 없다. '등왕'滕王은 당 고조 이연李淵의 아들 이원영李元嬰이다. 소주 자사로 있다가 홍도의 도독으로 부임하게 되자 소주의 가기 한 무리를 데리고 왔다. 당 영휘 4년(653), 홍도에 누각을 짓고 침식을 누각에서 할 정도로 가무로 세월을 보냈다. 예술에는 뛰어났으나 공적은 없다.[12] 그런데 이 누각 앞에는 그 옛날과 다름없이 강물이 흐르고 흰 구름이 떠가는 것이다. 왕발의 이 시는 하나의 메시지를 전한

---

12   "工書畫, 妙音律, 喜蝴蝶, 選芳渚遊, 乘青雀舸, 極亭榭歌舞之盛."(陳文燭, 「重修滕王閣記」)

다. 인생은 무상하다는 것, 모든 것은 변한다는 것이다. 그러나 '인생이 무상하고 모든 것은 변한다'고 말하지 않고, 그런 생각을 이처럼 정경에 실어서 그려 낸 시에는 알 수 없는 미묘한 여운이 있다. 실제의 허무함보다 더한 허무함을 느끼게 하고, 현실의 슬픔보다 더한 슬픔을 느끼게 하는 그 시적 여운의 실체는 무엇일까.

좋은 시에는 맛이 있다

당나라 중기의 이야기다. 성품이 고상하고 인물이 출중한 최호崔護 (772~846)는 과거에 급제한 뒤, 청명절 날 성남으로 산책을 나갔다. 그는 우연히 한 집을 발견하고 물을 얻어 마시려고 문을 두드렸다. 그때 집 안에서 젊은 여자가 나와 누구시냐고 묻는다. 최호는 이름을 말하고 물을 한 그릇 달라고 청했다. 그러자 그 여자는 집 안으로 들어가 물그릇을 들고 나와서는 최호에게 잠시 앉아서 드시라고 한 뒤 자신은 작은 복숭아나무 옆에 조용히 서 있었다. 최호는 그녀의 아름다운 모습에 감탄하며 몇 마디 허드레 말을 건넸으나 그녀는 잠시 쳐다보고 아무 말도 하지 않았다. 최호는 인사를 하고 그 자리를 떴다. 그러나 주고받은 눈길은 서로에게 잊지 못할 깊은 인상을 남긴다. 최호는 그 이듬해 다시 성남에 갈 일이 있어서 그 집을 찾아갔다. 문은 닫히고 아무도 없어 보였다. 그는 그 집 문에 다음과 같은 시를 한 수 써 놓고 돌아선다. '도성 남쪽의 집에 써서 붙이다'라는 제목이다.

제도성남장 題都城南莊
최호

지난해 오늘이네 이 문 앞에서	去年今日此門中,
그대 얼굴 복숭아꽃 함께 붉었지.	人面桃花相映紅。
그대 얼굴 지금은 어디 있을까?	人面不知何處在?
꽃은 다시 봄바람에 웃고 있는데.	桃花依舊笑春風。[1]

　며칠 뒤 다시 그 집을 찾은 최호는 집 안에서 나는 곡소리를 들었다. 황급히 들어가니 한 노인이 나와서 "자네가 최호인가?" 하고 묻는다. 그렇다고 대답하자 그 노인은 "자네가 내 딸을 죽였네" 하며 통곡을 한다. 노인이 말했다. "우리 딸은 어려서부터 글을 잘 썼지만 아무하고도 결혼을 하려 하지 않았네. 그런데 작년부터 넋이 나간 듯했지. 그러다가 며칠 전 외출했다가 돌아와 문에 붙어 있는 시를 읽었네. 그 뒤로는 며칠 동안 아무 것도 먹지 않다가 죽은 걸세. 나는 이미 늙어서 오직 이 딸 하나와 살다가 좋은 배필이 있으면 짝 지워 주고 함께 살려고 했지. 이제 불행하게 죽고 말았으니 자네가 죽인 거나 다름없네." 노인은 최호를 잡고 통곡했다. 최호가 방에 들어가 곡을 하는데 그녀는 아직 침상에 누워 있었다. 최호는 그녀의 머리를 들어 자신의 다리를 베게 했다. 그러고는 "내가 여기 왔소!" 하며 울었다. 그런데 잠시 후 그녀가 눈을 뜨는 것이다. 반나절 만에 그녀가 다시 살아나자 노인

1　　『全唐詩』, 上海古籍出版社, 1992, p.919.

은 크게 기뻐했다. 최호는 그녀를 데리고 집으로 돌아갔다.[2] 이 이야기는 당시唐詩 관련 여러 문헌에 전한다. 시는 퍽 심오하진 않지만 둘의 만남을 배경으로 시인의 마음이 진실하게 그려졌다. 특히 "그대 얼굴 복숭아꽃 함께 붉었지"라는 구절은 복숭아꽃 색깔로 덮인 여인의 수줍어했던 순간을 강렬하게 묘사하고 있다. 실제로 있었던 일의 한 삽화이기는 하나 이처럼 문자로 그려지면 그 시에는 알 수 없는 느낌의 미묘한 여운이 있다.

미묘한 여운. 이것이 좋은 시가 주는 알 수 없는 힘이다. 똑같은 의미라도 그것이 시에 실리면 감동이 다른 것이다. 다음에 볼 시처럼 세월의 무상함을 노래한 시는 중국 고전 시의 주류를 이룬다. '안사安史의 난'(755) 직전에 앞의 시인과 다른 한자 이름을 가진 최호崔顥(704~754)가 지은 칠언율시가 있다. 이 시는 이백李白(701~762)이 "이런 절경 보고도 시 못 쓰겠네 / 최호가 쓴 시가 더 멋있으니"[3]라고 하며 들었던 붓을 놓아 버렸다는 전설의 명작이다. 엄우는 『창랑시화』에서 이 시를 당대 칠언율시 중 최고의 시라고 칭찬한다.

---

2 "博陵崔護, 資質甚美, 而孤潔寡合, 擧進士第。清明日, 獨游都城南, 得居人藏。……崔擧其首枕其股, 哭而祝曰:'某在斯!' 須臾開目。半日復活, 老父大喜, 遂以女歸之。"(孟棨, 『本事詩·情感』) 이 이야기는 『태평광기』에도 전한다.

3 "眼前有景道不得, 崔顥題詩在上頭。" 명나라 양신(楊慎)의 『승암시화』(升庵詩話) 권11 『추쇄황학루』(搥碎黃鶴樓) 기록에 따르면, 사실 이 시구는 이백이 한 말이 아니라 최호의 시를 읽은 어느 선승의 글이라고 한다.

황학루黃鶴樓

최호

옛사람 황학 타고 멀리 떠나고	昔人已乘黃鶴去,
여기엔 황학루만 빈 채 남았다.	此地空餘黃鶴樓。
황학은 한 번 가고 오지 않는데	黃鶴一去不復返,
흰 구름만 덧없이 떠서 흐른다.	白雲千載空悠悠。
강가에는 푸르른 한양 나무숲	晴川歷歷漢陽樹,
앵무섬엔 무성한 꽃과 풀잎들.	芳草萋萋鸚鵡洲。
해는 지고 고향 길 어느 쪽인가	日暮鄉關何處是,
안개 낀 강 위에서 시름에 젖네.	煙波江上使人愁。[4]

호북성 무창武昌에 가면 지금도 오를 수 있는 이 황학루는 여러 차례 중건되었다. 당시 황학루는 옆의 황학산 때문에 붙여진 이름이다. 전설에 자안이 여기서 황학을 타고 신선이 되어 떠났다고 한다. 최호는 황학루에 올라가서 황학과 신선을 연상한다. 칠언율시로 지어진 이 시에는 황학이라는 단어가 세 번이나 연거푸 나온다. 그러나 의미의 자연스러움 때문에 중복된 느낌을 주지 않는다. 오히려 '흰 구름'과 함께 환상적인 느낌을 빚어낸다. 황학을 타고 갔다는 얘기는 아득하기만 한데, 흰 구름은 그제나 이제나 유유히 흐른다. 그리고 시인은 시

---

4   『全唐詩』, 上海古籍出版社, 1992, p.305.

선을 현실로 당겨서 나그네 된 자신의 시름을 말한다. 아름다운 정경, 그 정경 속에서 길을 지나는 나그네. 최호가 그린 것은 나그네의 시름뿐 아니라 삶을 살아가는 모든 생명의 시름이다. 나중에 이백은 지금의 남경인 금릉의 봉황대에 올라 최호의 이 시를 생각하며 시 한 수를 지었다.

등금릉봉황대登金陵鳳凰臺
이백

봉황대 위에서는 봉황 놀았지	鳳凰臺上鳳凰遊,
봉황 떠난 빈 대엔 강물 흐른다.	鳳去臺空江自流。
오나라 미녀들 묻혀 오솔길 됐고	吳宮花草埋幽徑,
진나라 고관들 무덤 언덕 되었네.	晉代衣冠成古丘。
삼산은 하늘 아래 길게 누웠고	三山半落青天外,
강물은 백로주로 갈라 흐른다.	二水中分白鷺洲。
언제나 뜬 구름은 해를 가리니	總爲浮雲能蔽日,
장안이 안 보여서 시름에 젖네.	長安不見使人愁。[5]

'금릉의 봉황대에 오르다'라는 제목의 이 시는 이백이 장안을 떠나서 금릉으로 내려와 지은 칠언율시다. 최호의 「황학루」와 함께 절창으

5   위의 책, p.265.

로 불린다. 마지막 연의 '뜬 구름'은 일반적으로 '간신배들'이라고 해석
된다. 황제에게 크게 쓰일 수 있는 자신을 간신들이 가로막고 있다는
비유다. 이백의 정치 지향적 꿈을 보았을 때 일리가 없는 것도 아니다.
그러나 이 시가 들려주는 말은 그게 전부가 아니다. 저 봉황대와 그 주
변에서 살았을 옛날의 미인들, 고관대작들 지금은 다 어디 있나. 풀과
흙에 뒤덮이며 잊힌 세월. 산은 그대로 거기에 있고 강물은 옛날과 다
름없이 흐른다.

   이 시들을 보면 명확하게 드러나는 공통점이 있다. 왕발의 「등왕각
서」의 시처럼 남아 있는 것들과 사라진 것들을 대비한다. 남아 있는 것
은 누각, 강물, 구름 등이고 사라진 것은 사람이다. 이를 통해서 이 시
들이 전하는 메시지는 하나다. 생명의 무상함이다. 산 것은 언젠가 죽
는다는 것, 존재하는 것은 언젠가 사라진다는 것이다. 시에는 누구나
공감할 수밖에 없는 이런 이치가 스며 있다. 다음의 시 역시 그런 전형
적인 작품이다.

대비 백두옹 代悲白頭翁
유희이

낙양성 동쪽의 복숭아꽃들	洛陽城東桃李花,
그 꽃잎 떨어져 어디로 갈까?	飛來飛去落誰家?
꽃처럼 어여쁜 낙양 처녀들	洛陽女兒好顏色,
지는 꽃잎 보면서 장탄식한다.	坐見落花長歎息。

저 꽃잎 지고 나면 우리도 늙어　　　　今年花落顏色改,
내년에는 누가 저 꽃 보고 있겠지?　　　明年花開復誰在?
소나무 백양나무 땔감이 되고　　　　　已見松柏摧爲薪,
뽕나무 밭은 끝내 바다 되겠지.　　　　更聞桑田變成海。

낙양성 동쪽에 옛사람 없고　　　　　　古人無復洛城東,
바람에 지는 꽃잎 우리가 보니,　　　　今人還對落花風。
년마다 해마다 꽃은 갈건만　　　　　　年年歲歲花相似,
해마다 년마다 사람 바뀌네.　　　　　歲歲年年人不同。

어여쁜 젊은이들 내 말을 듣게　　　　寄言全盛紅顏子,
늙은 사람 따뜻이 바라보라고.　　　　應憐半死白頭翁。
머리 하얀 늙은이 가련하지만　　　　　此翁白頭眞可憐,
예전엔 그로록 예뻤을 사람.　　　　　伊昔紅顏美少年。

멋진 공자들과 나무 아래서　　　　　　公子王孫芳樹下,
낙화 보며 춤추고 노래했었지.　　　　清歌妙舞落花前。
광록대부 화려하게 집을 꾸몄고　　　　光祿池臺開錦繡,
양장군 신선 그림 그렸었지만.　　　　將軍樓閣畫神仙。

하루아침 병들면 다 떠나가고　　　　一朝臥病無相識,
봄나들이 놀이는 누구와 할까?　　　　三春行樂在誰邊?
예쁜 청춘 그 즐거움 얼마나 가랴　　　宛轉蛾眉能幾時?

순식간에 헝클어진 흰머리 되네.　　須臾鶴髮亂如絲。

노래하고 춤추던 저곳을 보게　　但看古來歌舞地,
황혼 되니 까막까치 구슬피 우네.　　惟有黃昏鳥雀悲。[6]

　유희이劉希夷(652~680)가 쓴 이 칠언고시의 제목은 '머리 흰 늙은이
를 안타까워하며'라는 뜻이다. 고시는 네 줄마다 띄는 일 없이 계속 이
어진다. 이 책에서는 읽기 편하도록 약간의 간격을 뒀다. (뒤에 나오는
장편 고시들도 모두 내용의 전개에 맞춰 간격을 뒀다.) 세월과 함께 사
람도 흐른다. 젊음도 사랑도 흘러가 버린다. 어여쁜 꽃송이들, 아름다
운 새들의 울음, 이 모두가 흘러가는 것 아닌가. "년마다 해마다 꽃은
같건만/해마다 년마다 사람 바뀌네"라는 이 시구는 천년이 넘도록 많
은 사람들이 노래했다. 일부 문헌에는 당나라 초기의 시인으로 이름이
알려진 송지문宋之問이 외조카인 유희이의 이 두 구절을 자신의 시에
쓰게 달라고 했다는 기록이 전한다. 유희이의 이 시가 공개되기 전에,
자신이 지은 것처럼 자기의 시에 쓰겠다고 한 것이다. 유희이는 대답
을 하고도 어쩌다가 외부에 자신의 시로 공개를 하고 말았다. 화가 난
송지문은 시종을 보내서 흙 가마니로 유희이를 압사시켜 죽였다. 최근
의 연구 결과는 두 사람의 출생년도가 확실치 않아 이 기록을 믿기 어
렵다는 설이 있다. 『신당서』나 송지문의 「추련부」에는 천수 원년(690)
에 그가 20세였다는 기록이 보인다. 이는 유희이보다 20세 적다는 근

6　　위의 책, p.210.

63
좋은 시에는 맛이 있다

거다. 만약 이 기록을 부정하고 656년에 태어난 것으로 본다 해도 유희이보다 네 살 적은 나이로, 송지문이 그를 죽일 개연성이 적다는 논지다. 그러나 역사가들은 송지문의 인품이 좋지 않았기 때문에 대체로 이 사건을 실화로 여긴다.[7] 여러 문헌에 따르면 재능은 있지만 인품이 졸렬한 송지문이 조카를 죽인 것은 사실이라는 설이 지배적이다.

시구 하나 때문에 죽고 죽인 비극이 있었던 것이니, 그 시구가 도대체 얼마나 대단한 것이었을까. 만약 누가 '인생이란 참 허무하다'라고 말했다고 하자. 그 말에 공감하더라도 공명을 하게 되지는 않는다. 가슴 깊이 저려 오는 울림은 없다. 그러나 "년마다 해마다 꽃은 같건만/해마다 년마다 사람 바뀌네"라는 두 구절은 느낌이 다르다. 꽃은 똑같이 피건만, 그 꽃을 함께 보던 사람은 이제 죽고 없다. 자연스러운 리듬을 가진 채 글자 수가 같은 시구는 사람과 꽃이라는 대상에 기탁된 의미를 통해 그 감정이 증폭된다. 이런 선명한 대비 속에서 사람들은 가슴 찡한 공명을 하는 것이다. 황학루를 바라보는 시인 앞에, 천년 전 그대로 누각 위에는 구름이 떠 있다. 봉황대를 올라 보니 이곳에서 뛰놀던 그 어여쁜 여인들, 행세하던 고관대작들 다 어디로 갔나. 시간과 공간을 넘어서서 보니 세상이 허무하다. '허무하다'고 말하지 않아도 이런 그림, 이런 노래 속에는 그 전하는 의미가 진하다. 당시唐詩 중에서 잘 알려진 다음의 시 역시 그런 좋은 예이다.

7   蘇纓, 『大唐詩人往事』, 湖南文藝出版社, 2014, p.68~69.

회향우서이수回鄉偶書二首
하지장

젊어서 떠난 고향 늙어서 오니	少小離鄉老大回,
고향 말투 그대론데 머리 다 셌다.	鄉音難改鬢毛衰。
어렸을 적 아이들은 못 알아보고	兒童相見不相識,
어디서 오시느냐 웃으며 묻네.	笑問客從何處來。
고향을 떠나고 흘러간 세월	離別家鄉歲月多,
사람들도 세상도 다 바뀌었다.	近來人事半銷磨。
문 앞에 펼쳐진 경호의 물만	唯有門前鏡湖水,
봄바람에 여전히 찰랑거리네.	春風不改舊時波。[8]

'고향에 돌아와서 짓다'라는 제목의 칠언절구 두 수의 시다. 이 때문에 의미는 이어지지만 각운은 다른 음을 썼다. 시에서 '아동'兒童은 대부분의 중국 책들이 고향 마을의 '어린 아이들'을 가리킨다고 본다. 그러나 이 책에서는 시인이 고향을 떠나기 전의 친구들인 '마을 아이들'로 보아야 한다고 여겨서 '어렸을 적 아이들'로 번역했다. 당나라 천보 3년(744) 조정의 관직을 사직하고 지금의 절강성 항주의 고향으로 내려온 하지장賀知章(659~744)은 이미 여든여섯의 나이였다. 세월과 인생의 허망함을 이렇게 절실하게 표현한 시도 드물다. 사람도 세상도

---

8   『全唐詩』, 上海古籍出版社, 1992, p.266.

다 바뀌었는데, 호수의 그 물은 예전과 다름없이 물결치고 있다. 가슴이 시려 오는 울림을 주는 시다. 그렇다면 그 울림이란 어디서 오는가. 이 짧은 시들의 문자에 담긴 '의미'인가. 시구의 행간에 숨은 '말 맛'인가. 읊는 언어의 소리가 가진 '떨림'인가. 아니면 이 시가 실린 노래의 '곡조'인가. 그 어디에 사람을 울리는 힘이 그토록 진하게 스며 있단 말인가.

그 울림을 우리는 잠시 중국 고대 문인들의 말을 빌려 '맛'味이라고 하자. 글에서 풍기는 그 어떤 것을 '맛'이라고 처음 표현한 사람은 육기陸機(261~303)와 유협劉勰(465~520)이다. 육기는 「문부」文賦에서 문장이 "국물의 뒷맛 같은 것이 부족하나, 금현의 맑은 소리 같다"闕太羹之遺味, 同朱絃之淸汜고 하며 글을 '맛'으로 비유했다. 유협이 말한 '여미'餘味9도 문장에 대한 비유다. 이들은 그저 음식 맛으로 글을 비유했지만 나중에 그것을 시의 '맛'으로 설명한 사람은 남조 양나라 때의 종영鍾嶸(466~518)이다. 종영은 "오언시가 시를 쓰는 주류가 되면서 사람들이 재미(맛)를 느낀다"五言居文詞之要, 是衆作之有滋味者也고 했다.10 '미'味는 '맛'인 동시에 우리말 '멋'의 어원일 것이다. '맛'이 있으면 '멋'이 있다. 글이 보여주는 느낌이 대단히 멋있는데 그 멋스러움이 어디서 나오는지는 알 수 없다. 그 멋이 우리의 가슴을 울리고 눈물을 쏟게 한다. '맛'을 중국에서 흔히 말하는 다섯 가지 맛에 비유를 하면 매운맛·신맛·단맛·쓴맛·짠맛이다. 만약 이 '맛'을 그대로 시의로 가정해서

9   『文心雕龍 宗經第三』
10   郭紹虞 主編,『中國歷代文論選』, 中華書局, 1962, p.271.

매운맛은 좌절, 신맛은 회상, 단맛은 기쁨, 쓴맛은 허무함, 짠맛은 이별의 아픔 등으로 나눴다고 하자. 그렇다면 앞에서 읽어 본 시와 노래들은 저마다 자신의 맛을 가장 잘 표현해 낸 작품들이다. 이제 앞에서 본 시인들이 어떻게 시를 써서 그렇게 맛을 잘 냈는지, 그 맛의 원천을 찾아가서 맛을 내는 비결을 파악해 보자.

유아지경의 시를 그리다

춘강화월야 春江花月夜
장약허

봄 강은 밀물로 이어지면서   春江潮水連海平，
바다엔 밝은 달 물 위에 떴다.   海上明月共潮生。
한없이 반짝이는 파도의 물결   灩灩隨波千萬里，
그 어느 봄 강에 달이 없으랴!   何處春江無月明！

강물이 흐르는 들판의 꽃은   江流宛轉遶芳甸，
달빛 내려앉으니 싸라기 같네.   月照花林皆似霰。
서리가 날려도 알 수가 없고   空裏流霜不覺飛，
섬 위엔 흰 모래 보이질 않네.   汀上白沙看不見。

강물과 하나 된 티 없는 하늘　　　　江天一色無纖塵，
은은한 허공에 외로이 뜬 달.　　　　皎皎空中孤月輪。
그 누가 강가의 달 처음 봤을까　　　江畔何人初見月？
저 달은 언제 처음 그를 비췄나?　　江月何年初照人？

사람은 대대로 이어서 살고　　　　　人生代代無窮已，
강과 달은 해마다 여전하구나.　　　　江月年年秖相似。
저 달은 누구를 기다리는가　　　　　不知江月待何人，
강물은 한없이 흘러가는데.　　　　　但見長江送流水。

한 조각 흰 구름 유유히 뜬 곳　　　　白雲一片去悠悠，
청풍의 포구에는 한없는 시름.　　　　青楓浦上不勝愁。
누구네 집에서 떠난 배인가　　　　　誰家今夜扁舟子？
슬픔에 잠긴 이는 어디 있을까?　　　何處相思明月樓？

쓸쓸한 저 달도 홀로 가다가　　　　　可憐樓上月裵回，
그리운 내 님 경대 비춰 주겠지.　　　應照離人妝鏡臺。
주렴에 비친 달빛 걷지 못하고　　　　玉戶簾中卷不去，
다듬잇돌 달빛도 막지 못하리.　　　　擣衣砧上拂還來。

나의 이 그리움 전할 길 없어　　　　　此時相望不相聞，
달빛 가서 그 님을 비춰 주기를.　　　願逐月華流照君。
기러기 날아가도 빛은 못 가고　　　鴻雁長飛光不度，

물고기 노니는 곳 물결만 인다.　　　魚龍潛躍水成文。

어젯밤 꿈 호수에 꽃잎 지더니　　　昨夜閑潭夢落花,
봄은 다 가건만 만날 수 없네.　　　可憐春半不還家。
강물 따라 이 봄도 흘러만 가고　　　江水流春去欲盡,
서산에 또다시 달도 져 간다.　　　江潭落月復西斜。

달은 천천히 안개 속 지고　　　斜月沈沈藏海霧,
갈석산 소상강 멀기만 하다.　　　碣石瀟湘無限路。
달을 타고 그 누가 고향 갔던가　　　不知乘月幾人歸,
나무마다 지는 달 한없는 정회.　　　落月搖情滿江樹。[1]

사실 시인의 정회가 가서 닿지 않은 정경의 시가 어디 있겠는가. 제목은 그대로 '봄, 강, 꽃, 달, 밤'이다. 이 제목의 시는 원래 악부 가사였으므로 같은 제목의 시가 더 전한다. 그중에서 가장 유명한 것이 바로 당나라 초기 양주의 문인 장약허張若虛의 이 명편이다. 그의 시는 단 두 편만 전하는데, 이것이 그중 하나다. 신분과 생몰년이 정확히 밝혀지지 않은 장약허는 이 시 한 수로 천하에 이름을 남겼다. 「회향우서」를 쓴 하지장과 함께 지금의 강소 지역에서 활동한 사람으로 전한다. 원이둬聞一多(1899~1946)는 이 시를 두고 이렇게 말한다. "이 시는 시 중의 시요, 최고 중의 최고다. 이 시 앞에서 칭찬하는 말은 말장난

1　　　『全唐詩』, 上海古籍出版社, 1992, p.273.

이 아니면 모욕일 뿐이다."[2] 그는 앞에서 우리가 본 유희이의 시도 이 시를 위한 전주곡일 뿐이라고 한다.

시를 보면 '강'江이라는 글자는 12번, '월'月은 15번이나 나온다. 강과 달에 어우러진 정회는 사랑하는 사람을 보지 못하는 아쉬움으로 번진다. 이 또한 아름다운 울음이다. 얼마나 많은 사람들이 자신의 그리움을 달을 보며 달랬던가. 시는 초반부에는 먼 경치, 중반부에는 가까운 포구에서 누군가 이별하는 정경, 후반부에는 시인의 심경을 그렸다. 그리운 이를 그리워하는 시인은 달빛이라도 가서 그 님을 비춰 주기를 꿈꾼다. 나중에 읽어 볼 이백이나 백거이白居易의 시에서처럼 달은 사람과 사람을 이어 주는 매개물이다. 달은 거울처럼 멀리 있는 사람을 비춰 준다. 그러다 보니 시인들은 달에서 그리운 이의 얼굴을 보고, 달을 불러서 술을 들며, 달과 대화한다. 이 시에서 주목할 것은, 강이건 달이건 그 모든 정경에 시인 자신의 감정이 투사되어 있다는 점이다. 시의 정경에 시인의 심경이 얹힌 것이다.

청나라 말기의 학자 왕국유王國維(1877~1927)는 말한다. "시에는 유아지경有我之境이 있고 무아지경無我之境이 있다."[3] 이 두 용어를 곧바로 번역하면 '내가 있는 정경'과 '내가 없는 정경'이다. 어휘의 뜻만 가지고 문학적 해석을 한다면, '유아지경'은 시에 시인의 감정이 배어 있는 정경이다. '무아지경'은 시인의 감정이 안 보이는 정경이다. 사실 여기서의 '경'境이란 '정경'情景이라기보다는 '시적 경지'詩的境地라고 해야

---

2   聞一多, 『宮體詩的自贖』
3   王國維, 「人間詞話」, 『詞話總編』, 中華書局, 北京, p.4239.

할 것이다. 왕국유는 이를 '경계'境界라고 말했는데, 이에 앞서서 엄우의 '홍취' 興趣, 왕사정의 '신운'神韻, 원매의 '성령'性靈 등의 용어와 맥을 같이한다. 우리말로는 시가 보여주는 '시적 경지'라는 말이다.[4] '정경'이 시가 그려 내는 전체적인 그림이라면, '경지'란 그 시로 펼쳐진 세계다. 시적 세계는 시간과 공간, 현실과 몽환을 넘어서 있다. 그렇다면 그런 시적 세계에서 '내가 있는 정경', 즉 유아지경이란 무엇인가. 단어의 뜻을 넘어서서 좀 더 깊은 문학적인 분석이 필요하다.

> 눈물진 채 물어도 꽃은 말 없고　　　淚眼問花花不語,
> 그네 위로 날리네, 지는 저 꽃잎.　　　亂紅飛過鞦韆去。
> ─ 구양수

> 봄추위 견디려고 문을 닫으니　　　可堪孤館閉春寒,
> 두견새 소리에 지는 저녁놀　　　杜鵑聲裏斜陽暮。
> ─ 진관

왕국유는 앞의 말에 이어서 이런 시구를 '유아지경'이라고 했다. 여기서 첫 번째 주목할 것은 '아'我이다. '아'란 당연히 시를 짓는 시인이며, 주관적인 감정과 정서를 가진 주체다. 시란 감정의 언어로 지어진다. 정경과 정서의 펼침 없이 지어지는 시란 불교에서 말하는 수행자

4　　　"詞以境界爲最上。有境界則自成高格, 自有名句。五代北宋之詞所以獨絶者在此。"(王國維,「人間詞話」,『詞話總編』) 中華書局, 北京, p.4239.

의 시, 즉 '게송'偈頌일 뿐이다. 그러므로 '무아지경'과 '유아지경'을 달리 말하면 시인의 감정이 드러나지 않는 시가 있고, 시인의 감정이 드러난 시가 있다는 말로 이해된다. 그렇다면, 왕국유가 말한 '무아지경'과 '유아지경'의 '아'란 단순히 '시인의 감정'이라기보다는 좀 더 분명한 설명이 필요한 개념이다. 여기서는 왕국유가 제시한 시구를 분석하는 것으로 그 의미를 밝히려고 한다. 다음은 앞에서 왕국유가 예로 든 '유아지경'의 시구들이 나오는 시의 전문이다.

접련화 蝶戀花
구양수

정원이 깊다 해도 너무나 깊어	庭院深深深幾許。
버드나무 사이로 안개 끼었고,	楊柳堆煙,
겹겹이 둘러친 주렴과 휘장.	簾幕無重數。
남정네들 말 타고 가 모여 노는 곳	玉勒雕鞍遊冶處。
누각에 올라서도 보이지 않네.	樓高不見章臺路。

비바람 몰아치는 늦은 춘삼월	雨橫風狂三月暮。
황혼에 문빗장을 닫아걸어도,	門掩黃昏,
어떻게 붙잡으랴 떠나가는 봄.	無計留春住。
눈물진 채 물어도 꽃은 말 없고	淚眼問花花不語,
그네 위로 날리네, 지는 저 꽃잎.	亂紅飛過鞦韆去。[5]

「접련화」는 시의 제목이 아니라 곡조의 제목이다. 이런 중국 고전 시를 '사'詞라고 하는데, '사'란 노래 가사라는 뜻이다. 대부분 당나라 때 외국에서 들어온 노래나 민간에서 유행하는 곡조에 문인들이 써 넣은 가사를 말한다. 이는 시민 계층이 발달한 송나라 때 크게 유행하며 불린 일종의 노래시인 셈이다. 노래시인 까닭에 대부분 상하 두 절로 나뉘고 위아래 절의 글자에 같은 글자 수와 같은 평측, 같은 각운을 쓴다. 이 「접련화」의 경우 상하 두 절에 60자로 쓰였다. 앞에서 살펴본 신기질의 「서강월」, 육유나 당완의 「채두봉」 시도 노래 가사이기 때문에 각 구절의 글자 수가 고르지 않았던 것이다. '사'란 한마디로 말하면 가사이며, 지어진 뒤 곡조에 실려 불린 시이다. 이 책에서는 이 모든 '사'를 '시'로 통칭했다.

「접련화」는 시인이 남편을 그리는 신혼의 여성을 대신해서 표현한 노래다. 남편은 친구들과 함께 번화가인 '장대로'章臺路로 놀러 가고 없다. 시에는 깊은 정원이 있는 저택의 규방에서 저물어 가는 봄의 허망함을 홀로 안타까워하고 있는 신부의 애절한 마음이 드러난다. 봄이란 젊음이며 사랑의 계절이다. 가사에서는 사랑을 받지 못한 채 흘러가는 젊은 여인의 세월이 한없이 안타깝게 그려지고 있다. 왕국유는 이 노래의 마지막 두 구절에 주목한다. 눈물을 흘리며 꽃에게 말을 거는 여인. 외로움에 겨운 여인은 뜰 안의 꽃에게 묻는다. 그러나 꽃은 말 없고, 그 꽃잎 역시 여인의 젊음처럼 한 잎 한 잎 떨어져 그네 위를 지나는 바람에 날린다. 세월 따라 가는 봄은, 붙잡으려 해도 붙잡을 수 없

---

5   『全宋詞』, 中華書局, 1992, p.162.

는 황혼처럼 스러지고 있다.

시를 보면 앞에서는 커다란 정원이 있는 집안 정경을 수묵화처럼 전체적으로 스케치했다. 백양나무 버드나무가 우거진 정원 깊숙이 여인이 있는 안채의 건물은 안개에 뒤덮여 있다. 넓고 깊은 정원의 분위기를 시인은 연거푸 세 개의 '심'深자로 그려 낸다. '심기허'深幾許라는 말은 '얼마나 깊으면'이라는 뜻이다. 안개와 깊은 정원의 분위기는 사랑하는 사람과의 단절을 암시한다. 그 사람이 있는 곳은 술집이 있고 여인들이 있는 유흥의 거리다. 깊은 안개 속에서 커다란 집에 홀로 남아 있는 여인의 마음은 온통 사랑하는 님에게 가 있다. 두 번째 시에서는 시선을 당겨서 화면이 여인에게 집중된다. 대화를 나눌 사람도 없고, 그 외로운 심정을 꽃에게 전해 본다. 꽃잎은 말없이 바람에 날릴 뿐이다.

다음 시에도 역시 왕국유의 주목을 받은 유아지경의 시구가 있다.

답사행踏莎行
진관

누대에는 열은 안개   霧失樓臺,
나루터엔 흐린 달빛   月迷津渡,
도원으로 가는 길 찾을 수 없네.   桃源望斷無尋處。
봄추위 견디려고 문을 닫으니   可堪孤館閉春寒,
두견새 소리에 지는 저녁놀.   杜鵑聲裡斜陽暮。

유아지경의 시를 그리다

역 앞에 핀 매화 같은	驛寄梅花,
친구가 보낸 편지	魚傳尺素,
섬돌 위엔 한없는 시름 쌓이네.	砌成此恨無重數。
침강 강물 침산으로 둘러 있건만	郴江幸自繞郴山,
누굴 위해 흘러가나 소상강으로.	爲誰流下瀟湘去。[6]

송나라 소성 4년(1094) 소식이 두 번째 귀양을 영남으로 가면서 소식 문하에서 공부한 죄로 연루된 황정견, 장뢰, 조보지, 진관秦觀 등도 남쪽으로 떠나야 했다. 이 시를 쓴 진관은 3년 뒤 침주로 좌천되었는데 이 가사는 바로 그때 쓰인 것이다. 「답사행」은 노래의 곡목이다. 이 당시 황제는 아직 젊고, 간신들이 득세를 했으므로, 이 가사의 앞부분처럼 "누대에는 옅은 안개／나루터엔 흐린 달빛／도원으로 가는 길 찾을 길 없네"라고 했던 것이다. 도원은 도연명의 무릉도원으로 알려진 호남성 상덕이다. 시인은 이어서 '봄추위'春寒를 '견딜 만하다'可堪고 썼다. '춘한'春寒이란 계절의 날씨를 가리키는 시어이기도 하지만 시인 자신의 심경을 가리키는 것이기도 하다.[7]

이런 관점은 다소 정치적인 배경을 강조한 흠이 있기는 한데, 당시 시인의 처지와 환경을 검토해 보면 일리가 없는 것도 아니다. 앞의 두 구절에서 '실'失과 '미'迷라는 글자로 시인은 이미 의지할 곳 잃은 심경을 그린다. 이어지는 구절에서 사라진 '도원의 꿈'은 그의 절망적인 정

---

6   위의 책, p.460.
7   "此詞絶高, 但既云斜陽, 又云暮, 則重出也。欲改斜陽爲帘櫳。"(黃庭堅, 『踏莎行. 郴州 旅舍』) 萬文武, 『人民日報海外版』, 2000년 6월 29일 제7판 참조.

서를 보여준다. 사실 이 구절은 심경을 그리기 위해 정경을 조합한 의혹이 짙다. 현실의 '실경'이라기보다는 마음속의 '실경'인 셈이다. 진정한 실경은 이어지는 두 구절에 있다. 덩그러니 있는 외딴 숙소에서 홀로 봄추위를 느끼는 시인은 '가감'可堪이라는 글자로 자신의 현실을 포착한다. 시에서는 '견딜 만하다'고 했지만 이 두 글자는 사실 견디기 어려움을 호소하는 시어다. 게다가 저녁 무렵 들리는 두견새 울음소리는 시인의 마음을 더더욱 아프게 했을 것이다. 시인이 그려 낸 이 쓸쓸한 정경을 왕국유는 또 하나의 '유아지경'이라고 한다.

앞의 두 시를 보면 '유아지경'이란 시인이 그려 낸 정경에 시인 자신의 감정이 이입된 것이다. 달이나 꽃을 시로 그렸는데 그 달과 꽃에 슬픔이나 그리움이 배어 있는 것이다. 유아지경의 시로 가장 잘 알려진 노래 중에서 송나라 유영柳永(약 987~1053)의 다음 작품만큼 심금을 울리는 가사도 드물다.

우림령雨霖鈴
유영

가을 매미 울어대는 객사의 저녁	寒蟬凄切, 對長亭晚,
소나기 그쳤어도 술은 맛없다.	驟雨初歇。都門帳飲無緒,
우릴 보고 뱃사공이 재촉하지만	留戀處, 蘭舟催發。
두 손 잡고 젖은 눈에 목만 메인다.	執手相看淚眼, 竟無語凝噎。
떠날 것을 생각하면 길 아득한데	念去去, 千里煙波,
저녁연기 깔리는 드넓은 하늘.	暮靄沈沈楚天闊。

정 많으면 언제나 이별이 슬퍼	多情自古傷離別,
쓸쓸한 가을 한철 어찌 보내리!	更那堪冷落清秋節!
오늘 밤 어디에서 취해 있을까	今宵酒醒何處?
버들 강가 새벽바람 달 아래겠지.	楊柳岸, 曉風殘月。
이별 뒤엔 좋은 경치 다 소용없다	此去經年, 應是良辰好景虛設。
가슴속 그대 생각 가득하여도	便縱有千種風情,
그 누구와 속마음 나누어 볼까?	更與何人說?[8]

이 곡목 「우림령」은 백거이 편에서 다시 언급하겠지만, 죽은 양귀비楊貴妃를 그리워하며 당 현종이 악사에게 짓도록 하면서 전해진 애상의 노래다. 1행의 '장정'長亭은 당시 규정에 따라 10리마다 하나씩 지어진 역전 여관이다. 6행의 '초천'楚天은 옛날 초나라의 땅이니, 이곳이 양자강 중류 지역임을 알게 한다. 송나라 때의 유명한 시인인 유영은 이 곡목에 '연인과의 이별'을 이처럼 아름다운 시로 그려 넣었다. 위의 절은 사랑하는 사람과 이별하는 장면, 아래 절은 이별 뒤에 처할 쓸쓸한 정경을 묘사했다. 헤어짐이 괴로워 눈물을 삼키며 멀리 바라본 하늘. 그 하늘에는 저녁연기와 구름이 시인의 심정처럼 나지막이 깔린다. 이제 한번 떠나면 오늘 밤 낯선 곳, 온통 가슴 시린 새벽의 달빛 아래에서 혼자 술에 취해 있으리라. 그리고 해가 바뀌며 아무리 좋은 계절이 와도, 나의 이 사랑의 마음을 나눌 사람은 거기 없으리라. 이별의 슬픔과 애수를 가장 잘 그려 낸 노래 가사로 알려진 시다.

8   『全宋詞』, 中華書局, 1992, p.21.

강 위에 뜬 밝은 달을 보아도, 정원의 꽃밭에 핀 꽃들을 보아도, 그 속에 사랑하는 사람의 얼굴이 어른거린다. 황혼에 들려오는 두견새 소리는 멀리 객사에 잠시 머문 외로운 나의 심정을 대신해서 우는 것 같다. 사랑하는 사람과 헤어지는 강나루에서 보는 하늘에는 슬픔이 가득하다. 이 모두 애상의 정경이 아닌 게 없다. 그렇게 본다면 '유아지경'이란 한마디로 시인의 심경을 시의 정경에 이입시킨 정서적 그림이다. 평소에는 응고되어 있다가 물 등을 만나면 전류가 통하는 전해질처럼, 감정은 사람의 내면에서 소리 없이 있다가 문득 어떤 정경을 그린 언어와 결합하면 격렬한 파동을 일으킨다. 그 파동이 바로 한유가 말하는 '시인의 울음'이다.

신기질은 절망적인 나라의 현실을 보며 뜻을 못 펴서 울었고, 육유와 당완은 첫 사랑의 이별을 아파하며 울었다. 저 오래전 상나라 주나라 때의 백성들도 사랑이 그리워 울었고, 삶이 고달파 울었다. 전국시대 초나라의 굴원도 버려진 자신과 불행한 인생을 한탄하며 울었다. 이 모든 울음에 시인의 감성이 배어 있지 않은 게 없다. 슬픔은 응고성이 강하다. 시는 응고된 것을 풀어 주기 때문에 시인은 슬픔을 그려 낸다. 그것이 '유아지경'이다. 그렇다면 역사상 가장 잘 운 사람은 누구인가. 섬세한 감수성과 천부적인 글 솜씨로 유아지경의 시를 가장 현란하게 쓴 사람은 다름 아닌 이백이다. 이백을 필두로 이제부터 역사상 아름다운 '유아지경'을 그린 시인들을 따라가 본다.

이백, "그대와 천만 시름 잊고 싶어라"

한 시인의 시에서도 유아지경의 시가 나올 수 있고, 무아지경의 시가 나올 수 있다. 젊은 시절에는 유아지경이었다가 나이 들며 무아지경의 시를 쓰기도 한다. 한 수의 시에도 구절에 따라 다른 경지가 보일 수 있다. 그러나 대체로 각각의 시인에게는 주된 선율이 있다. 그것이 만들어 내는 세계가 '경'境이다. 대자연의 정경에 자신의 심경을 가장 잘 실은 시인, 고대 중국의 낭만적 시풍의 종주, 그가 이백李白(701~762)이다.

정야사靜夜思
이백

마루 앞의 달빛 보니　牀前明月光,
땅 위에 서리 온 듯.　疑是地上霜。

고개 들어 달을 보고　　擧頭望山月,

고개 숙여 고향 생각.　　低頭思故鄕。[1]

　'밤의 생각'이라는 제목의 이 시는 이백이 스물여섯 되던 해 양주에서 지은 오언절구다. 때는 당 현종 개원 14년(726) 9월 15일이다. 땅 위에 어린 달빛은 마치 서리 내린 듯 보인다. 그 순간 올려다보는 달, 저 달빛은 고향 땅에도 비치고 있을 것이다. 역대로 이 시에 대해서 수많은 사람들이 좋은 평가를 했다. 우리말로 읽을 때 둘째, 넷째 구절의 마지막 글자가 '상'霜과 '향'鄕이다. 이런 각운은 소리를 길게 끌게 함으로써 여음이 오래 남는다. 대구對句 역시 절묘하게 달과 고향이 짝을 이루게 했다. 시의 첫 번째 글자인 '상'牀은 내내 '침대'로 이해하는 경우가 많아서 논쟁이 돼 왔다. 고개를 들고 숙이는 등 시의의 전개상 '침대'일 수가 없다는 것이다. 현대에 들어서 이를 우물 난간으로 보기도 했지만, 중국 고대 건축물에서 처마 아래 바깥으로 트인 공간인 '첨랑'檐廊—툇마루라고 해야 자연스럽다.[2] 이 시는 사실 단순하고 간결한 서정의 노래다. 어려운 글자나 심오한 의미가 없다. 시에서의 뛰어난 묘사는 달빛—서리—명월—고향으로 이어지는 자연스러움에 있다. 잘 지은 시이기는 하지만 대단한 시라고는 할 수 없다. 천보 3년(744)에 지은 다음의 시야말로 이백 시의 특징을 잘 보여주는 작품이다.

1　　淸 王琦 注, 『李太白全集』, 中華書局, 1990, p.346.
2　　周同科, 「"床前明月光"本義與"床"—"牀"通假字說」, 『南京大學學報』, 2013년 06기.

파주문월 把酒問月
이백

저 하늘 밝은 달은 언제 생겼나	靑天有月來幾時?
술잔을 든 채로 하늘에 묻네.	我今停杯一問之。
사람이 달 가기는 불가능하니	人攀明月不可得,
사람을 따라서 달이 흐른다.	月行却與人相隨。
밝은 거울처럼 누각에 떠서	皎如飛鏡臨丹闕,
안개가 질 때까지 빛을 발하네.	綠煙滅盡淸輝發。
바다 위 솟아오른 밤하늘 저 달	但見宵從海上來,
새벽 되면 구름 속 사라져 가리.	寧知曉向雲間沒。
약을 찧는 옥토끼 세월 보내는	白兔擣藥秋復春,
달 위의 항아는 누구와 살까.	嫦娥孤棲與誰鄰。
우리는 그 달을 못 보았지만	今人不見古時月,
이 달은 그 시절 비추었겠지.	今月曾經照古人。
그제나 이제나 세월 흐르고	古人今人若流水,
저 달 보는 것은 마찬가지네.	共看明月皆如此。
오직 술잔 들고 노래 부를 때	唯願當歌對酒時,
저 달빛 언제나 잔에 비추리.	月光長照金樽裏。[3]

'술잔을 잡고 달에게 묻다'라는 제목의 이 시는 이백의 낭만적인 성격이 잘 드러난다. 달과 대화하는 시인. 달을 친구 삼는 시인. 그러나 그 낭만 속에는 고독과 좌절이 뒤섞여 있다. 그의 모든 시에서 가장 많이 쓰인 글자는 '하늘'天이다. 이백은 하늘나라가 아닌 땅, 즉 당나라라는 현실 세상과 어울리지 못하는 사람이었다. 당시 시인 하지장이 이백을 하늘에서 귀양 온 신선이라는 뜻으로 '적선'謫仙이라고 한 것은 우연이 아니다. 이백은 외모가 보통의 중국인과 달랐다. 뚜렷한 이목구비에 강한 개성을 가진 이백은 보기에도 범상치 않았다. 이백을 임종했던 이양빙李陽氷의 기록에 의하면, 그는 지금의 위구르자치구 위쪽의 키르기스스탄에서 태어났다. 이양빙의 「초당집서」草堂集序, 범전정范傳正의 「당좌습유한림학사이공신묘비」唐左拾遺翰林學士李公新墓碑에서 이백의 출생지를 키르기스스탄의 타크마크 서남쪽에 있던 쇄협碎叶으로 기록했다.[4] 중국의 저명한 역사학자 천인커陳寅恪(1890~1969) 등은 그가 서역 민족의 후예라고 단언한다. 그는 이양빙과 범전정의 기록을 토대로 그의 부친이 복성複姓을 가진 서역인이며 사천에 이주해서 이씨 성을 갖게 됐다고 한다. 이에 대해서 수많은 학자들이 반론을 제기했으나 지금까지 완벽하게 뒤집지는 못했다.[5] 이런 관점이 거북했던 궈모러郭沫若(1892~1978) 등 후대의 학자들은 이백이 한족이라고 주장

---

3   淸 王琦 注, 앞의 책, p.941.

4   阮堂明, 「陳寅恪的李白觀述論」, 『中國李白硏究(2005年集)―中國李白硏究會第十一次學術硏討會論文集』 참조.

5   "則其人之本爲西域胡人, 絶無疑義矣."(陳寅恪, 「李太白氏族之疑問」, 1935) 이 논문은 천인커의 저서 『金明館叢稿二編』에 실렸다. 천인커는 「書唐才子傳康洽傳後」(1951)에서도 일관된 관점을 유지했다.

하지만 이민족 부친과 한족 모친 사이에서 태어나 중국인으로 성장한 혼혈인일 가능성이 크다. 일본의 마츠우라 도모히사松浦友久는 그의 논문에서 이백이 이민족인 부친과 한족인 모친 사이에서 태어났다는 결론을 제시했다.[6] 출생의 신비처럼 그는 문채가 뛰어날 뿐 아니라 언행도 개성이 넘쳤다. 사천에서 지낸 젊은 시절에는 항상 검을 차고 다니며 협객을 자처했다. 그는 자신이 느끼기에도 세상과 잘 어울리지 못하는 사람이었다. 이백은 궁중에 들어가기 전 안륙安陸에서 생활하며 때로는 산에 들어가 지내기도 했다. 그 당시 지은 시 한 수.

산중문답山中問答
이백

어째서 산에 사나 내게 묻지만	問余何意棲碧山,
웃고 대답 않으니 마음 편하네.	笑而不答心自閑。
복숭아꽃 물에 떠서 흘러가는 곳	桃花流水窅然去,
풍진 세상 아닌 곳이 바로 여길세.	別有天地非人間。[7]

'벽산'碧山은 호북성 안륙에 있는 산 이름이다. '요'窅는 '아득히 멀리'라는 뜻이다. 어느 판본에는 '완'宛으로 돼 있으나 같은 뜻이다. '인간'人間은 '사람 사는 세상'을 가리킨다. 이 시는 이백이 벽산의 도화암

---

6   松浦友久 著, 張采民 譯,「李白的出生地及家世—以異族說的再研究爲中心」,『中國李白研究』(一九九零年集·下), 1990.

7   淸 王琦 注, 앞의 책, p.874.

에 살 적에 쓴 칠언절구다. 속세를 벗어난 초연함을 보여주는 시 같지만 사실은 현실에 대한 부적응에서 온 안타까운 자위였다. 그는 풍진 세상을 경륜하고 싶었으나 그것은 그의 생각뿐이었고 대부분의 시인들처럼 현실적으로는 불가능했다. 이백의 경우는 근본적으로 그럴 만한 능력이 없었다. 더구나 시인이 추구하는 가치와 세속인이 추구하는 가치는 근본적으로 다르기 때문이다.

그는 과거 시험에 한 번도 응시하지 않았다. 최근 중국 학자 양차이화楊采華는 이백이 과거 응시를 하지 않은 이유가 그에게 '적관'籍貫이 없었기 때문이라고 한다. 그의 이런 주장은 이백이 외지에서 온 혼혈이라는 설을 뒷받침 한다. 오늘날의 호적 개념인 '적관'이 없다면 당시 과거에 응시할 수 없었다.[8] 결국 이백은 전국을 떠돌면서 스스로 '큰 뜻'을 펼칠 수 있는 길을 모색해야 했다. 이백은 관중管仲이나 안영晏嬰같이 제왕을 보필하는 능력으로 천하를 경륜하고 싶었다.[9] 그러나 준비 안 된 정치 지망생처럼, 현실을 직시하지 못한 소홀함과 과도한 이상은 그를 정치적 '소외자'로 만들었다. 장안에서는 세도가들과도 친분을 가졌지만 제도권에 들어갈 자격과 실력을 갖추지 않은 그에게 좀처럼 기회가 오지 않았다. 이백은 삼십대에 장안을 오가며 주로 호북성 무한 근처의 안륙에서 살았다. 서른다섯에는 장안에 가서 하지장을 만나 자신의 시를 보여주고 크게 인정받는다. 742년 마흔둘의 이백은 당 현종의 여동생 옥진공주玉眞公主와 도사 오균吳筠 등의 추천으

---

8   楊采華, 『李白家世及生平探秘』, 中國工人出版社, 2015.
9   "申管晏之談, 謀帝王之術, 奮其智能, 願爲輔弼, 使寰區大定, 海縣清一."(李白, 「代壽山答孟少府移文書」)

로 황제 현종을 만날 기회를 잡았다. 그가 '하늘 향해 크게 웃으며 문을 나선 것'[10]으로 보아 이백은 이때 재상이나 그에 가까운 벼슬을 기대했을 것이다. 그러나 그는 고작 한림원의 한림학사 서리였다. 한림학사이긴 한데 황제가 부르면 달려가서 시와 문장을 짓는 궁중 문인이었다. 이백은 크게 실망했다. 더구나 이백의 방자한 언행에 주위의 시선도 곱지 않았다. 2년도 채 되지 않아 이백은 황궁을 떠났다.

장안을 떠나 낙양에 도착한 이백은 그때 자기보다 열한 살 적은 천고의 시인 두보杜甫(712~770)를 만난다. 당시 이백은 이미 전국적으로 유명인사가 되어 있었다. 서로는 곧 친구가 됐다. 재상 이임보李林甫(683~753)의 부패한 정치 하에서 두보는 거듭 과거에 낙방하고 있었다. 이임보는 당 현종 초기 명재상 장구령張九齡(678~740)의 후임으로 재상이 되었다. 현종 당시의 재상 중 가장 오랜 기간인 19년간 재임하며 당나라를 부정과 부패로 몰고 갔다. 이런 권력의 농단에는 두 가지 방법이 동원됐다. 하나는 여론을 차단하고 권력을 자신에게만 집중하게 하는 일이다. 다른 하나는 인재의 진출을 막고 사적인 인맥으로 인사 관리를 하는 것이다. 아무도 옳은 소리를 못하게 하고 자신의 입만 쳐다보게 했다. 그러다가 '안사安史의 난'이 일어나기 직전인 753년 병으로 죽었다. 사실 '안사의 난'이 일어나고, 당시 세계 최고의 문명대국이던 당나라가 멸망의 길로 들어선 것은 이임보가 근 20년간 저지른 죄의 업보일 것이다. 궁극적으로는 그런 자를 2인자로 불러들인 황제의 자업자득이기도 했다.

10   "仰天大笑出門去."(李白,「南陵別兒童入京」)

당시 귀족의 자제가 아닌 사람이 관직에 오르는 방법은 두 가지였다. 하나는 과거 시험이고 다른 하나는 지방 관서의 막료가 되는 것이다. 막료가 되어 실력을 인정받으면 중앙 관직으로도 진출했다. 실력으로 뽑는 과거 시험에는 부정이 자행됐다. 종종 배경을 보거나 천거 등의 수법이 우선시됐다. 그때에도 시험을 폐지하거나 변화를 주는 것은 대부분 기득권 세력이 자신의 자제를 유리하게 하기 위한 술수였다. 두보는 최고의 시인이며 문장가로 과거 급제는 당연한 것이었지만 계속해서 떨어졌다. 두보를 만난 이백도 더 이상 관직에 미련을 두지 않기로 했다. 744년 마흔넷의 그는 산동의 제남에 가서 도사로 입적했다. 어려서부터 믿었던 도교에 정식으로 입문한 것이다.

755년 11월 9일, '안사의 난'이 터진다. 당나라에게 북방 민족은 항상 두려움의 대상이었다. 안록산安祿山(703~757)은 북방 방위 책임자로 범양과 하동의 절도사였다. 이임보 직전의 재상 장구령은 일찍이 현종에게 안록산의 관상이 반역자의 상이므로 당시 저지른 죗값을 물어 처형해야 한다고 조언했다. 이임보도 각종 정보를 입수해서 그가 반란을 일으킬 것이라고 예언했다. 그러나 현실 상황에 안주한 현종은 그 말을 듣지 않았다. 북방의 소수민족인 안록산은 스스로 옷을 입지 못할 정도로 뚱뚱하고, 넉살이 좋아서 현종의 환심을 샀다. 양아들로 행세하며 열여섯 살이 적은 양귀비에게는 어머니라고 불렀다. 서른을 갓 넘은 양귀비는 안록산을 자기 아들처럼 옷을 벗기고 몸을 닦아 주며 놀았다고 한다. 『자치통감』에 전하는 기록 '세아'洗兒 두 글자 때문에 두 사람은 내내 사통 관계라고 후세 사람들의 의심을 받았다. 이처럼 황제는 물론 궁중 핵심 인물들과 가까워지며 현종 왕조의 부패상과 조정의 허술함을 알게 됐던 것이다.

이백은 여산廬山에 은거하다가 이듬해 또 다른 군부 세력인 영왕永王 이린李璘의 막부에 합류한다. 2년 뒤 이린은 진압되고 그에 연루된 이백은 지금의 중경시 바로 남쪽에 있는 동재(당시의 이름은 야랑)로 귀양 간다. 다시 2년 뒤 지독한 가뭄이 이어지자 조정은 사형수에게는 귀양을, 귀양 조치 이하의 처벌을 받은 죄수에게는 완전 사면을 단행한다. 쉰아홉의 이백은 이때 사면되어 "아침에 흰 구름 속 백제성 떠나/천리 길 강릉을 하루에 왔네.//강가에는 잔나비 소리 끊임없는데/내 배는 수많은 산 금세 지났다"(「早發白帝城」)[11]라는 시를 쓰며 양자강을 타고 동쪽으로 내려온다. 그 뒤로 이백은 지금의 안휘성 땅인 당도當塗에서 친척 이양빙에게 의지해서 살다가 예순둘의 나이로 죽는다.

이백의 시에서 가장 잘 알려진 시는 단연 「장진주」將進酒다. 이백에게 술은 시였으며 시는 술이었다. 이 시는 시인의 자유분방하고 낭만적인 정신세계를 잘 보여준다. 때문에 그는 '시선'詩仙이라는 멋진 별명을 얻었다. 그러나 그 낭만 속에는 비애와 탄식이 배어 있다. 시를 짓는 신선으로서의 세상살이가 쉽지 않았던 것이다. 「장진주」의 '장'將은 권한다는 의미의 '권'勸과 같다. 원래 한나라 악부시 곡목인 「장진주」 노래에 맞춰 지은 시다.

---

11   "朝辭白帝彩雲間, 千里江陵一日還。兩岸猿聲啼不住, 輕舟已過萬重山。"

장진주將進酒
이백

그대는 못 보았나 황하의 강물	君不見黃河之水天上來,
바다에 한번 가면 못 돌아오네.	奔流到海不復回。
또 보지 못했는가 백발의 슬픔	君不見高堂明鏡悲白髮,
검은 머리 저녁 되니 하얗게 셌네.	朝如靑絲暮成雪。
인생무상 알았다면 기쁨 누리게	人生得意須盡歡,
달빛 아래 좋은 술을 놔두지 말고.	莫使金樽空對月。

하늘이 나를 낼 땐 쓸 곳 있으며	天生我材必有用,
천금도 흩어지면 돌아오는 법.	千金散盡還復來。
양과 소를 잡아서 잔치를 벌여	烹羊宰牛且爲樂,
한 번에 삼백 잔의 술을 마시리.	會須一飮三百杯。

잠부자여 단구생이여	岑夫子, 丹丘生,
술잔을 권하노니 멈추지 말게.	將進酒, 杯莫停。
한 곡조 부르리라 그대들 위해	與君歌一曲,
내 노래에 귀들을 기울여 다오.	請君爲我傾耳聽。

좋은 음식 좋은 술 귀할 것 없네	鐘鼓饌玉不足貴,
그저 맘껏 취하고 깨지 말기를.	但願長醉不用醒。
옛날의 성현 모두 죽고 없으니	古來聖賢皆寂寞,

잘 마시는 자만이 이름 남기리.　　惟有飮者留其名。

진왕이 그 옛날 평락전에서　　　陳王昔時宴平樂,

수만 동이 술을 놓고 크게 즐겼지.　斗酒十千恣歡謔。

주인인 내가 어찌 돈 없다 하랴　　主人何爲言少錢,

좋은 술 더 사다가 함께 마시세.　　徑須沽取對君酌。

최고의 명마와 천금의 갑옷　　　五花馬, 千金裘,

종놈 불러 시켜서 술과 바꿔 와　　呼兒將出換美酒,

그대와 천만 시름 잊고 싶어라.　　與爾同銷萬古愁。[12]

　이 시는 이백이 한림학사 직을 그만두며 장안을 떠나고 나서 지은
작품이다. 인생은 덧없고 운명에 따라 살 뿐이다. 마음껏 마시며 이 순
간을 즐기리라. 통쾌하게 보이는 이백의 이런 호방함 속에는 깊은 시
름이 깔려 있다. 자신이 생각하는 이상과 현실이 맞지 않았던 것이다.
그는 조정의 관료 생활에 적응을 못했다. 자신은 재상이라도 할 수 있
을 것처럼 여겼지만, 현실에서의 그는 아무런 준비도 안 된 낭만 시인
이었을 뿐이다.
　이백은 관직에 들어갈 준비를 하지 않고 협객을 자처한 것처럼, 그
의 시가도 역시 고정된 틀을 벗어나 자유분방했다. 시의 형식뿐만 아
니라 그의 생각과 사상도 절세의 경지를 열었다. 이백은 하늘로부터

12　　清 王琦 注, 앞의 책, p.179.

받은 문재를 지닌, 자유로운 영혼을 가진 인물이었다. 이백과 동시대의 시인인 맹호연孟浩然(689~740)과 왕유王維(701~761)는 오언시에 능했고, 왕창령王昌齡(698~757)은 칠언시에 능했다. 이백은 글자 수에 제약을 받지 않았다. 두보의 말대로 그가 시를 쓸 때는 "붓을 휘두르면 비바람이 몰아쳤고/시가 완성되면 귀신도 울었다."[13] 그 자유분방한 기세며 변화무쌍한 필치는 아무도 견줄 수 없었다. 그는 진정 최고의 시인이었다.

월하독작사수月下獨酌四首
이백

기일其一

꽃밭에는 술 한 동이 　　花間一壺酒,
친구 없이 홀로 든다. 　　獨酌無相親。
술잔 들어 달 부르니 　　舉杯邀明月,
그림자와 셋이 됐다. 　　對影成三人。

달은 원래 술 못하고 　　月既不解飲,
그림자만 날 따르네. 　　影徒隨我身。
그림자와 달을 벗해 　　暫伴月將影,

13　　"筆落驚風雨, 詩成泣鬼神。"(杜甫,「寄李十二白二十韻」)

봄 왔을 때 실컷 놀자.　　行樂須及春。

내 노래에 달 흐르고　　我歌月徘徊,
내 그림자 춤을 춘다.　　我舞影零亂。
깨어서는 함께 웃고　　醒時同交歡,
취해서는 흩어지니,　　醉後各分散。
기쁨 슬픔 없는 놀이　　永結無情遊,
은하에선 가능하리.　　相期邈雲漢。

기이其二

하늘이 술 싫었다면　　天若不愛酒,
술의 별 없었으리.　　酒星不在天。
땅도 술이 싫었다면　　地若不愛酒,
술의 샘 없었으리.　　地應無酒泉。
천지도 사랑한 것　　天地旣愛酒,
술 사랑은 죄 아니다.　　愛酒不愧天。

맑은 술 성인 같고　　已聞淸比聖,
탁한 술 현인 같네.　　復道濁如賢。
그들도 다 마셨으니　　賢聖旣已飮,
신선이란 소용없다.　　何必求神仙。

세 잔 술에 도 통하고　三盃通大道,
한 말 술에 대자유라.　一斗合自然。
술의 참맛 이야기를　但得酒中趣,
남들에겐 하지 마라.　勿爲醒者傳。

기삼其三

춘삼월 함양 땅에　三月咸陽城,
천만 송이 꽃이 폈다.　千花晝如錦。
봄 외로움 어찌하랴　誰能春獨愁,
꽃을 보며 마시리라.　對此徑須飲。

성공 실패 장수 요절　窮通與修短,
하늘이 정해 준 것.　造化夙所稟。
한 동이면 같은 생사　一樽齊死生,
세상일은 알 수 없네.　萬事固難審。

취해서 몽롱한 채　醉後失天地,
편안하게 잠 청하며,　兀然就孤枕。
내 자신을 잊어버림　不知有吾身,
즐거움의 제일이네.　此樂最爲甚。

기사其四

근심은 천만 가지	窮愁千萬端,
좋은 술은 삼백 잔뿐.	美酒三百杯。
근심 많고 술 적지만	愁多酒雖少,
술 마시면 없을 근심.	酒傾愁不來。
술의 성인 되기 쉽지	所以知酒聖,
취해 보면 열린 마음.	酒酣心自開。

수양산의 백이 숙제	辭粟臥首陽,
가난해서 굶던 안회.	屢空饑顏回。
지금 바로 안 마시고	當代不樂飲,
이름 남겨 무엇하랴.	虛名安用哉。

귀한 안주 불로초요	蟹螯即金液,
술동이가 신선 나라.	糟丘是蓬萊。
좋은 술을 맘껏 들며	且須飲美酒,
달빛 타고 취해 보리.	乘月醉高臺。[14]

술 삼백 잔도 부족하다는 이백의 말은 과장된 표현이기는 해도 당시에는 주정의 도수가 낮았으므로 불가능한 건 아니었다. 시인들이 통

---

14   淸 王琦 注, 앞의 책, p.1062.

상 몇 말의 술을 먹는다는 말을 한 것은 당시 술의 주정 도수가 높지 않았기 때문이다. 송나라 때 지어진 『몽계필담』夢溪筆談의 기록에 따르면 당나라 때 일반적인 술의 도수는 3도에서 15도 정도의 주정이었다. 중국의 술 도수가 높아진 것은 도수 높은 술을 마시는 북방의 금나라와, 몽고족이 통치한 원나라 이후의 일이다.

'달빛 아래에서 홀로 술을 마시다'라는 제목의 이 시는 당 현종 천보 3년(744) 장안에서 지었다. 지난 2년 동안 그는 궁중 문인으로 사는 것에 염증을 느꼈다. 하지장 등과 술에 취해서 지내는 날이 많았다. 어느 취한 날 황제의 조서를 써야 했지만 몸을 가눌 수도 없었다. 그는 황제의 최측근인 고력사高力士에게 신발을 벗겨 달라고 했다. 고력사는 당 현종의 환관으로 공식 지위도 매우 높았으며, 역사상 가장 훌륭한 환관 정치인이다. 그런 그에게 하는 이백의 언행이 도가 지나치다고 생각한 주변 사람들은 더 이상 그를 이해해 주지 않았다. 사람들로부터 좋지 않은 말을 들은 현종도 그를 소원히 했다. 자의건 타의건 그는 장안을 떠나지 않을 수 없었던 것이다.

독좌경정산獨坐敬亭山
이백

새들은 다 날아가고　　衆鳥高飛盡,
구름 한 점 홀로 떴다.　　孤雲獨去閑。
언제 봐도 반기는 건　　相看兩不厭,
오직 하나 경정산뿐.　　只有敬亭山。[15]

이백, "그대와 천만 시름 잊고 싶어라"

'경정산에 홀로 앉아서'라는 제목의 오언절구다. 이 시는 그가 장안의 황궁을 떠난 지 거의 10년 되었을 무렵 쓴 작품이다. '경정산'은 지금의 안휘성 선성宣城에 있는 산이다. 시는 마치 좋아하는 산과 마주한 시인의 초연한 심경을 그린 것처럼 보이지만 사실은 그 반대다. '새들'이란 관료들이나 세속의 지인들이다. 시에서의 '구름'을 일부 학자들은 당시 여도사가 되어 경정산에 거처하며 이백과 낭만적 관계를 가졌던, 현종의 여동생 옥진공주라고 보기도 한다. 시의 마지막 구절에 '오직'이라는 의미의 '지'只는 어디 의지할 곳 없는 시인의 외톨이 처지를 보여준다. 산속에 은거하는 사람밖에 받아 주는 곳이 없는 시인의 비애를 감출 길이 없다. 고독과 적막감이 오롯이 드러난다.

이백은 자신이 대단한 인물이라고 생각했다. 사실 문학적으로는 대단한 인물이었다. 그의 시가에서 보여주는 그런 상상과 기세는 아무도 흉내 낼 수 없었다. 그 대단한 기백과 호방함은 천하를 주눅 들게 했다. 그러나 이백은 공부를 하지 않았다. 문학적으로는 인걸이었으나, 대부분의 천부적인 시인이 가진 결함처럼 지나치게 자유분방하고 예속에 얽매이는 것을 싫어했다. 앞에서 말한 대로 과거 시험의 응시 자격이 없었다면, 권력자들의 천거를 받아 겸손하게 자신의 위치를 찾아가야 했다. 그러나 이백은 그렇게 하지 않았다. 천부적 재능을 믿은 많은 실패자처럼 그도 일약 등용문에 오르는 청운의 꿈을 꿨다. 과거 시험 공부를 안 한 그에게 재상은커녕 잠시 한림학사에 오른 것만해도 감지덕지였다. 그러나 관직과 정치에 대한 공부 없이 재능만 믿

<hr />

15   위의 책, p.1078.

은 이백은 좌절과 실패의 인생을 보낼 수밖에 없었다. 역설적이게도
역대의 다른 문인들처럼 그런 좌절과 실패가 이백의 문학을 더욱 빛나
게 했다.

산중여유인대작山中與幽人對酌
이백

둘이서 마시는데 산꽃 피었다　　　　兩人對酌山花開，

한 잔 한 잔 마시고 다시 또 한 잔.　　一杯一杯復一杯。

나는 취해 잠이 오네 그대는 가게　　我醉欲眠卿且去，

내일 아침 다시 오게 가야금 들고.　　明朝有意抱琴來。[16]

　'산중에서 은거하는 미인과 대작하다'라는 제목의 칠언절구다. 뒤
의 두 구절은 도연명의 말을 빌렸다. 도연명은 술에 취하면 늘 손님에
게 "내가 취해서 잠이 오니 그대는 돌아가시게"라고 했다.[17] 이백은 격
식에 얽매이지 않는 도연명의 그 자유로움을 시로 그린 것이다. 그러
나 괴로움을 술로 달래는 그에게는 떨칠 수 없는 슬픔이 있었다. 자신
은 나라를 위해 무언가를 할 수 있다고 믿었으나 국가는 그를 받아들
이지 않았다. 그것은 굴원의 슬픔과 다르지 않다. 차이가 있다면 굴원
의 경우는 초나라 회왕의 총애를 잃어버린 감수성 많은 신하의 애처로

16　　위의 책, p.1074.
17　　"潛若先醉, 便語客: ‘我醉欲眠, 卿可去’, 其眞率如此。"(『宋書·隱逸傳』)

움이었고, 이백의 경우는 자신의 꿈과 현실의 괴리에서 온 좌절이었다. 사실 이백이 천성적으로 국가를 받아들이지 못한 것일 수도 있다. '국가'라는 것은 거대한 인적 조직이다. 이백은 그런 조직에 들어가서 일원이 되는 일에 있어서 정치 현실과 시인의 개성이 조화를 이루지 못했다. 이백의 떨칠 수 없는 슬픔이란 '소외감'이었다. 「장진주」의 마지막 구절에서 이백이 말하는 '천만 시름', 술을 마셔 달래려 해도 달랠 수 없는 그 시름이다.

이백, "이 세상 산다는 게 뜻 같지 않네"

선주사조루전별교서숙운宣州謝朓樓餞別校書叔雲
이백

나를 두고 가 버린 지나간 세월	棄我去者昨日之日不可留,
남은 것은 내 마음 휘젓는 오늘.	亂我心者今日之日多煩憂。
아득한 가을바람 기러기 나는	長風萬里送秋雁,
풍경을 마주하고 술잔을 들자.	對此可以酣高樓。
힘차고 멋있는 숙부의 문장	蓬萊文章建安骨,
사조처럼 아름답고 맑은 나의 시.	中間小謝又淸發。
호탕하고 멋진 흥취 가슴에 품고	俱懷逸興壯思飛,
하늘에 올라가서 달을 따련다.	欲上靑天覽明月。

칼을 들어 끊어도 흐르는 강물　　抽刀斷水水更流,

술잔 들어 달래도 더하는 시름.　　擧杯消愁愁更愁。

이 세상 산다는 게 뜻 같지 않네　　人生在世不稱意,

내일이면 상투 풀고 배에 오르리.　　明朝散髮弄扁舟。[1]

'선주의 사조루에서 교서 이운을 전별하다'라는 제목의 고시다. '선주'宣州는 지금의 안휘성 선성이다. '교서'校書는 관직명이다. '숙운'叔雲은 이백의 숙부뻘인 이운을 가리킨다. 시에서 술잔을 들어 달래도 더하는 이백의 시름, 그것은 그의 뿌리 깊은 '소외감'에서 나온다. 이백은 이미 다른 시에서도 "세상과 헤어지니/가슴이 아파 온다"[2]고 했다. "나는 세상을 버리지 않았네/세상이 나를 버린 것일 뿐"[3] "남들은 다 의지할 곳 있지만/나는 의지할 데 하나 없구나"[4] "그대는 뿌리를 내리고 있지만/나는 뿌리를 멀리 떠났다"[5] 등의 시구로 이런 소외감을 설명한다. 그리고 이백이 이 소외감을 떨치기 위해 택한 것이 '술'이다. 술에 취하면 일시적으로 자아의식을 희석시켜 남과의 섞임을 경험하게 한다. 그러므로 그에게 술은 세상과의 괴리감을 극복하게 해 주는 중요한 수단이었다. 그는 술에 취해서 '자신을 잊는'失天地 상태에 빠지고 싶었고, 그렇게 해서 '대도와 통하고'通大道 '자연과 합하는'合自然 경

1　　清 王琦 注, 『李太白全集』, 中華書局, 1990, p.861.

2　　"寄言嘆離群, 離群心斷絶。"(「學古思邊」)

3　　"我本不棄世, 世人自棄我。"(「送蔡山人」)

4　　"彼物皆有托, 吾生獨無依。"(「春日獨酌二」)

5　　"慙君能衛足, 嘆我遠移根。"(「流夜郎題葵葉」)

지에 들고자 했다. 그러나 그것은 그의 소외감이나 괴리감을 극복하게
하는 현실적인 해결 수단이 아니었다. 그 자신도 말했듯이 "술잔 들어
달래도 더하는 시름"이었던 것이다. 두 번째 단락의 '봉래문장'蓬萊文章
구절은 이운의 문장이 좋아 건안 시기의 문풍을 닮았다는 말이다. '중
간소사'中間小謝 구절은 옛 시인 사조처럼 이백 자신의 시문도 맑고 아
름답다는 뜻이다. '산발'散髮이 있는 마지막 구절은 머리를 풀어헤친다
는 것이 아니라, '의관을 차려 입지 않은 차림'으로 배에 올라 강호로
떠나겠다는 말이다. "내일이면 상투 풀고 배에 오르리"라던 그는 배에
도 오르지 않았다. 세속을 완전히 떠나지 못한 것이다.

  이 시처럼 이백의 이별시는 어느 시인의 작품보다 가슴 뭉클하다.
시인의 정감이 진솔하게 그려졌기 때문일 것이다. 다음의 이별시는 그
의 시 중 잘 알려진 것이다.

송우인送友人
이백

북쪽 청산 가로 눕고   靑山橫北郭,
동쪽 강물 휘도는 곳.   白水遶東城。
이제 한번 작별하면   此地一爲別,
들풀처럼 떠돌겠지.   孤蓬萬里征。

뜬구름은 그대 마음   浮雲遊子意,
지는 해는 나의 우정.   落日故人情。

손 흔들며 떠나는 길	揮手從玆去,
가는 말도 슬피 운다.	蕭蕭班馬鳴。[6]

언제 어디서 누구와 헤어지는 장면인지 밝혀지지 않은 오언율시
다. 시의 전반부는 먼 경치, 후반부는 가까운 정경이다. 첫째 연의 '청
산'과 '강물', 셋째 연의 '뜬구름'과 '지는 해' 등의 이미지들은 시구에
서 멋진 짝을 이뤘다. '뜬구름'과 '지는 해'는 우리말에서 의미가 부정
적이지만, '흐르는 구름', '내려앉는 해'의 뜻이다. '들풀'로 번역된 '고
봉'孤蓬은 사막이나 황무지에서 바람 부는 대로 굴러다니는 풀 뭉치다.
시인은 먼저 이별하는 곳의 전체적인 정경을 그리고, 뒤에서 시인의
심경을 묘사했다. 시에 나오는 이미지 하나하나가 모두 시인의 심경과
하나가 되어 살아난다.

증왕륜贈汪倫
이백

이백이 배를 타고 떠나려는데	李白乘舟將欲行,
강가에서 들려오는 작별의 노래.	忽聞岸上踏歌聲。
도화담 못물 깊어 천 길이래도	桃花潭水深千尺,
나를 보내는 왕륜의 정만 못하리.	不及汪倫送我情。[7]

---

6   淸 王琦 注, 앞의 책, p.837.
7   위의 책, p.645.

'왕륜에게 드림'이라는 제목의 이 시는 이백이 지금의 안휘성 경현涇縣에서 친구 왕륜과 작별하는 장면을 그린 칠언절구다. 두 번째 구절의 '답가'踏歌란 여러 사람이 늘어서서 손을 잡고 발로 땅을 굴러 박자를 맞추며 부르는 노래다. '도화담'은 경현의 서남쪽에 있는 호수 이름이다. 왕륜은 경현의 현령으로 있으면서 이백을 초청해서 성대하게 대접했다. 떠날 때는 이백에게 명마 여덟 필, 비단 두 필, 술 두 동이를 선물했다. 그리고 시종들을 불러 합창 노래로 전송한 것이다. 이 시에서 이백은 이별하는 생생한 장면과, 왕륜이 보여주는 우정을 호수의 물 깊이로 비유하는 선명한 묘사를 했다. 이백의 이 시가 천년이 넘도록 전해질지는 몰랐겠지만, 이 일로 왕륜은 천고의 명시에 이름을 남겼다.

황학루송맹호연지광릉黃鶴樓送孟浩然之廣陵
이백

친구는 서쪽으로 황학루 떠나	故人西辭黃鶴樓,
꽃피는 삼월에 양주로 가네.	煙花三月下揚州。
돛단배 사라지는 푸른 산 너머	孤帆遠影碧山盡,
장강만 하늘 끝 흐르고 있다.	唯見長江天際流。[8]

　　'황학루에서 광릉으로 떠나는 맹호연을 보내다'라는 제목의 칠언절

8　　『全唐詩』, 上海古籍出版社, 1992, p.408.

구다. 뒤에서 얘기할 맹호연은 이백과 동시대의 시인으로 「춘효」春曉 등의 시로 잘 알려졌다. 맹호연은 자신보다 나이가 열두 살 적은 이백을 무척 존경했다. '황학루'는 앞에서 최호가 시를 지어 붙였던 양자강 중류의 그곳이다. '광릉'이란 양주의 옛 이름이다. 이 시는 이백이 안륙에 있을 때인 개원 18년(730) 맹호연이 양주로 간다는 말을 듣고 지금의 무창에서 그를 만나고 헤어지는 장면을 그렸다. 앞의 두 구절은 시인 눈앞의 일을 곧바로 묘사했다. 평범한 표현이다. 그러나 뒤의 두 구절은 시각을 넓고 멀게 하여 전체적인 정경을 포착했다. 시인의 눈길은 아득히 멀어져 가는 친구의 배를 아스라이 따라가고 있다. 친구를 떠나보내는 아쉬움과 우정이 끊임없이 이어지는 장면이다.

깊은 우정을 그려 낸 이백의 앞의 시들이 천년이 넘도록 우리에게 전해지는 까닭은 시인 이백이 이처럼 순수하고 맑은 목소리로 노래했기 때문이다. 이백의 시를 보면 기쁨과 슬픔이 그의 인생처럼 깊은 굴곡으로 드러난다. 천진한 감수성과 강렬한 자아의식이 어우러져 빚어내는 남다른 시적 색채였다. 그럼에도 불구하고 이백의 시에서는 대체로 깊은 우수를 느끼게 되는데, 「장진주」 등에서 보이는 그의 자유분방함과 호탕함은 어쩌면 그런 우수 깊은 감성의 반작용일지도 모른다. 예를 들면 "흰머리가 삼천 길이니 / 시름 때문에 이렇게 됐네. // 맑은 거울 그 어디에서 / 된서리가 내린 것일까?"[9]라는 시는 과장된 몸짓으로 자신을 돌아보는 그의 처연한 독백이다. 순수한 영혼을 가진 시인만이 느끼는 세속과의 괴리감, 천재적인 사람만이 느끼는 현실 속의

9   "白髮三千丈, 綠愁似箇長, 不知明鏡裏, 何處得秋霜。"(李白, 「秋浦歌十七首」)

소외감 등은 이백이 왜 그토록 괴로워했는지 추측하게 하는 단서가 될 것이다. 붓을 들면 하늘과 달, 술과 꽃을 노래했지만 정작 자신의 생각은 언제나 현실 정치에 가 있었다. 영혼의 목소리는 하늘 세상을 추구하는데, 생각의 눈길은 풍진 세상에 머물렀다. 이상과 현실의 어긋남에서 오는 남모를 시름을 이백은 이처럼 술로 달래고 시로 노래한 것이다.

두보, "다시 핀 봄꽃 보니 눈물 흐르고"

어렸을 적 두보杜甫(712~770)의 집안은 넉넉했다. 나라도 안정됐다. 그러나 대부분의 정치 역사가 보여주듯 한 개 왕조나 한 개 왕정 초기의 참신한 개혁, 청명한 정치는 일정 정도의 성취를 이루고 한계에 이르면 안일과 태만에 빠진다. 그리고 부패와 쇠퇴라는 순환의 주기를 피하지 못한다. 당 현종 중후반의 부패와 부정은 날이 갈수록 더해 갔다. 사람들은 살기 힘들었다. 스물넷 되던 735년, 진사 시험에 떨어진 두보는 몹시 낙담했다. 당시 재상인 이임보는 천하의 능력 있는 모든 젊은이들을 다 선발하겠다고 선언했지만 그건 정치 연극이었다. 재능 있는 사람들은 다 떨어트리고 있는 집 자식들만 돈을 받고 일부 뽑았다. 751년에 조정의 시문을 짓는 행사에서 두각을 나타내 현종의 눈에 들었지만 이임보는 두보에게 관직을 주지 않았다. 4년 뒤인 마흔넷 되던 해 조정은 두보에게 무기고를 지키는 말단의 보직을 주었다. 두보는 장안에서 10년을 전전긍긍했는데 이것조차 거부하면 굶어죽을 것

같았다. 그는 이 직무를 맡기로 하고 일단 고향 봉선奉先의 집을 찾아 갔다. 문을 들어서니 통곡 소리가 들린다. 작은 아들이 영양실조로 죽은 것이다. '안사의 난'이 일어난 그 해였다.

춘망春望
두보

나라는 깨어져도 산하는 남아	國破山河在,
봄이 온 성안에 무성한 초목.	城春草木深。
다시 핀 봄꽃 보니 눈물 흐르고	感時花濺淚,
길 잃은 새를 보니 가슴 아프다.	恨別鳥驚心。
내란은 석 달 내내 끊임없는데	烽火連三月,
집에서 온 편지는 만금 값이네.	家書抵萬金。
흰머리 긁을수록 더욱 빠져서	白頭搔更短,
이제는 비녀조차 가눌 길 없다.	渾欲不勝簪。[1]

두보는 감수성이 넘치는 눈으로 세상을 보는 시인이었다. 목숨을 부지하는 게 유일한 길이었던 당시의 백성들을 보며 두보는 가슴이 아팠다. 나라는 망가지고 사람은 흩어져도, 계절은 돌아오고 여전히 꽃은 핀다. 그 꽃을 보던 시인은 별안간 울음이 터진다. 길을 잃고 울며

---

1   唐 杜甫 著, 淸 仇兆鰲 註, 『杜詩詳注』 全五冊, 中華書局, 1989, p.320.

가는 철새 한 마리. 자신의 처지 같아 가슴 저민다. 누가 이 아름다운 나라를 이렇게 만들었나. 늙어 가는 자신만 한스러울 뿐이다. 이 시의 '시안詩眼'이라고 할 수 있는 둘째 연은 다시 분석할 필요가 있다. 중국에서도 많은 사람들이 그동안 관습적으로 '감시感時/화천루花濺淚, 한별恨別/조경심鳥驚心'식의 2자/3자로 떼어서 읽어 왔다. 그러나 이 구절은 3자/2자로 떼어야 할 것이다. '감시화(혜)感時花(兮)/천루濺淚, 한별조(혜)恨別鳥(兮)/경심驚心'처럼 『초사』의 시 형식으로 읽으면² 시인이 이 시구를 어떻게 표현했는지 더 분명해진다. '봄꽃'時花을 보자 (한겨울 같은 고초를 겪고도 근근이 살아내는 나와 같아서) 눈물을 쏟고, '길 잃은 새'別鳥를 보고 (식구들과 뿔뿔이 흩어진 나의 처지 같아서) 가슴이 저려 온 것이다. 봄을 맞아 돌아본 시내의 처참한 정경 속에서 시인 두보는 울고 있었다. 봄은 봄이지만 눈앞 정경은 이전과는 다른 세상이다. 그때 문득 마주친 꽃 한 송이와 길 잃은 새 한 마리는 두보의 가슴속에 깊이 가라앉아 있던 감정의 현을 튕긴다. 삶이란 왜 이처럼 슬프고 괴로운 것인가. 슬프고 괴로운 삶을 그려 낸 그의 시 중 명작 중의 명작으로 꼽히는 시가 「등고」다.

등고登高
두보

바람 부는 하늘에는 원숭이 소리　　風急天高猿嘯哀,

2　　"余感時兮悽愴"(『楚辭』「哀歲」)

맑고 고운 모래톱엔 물새가 난다.	渚淸沙白鳥飛廻。
숲에는 한없이 지는 낙엽들	無邊落木蕭蕭下,
끝없는 장강에 흐르는 물결.	不盡長江滾滾來。
객지의 가을날 나그네 되어	萬里悲秋常作客,
한평생 병약한 몸 누대 오른다.	百年多病獨登臺。
고달픈 세상살이 머리 다 세어	艱難苦恨繁霜鬢,
더 이상 탁주잔도 들지 못한다.	潦倒新停濁酒杯。[3]

자연경관은 이처럼 아름답건만 인생이란 고달픈 여정이다. 쓸쓸한 정경 속에 나그네가 지친 발길로 가을바람을 헤치며 걷는 그림 같은 이 시는 두보의 인생의 그림이기도 하다. 쓸쓸함과 고달픔이 뒤섞인 이 그림은 두보의 대단한 문자 제련 솜씨를 통해서 우리의 가슴속 깊이까지 서늘하게 들어온다.

두보는 자신이 사는 동안의 생활을 착실하게 시로 노래한 시인이다. 당나라 때는 중국 고전 정형시의 형식이 가장 발달한 때였다. 시를 쓸 때 두보는 그 형식에 충실했다. 형식에 맞는 시는 한자의 평측에서 오는 리듬감이나 각운이 주는 여운을 완벽하게 발휘할 수 있었다. 또 적절한 부분에 글자 의미나 성분의 짝을 맞추는 대구가 시를 한층 아름답게 했다. 형식에만 충실한 게 아니라 시인으로서 자신의 감정에 충실했다. 가슴속 저 깊은 곳에서 나오는 절절함을 좋은 시어로 잡아

---

3   唐 杜甫 著, 淸 仇兆鰲 註, 앞의 책, p.1766.

냈다.

이 시는 시의 정경이 보여주는 원근감의 교차, 풍경과 심경의 조화 등 고전 정형시가 보여주는 절묘함을 완전하게 구사했다. 친구를 찾아갔을 때의 일을 그린 두보의 다음 시는 마치 눈앞에 펼쳐지는 선명한 현장 같다.

증위팔처사贈衛八處士
두보

사는 동안 제대로 못 만나는 게	人生不相見,
이 별과 저 별처럼 멀리 있는 듯.	動如參與商。
오늘은 어느 날 깊은 밤인지	今夕復何夕,
이렇게 불 밝히고 또 만났을까.	共此燈燭光。

우리의 젊은 시절 너무 짧구나	少壯能幾時,
두 사람 귀밑머리 이미 세었네.	鬢髮各已蒼。
옛 친구들 절반은 세상 떴다니	訪舊半爲鬼,
놀라고 슬픈 가슴 뜨거워 온다.	驚呼熱中腸。

그 누가 알았으랴 이십 년 지나	焉知二十載,
이렇게 그대 집 찾아올 줄을.	重上君子堂。
예전엔 자네도 미혼이더니	昔別君未婚,
자녀들 이미 모두 성년되었네.	兒女忽成行。

기쁘게 부친의 친구 맞으며	怡然敬父執,
어디서 오시느냐 물어보는군.	問我來何方。
내가 대답도 다 마치기 전에	問答乃未已,
서둘러 술상을 준비해 온다.	驅兒羅酒漿。

비 오는 밤 나가서 부추 따 오고	夜雨剪春韭,
밥을 새로 지어서 나를 반긴다.	新炊間黃粱。
친구는 또 만나기 어렵다면서	主稱會面難,
단번에 열 잔을 들이키는데.	一擧累十觴。

열 잔을 마셔도 취하지 않아	十觴亦不醉,
그대의 깊은 우정 감동이구나.	感子故意長。
내일 아침 산 너머 나 떠나면	明日隔山岳,
세상일로 아득히 멀어지겠지.	世事兩茫茫。[4]

'위팔처사에게 드림'이라는 제목의 이 시는 네 구절이나 여덟 구절을 넘어서서 길게 써 내려 가는 형식이다. 이를 '장률' 또는 '배율'이라고 한다. 여기서는 독자의 열독 편의를 위해 임의로 중간의 줄을 떼었다. 이 시에서 두보는 친구를 방문하고 그 친구로부터 환대 받는 정경을 진솔하게 그렸다. '삼'參과 '상'商은 별 이름이다. 서로 반대쪽에 있어서 언제나 떨어져 있다. 두보는 친구와의 만남이 쉽지 않음을 별로

---

[4]   『全唐詩』, 上海古籍出版社, 1992, p.510.

비유했다. 전체적인 내용은 친구 집을 방문해서 환대 받은 감회를 순차적으로 그린 것이지만. 각 연의 각운을 '상'商 '광'光 '창'蒼 '장'腸 '당'堂 등 '앙' 발음을 넣음으로써 기쁨의 여운을 더하는 효과를 구사했다. 20년 만에 만나는 친구와의 우정을 담담하고 여실하게 그려 내서 마치 눈앞에 펼쳐진 정경 같다.

두보가 쓴 다음 시는 그가 잠시 장안에 머물 때 사귄 문인 묵객들의 모습을 잘 스케치했다. 제목은 '술에 취한 여덟 명의 신선을 노래함'이다. 그는 여덟 명의 명사들이 술을 마시고 취한 모습을 이렇게 그렸다.

음중팔선가飲中八仙歌
두보

하지장은 말을 탄 게 배 탄 것 같지　知章騎馬似乘船,
눈 풀려 도랑에 빠지면 거기서 자네. 眼花落井水底眠。

앞에서도 언급된 하지장은 고관이자 시인으로 이백을 발탁하기도 하면서 둘이 각별한 사이였다. 술을 마시는 여덟 명의 명사 중 좌장격이어서 가장 먼저 언급됐다. 술에 취해서 말에 올랐으나 이리 비틀 저리 비틀 하는 것이 마치 출렁거리는 물의 배 위에 오른 듯했던 것이다. 두보는 하지장의 취한 모습을 선망의 눈길로 바라본다.

여양은 술 서 말은 마시고 출근　　汝陽三斗始朝天,

112

길에서 술 마차 보면 군침 흘리며   道逢麴車口流涎,

술샘 골에 부임 못함 아쉬워하네.   恨不移封向酒泉。

　　여양의 본명은 이진李璡(?~750)이다. 당 현종의 형인 이헌李憲의 맏
아들이다. 두보는 그가 베푼 연회에 참석한 적이 있는데, 이진은 황제
가 여는 조회에 나갈 때에도 먼저 술을 마시고 가곤 했다.

좌상은 매일 많은 술자리 벌여   左相日興費萬錢,

고래가 물 마시듯 술을 마셨고   飮如長鯨吸百川,

술잔 든 사람더러 현인이라네.   銜杯樂聖稱世賢。

　　좌상은 이적지李適之를 가리킨다. 천보 원년, 재상직에 있던 그의
인품과 능력을 시기한 이임보의 중상모략으로 파면을 당했다. 속이 상
한 그는 집에서 종종 술자리를 벌이고 술을 마셨는데, 득세한 이임보
의 눈치를 보는 사람들이 아무도 찾아오질 않았다. 그러자 이적지는
다음과 같은 시를 써서 심경을 토로한다. "대단한 사람 피해 물러났더
니/피리장이 피리 대신 술잔 물은 듯.//문 앞에 오는 손님 세어 보노
니/오늘은 몇 분이나 찾아 오셨나."避賢初罷相, 樂聖且銜杯, 爲問門前客, 今
朝幾個來 나중에 이임보가 더욱 득세하자 그를 다시 의춘 태수로 좌천
했다. 천보 6년, 이임보가 자신의 정적들을 제거하는 과정에서 이적지
역시 압박을 받고 음독자살한다.

종자는 아름다운 미소년 같지   宗子瀟灑美少年,

술잔 들고 맑은 눈빛 하늘을 보면   擧觴白眼望靑天,
나무 한 그루 바람에 흔들리는 듯.   皎如玉樹臨風前。

종자는 '시어사'侍御史 직위에 있었던 최종지崔宗之를 가리킨다. '백
안'白眼은 눈을 가늘게 뜨고 곁눈으로 하늘을 보는 모습이지만 여기서
는 '맑은 눈'으로 번역했다.

소진은 오래도록 부처 모셨지   蘇晉長齋繡佛前,
술만 취하면 종종 참선을 잊네.   醉中往往愛逃禪。

소진은 불교를 믿어서 항상 모범적인 모습으로 살았지만 술만 마
시면 흐트러지곤 했다.

이백은 술 한 말에 시를 백 편 쓰다가   李白一斗詩百篇,
장안 시내 술집에서 잠이 든다네.   長安市上酒家眠。
황제가 불러도 안 일어난 채   天子呼來不上船,
자칭하길 자신은 취중의 신선.   自稱臣是酒中仙。

홍경궁興慶宮의 용지龍池 호수 동쪽에는 심향정沈香亭이 있었다. 주
변에는 각양각색의 목단이 피어 있던 천보 연간 어느 초봄의 일이다.
당 현종은 양귀비와 당대 최고의 가수 이구년李龜年을 불러 음악과 노
래를 감상하고 있었다. 현종이 말하기를, "오늘 이처럼 좋은 봄날 어
찌 옛날 노래만 들을 수 있소?"라면서 이구년에게 시켜서 한림학사 이

백을 불러들이도록 했다. 이백에게 멋진 노래 가사를 새로 지어 가수들에게 부르도록 할 생각이었다. 이구년이 사람들과 함께 한림원을 찾아갔는데 이백은 일찌감치 술 마시러 나가고 없었다. 이구년이 장안의 술집을 찾아다니다 보니 어느 집에서 노랫소리가 흘러나온다. "세 잔 술에 도 통하고/한 말 술에 자연 되네.//술의 참맛 이야기를/남들에겐 하지 마라." 이런 노래를 부를 사람은 이백뿐이었다. 이구년은 곧바로 술집으로 들어가 황제의 부름을 전했다.

장욱은 석 잔 술에 초서의 달인   張旭三杯草聖傳,

왕 앞에서 모자도 벗어던지고   脫帽露頂王公前,

붓을 한번 휘두르면 그림 그린 듯.   揮毫落紙如雲烟。

장욱은 유명한 서예의 달인이다. 특히 초서에 뛰어나 초성草聖이라는 아호가 붙을 정도였다. 그는 초서를 쓸 때는 먼저 술을 많이 마시고 흠뻑 취해서 관모를 벗어 이마를 드러낸 모습으로 소리를 지르며 달리곤 했다. 당시의 예법으로는 완전히 망가진 모습임은 물론이다. 그런 뒤 그는 붓을 들어 기가 막히게 멋진 초서를 써 내려갔다. 술이 깨면 자신이 쓴 초서 작품에 자신도 놀라곤 했다.

초수는 말술 먹고 딴사람 되어   焦遂五斗方卓然,

펼치는 멋진 말에 모두 놀라네.   高談雄辯驚四筵。[5]

---

5   『杜詩詳注』全五冊, 中華書局, 1989, p.81.

평민인 초수는 몹시 말을 더듬는 사람이었다. 그러나 술을 마시면 말도 안 더듬고 인생과 예술에 대해서 고상하고 뛰어난 달변을 보여줘 주위 사람들을 놀라게 했다.

이런 두보 시의 사실적 묘사 덕분에 이 시가 지어진 천보 5년(746) 당나라 수도 장안의 풍류객들의 모습이 눈앞에 보이는 듯하다. 이처럼 자신이 경험한 일체를 여실하게 시로 그려 내는 특징을 보여주고 있기 때문에, 문학사에서는 두보를 시로 역사를 쓴 시인이라고 해서 '시사' 詩史라고 했다. 각 문인들의 술 취한 모습을 비유로 잡아내고, 일화로 포착했다. 보고 들은 모든 것을 아름다운 시어와 기교로 그려 낸 시인 이 두보다.

두보는 이런 멋진 친구들과 사귀면서 일생 동안 1,500수의 시를 남겼지만 정작 자신의 생활은 잘 돌보지 못했다. 어쩌면 그의 운명일 것이다. 두보의 시는 그의 인생처럼 우울하고 쓸쓸하다. 따뜻하고 다 정한 눈길로 세상을 봤던 두보는 험난한 내란 중에 고달픈 삶을 살았 다. 두보는 피난 간 현종의 뒤를 이어 즉위한 숙종을 찾아가 한때 '좌 습유'左拾遺라는 직을 얻는다. '습유'란 황제에게 간언하는 일을 주된 업무로 하는 직책이었다. 그러나 당시 처벌을 받은 재상 방관房琯을 변 호하는 두보의 간언이 도를 지나쳐 숙종의 눈 밖에 난다. 그 뒤 두보는 계속 말직을 전전했다. 그러다가 그마저 버리고 759년 사천 봉절현奉 節縣에 가서 초당을 짓고 가족과 일시 정착한다. 거기서 두보는 앞에서 본 「등고」 등 수많은 명시를 남겼다.

다음의 시는 그가 성도成都 완화계浣花溪 근처에서 다소 안정된 생 활을 하던 초기인 상원 2년(761)의 작품이다.

객지客至

두보

집의 앞뒤로는 봄 강 흐르고	舍南舍北皆春水,
날마다 보이는 건 오직 물새들.	但見群鷗日日來。
꽃길은 한번도 쓸지 않다가	花徑不曾緣客掃,
손님 오는 오늘에야 사립문 여네.	蓬門今始爲君開。

시장 멀어 반찬도 별것이 없고	盤飧市遠無兼味,
가난하니 오래 묵은 술동이 술뿐.	樽酒家貧只舊醅。
이웃 노인 대작해도 괜찮다 하면	肯與鄰翁相對飮,
담장 너머 부를 테니 마저 드시게.	隔籬呼取盡餘杯。[6]

'손님이 찾아오다'라는 제목의 시다. 두보는 이 시의 제목 뒤에 "기 쁘게도 최 현령이 찾아왔다"喜崔明府相過라고 주를 달았다. '명부'明府란 '현령'을 달리 부르던 말이다. 외지에서 10년 넘게 전전긍긍하다가 성 도에 와서 겨우 자리를 잡은 그는 두문불출하고 다른 사람과의 왕래도 없는 모습이다. 이때 찾아온 손님을 반기며 두보가 쓴 칠언율시다. 시 는 평범한 일상의 모습을 진솔하게 그려 냈다. 그는 당시 절도사로 있 던 엄무嚴武의 추천으로 '공부원외랑'工部員外郎이라는 직책을 얻는다. 그 뒤로 그에게는 '두공부'杜工部라는 직함이 이름처럼 붙게 됐다.

6   위의 책, p.793.

마지막으로 자신의 일생을 조감하는 듯한 두보의 시 한 수를 보자. 그가 사천 지방의 절도사 엄무 막부에서 참모역으로 있다가 엄무가 죽자 의지할 곳을 잃고 떠나며 지은 오언율시다. 당 대종 영태 원년(765)의 작품이다.

여야서회 旅夜書懷
두보

풀들은 강가에서 바람에 눕고	細草微風岸,
돛대 세운 밤배 하나 강물에 떴다.	危檣獨夜舟。
별들이 쏟아지는 드넓은 광야	星垂平野闊,
달빛이 춤을 추며 흐르는 장강.	月湧大江流。
문장으로 이름 낼 생각도 없다	名豈文章著,
관직도 나이 들면 물러나야지.	官應老病休。
표표히 날리는 나 무엇 같을까	飄飄何所似,
천지간의 한 마리 갈매기로다.	天地一沙鷗。[7]

766년, 두보는 사천의 성도를 떠나 고향으로 가기 위해 양자강의 뱃길을 탄다. 그리고 담주에서 악양으로 가는 배에서 병사한다. 쉰아홉이었다.

---

[7] 『全唐詩』, 上海古籍出版社, 1992, p.563.

설도, "꽃잎은 하루하루 바람에 지고"

당나라 290년 동안 207명의 여성 시인이 나왔다. 이 숫자는 기록으로 남은 시 중 한 수라도 쓴 여성을 다 포함한 것이다. 그중 가장 멋진 시를 쓴 시인 중의 하나가 설도薛濤(768~832)다. 자字가 홍도洪度인 설도는 유채춘劉采春, 어현기魚玄機, 이야李冶와 함께 당대 4대 여성 시인이었다. 조정의 음악 관련 관직에 있던 부친 덕분에 설도는 어릴 적 많은 책을 읽을 수 있었다. 부친은 나중에 사천의 성도로 좌천되고 얼마 안 있어 병사한다. 생활고에 쫓긴 끝에 열여섯 살의 설도는 모친의 권유로 부득이 노래하는 기녀로 등록을 해야 했다. 검남 서천 절도사로 온 중서령 위고韋皐는 설도의 문학적 재능을 알아보고 자신의 비서로 일하도록 했다. 나중에 절도사로 온 무원형武元衡이 조정에 알려서 자기 수하의 여자 교서랑이라는 보직을 주려고 시도할 정도로 그녀는 주변의 신임과 총애를 얻었다. 교서랑이란 관청 공문서를 정리하고 관리하는 말직이지만 진사에 급제해야 맡을 수 있는 공직이었다. 그녀는 공식 직함은 못 받았지만 비공식으로 일을 했다. 설도는 다재다능한 여인이었으나 또한 자신의 재능을 지나치게 과신했다. 게다가 주변 남성들에게 주목을 받으며 질투를 샀다. 이 때문에 위고와 사이가 벌어져 외곽 지역으로 좌천되었고, 이때 그녀는 「십리시」十離詩라는 열 편의 시를 써서 하소연한다. 다음은 그중의 일부다.

어리지魚離池
설도

연못에서 사오 년을 헤엄치면서	跳躍深池四五秋,
꼬리로 낚싯바늘 치며 놀았죠.	常搖朱尾弄綸鉤。
어쩌다가 연꽃을 꺾는 바람에	無端擺斷芙蓉朶,
다시는 그 물에서 못 노는군요.	不得淸波更一遊。[1]

'어리지'라는 제목은 '물고기가 연못을 떠나다'라는 뜻이다. 자신을 물고기에 비유했다. '윤구'綸鉤는 각각 낚싯줄과 낚싯바늘이다.

응리구鷹離韝
설도

날카로운 발톱과 매서운 눈매	爪利如鋒眼似鈴,

---

1   『全唐詩』, 上海古籍出版社, 1992. p.1970.

너른 들 토끼 잡아 칭찬 받았죠.	平原捉兔稱高情。
무단히 구름 너머 날아갔다가	無端竄向靑雲外,
다시는 그대 어깨에 못 앉는군요.	不得君王臂上擎。[2]

'응리구'라는 제목은 '매가 주인의 어깨를 떠나다'라는 뜻이다. 자신을 매에 비유했다. '구鞲'란 원래 활을 쏠 때 왼손 소매를 걷어 매는 가죽 띠나 활시위를 잡아당기는 오른 손에 끼는 깍지를 가리킨다. 여기서는 매를 앉히는 어깨 위의 가죽을 말한다.

이 열 편의 시에서는 이 외에도 주인을 떠난 강아지, 손을 떠난 붓, 마구간을 떠난 말, 새장을 떠난 앵무새, 제비집을 떠난 제비, 손바닥을 떠난 구슬, 정자를 떠난 대나무, 거울 틀을 떠난 거울 등으로 자신을 비유했다. 이 모두 설도 자신이 주인을 잃은 강아지처럼 가련함을 호소한 시들이다. 지금의 관점으로 보면 자신을 지나치게 비하시키거나 응석 어린 느낌이 들기도 하지만 당시 그녀는 만 스무 살이 안 된 어린 나이였다. 상당히 재치 있는 문학적 표현이 돋보인다. 사천 지역 최고 책임자이자 후견인인 사십대 초반의 위고에게 설도는 정신적으로 주종 관계에 가까웠다. 비교적 인품이 있는 위고는 이 시를 받아 보고 그녀를 다시 불러서 기녀 등록을 풀게 도와줬다. 스무 살이 된 설도는 이제 자유의 몸으로 성도 서쪽의 완화계에 집을 짓고 비파꽃나무를 심는다. 다음은 '죽랑묘에 지어 쓰다'라는 제목의 시이다.

---

2   위의 책, p.1790.

제죽랑묘題竹郎廟

설도

죽랑묘 사당 앞엔 무성한 고목	竹郎廟前多古木,
석양이 깔리면서 짙어 오는 산.	夕陽沈沈山更綠。
강촌 마을 어느 곳 피리소린가	何處江村有笛聲,
마디마디 낭군님 그리는 곡조.	聲聲盡是迎郎曲。[3]

'죽랑묘'는 사천성 서남쪽 소수민족의 사당이다. 이 시는 사당 주변의 정경과, 낭군을 기다리는 그리운 심정을 여성의 섬세한 필치로 그렸다. 그림과 음악이 어우러진 아름다운 서정의 노래다.

설도는 마흔두 살이 되었을 때 일생일대의 큰 사랑에 빠진다. 장안에서 감찰어사로 내려온 대시인 원진元稹(779~831)을 만난 것이다. 백거이와 함께 당나라 중기에 이름을 날린 원진은 이미 그녀의 이름을 들어 알고 있었다. 원진은 그녀보다 열한 살이 적은 서른하나였다. 원화 4년(809) 3월, 원진은 감찰어사의 신분으로 성도에 이르러 그처럼 만나고 싶었던 설도를 찾아갔다. 장안에서 한창 이름을 날리는 청년 시인 원진을 설도 역시 기다리고 있었다. 두 사람이 사랑에 빠진 어느 날 설도는 다음과 같은 시를 남긴다.

---

3   위의 책, p.1970.

지상쌍조池上雙鳥

설도

한 쌍 되어 깃든 연못	雙棲綠池上,
아침저녁 날아드네.	朝暮共飛還。
어린 시절 생각하며	更憶將雛日,
연잎 사이 함께 놀고.	同心蓮葉間。[4]

　이 시의 제목은 '연못 위의 물새 한 쌍'이다. 그녀는 원진과 사랑에
빠져 금슬 좋은 물새처럼 부부가 되어 오래 살 것이라고 믿었으리라.
전도가 창창한 고위 관리 원진과 원숙한 아름다움을 간직한 설도는 몇
달 동안 불꽃같은 사랑을 나눈다.

원앙초鴛鴦草

설도

꽃잎 진 섬돌에는 가득한 향기	綠英滿香砌,
짝을 이뤄 노니는 어린 원앙새.	兩兩鴛鴦小。
단지 긴긴 봄날을 즐거워할 뿐	但娛春日長,
가을바람 머지않음 상관 안 하리.	不管秋風早。[5]

4　　위의 책, p.1969.
5　　위의 책, p.1969.

'원앙초'는 꽃 이름이다. 원앙초를 보며 원앙의 사랑을 노래했다. 이 시는 마치 자신과 원진의 사랑이 길지 못할 것을 예언하는 듯하다. 두 사람의 사랑이 불과 석 달 남짓 지난 7월이 되자 원진은 다시 발령을 받아 장안으로 떠나야 했다. 성숙한 여인으로서 진정한 사랑을 알게 된 설도에게 그것은 형언할 수 없는 슬픔이었다. 다시는 그런 사랑을 찾을 수 없을 것 같았다.

다음은 원진을 보내면서 지은 시다. (일설에는 무원형에게 준 시라고 한다.) 제목은 '친구를 보내며'.

송우인送友人
설도

강마을 갈대밭에 내린 밤 서리	水國蒹葭夜有霜,
찬 달빛과 산색 모두 파리하구나.	月寒山色共蒼蒼。
오늘 저녁부터인 걸 누가 말했나	誰言千里自今夕,
이별하면 천리 먼 길 아득하다고.	離夢杳如關塞長。[6]

설도는 깊은 외로움에 빠진다. 설도는 매일 편지에 시를 써서 부쳤다. 당시 편지지는 율시 여덟 구절을 쓸 수 있는 규격이었다. 네 줄짜리 절구를 좋아한 설도는 편지지를 반으로 잘라 복숭아 색깔로 물들인 다음 거기에만 편지를 썼다. 일명 '설도의 편지지'薛濤箋였다. 맨드라미

---

6 위의 책, p.1969.

나 자목련 등의 붉은색 꽃을 곱게 갈아서 편지지에 칠한 다음 책갈피
에 넣어 말렸다. 설도는 정성스럽게 만든 자신만의 편지지에 시를 적
어 사랑하는 사람에게 보냈다. 원진은 답장을 하지 않았다. 그녀를 다
시 찾을 생각이 없었던 것이다. 중앙에서의 출세를 신경 쓴 원진은 자
기보다 나이도 많은데다가 기녀 출신인 설도를 돌아보지 않았다. 그때
원진에게 한 수 한 수 복숭아 색깔 편지지에 써서 보냈던 설도의 시 중
가장 애절한 작품이 이렇게 전해 온다.

춘망사春望詞
설도

꽃이 펴도 함께 즐길 수 없고	花開不同賞,
꽃이 져도 함께 울 수가 없네.	花落不同悲。
묻노니 그리운 이 어디 계신가	欲問相思處,
꽃은 피고 그 꽃 또 지고 있는데.	花開花落時。

풀 뽑아 묶어 보네 사랑의 약속	攬草結同心,
동심초 그대에게 보내려는데,	將以遺知音。
봄의 슬픔 한없이 가슴 아플 때	春愁正斷絶,
봄 새도 목이 멘 듯 구슬피 우네.	春鳥復哀吟。

꽃잎은 하루하루 바람에 지고	風花日將老,
우리가 만날 날은 아득하구나.	佳期猶渺渺。

| 어째서 사랑은 묶지 못한 채 | 不結同心人, |
| 공연히 동심초만 묶고 있을까. | 空結同心草。 |

어쩌랴 가지마다 가득한 저 꽃	那堪花滿枝,
날리어 그리움만 더하는 것을.	翻作兩相思。
거울 보며 흘리는 두 줄기 눈물	玉筯垂朝鏡,
아느냐 봄바람은 알고 있느냐.	春風知不知。[7]

　　연작시로 지어진 이 안타깝고도 애달픈 노래 중에서 세 번째 시는 김안서의 번역과 김성태 작곡으로 우리나라의 가곡 「동심초」가 됐다. 설도는 원진과의 사랑을 끝내 이루지 못했다. 이제 쉰을 바라보는 그녀는 그동안 즐겨 입던 붉은색 치마를 벗어 버리고 회색의 옷으로 갈아입는다. 여도사가 된 것이다. 원래 살던 완화계를 떠나 역시 성도 지역이긴 하지만 벽계방碧雞坊으로 이사했다. 일설에는 설도가 만년에 편지지를 만드는 일로 생업을 삼았다고 한다.[8] 남다른 사랑을 전하기 위해 만들던 남다른 편지지가 노년의 생계를 위한 일거리가 된 셈이다. 애석하지만 그게 인생이다. 거기서 그녀는 832년 예순다섯의 나이로 생을 마감할 때까지 혼자 살았다.

7　　위의 책, p.1968.
8　　"蜀妓也, 以造紙爲業。"(『方輿勝覽』)

백거이, "우린 모두 이 세상 떠도는 신세"

　'안사의 난'이 일어난 이듬해, 안록산의 군대가 장안을 점령했다. 현종 황제는 양귀비를 데리고 근신들과 함께 호위군의 호위를 받으며 사천으로 피난길에 올랐다. 756년 현종의 피난 행렬이 지금의 섬서성 흥평興平 부근 마외역馬嵬驛에 도착했다. 피난 행렬이라고 해야 고작 수백 명에 불과했다. 밤에는 신분을 가릴 것도 없이 종종 불도 없는 어두운 곳간 등에서 이리저리 얽힌 채 몸을 뉘었다. 병사들과 수행하는 사람들은 허기지고 피로했다. 당시 호위군 책임자는 대장군 진현례陳玄禮였다. 그는 황실이 이 지경에 이른 것은 양귀비 조부의 형이자 당시의 재상이던 양국충楊國忠(?~756) 때문이라고 여겼다. 언젠가는 그를 죽이고 말겠다고 생각했다. 그는 황태자인 이형李亨에게 이 생각을 말했지만 황태자는 망설였다.

　마침 양국충이 투루판의 사신들을 접견할 일이 있었다. 호위군들은 양국충 등이 외부 세력과 반역을 모의한다고 죄를 뒤집어 씌웠다.

양국충과 그 측근들을 잡아 죽이고 머리를 베어 역 앞에 내다 걸었다. 일을 저지른 황실 호위군들은 이어서 현종 황제에게 이 모든 재앙이 양귀비로부터 시작되었다고 고했다. 그녀를 처단하지 않으면 물러나지 않겠다고 현종을 압박했다. 현종은 고민 끝에 그녀를 교수형에 처하게 했다. 황태자 이형은 마외역에서 군대를 별도로 수습한 뒤 측근들을 이끌고 영무靈武로 올라가서 숙종으로 즉위했다. 현종 황제와 근신 등 피난 행렬은 이 한 차례의 난리를 치르고 계속 그렇게 사천으로 향했다.

그렇게 몇 달이 지나 어느 정도 난리가 평정되자 현종은 다시 장안으로 돌아온다. 오는 길, 마외역을 지나 산간의 좁은 길을 가는데 열흘간 부슬비가 내렸다. 마차에 달린 방울 소리만 비 내리는 계곡에 울렸다. 황제는 죽은 양귀비가 생각나서 견딜 수 없었다. 노래를 지어 슬픔을 달래고 싶었다. 당시 수행 중인 궁중 악사는 장야호張野狐 한 사람뿐이었는데 피리를 잘 불었다. 그에게 노래를 지어 피리로 불게 했다. 그 뒤로 이 곡조가 「우림령」雨霖鈴이라는 곡목으로 전해 온다.[1] 그중에 유명한 것이 바로 앞에서 살펴본 유영의 노래다.

당 현종과 양귀비의 사랑은 비극으로 끝났지만 역대의 수많은 시인들이 그들의 사랑을 시로 노래했다. 그중 잘 알려진 작품의 하나가 백거이白居易(772~846)의 「장한가」다. 백거이는 원화 원년(806) 주지현周至縣의 현위가 되어 친구 진홍陳鴻, 왕질부王質夫 등과 함께 마외역 부

---

[1]　"明皇旣幸蜀, 西南行, 初入斜谷, 霖雨彌旬, 于棧道雨中聞鈴, 音與山相應. 上旣悼念貴妃, 采其聲爲「雨霖鈴」曲, 以寄恨焉. 時梨園弟子惟張野狐一人, 善觱篥, 因吹之, 遂傳于世."(『碧雞漫志』卷五引「明皇雜錄」及「楊妃外傳」)

근의 선유사仙遊寺로 놀러 갔다. 이들은 50년 전 이곳에서 있었던 당현종과 양귀비의 비극을 애기했다. 왕질부가 애기 끝에 말했다. "낙천樂天, 자네는 시도 잘 쓰고 정도 많으니 이참에 이 애기를 노래로 읊어보는 게 어떤가?" 자를 '낙천'이라고 했던 백거이는 그날 840자나 되는 명편 장시 「장한가」를 남겼다.

장한가長恨歌
백거이

황제는 오래도록 사랑을 구해	漢皇重色思傾國,
오랜 세월 찾아도 못 찾더니만	御宇多年求不得。
양씨네 집안에서 갓 장성한 딸	楊家有女初長成,
규방에 깊이 있어 알지 못했네	養在深閨人未識。
타고난 아름다움 묻힐 리 없어	天生麗質難自棄,
하루아침 뽑혀서 왕에게 갔네	一朝選在君王側。

눈웃음 한번에 애교 넘치면	回眸一笑百媚生,
궁궐의 모든 미녀 빛이 바랬지	六宮粉黛無顏色。
화청지에 봄이 와 목욕을 할 때	春寒賜浴華淸池,
매끄러운 온천물에 담근 고운 몸	溫泉水滑洗凝脂。
시녀들 부축하면 나른한 자태	侍兒扶起嬌無力,
그때부터 황제의 사랑 받았네	始是新承恩澤時。

구름 같은 귀밑머리 꽃 같은 얼굴　　雲鬢花顔金步搖,
연꽃 휘장 따뜻한 방 밤을 보내니　　芙蓉帳暖度春宵。
짧은 밤을 한탄하며 늦게 일어나　　春宵苦短日高起,
이때부터 황제는 일을 안 했지　　從此君王不早朝。
즐거움과 연회에 쉴 날 없었고　　承歡侍宴無閑暇,
봄을 좇는 춘정에 밤을 새웠네　　春從春游夜專夜。

후궁에 미녀 삼천 있었다지만　　後宮佳麗三千人,
삼천의 총애를 한 몸에 받고　　三千寵愛在一身。
단장하고 교태로 밤 시중 들어　　金屋妝成嬌侍夜,
옥루 잔치 끝나면 봄에 취했네　　玉樓宴罷醉和春。
자매 형제 모두 다 벼슬 받으며　　姊妹弟兄皆列土,
예쁘게도 가문에 빛을 더했네　　可憐光彩生門戶。

이때부터 세상의 모든 부모들　　遂令天下父母心,
아들보다 딸 낳기를 좋아했다지　　不重生男重生女。
화청궁 높이 솟아 구름 위 있고　　驪宮高處入靑雲,
신선 풍악 바람 타고 흥이 넘쳤네　　仙樂風飄處處聞。
노래와 예쁜 춤은 연주에 맞춰　　緩歌慢舞凝絲竹,
하루 종일 보아도 부족했다네　　盡日君王看不足。

어양 땅을 울리는 전쟁 북소리　　漁陽鼙鼓動地來,
예상 우의 노래 중 깜짝 놀랐네　　驚破霓裳羽衣曲。

구중궁궐 연기 먼지 솟아오르고　　　九重城闕煙塵生，
수천수만 기병과 피난을 떠나　　　千乘萬騎西南行。
천자의 기 흔들리며 가다가 서곤　　　翠華搖搖行復止，
도성 서쪽 백여 리 마외역에서　　　西出都門百餘里。
군대가 출발 안 해 어쩔 수 없이　　　六軍不發無奈何，
아름다운 그녀는 죽어야 했네　　　宛轉蛾眉馬前死。

떨어진 꽃장식 줍는 이 없고　　　花鈿委地無人收，
취교 금작 옥비녀 다 버려졌네　　　翠翹金雀玉搔頭。
황제는 외면한 채 보지 못하고　　　君王掩面救不得，
차마 돌린 두 눈에 피눈물 쏟네　　　回看血淚相和流。

누런 흙먼지에 쓸쓸한 바람　　　黃埃散漫風蕭索，
높은 산길 누각에 올라서 보니　　　雲棧縈紆登劍閣。
아미산 아래에는 사람도 없고　　　峨嵋山下少人行，
천자 깃발 초라하고 희미한 햇빛　　　旌旗無光日色薄。
맑은 촉강 위로는 촉산 푸른데　　　蜀江水碧蜀山青，
황제는 아침저녁 양귀비 생각　　　聖主朝朝暮暮情。
행궁에서 보는 달에 마음 아파서　　　行宮見月傷心色，
밤비 속 방울소리 애간장 끊네　　　夜雨聞鈴腸斷聲。

천하 정세 변하여 돌아오는 길　　　天旋地轉廻龍馭，
마외역에 이른 발길 뗄 수가 없네　　　到此躊躇不能去。

131

마외역 언덕 아래 진흙더미 속　　　　馬嵬坡下泥土中,
고운 얼굴 어디 가고 주검만 있네　　不見玉顔空死處。
임금 신하 서로 보며 옷깃이 젖어　　君臣相顧盡霑衣,
동쪽 성문 안으로 말을 따라 가　　　東望都門信馬歸。
돌아와 본 황궁 정원 변함이 없고　　歸來池苑皆依舊,
태액지의 연꽃이나 미앙궁 버들　　　太液芙蓉未央柳。
연꽃은 그녀 얼굴 버들은 눈썹　　　　芙蓉如面柳如眉,
이 정경에 어찌 아니 눈물 흘리리　　對此如何不淚垂。

봄바람에 만개한 살구 복사꽃　　　　春風桃李花開日,
가을비에 젖어서 오동잎 져도　　　　秋雨梧桐葉落時。
서궁과 남원에 풀 우거져도　　　　　西宮南內多秋草,
섬돌에 덮인 낙엽 쓸지 않으니　　　　落葉滿階紅不掃。
연극하던 배우들은 백발이 됐고　　　梨園子弟白髮新,
귀비의 시녀들도 이젠 늙었네　　　　椒房阿監靑娥老。

반딧불 나는 궁궐 더욱 처량해　　　　夕殿螢飛思悄然,
등불 심지 돋우면서 잠 못 이루고　　孤燈挑盡未成眠。
종소리 북소리에 밤은 길지만　　　　遲遲鍾鼓初長夜,
은하수 반짝이며 새벽이 오네　　　　耿耿星河欲曙天。
암수 기와 차가와 서리 내려도　　　　鴛鴦瓦冷霜華重,
함께 덮을 이 없는 싸늘한 금침　　　翡翠衾寒誰與共。
생사를 달리한 지 몇 년이던가　　　　悠悠生死別經年,

꿈속에선 혼백마저 만날 수 없네 　魂魄不曾來入夢。

임공의 도인이 왔다 하던데 　臨邛道士鴻都客，
도술로 혼백을 불러 온다네 　能以精誠致魂魄。
그녀가 그리워서 잠 못 든 황제 　爲感君王輾轉思，
도인 시켜 그녀의 혼을 부르네 　遂敎方士殷勤覓。
허공을 가르는 번갯불처럼 　排空馭氣奔如電，
하늘 끝 땅속까지 두루 찾아서 　升天入地求之徧。
위아래 벽락에서 황천에까지 　上窮碧落下黃泉，
두 곳 모두 찾아도 찾을 길 없네 　兩處茫茫皆不見。

소문에는 바다에 신선 산 있어 　忽聞海上有仙山，
그 산은 아득히 먼 곳이지만 　山在虛無縹緲間。
누각은 영롱하고 구름이 일어 　樓閣玲瓏五雲起，
그곳에 아름다운 선녀 사는데 　其中綽約多仙子。
그중에 태진이란 선녀 하나가 　中有一人字太眞，
흰 피부와 고운 얼굴 그녀 같다네 　雪膚花貌參差是。

황금 궁궐 서쪽 문을 두드리고는 　金闕西廂叩玉扃，
소옥 시켜 시녀에게 알리게 하고 　轉敎小玉報雙成。
황제가 보낸 사신 왔다고 하니 　聞道漢家天子使，
깜짝 놀라 장막 안은 혼비백산해 　九華帳里夢魂驚。
옷을 들고 베개 밀고 일어나서는 　攬衣推枕起徘徊，

길게 펼친 주렴과 병풍을 열고　　珠箔銀屛迤邐開。

머리카락 드리운 채 잠에서 깬 듯　　雲鬢半偏新睡覺,

두발 장식 안 고친 채 내려오는데　　花冠不整下堂來。

바람결에 소맷자락 절로 나부껴　　風吹仙袂飄飄擧,

예상 우의 춤 추던 그 모습인 듯　　猶似霓裳羽衣舞。

얼굴에는 수심으로 눈물이 흘러　　玉容寂寞淚欄干,

배꽃 가지 하나가 봄비 젖은 듯　　梨花一枝春帶雨。

정 넘치는 눈길로 말씀 올리네　　含情凝睇謝君王,

헤어진 뒤 용안을 못 뵈었다고　　一別音容兩渺茫。

소양전 그 사랑도 다 끊어지고　　昭陽殿裏恩愛絶,

봉래궁 보낸 세월 오래이건만　　蓬萊宮中日月長。

돌아보는 저 아래 인간 세상은　　回頭下望人寰處,

안개 먼지 덮여서 안 보였어요　　不見長安見塵霧。

오래 지닐 물건으로 정표 삼아서　　唯將舊物表深情,

자개 장식 금비녀를 가슴에 품고　　鈿合金釵寄將去。

비녀는 반쪽씩 합하면 한 쪽　　釵留一股合一扇,

황금 비녀 자개 장식 나누었으니　　釵擘黃金合分鈿。

두 마음 이처럼 변치 않으면　　但敎心似金鈿堅,

하늘 위 세상에서 다시 보겠죠　　天上人間會相見。

헤어질 때 간곡히 하시던 말씀　　臨別殷勤重寄詞,

두 사람만 아는 맹세의 그 말	詞中有誓兩心知。
칠월 칠일 칠석날에 장생전에서	七月七日長生殿,
인적 없는 깊은 밤 속삭이던 말	夜半無人私語時。
하늘의 새가 되면 비익조 되고	在天願作比翼鳥,
땅에서 나무 되면 연리지랬죠.	在地願爲連理枝。
천지가 영원해도 끝은 있지만	天長地久有時盡,
이 슬픈 사랑의 한 끝이 없군요	此恨綿綿無絶期。[2]

　이 노래는 양귀비가 현종의 총애를 받는 과정―내란으로 인한 양귀비의 죽음―환궁한 현종의 비애―도사를 통해 양귀비의 혼을 부르는 장면―양귀비가 전하는 현종에 대한 사랑의 한으로 전개된다. 설정된 스토리의 전개 속에는 그 운명적 비극이 잘 드러난다. 한없는 사랑의 슬픔이 마지막 몇 구절에 절절한 묘사로 살아난다. 당시 백거이와 함께 있었던 진홍은 소설 「장한가전」을 쓰고 이렇게 말한다. "이런 이야기를 지어 남긴 것은 그 역사가 감회를 불러일으켰기 때문이기도 하지만, 절세의 미인이 재앙의 뿌리가 되지 못하도록 후세에 알리려 함이다."[3] 그의 이런 언급 속에는 절세의 미인을 소유하고 나라를 망국의 구렁텅이로 몰고 간 위정자에 대한 원망이 담겨 있다. 백거이의 이 노래는 중국 고대 시가 중에 보기 드물게 서사와 서정을 결합시킨 장편시이다.

2　　　『全唐詩』, 上海古籍出版社, 1992, p.1074.

3　　　"意者不但感其事, 亦欲懲尤物, 窒亂階, 垂於將來者也."(陳鴻, 「長恨歌傳」) 朱金城 箋校, 『白居易集箋校』, 上海古籍出版社, 1988, p.659.

백거이의 시 중에서 가장 멋있는 작품은 단연 「비파행」으로, 헌종 원화 11년(816) 가을에 지어졌다. 당시 백거이는 마흔다섯으로 강주의 사마직에 있었다. 직함은 그럴 듯했지만 실은 귀양 간 사람들에게 내리는 아무 권한 없는 빈 직함이었다. 「비파행」은 그가 강주로 유배된 그 이듬해에 지어진 것이다. 백거이는 이 시를 쓰면서 다음과 같은 서문을 남긴다.

원화 10년, 나는 강주 사마로 좌천되었다. 그 다음 해 분포구 나루에서 친구를 전송하려는데, 배 한 척에서 한밤중 비파 소리가 나서 가만히 들어 보니 장안 곡조였다. 연주하는 사람에게 누구냐 물으니 그녀는 원래 장안에서 노래를 하던 사람이라고 한다. 이제 나이가 들고 미모가 쇠퇴하면서 장사꾼 아내가 되었다는 것이다. 이에 나는 사람을 시켜 술자리를 차리도록 하고 그녀에게 연주를 부탁해 들었다. 연주가 끝나자 그녀는 마음이 울적해져서 어렸을 적 화려했던 시절과 시골을 떠도는 지금의 처지를 하소연했다. 나도 귀양을 와서 그동안 조용히 살았지만 그녀의 말을 듣고 불현듯 내가 지금 귀양 생활을 하고 있다는 사실을 상기했다. 이에 긴 시를 써서 그녀에게 주었다. 글자 수가 616자 되는 시로 이름은 「비파행」이다.[4]

4 "元和十年, 予左遷九江郡司馬。明年秋, 送客湓浦口, 聞舟中夜彈琵琶者, 聽其音, 錚錚然有京都聲。問其人, 本長安倡女, 嘗學琵琶于穆·曹二善才, 年長色衰, 委身爲賈人婦。遂命酒, 使快彈數曲。曲罷憫然, 自敍少小時歡樂事, 今漂淪憔悴, 轉徙于江湖間。予出官二年, 恬然自安, 感斯人言, 是夕始覺有遷謫意。因爲長句, 歌以贈之, 凡六百一十六

비파행 琵琶行

백거이

손님과 작별하는 심양 강가는	潯陽江頭夜送客,
단풍잎 갈대 잎이 쓸쓸하구나.	楓葉荻花秋瑟瑟。
손님을 전송하려 배에 올라서	主人下馬客在船,
술잔을 들려는데 음악이 없네.	擧酒欲飮無管絃。

아쉬운 술잔 놓고 이별하는 밤	醉不成歡慘將別,
헤어질 땐 저 달도 강에 잠긴다.	別時茫茫江浸月。
그때 문득 들려오는 비파 소리에	忽聞水上琵琶聲,
가던 손님 나처럼 발길 멈추네.	主人忘歸客不發。

소릴 찾아 누구냐고 물어 가 보니	尋聲暗問彈者誰?
비파소리 끊기고 대답도 없다.	琵琶聲停欲語遲。
배를 옮겨 가까이 찾아가서는	移船相近邀相見,
술 시키고 등불 켜서 다시 부른다.	添酒回燈重開宴。

천 번 만 번 부르니 나오는 그녀	千呼萬喚始出來,
비파를 끌어안고 얼굴 가렸네.	猶抱琵琶半遮面。
줄을 튕겨 두세 소리 조절하는데	轉軸撥絃三兩聲,

言, 命曰「琵琶行」."(위의 책)

백거이, "우린 모두 이 세상 떠도는 신세"

노래도 하기 전에 정이 넘친다.　　未成曲調先有情。

줄마다 감겼구나 서글픈 심정　　絃絃掩抑聲聲思,
한평생 쌓인 한을 풀어내는 듯.　　似訴平生不得志。
눈을 감고 손에 맡겨 비파 타는데　　低眉信手續續彈,
심중의 무한 고민 털어 놓는 듯.　　說盡心中無限事。

가볍게 당기다가 세게 튕기니　　輕攏慢撚抹復挑,
처음에는 예상이요 나중엔 육요.　　初爲霓裳後六幺。
굵은 현은 쏴아쏴아 소나기 오듯　　大絃嘈嘈如急雨,
가는 현은 소곤소곤 속삭이는 듯.　　小絃切切如私語。

쏴아쏴아 소곤소곤 뒤섞이면서　　嘈嘈切切錯雜彈,
큰 구슬 작은 구슬 굴러가는 듯.　　大珠小珠落玉盤。
아름다운 음악은 앵무새 노래　　間關鶯語花底滑,
얼음 속에 물 흐르는 그윽한 소리.　　幽咽泉流冰下灘。

찬 샘물 흐르다가 막혀 버리니　　水泉冷澁絃凝絶,
물 막힌 그곳에서 잠시 쉬는 듯.　　凝絶不通聲漸歇。
남몰래 솟아나는 속 깊은 시름　　別有幽愁暗恨生,
이 순간 소리 없음 더욱 낫구나.　　此時無聲勝有聲。

은병을 깨부수어 술 쏟아지듯　　銀瓶乍破水漿迸,

군마가 달리면서 창칼 다투듯.　　　鐵騎突出刀鎗鳴。
연주가 끝나면서 줄을 훑으니　　　曲終收撥當心畫,
비파의 네 개 줄이 비단 찢는 듯.　　四絃一聲如裂帛。

사방의 배들 모두 고요한 중에　　　東船西舫悄無言,
오직 강 한가운데 밝은 가을 달.　　唯見江心秋月白。
조용히 손을 들어 현을 거두며　　　沈吟放撥插絃中,
옷매무새 다듬고서 그녀 말한다.　　整頓衣裳起斂容。

저는 원래 장안에서 살았던 여인　　自言本是京城女,
지금 집은 하마릉의 아래 있어요.　家在蝦蟆陵下住。
열세 살에 비파를 모두 배워서　　　十三學得琵琶成,
명성이 교방에서 최고였지요.　　　名屬教坊第一部。

연주하면 비파 선생 탄복을 했고　曲罷曾教善才服,
화장하면 기녀들이 질투했었죠.　妝成每被秋娘妒。
오릉의 청년들이 서로 다퉈서　　五陵年少爭纏頭,
한 곡조로 버는 돈이 대단했어요.　一曲紅綃不知數。

자개 비녀 장단 치다 깨트렸고요　鈿頭銀篦擊節碎,
예쁜 치마 술 엎질러 더럽혔지요.　血色羅裙翻酒汙。
한 해 두 해 놀다 보니 가는 세월에　今年歡笑復明年,
봄바람 가을 달을 보내었어요.　　秋月春風等閑度。

동생은 군대 가고 어머니 죽고　　　弟走從軍阿姨死,
아침저녁 미모는 시들었어요.　　　暮去朝來顏色故。
썰렁한 우리 집은 찾는 이 없어　　　門前冷落車馬稀,
다 늙어 장사꾼의 마누라 됐죠.　　　老大嫁作商人婦。

장사꾼은 돈만 알고 인정은 없어　　　商人重利輕別離,
지난 달 부량으로 차 사러 갔죠.　　　前月浮梁買茶去。
그 뒤로는 강가에서 배만 지키니　　　去來江口守空船,
배 위로 달은 밝고 강물 차군요.　　　繞船月明江水寒。
밤 깊어 젊었을 적 꿈을 꿀 때는　　　夜深忽夢少年事,
나도 몰래 눈물이 흘러내려요.　　　夢啼妝淚紅闌干。

비파 연주 감동 되어 눈물 젖은 나　　　我聞琵琶已嘆息,
그녀 얘기 듣다 말고 탄식을 한다.　　　又聞此語重唧唧。
우린 모두 이 세상 떠도는 신세　　　同是天涯淪落人,
모르는 사이라도 만나면 인연.　　　相逢何必曾相識!

나야말로 작년에 장안 떠나서　　　我從去年辭帝京,
심양의 귀양 생활 병이 들었네.　　　謫居臥病潯陽城。
이곳은 외진데다 음악도 없어　　　潯陽地僻無音樂,
한 해가 다 가도록 노래 못 듣지.　　　終歲不聞絲竹聲。

분강의 강가에는 습기가 많고　　　住近湓江地低濕,

갈대와 대나무가 숲을 이뤘네.　　黃蘆苦竹繞宅生。
아침마다 저녁마다 들리는 것은　　其間旦暮聞何物?
잔나비 울음소리 두견새 소리.　　杜鵑啼血猿哀鳴。

봄 강에 꽃 피고 가을 달 뜨면　　春江花朝秋月夜,
가끔은 술 사다가 홀로 마시네.　　往往取酒還獨傾。
시골에도 노래와 피리 있지만　　豈無山歌與村笛,
시끄러운 그 소리는 듣기 싫었지.　　嘔啞嘲哳難爲聽。

오늘 밤 자네 타는 비파 들으니　　今夜聞君琵琶語,
신선의 음악인 듯 귀가 뚫리네.　　如聽仙樂耳暫明。
사양 말고 한 곡조 더 부르시게　　莫辭更坐彈一曲,
자넬 위해 비파행 한 수 지으리.　　爲君翻作琵琶行。

내 말 듣고 한동안 서 있던 그녀　　感我此言良久立,
다시 앉아 비파 현을 급히 고르니　　卻坐促絃絃轉急。
슬프기는 먼저보다 더욱 슬퍼져　　淒淒不似向前聲,
듣는 이들 모두가 눈물 흘린다.　　滿座重聞皆掩泣。
좌중에서 누가 제일 눈물 많을까　　座中泣下誰最多?
강주 사마 백낙천 소매 다 젖네.　　江州司馬青衫濕。[5]

5　　『全唐詩』, 上海古籍出版社, 1992, p.1075.

친구를 전송하는 강변 나루터. 어디선가 들려오는 비파 소리. 비파 타는 여인을 찾아서 연주를 듣고, 그녀의 신세 한탄을 듣는다. 재차 청해 듣는 비파의 애끓는 연주, 그 음악을 듣고 눈물을 흘리는 시인. 실제 경험인 이 이야기의 전개나 각 장면의 그림은 백거이가 가진 풍부한 시어 구사력과 시적 분의기의 연출을 유감없이 보여준다. 특히 연주 소리의 묘사는 이 시를 읽는 이의 귀에 들리는 듯하다. 연주 중간 시름에 젖는 대목에서는 비파 소리가 잦아지더니 아예 조용하다. "남몰래 솟아나는 속 깊은 시름/이 순간 소리 없음 더욱 낫구나"라는 구절은 연주 장면의 현장감을 여실히 드러낸다. "우린 모두 이 세상 떠도는 신세/모르는 사이라도 만나면 인연"이라는 구절은 이미 명언이 됐다.

그 여인과 백거이만 떠도는 신세가 아니다. 모든 살아있는 사람은 누구나 이 세상의 부평초다. 음악을 연주하고 들으며 두 사람은 공감의 울음을 운다. 연주를 듣는 순간 마음속 깊은 곳에 쌓여 있던 찌꺼기가 문득 거둬지며, 정결한 의식만 남아서 세상과 공명한다.

백거이, "반쯤 취해 누워서 옛얘기 하세"

백거이가 소주 자사의 직무를 마칠 무렵, 화주 자사로 근무하고 있던 유우석劉禹錫(772~842)은 조정의 명을 받고 낙양으로 떠나야 했다. 유우석이 말릉을 지나 양주에 도착했을 때 소주를 떠나 역시 낙양으로 향하던 백거이를 만났다. 백거이는 동갑 친구 유우석과의 이런 우연한 만남을 기뻐하며 연회 자리에서 젓가락으로 상을 두드려 가락을 맞추며 즉석에서 다음의 시를 지어 부른다.

취증유이십팔사군 醉贈劉二十八使君
백거이

날 위해 술잔 들고 한잔 따르라   爲我引杯添酒飮,
그대와 젓가락 쳐 장단 맞추리.   與君把箸擊盤歌。
나라 제일의 시인도 다 소용없다   詩稱國手徒爲爾,

정해진 팔자라면 어쩔 수 없네.　　命壓人頭不奈何。

눈을 들어 보는 풍경 쓸쓸하구나　　擧眼風光長寂寞,
조정의 관직 하나 못 차지하고.　　滿朝官職獨蹉跎。
재능 많기 때문에 꺾어진 운명　　亦知合被才名折,
스물세 해 좌천으로 세월 갔으니.　　二十三年折太多。[1]

'취해서 유우석에게 드리는 시'라는 제목의 칠언율시다. '유이십팔
사군'劉二十八使君은 유우석을 가리킨다. 세 번째 연의 '차타'蹉跎란 헛걸
음인데 여기서는 하릴없이 흘러간 유우석의 귀양 생활을 비유했다. 당
정원 21년(805) 덕종이 죽고 태자 이송李誦, 즉 순종이 즉위해서 연호
를 '영정'으로 개원했다. 순종은 정치적 혁신을 단행하기 위해서 왕숙
문王叔文 등을 등용했다. 또 대신 중의 명사인 유종원柳宗元, 유우석, 한
태韓泰 등과 함께 부패와 부조리를 뿌리 뽑는 개혁을 추진했다. 민간이
관부에 바치는 세금을 탕감했고, 관부에서 조정에 바치는 뇌물인 이른
바 '진봉'進奉이나 '월진'月進 등의 각종 검은돈의 거래도 막았다. 관에
서 파는 소금 등 생필품의 물가를 내렸다. 게다가 대표적 부패 관리로
당시 장안 시장격인 경조윤京兆尹 이실李實을 처벌함으로써 조정은 크
게 민심을 얻었다.

　이 과정에서 조정은 완전한 개혁을 위해서 환관 등의 권력자들로
부터 수도 주둔군의 병권을 빼앗아 와야 했다. 하지만 이 계획은 실패

1　　栗斯 編著, 『唐詩故事』, 地質出版社, 1986, p.209.

했다. 세력가들이 연합해서 조정에 반기를 들었던 것이다. 그들은 순종의 맏아들인 이순李純을 황제로 옹립하여 헌종으로 세웠다. 그리고 순종을 물러나게 하여 권력이 없는 태상황으로 삼았다. 문제는 그런 권력 투쟁 이후에 발생했다. 헌종은 지지 세력의 압박에 몰려 전임 실권자들을 몰아내야 했다. 왕비는 귀양 갔고 왕숙문은 죽임을 당했다. 특히 유종원, 유우석, 한태 등의 개혁 세력은 완전히 해체되어 지방의 한직으로 쫓겨났다.[2] 유우석은 영정 원년(805) 이런 권력 투쟁에서 밀려 귀양을 가서 문종 대화 원년(827), 23년 만에 조정으로 복귀한다. 앞의 시는 그런 유우석을 위로하며 쓴 시다. 유우석도 친구의 이런 노래에 화답하는 시를 지어 전한다. "쓸쓸한 파산과 초 지방에서／이십삼 년 세월이 흘러갔으니,／／돌아보면 「문적부」만 읊고 있던 나／고향에 가 보니 세상 변했다.／／가라앉은 배 옆으로 수많은 배들／병이 든 나무 앞엔 푸른 나무들.／／오늘 자네 노래를 한 곡 들으니／한잔 술에 정신이 번쩍 깨는 듯."[3] 백거이의 다음 노래는 이런 분위기 속에서 현실 문제를 도피하는 심정으로 지어졌다.

2   위의 책, p.26.
3   "巴山楚水淒涼地, 二十三年棄置身。懷舊空吟聞笛賦, 到鄉翻似爛柯人。沈舟側畔千帆過, 病樹前頭萬木春。今日聽君歌一曲, 暫憑杯酒長精神。"(劉禹錫, 「酬樂天揚州初逢席上見贈」)

대주오수對酒五首

백거이

오수지일五首之一

현명하고 어리석음 가리는 시비　　巧拙賢愚相是非,
취해서 모두 잊는 일만 못하네.　　何如一醉盡忘機。
세상의 넓고 좁음 그대도 알지　　君知天地中寬窄,
참새나 봉황새나 각자 나는 법.　　雕鶚鸞鳳各自飛。

오수지이五首之二

달팽이 뿔 위에서 다투지 말라　　蝸牛角上爭何事,
부싯돌의 불꽃같은 허무한 인생.　　石火光中寄此身。
부자 가난 되는대로 기쁨 누리며　　隨富隨貧且歡樂,
큰 소리로 못 웃는 게 참으로 바보.　　不開口笑是痴人。[4]

　　첫 번째 시에서 '망기'忘機란 도가 용어로, '세속적인 마음을 버리다'라는 뜻이다. 두 번째 시의 '와우'蝸牛는 달팽이다. 사람들이 세속적인 경쟁에 휘말려 사는 것을 작디작은 달팽이 뿔 위의 다툼일 뿐이라고 한 『장자』의 말을 인용했다. 이처럼 탈속적인 생각을 한 백거이도

4　　朱金城 箋校, 『白居易集箋校』, 上海古籍出版社, 1988, p.841.

다른 대부분의 뛰어난 시인들처럼 힘든 귀양 생활을 겪었다. 헌종 원화 9년(814) 겨울, 백거이는 3년간의 모친상을 마치고 조정 내의 비교적 한직에 발령을 받았다. 이 직무는 태자를 모시고 경서와 시문을 가르치는 역할이었다. 그 이듬해 유월 삼일 새벽 출근길에 재상 무원형武元衡이 자객의 공격을 받았다. 자객은 그의 머리를 잘라 가지고 달아났다. 곧바로 어사중승 배도裵度도 머리에 상처를 입고 도랑에 떨어졌다. 당시 배도의 부하 왕의王義가 범인을 잡고 소리를 쳤지만 오히려 자신의 팔을 잘린 채 놓치고 말았다.

위에서 언급한 대로 이 사건의 배후에는 복잡한 정치적 배경이 깔려 있었다. 고관들의 건의에 따라 헌종은 조정의 명령을 듣지 않는 하북 군벌을 토벌할 계획을 세웠다. 당시 군벌의 하나였던 평로 절도사 이사도李師道는 이런 사실을 알고, 중악사中嶽寺 승려 원정圓淨을 중심으로 한 자객을 장안에 보냈다. 조정의 핵심 세력을 암살하려 한 것이었다. 이 사건 이후 조정은 커다란 충격과 혼란에 빠졌다. 특히 자객은 "나를 잡으려 하지 마라. 내가 먼저 너를 죽이리라!"毋急捕我, 我先殺汝고 하는 쪽지를 남겼다. 공포에 휩싸인 조정 대신들은 아무도 범인을 잡자고 나서지 못했다.

이때 백거이는 이런 분위기에 일침을 가했다. 서둘러서 범인을 잡자는 상주문을 올렸다. 그러자 당시 권력자인 재상 장홍정張弘靖; 위관 지韋貫之 등이 백거이를 공격했다. 백거이의 직무가 상주문을 올릴 위치가 아닌데, 월권을 했다는 것이다. 게다가 백거이의 모친이 꽃을 감상하다가 우물에 빠져 사망한 일이 있었다. 일부 그를 시기하는 무리들은 백거이가 계속 꽃과 우물에 관한 시를 썼으니 이는 유교의 가르침에 어긋난다고 헐뜯었다. 결국 백거이는 지금의 강서성 구강九江인 강주江州로 귀양을 가게 된다.[5] 다음의 시 역시 현실을 벗어나고 싶은 시인의 심경을 그렸다.

화하대주이수花下對酒二首
백거이

이수지이二首之二

손 뻗어 벗나무 꽃을 잡으면	引手攀紅櫻,
벗꽃은 눈처럼 흩날리는데,	紅櫻落似霰。
고개 들어 하늘의 태양을 보니	仰首看白日,
태양도 화살처럼 가고 있구나.	白日走如箭。

아름다운 젊은 시절 어여쁜 정경　年芳與時景,
순식간에 변하고 사라져 가네.　頃刻猶衰變。
하물며 살아있는 이 육신이야　況是血肉身,
어떻게 오래도록 건강 지킬까.　安能長強健。

마음이 빠져 버린 집착과 미혹　人心苦迷執,
가난이 싫다 해서 부귀 탐하네.　慕貴憂貧賤。

5　栗斯 編著, 앞의 책, p.100.

| 근심스런 표정은 얼굴에 쌓여 | 愁色常在眉, |
| 언제 봐도 기쁜 모습 찾을 길 없네. | 歡容不上面。 |

더구나 머리카락 반백 된 이 몸	況吾頭半白,
거울을 잡고는 안 볼 수 없네.	把鏡非不見。
꽃 아래 술잔을 놓아둔 채로	何必花下杯,
누군가 권할 때를 왜 기다리랴.	更待他人勸。[6]

봄이 저물며 떨어져 흩날리는 앵두꽃을 '싸라기 눈'霰에 비유했다. 세월은 가고 사람은 늙는다. 그러니 다투고 싸우며 사는 세상살이에서 한걸음 물러나서 술을 즐기자는 시의다. 백거이는 항주 등에서 비교적 좋은 업적을 남겼고 장안에서 봉직한 기간도 길었다. 815년 강주로 갔던 3년간의 귀양은 그의 삶에 전환점이 되었다. 세상사에 초연해지고 문학적인 성취는 더욱 커져 갔다. 그는 글을 쓰려면 현실에 맞는 글을 써야 하고, 시를 지으려면 실제에 부합하는 시를 써야 한다고 주장했다.[7] 그의 이런 주장은 '안사의 난' 이후로 쇄락해 가는 당나라의 사회 현실을 직시하려는 시인의 의식이 반영돼 있다. 그러나 나이가 들면서 그의 시는 통속적이고 현실 도피적인 분위기로 바뀐다. 백거이는, "나는 하루 종일 먹지도 않고 밤새도록 자지도 않는다. 생각을 해도 소용 없으니 차라리 마시느니만 못하다"[8]고 했다. 공자의 말을 흉내 낸 것

---

6   朱金城 箋校, 앞의 책, p.595.
7   "文章合爲時而著, 歌詩合爲事而作。"(「與元九書」)
8   "吾嘗終日不食, 終夜不寢, 以思無益, 不如且飮。"(「酒功贊」)

이다. 공자는, "나는 하루 종일 먹지도 않고 밤새도록 자지도 않는다. 생각을 해도 소용없으니 차라리 공부하느니만 못하다"[9]라고 했다. 과거 죽림칠현의 한 사람인 유영劉伶이 「주덕송」酒德頌을 지었는데, 백거이 자신은 「주공찬」酒功贊을 지어 그의 뒤를 잇겠다고 했다. 정치권력의 탁류 속에서 허우적거리며 싸우느니, 술을 즐기며 세상을 잊겠다는 그의 낭만적인 의지가 드러나는 글이다. 결국 그는 자신의 집에서 직접 술을 담그도록 해서 마셨다. 세밑이면 이웃들과도 함께 나누어 마셔 그 술의 맛이 좋기로도 유명했다. 술을 소재로 한 다음의 시들은 만년의 그의 심경을 잘 드러낸다.

파주把酒
백거이

잔 들고 하늘에 물어보나니	把酒仰問天,
예부터 그 누가 죽지 않았나.	古今誰不死。
소중한 것이란 살아있을 때	所貴未死間,
근심 걱정 없으면 그게 진짜지.	少憂多歡喜。
성공이나 실패는 하늘에 있고	窮通諒在天,
기쁨이나 슬픔은 내게 달렸네.	憂喜卽由己。
그러니 이치를 깨달은 사람	是故達道人,

9   "吾嘗終日不食, 終夜不寢, 以思無益, 不如學也."(『論語』「衛靈公」)

저것을 버리고 이걸 취하네.	去彼而取此。
부자가 못 됐다고 말하지 말라	勿言未富貴,
관직에 있다 보면 욕이 되는 법.	久忝居祿仕。
그대에게 묻노니 자네 집안에	借問宗族間,
도대체 몇 사람이 출세했는가.	幾人拖金紫。
점차 늙어 간다고 서러워 말고	勿憂漸衰老,
나이가 들어 감을 기뻐해야지.	且喜加年紀。
세어 보게 주변의 친구들 중에	試數班行中,
그 누가 고이고이 늙어 가는가.	幾人及暮齒。
아침과 저녁밥 차려진다면	朝湌不過飽,
호화로운 음식이란 부질없는 일.	五鼎徒爲爾。
잠자리 들 때마다 편안하면 돼	夕寢止求安,
요 이불 한 채면 족한 것일세.	一衾而已矣。
그 밖의 것이란 과분하나니	此外皆長物,
내게는 그 모두 뜬구름 같네.	於我雲相似。
자식이 있어도 돈 주지 말게	有子不留金,
자식이 없다면 더욱 좋은 일.	何況兼無子。[10]

10 朱金城 箋校, 앞의 책, p.2006.

시의 제목 '파주'는 '술잔을 들고'라는 뜻이다. 세 번째 구절의 '소 귀미사간'所貴未死間을 그대로 번역하면 '소중한 것은 죽기 전의 일이다'라는 것으로, 살아있을 때가 귀한 시간이라는 뜻이다. 열두 번째 구절의 '금자'金紫란 '금인자수'金印紫綬의 줄임말로 고관대작의 복식을 가리킨다. 시의 내용을 보면 세월이란 허무하게 흘러가니 욕심 부리지 말고 살라 한다. 세상살이를 초연하게 하고 싶은 백거이의 풍모가 잘 드러나는 시다.

다음의 시는 '와서 한잔하느니만 못하네'라는 제목의 백거이 작품이다. 중국문학 관련 책들은 백거이가 현실주의적인 시풍을 보여준다고 했는데, 사실 수많은 그의 시가 상당히 현실 도피적이다. 다른 측면에서 본다면 시인의 이런 노래는 어쩌면 가장 현실적인 생각일 것이다. 진흙탕 같은 정치판에서 도망치는 것이 오히려 더욱 현명한 선택이었을 테니까.

불여래음주칠수不如來飲酒七首
백거이

그만두게 깊은 산 은거하는 짓   莫隱深山去,
자네는 머지않아 싫증 낼 걸세.   君應到自嫌。
치아는 다 상해서 물도 시리고   齒傷朝水冷,
얼굴은 눈서리에 비쩍 마르리.   貌苦夜霜嚴。
어부 떠난 포구에 바람이 불고   漁去風生浦,
나무꾼 돌아간 골짝 눈이 쌓이네.   樵歸雪滿巖。

여기 와서 나와 한잔함만 못하리　　　不如來飲酒,
마주 앉아 둘이서 실컷 마시세.　　　相對醉厭厭。

그만두게 농부가 되려는 짓을　　　　莫作農夫去,
자네는 머지않아 시름 젖으리.　　　　君應見自愁。
봄이면 거친 땅 쟁기질하랴　　　　　迎春犁瘦地,
저녁에는 틈타서 소꼴 먹이랴.　　　　趁晚餵羸牛。
때로는 관청에 세금도 내고　　　　　數被官加稅,
그러다가 가을 온 것 모르게 되네.　　稀逢歲有秋。
여기 와서 나와 한잔함만 못하리　　　不如來飲酒,
좋은 술을 벗하여 대취해 보세.　　　　酒伴醉悠悠。

그만두게 장사꾼 되려는 짓을　　　　莫作商人去,
허둥지둥 자네는 요령을 몰라.　　　　恓惶君未諳。
눈서리 쏟아지면 북쪽 땅 가고　　　　雪霜行塞北,
비바람 몰아치면 강남서 자고.　　　　風水宿江南。
돈 꾸러미 천 개 만 개 가득 채워도　　藏鏹百千萬,
그런 배 열에 두셋 침몰한다네.　　　　沈舟十二三。
여기 와서 나와 한잔함만 못하리　　　不如來飲酒,
좋은 술에 취해서 벌렁 누우세.　　　　仰面醉酣酣。

그만두게 군인이 되려는 짓을　　　　莫事長征去,
그런 고생이란 말도 못 하리.　　　　辛勤難具論。

언제나 장수 되어 출세를 할까   何曾畫麟閣,
그저 야전에서 고생만 하리.   只是老轅門。
옷에 남은 거라곤 이나 벼룩뿐   虮虱衣中物,
얼굴에 그린 건 칼과 창 흔적.   刀槍面上痕。
여기 와서 나와 한잔함만 못하리   不如來飮酒,
취해서 눈 붙이고 잠이나 자세.   合眼醉昏昏。

그만두게 장생불사하려는 짓을 ·   莫學長生去,
신선 약은 오히려 자넬 죽일 걸.   仙方誤殺君。
그 무슨 불로초를 구하려 하고   那將薤上露,
또 무슨 학이 되어 구름을 타랴.   擬待鶴邊雲。
이리저리 불에 구워 약을 지어도   砭砭皆燒藥,
알고 보면 모두 다 무덤 파는 일.   累累盡作墳。
여기 와서 나와 한잔함만 못하리   不如來飮酒,
한가하게 앉아서 맘껏 마시세.   閑坐醉醺醺。

그만두게 입신출세하려는 짓을   莫上靑雲去,
출세하면 사랑 미움 절로 생기네.   靑雲足愛憎。
잘나면 잘난 대로 지혜 다투고   自賢誇智慧,
서로서로 뒤얽혀 능력 겨루네.   相糾鬪功能。
미끼를 물었으니 물고기 죽고   魚爛緣吞餌,
불속에 날아들어 나방도 죽네.   蛾焦爲撲燈。
여기 와서 나와 한잔함만 못하리   不如來飮酒,

마음이 가는대로 크게 취하세.　　　　任性醉騰騰。

그만두게 속세에 빠지는 짓을　　　　莫入紅塵去,
몸이건 마음이건 모두 지치리.　　　　令人心力勞。
달팽이 뿔 위에서 싸우다 보면　　　　相爭兩蝸角,
터럭만 한 이익도 남지 않으리.　　　　所得一牛毛。
성내고 다루는 일 삭여 없애고　　　　且滅嗔中火,
웃으며 해코지하기 그만들 두세.　　　　休磨笑裏刀。
여기 와서 나와 한잔함만 못하리　　　　不如來飲酒,
반쯤 취해 누워서 옛얘기 하세.　　　　穩臥醉陶陶。[11]

11　　　『全唐詩』, 上海古籍出版社, 1992, p.1134.

어현기, "그대 향한 그리움은 강물 흐르듯"

　　당나라 말의 시인 온정균溫庭筠(812~870)은 장안에서 소문으로 들은 소녀 시인을 찾아 나섰다. 그 소녀 시인의 이름은 어현기魚玄機. 원명은 어유미魚幼薇이다. 그녀의 이름은 정사正史에 오르지 못하고 당말唐末 황보매皇甫枚의 당대 전기소설집 『삼수소독』三水小牘과 원나라 신문방辛文房이 편찬한 『당재자전』唐才子傳 등에 이야기와 시가 전한다. 이들 기록에 따르면 온정균이 찾아갔을 때 그녀는 모친과 함께 장안의 동남쪽 평강리에서 어렵게 살고 있었다. 그 일대는 유흥가였고, 모녀는 허드렛일로 생계를 유지했다. 온정균은 어현기에게 강가의 버드나무라는 뜻으로 '강변류'江邊柳라는 제목을 주고 시를 지어 보게 했다. 어현기는 다음과 같이 지었다.

강변류江邊柳
어현기

강가에 연이은 푸른 나무들	翠色連荒岸，
물안개 가만히 누각에 든다.	煙姿入遠樓。
물위엔 나무들 그림자 떴고	影鋪春水面，
낚시꾼 머리 위로 꽃잎이 진다.	花落釣人頭。
뿌리 틈새로는 물고기 놀고	根老藏魚窟，
가지 아래 나그네 배를 묶었네.	枝低系客舟。
가는 비 쓸쓸히 내리는 밤에	蕭蕭風雨夜，
꿈 깨니 더욱더 시름에 겹다.	驚夢復添愁。[1]

　어린 소녀의 손에서 이런 시가 나오니 온정균은 은근히 기뻤다. 그는 어현기를 제자로 삼았다. 그녀와는 30세 가까운 나이 차이가 났다. 온정균은 외모가 못생긴 것으로 유명했다. 친구들이 그를 '온종규'溫鍾馗라고 별명을 붙일 정도였다. '종규'란 당 고조 때 사람으로, 기괴하게 생긴 외모 때문에 실력이 있음에도 불구하고 진사에 급제를 못하자 자살한 사람이다. 나중에 험악한 모습으로 꿈에 나타난 그를 현종이 그림으로 그리도록 해서 지금까지 전설이 됐다. 온정균은 자신이 나이도 많고 못생겼기 때문에 그녀에 대한 애정의 마음을 감히 드러내지 못했

1　　『全唐詩』, 上海古籍出版社, 1992, p.1971.

다. 얼마 뒤 그는 장안을 떠났다. 그러나 오히려 어현기는 그를 사모했다. 그녀는 다음과 같이 시를 써서 부쳤다.

기비경寄飛卿
어현기

섬돌 밑에서는 풀벌레 울고	階砌亂蛩鳴,
뜰 앞 나무에는 안개 맑아요.	庭柯煙露清。
달빛 속에 이웃의 음악 듣는데	月中鄰樂響,
누각 저 멀리서 해가 뜹니다.	樓上遠山明。

베개 밑에 차가운 바람이 불어	枕簟涼風著,
가야금 노래로 설움 달래요.	瑤琴寄恨生。
아직도 님의 회신 오지 않으니	稽君懶書禮,
어찌 위로하나요 가을의 정회.	底物慰秋情。[2]

'비경에게 부침'이라는 제목의 오언율시다. '비경'은 온정균의 자字다. 온정균이 이 시의 의미를 모를 리 없다. 그러나 그는 대답하지 않았다. 1년 뒤 어현기는 다시 아래와 같은 사모의 시를 보낸다.

---

2   위의 책, p.1972.

동야기온비경 冬夜寄溫飛卿

어현기

그리움에 등불 켜고 시를 읊으니	苦思搜詩燈下吟,
잠 못 드는 이 밤의 추운 잠자리.	不眠長夜怕寒衾。
뜰 안의 나뭇잎에 바람이 불고	滿庭木葉愁風起,
비단 휘장에는 달빛 내려요.	透幌紗窗惜月沈。
헤어진 뒤 소식을 듣지 못하여	疏散未聞終隨願,
내 마음엔 헛되이 그리움 일고,	盛衰空見本來心。
봉황새는 오동나무 못 찾았는데	幽棲莫定梧桐處,
참새들만 가지에서 지저귀네요.	暮雀啾啾空繞林。[3]

'겨울밤에 온정균에게 부침'이라는 제목의 칠언율시다. 한없는 그리움을 못 이기는 시인은 한밤중 책을 찾아 시를 읽는다. 홀로 든 쓸쓸한 잠자리가 싫었던 것이다. 그녀의 마음은 온통 가을바람과 달빛 저 멀리 있는 온정균에게 가 있다. 오동나무 같은 시인의 품에 깃들이지 않은 것은 그리운 사람이다. 주변에는 늘 참새 같은 보잘 것 없는 사람들만 시끄러울 뿐. 이처럼 끊임없이 사모의 글을 보냈지만 온정균은 연인으로 다가오지 않았다. 그는 언제나 담담한 스승으로 있을 뿐이었다. 어현기는 재능이 뛰어나고 총명한 여인이었다. 온정균은 그녀와의

---

3   위의 책, p.1972.

아름다운 인연을 끝까지 유지했다. 두 사람은 나이를 잊은 친구라는 뜻의 '망년지우'忘年之友라는 미명美名을 남겼다.

당나라 의종 원년, 새로운 황제가 등극하자 온정균은 자신의 진로를 찾으러 장안에 왔다. 어현기를 만나 보니 2년 만에 이미 성숙해 있었다. 두 사람은 성남의 숭진관崇眞觀을 산책했다. 그녀는 거기서 젊은 이들이 숭진관 벽에 공고된 과거 급제 명단을 보며 기뻐하는 광경을 목도하고 다음과 같이 자신의 감회를 써서 남긴다. 제목은 '숭진관 남쪽 누각에서 과거 급제자 명단 붙은 것을 구경하다.'

유숭진관남루도신급제제명처遊崇眞觀南樓覩新及第題名處
어현기

산 위로 두 눈 가득 맑은 봄 하늘	雲峰滿目放春晴,
선명한 초승달이 저만치 뜬다.	歷歷銀鉤指下生。
여인이라 시구조차 몰래 가린 채	自恨羅衣掩詩句,
고개 들어 급제자들 부러워할 뿐.	擧頭空羨榜中名。[4]

어현기는 자신의 재능이 뭇 남자들을 능가할 수 있음에도 과거 시험에 응시할 수 없는 여인의 몸이라는 것이 한스러웠다. 앞의 두 구절은 과거 급제자 명단이 붙는 당일의 쾌청한 정경을 그렸다. 이어서 뒤의 두 구절은 과거 급제자 명단에 오를 수 없는 재자가인인 자신의 쓸

---

4   위의 책, p.1972.

쓸한 심경을 그렸다. 두 번째 구절의 '은구'銀鉤는 종종 잘 쓴 붓글씨를 말한다고 해석되기도 하지만 여기서는 하얀 낮달을 상징한 것으로 보았다. 시인이 가리키는 손가락 사이로 낮달이 뜬다. 다음 구절의 '라의'羅衣는 여인의 옷을 말하며, 여기서는 여인 자신을 가리켰다.

전하는 기록에 따르면 당시 장원으로 급제를 해서 숭진관 급제자 명단에 이름이 올랐던 이억李億이 이 시를 보고 어현기를 찾았다. 어현기는 결국 온정균의 소개로 이억의 첩이 되었다. 이억이 본처의 독촉에 못 이겨 귀향하고는 돌아오지 않자 어현기는 다음과 같은 시를 부친다.

강릉수망기자안江陵愁望寄子安
어현기

천 개 만 개 가지마다 붉은 단풍잎　　楓葉千枝復萬枝,
강에 어린 다리 너머 돛배 안 오고,　　江橋掩映暮帆遲。
그대 향한 그리움은 강물 흐르듯　　　憶君心似西江水,
밤낮없이 흘러가네 쉬지도 않고.　　　日夜東流無歇時。[5]

'강릉에서 시름에 젖어 기다리며 자안에게 부치다'라는 시다. 제목에서 '강릉'은 지금의 호북성 잠강潛江이다. '자안'은 이억의 자다. 두 번째 구절의 '엄영'掩映은 강의 다리가 '가렸다 보였다' 한다는 뜻이다. 이억이 타고 올 배가 나타나기를 기다리며 강에서 눈을 떼지 못하는

5　　　위의 책, p.1972.

그녀의 모습이 눈에 선하다. 다음 장에서 볼 이욱의 시에서처럼, 그녀
는 자신의 그리운 심정을 끊임없이 흐르는 강물에 비유한다. 다음은
이억을 그리워하는 마음을 그린 또 다른 사랑의 시다. 제목은 '이웃 여
인에게.'

증린녀贈鄰女
어현기

부끄러워 소매로 햇빛 가리고	羞日遮羅袖,
봄날 외로움에 화장도 싫지.	愁春懶起妝。
귀중한 보물은 얻기 쉬워도	易求無價寶,
진정한 사랑은 찾기 어렵네.	難得有情郎。

남몰래 베갯머리 적시는 눈물	枕上潛垂淚,
꽃 숲에선 혼자서 가슴 아프리.	花間暗斷腸。
송옥 같은 멋진 남자 찾게 되리니	自能窺宋玉,
왕창처럼 떠난 사람 아쉬워 말자	何必恨王昌?[6]

남자에게 버림받고 외로운 몸으로 봄날을 맞는 이웃 여인을 달래
는 시다. 시의 배경은 알려지지 않았지만 자신과 비슷한 처지의 여인
에게 어현기는 이처럼 위로의 말을 건넨다. '송옥'은 초나라 때 굴원과

6   위의 책. p.1971.

함께 시를 쓴 『초사』의 대표적 시인이다. 이웃집 여인이 3년 동안 그를 사모했으나 마음을 주지 않았다는 일화가 있다. '왕창'은 위진 시기의 대표적인 미남자로 이름이 전한다. 이웃집 여인에게 하는 말이긴 하지만 어현기 자신도 이억과의 사랑이 식었음을 느끼며 스스로를 위로한 시다.

그렇게 그리워한 이억과의 사랑도 잠시뿐이었다. 어현기는 곧바로 불행한 운명에 빠진다. 어현기는 이억의 첩으로서 임정林亭이라는 이억의 별장에 살게 되지만 끝내 본처 배씨의 질투로 쫓겨난다. 그녀는 이억의 도움으로 함의관咸宜觀이라는 도관에 들어가서 여도사가 되었다. 이때부터 원래의 '어유미'라는 이름을 버리고 '어현기'로 개명했다. 당시 도관이라는 곳은 금욕의 장소는 아니었다. 그녀는 제자들과 함께 손님을 접대했고, 그곳을 찾는 사람들 중에 일부는 때로 그곳에서 자고 가기도 했다.

어느 날 세 명의 귀공자가 도관을 찾았는데, 한 사람의 악사를 대동했다. 진위陳韙라는 이름의 그 악사는 외모가 출중했고 분위기가 예사롭지 않았다. 그 뒤 어현기는 곧바로 진위와 사랑에 빠진다. 문제는 도관 내에 데리고 살던 제자들이 어현기의 그런 남녀관계를 모두 보아온 것이다. 그중 가장 미모가 뛰어난 제자가 녹교綠翹였는데, 하루는 봄나들이가 있어서 나가면서 녹교에게 여느 때처럼 누가 찾아오면 자신의 행선지를 말해 주라고 당부했다. 그날은 먼데까지 가는 바람에 어현기의 귀가가 늦었다. 저녁 늦게 돌아와 보니 녹교가 말한다. "오늘 진위가 왔었는데 선생님이 안 계시다고 하니까 말고삐도 놓지 않고 그 자리에서 되돌아가셨어요." 그러나 어현기의 귀에 그 말은 들리지 않왔다. 예전 같으면 그가 어현기를 기다릴 텐데 그날은 그냥 갔다니 이상했다. 평소에 진위가 녹교를 눈여겨본다고 여긴 어현기는 녹교의 발그레한 얼굴과 흐트러진 머리카락을 의심했다. 질투심에 몸을 떨던 어현기는 밤이 되자 녹교를 불러 추궁했다. 녹교가 말했다.

"제가 선생님을 모신 지 여러 해가 됐지만 그런 잘못을 저지른 적이 없어요. 손님이 오시면 문도 열지 않고 선생님이 안 계시다고 해요. 손님은 아무 말 없이 돌아가셨을 뿐 저는 남녀의 일은 전혀 마음속에 두지 않았어요. 제발 의심하지 말아 주세요."

그러나 어현기는 녹교의 옷을 벗기고 전신을 살피며 검사했다. 가슴에 손톱 자국을 발견한 어현기는 녹교를 등나무로 때리기 시작했다. 백여 대를 맞고 거의 기절한 녹교는 물을 한 잔 달라고 하더니 말을 잇는다.

"선생님은 청정한 수행을 한다고 하면서도 남자와의 쾌락을 잊지 못하고 저를 의심하시네요. 제가 오늘 맞아 죽더라도 하늘이 있다면 언젠가 저의 원한을 풀어 주겠죠. 저승에 가서도 저는 선생님처럼 방탕하게 살지는 않을 거예요."

그러자 이성을 잃은 어현기는 그녀의 목을 졸랐고, 정신을 차리고 보니 이미 녹교는 죽어 있었다.

두려워진 어현기는 녹교의 시체를 밤새 뒤뜰에 묻었다. 녹교가 어디 있는지 사람들이 물으면 도망쳤다고 했다. 몇 달 뒤 그 집에 놀러온 손님이 집 뒤에서 소변을 보다가 한쪽 둔덕에 파리가 새까맣게 모여 있고 거뭇한 혈흔이 있는 것을 보았다. 쫓아도 또다시 모여들었다. 비린내도 났다. 그는 이 일을 하인에게 말했다. 하인은 집에 돌아가 형에게 말했는데, 관청에서 병졸로 일하는 그 형은 예전에 어현기와 친해 보려다가 거절을 당하자 마음속에 분을 품은 사람이었다. 그는 도관을 찾아가 엿보고는 주위 사람들에게 물어보니 모두 녹교를 본 지 오래됐다고 한다. 그는 곧바로 동료들을 이끌고 어현기의 집으로 들어가 땅을 파기 시작했다. 결국 모든 게 밝혀지고, 어현기는 감옥에 갇혔다. 당시 적지 않은 사람들이 그녀의 생명을 구하려고 탄원을 했으나 별 소용이 없었다. 감옥에서 그녀는 마지막 시를 남긴다.

옥중작獄中作
어현기

제단 위에 향 사르고	焚香登玉壇,
옥황님께 예 올리니,	端簡禮金闕。
문틈으로 밝은 달빛	明月照幽隙,
가슴에는 맑은 바람.	清風開短襟。[7]

　사람이 죽음을 앞두면 마음이 순해지는 법이다. 그녀는 그해 가을 육시戮屍라는 형벌을 받아 스물일곱의 나이로 처형됐다.[8]

7　　위의 책, p.1973.

8　　이 글은 당나라 말기 황보매의 전기소설집 『삼수소독』에 전하는 상세한 기록을 간단히 정리한 것이다. 중국 고대 소설은 창작물이 아니라 대부분 전해 오는 사실에 살을 더해서 기록한 것이다. 이 기록이 다소 의심스럽다는 견해가 있지만 문장의 수사적인 부분을 제외하고 전체적으로는 사실로 보인다.

이욱, "꽃잎 떠 흐르는 강 봄도 떠 간다"

앞서 얘기한대로 '안사의 난'은 당나라가 290년 만에 멸망하게 된 중요한 전환점이었다. 정상에 올랐던 국가의 안정과 번영이 이 난을 계기로 위기와 쇠퇴의 내리막길로 달린다. '안사의 난' 이후 당나라가 처한 첫 번째 위기 상황은 변방 군벌의 세력화였다. 중앙의 군사 통제력이 약화되자 각 지역 군사 관리를 책임진 절도사가 지역의 토착 세력이 된 것이다. 이들은 지역의 왕처럼 부자 승계를 하며 세력을 이어 갔고, 군사 통제권은 물론 지역의 인사권, 재정권을 독차지했다. 지방 군벌 간에는 위험한 균형을 이어 가면서 크고 작은 분쟁이 계속됐으므로, 조정은 그저 이들이 반란을 일으키지 않기만을 바랄 뿐이었다.

두 번째 위기 상황은 조정 내부에서조차도 황권皇權이 미약해서 환관들의 손에 권력이 농단됐다는 것이다. 개국 초기에 제정된 법규대로라면 환관은 정3품 이상에 오를 수 없고, 주로 조정 내부의 관리와 궁중 살림에만 집중해야 했다. 그러나 당나라 중반을 지나며 환관들은

3품 이상의 관직에 오르고 심지어 황실 경비군의 책임이나 추밀원樞密院 등의 군사 통제권을 차지했다. 이들은 사대부의 끊임없는 공격에도 불구하고 황제 권력을 등에 업고 국가 조직을 좌지우지했다. 조정 안팎의 이런 혼란한 상황은 결국 '황소黃巢의 난' 등 30년 가까이 이어진 내란을 불러일으켰다. 당시 반란군의 장수였던 주온朱溫은 조정에 투항한 다음, 내외의 모든 환관을 죽인 뒤 907년 황제를 폐위시키고 '양梁'을 개국한다. 이렇게 당나라는 멸망했다. 그리고 960년 조광윤趙匡胤(927~976)이 송나라를 개국할 때까지 중원 지방에는 53년간 수명이 짧은 나라들이 교대로 등장하는 이른바 '오대'五代의 시기가 펼쳐진다. 그리고 중원 이외의 각 지역에서도 891년부터 979년까지 열 개의 지방 왕조인 '십국'十國이 부침을 거듭했다. 이 장에서 이야기할 시인은 바로 '십국'의 하나인 남당南唐의 마지막 군주 이욱李煜(937~978)이다.

남당(937~975)은 당나라가 망하고 송나라가 일어서는 중간 시기에, 현재의 남경을 수도로 하고 양자강 이남에서 비교적 규모 있는 나라로 39년간 존립했던 왕조다. 군주는 황제의 칭호를 폐지하고 '국주'國主라고 명명했다. 이 왕조의 제3대이자 마지막 군주인 이욱은 국주가 되고 싶지 않았다. 그는 문학과 예술을 좋아하고 정치에는 전혀 관심을 두지 않았다. 그러나 그의 형들이 죽거나 인질로 잡혀가고, 이어진 순위에 따라 그는 어쩔 수 없이 등극해야 했다. 조부와 부친에 이어 세 번째 국주가 된 그를 문학사에서는 '이후주'李後主로 부른다. 성품이 온순하고 감상적인 그는 재위 기간 동안 내내 쇠락해 가는 나라를 구하려고 노력했다. 그러나 국주인 그의 형상은 큰 나라를 다스리는 통치자의 모습이 아니라 무력하고 유약한 문인의 모습이었다

옥루춘玉樓春

이욱

저녁 화장 막 마친 옥 같은 얼굴	晚妝初了明肌雪,
궁전의 미녀들 줄줄이 나와,	春殿嬪娥魚貫列。
풍악 소리 퍼져서 구름에 닿고	笙簫吹斷水雲間,
노랫소리 저 멀리 메아리치네.	重按霓裳歌遍徹。
궁 안에 그 누가 향을 뿌린 듯	臨春誰更飄香屑?
취해서 난간 치니 여운 넘치네.	醉拍欄杆情味切。
돌아갈 땐 손 등불 들지를 마라	歸時休放燭光紅,
청아한 밤 말발굽 달빛을 밟게.	待踏馬蹄清夜月。[1]

이 시는 얼핏 보면 칠언율시처럼 보이지만 사실은 「옥루춘」이라는 제목의 노래 가사다. 56자로 이루어진 이 곡은 '목란화' 등 여러 이름으로 전한다. 시가 그린 것은 평화로운 시절 남당의 수도 금릉金陵의 궁궐에서 열린 화려하고 호화로운 궁중 연회의 정경이다. 앞의 절은 진하게 화장하고 예쁘게 차려 입은 아름다운 여인들의 모습과 그녀들의 춤추고 노래하는 분위기를 그렸다. 뒤의 절은 그런 가무를 보고 들으며 넋이 나갈 정도로 취한 시인 이욱의 모습이다. 그 여운을 잊지 않으려는 이욱은 연회를 마치고 돌아가는 빈객들에게 손 등불인 초롱을

1   中仲閒 校訂,『南唐二主詞校訂』, 中華書局, 2007.

들지 말라고 당부한다. 말발굽이 밟는 달빛 속에 그 노랫소리며 춤추는 모습이 그대로 뇌리에 남아 따라갈 것이기 때문이다. 이렇게 지어진 이욱의 시는 '옥루춘'이라는 곡조에 실려서 다음 연회 때 다시 불리게 되었을 것이다.

당시 천하의 세력은 새로 탄생하는 송나라로 집중되었다. 이욱은 나라를 보호하기 위해서 송나라 태조 조광윤에게 스스로 속국을 자청하고 몸을 낮췄다. 그러나 천하의 대세는 이 남당이 멸망할 수밖에 없는 길로 나아가고 있었다. 송나라 군사들이 몰려오자 그는 조광윤에게 사신을 보내 조정의 이름만 유지하게 해 달라고 사정했다. 그러나 조광윤은, "어떻게 내 잠자리 옆에서 남이 쿨쿨 자게 할 수 있는가?"라고 대답한다.[2] 결국 이욱은 투항하고 송의 수도 개봉開封으로 끌려간다.

우미인虞美人
이욱

봄의 꽃 가을 달 언제 끝나랴	春花秋月何時了,
지나간 일들은 많고 많지만,	往事知多少。
어젯밤엔 봄바람 다시 불어도	小樓昨夜又東風,
달 밝은 고향 하늘 차마 못 봤네.	故國不堪回首月明中。

---

2   "上怒, 因按劍謂鉉曰: '不須多言, 江南亦有何罪, 但天下一家, 臥榻之側, 豈容他人鼾睡乎!' 鉉皇恐而退。"(宋 李燾, 『續資治通鑒長編·太祖開寶八年』)

이욱, "꽃잎 떠 흐르는 강 봄도 떠 간다"

아름다운 난간 섬돌 그대로인데 　　雕欄玉砌應猶在,

그대 고운 얼굴은 늙어 가겠지. 　　只是朱顏改。

묻나니 얼마나 더 슬퍼야 하나 　　問君能有幾多愁,

동쪽으로 흐르는 저 강물처럼. 　　恰似一江春水向東流。[3]

'우미인'은 당나라 때 가무 연예 극단인 교방教坊의 노래였다. 처음엔 항우의 애첩 우미인을 그린 노래로 탄생했다. 상하 두 절로 56자의 곡이다. 이 시는 이욱 생애의 마지막 노래가 됐다. 975년에 압송되어 간 그는 개봉에서 구금 생활을 한 지 이미 3년이었다. 978년 그는 자신의 생일인 7월 7일 이 시를 짓고 시녀에게 부르도록 했다. 조광윤의 뒤를 이어 등극해 있던 송 태종이 사람을 보내 살펴보니, 이욱은 자신이 국주일 때 무고하게 사람을 죽였던 일을 후회하고 있었다. 원래 이욱이 남당에서 재위하던 태평 시절, 시와 노래를 좋아하던 이욱은 연회와 향락으로 세월을 보내고 있었다. 이때 중서사인中書舍人직에 있던 반우潘佑는 연속 일곱 차례나 상서를 올려 이욱에게 국정을 바로잡으라고 간언했다. 그는 지금처럼 직무를 소홀히 한 채 아첨만 하는 고관들을 데리고 매일 연회만 즐긴다면 국주께서는 망국의 군주가 될까 두렵다고 했다. 따끔한 충언이 귀에 거슬린 이욱은 결국 간신의 말을 듣고 반우와 그 동조자인 이평李平을 사형에 처했다. 그들의 충언을 듣지 않고 나라를 망하게 한 이욱은 이제 죄인의 몸으로 타국 땅에 구금된 채, 당시 자신에게 충성하던 그들을 죽인 것을 후회하는 것이다. 송 태

3　　林庚, 馮沅君 主編,『中國歷代詩歌選』, 人民文學出版社, 1988, p.561.

종은 이욱이 옛날 자신의 고국을 그리워하고 충신 죽인 것을 후회한다는 말을 전해 듣자 그를 살려 두면 안 되겠다고 생각했다. 결국 태종은 이욱에게 사약을 내리게 했다. 속칭 '견기'牽肌라는 이름의 이 약은 '마전자'馬錢子라고도 하는데 소량을 먹어도 머리부터 발끝까지 온몸의 근육이 뒤틀리며 오그라드는 극독 성분의 약이었다. 망국의 군주였으나 최고의 시인이었던 이욱이 이처럼 비극적으로 생을 마감한 것은 그의 나이 마흔둘일 때였다. 그렇게 당나라 말기 '오대십국'의 혼란 속에서 마지막까지 남았던 왕조 남당은 역사에서 완전히 사라졌다.

기록에 따르면, 이욱은 재위 초기에 전임 관료들을 존중하며 대접했고 인재 발탁에도 힘썼다. 이욱은 사형수에게 사형을 내리고 나면 내궁에 들어가서 울었다. 중요한 재판이 진행될 경우 종종 감옥을 찾아가서 직접 진상을 알아보기도 했다. 한번은 감옥에 온 국주 이욱을 보고 당시 중서시랑이던 한희재韓熙載가 상서를 올려서 감옥은 군주가 행차하지 못하는 곳이라고 지적했다. 그리고 그는 공금으로 사용할 테니 벌금 3백만 냥을 내시라고 했다. 이욱은 벌금을 내지도 않았지만 언짢게 생각하지도 않았다. 감상적이고 유약한 인품의 그는 때를 못 만난 군주였다.

이제 천하의 정세가 바뀌고 죄인의 몸으로 감금된 채 그는 몇 년째 목숨만 유지하고 있다. 그러나 그런 고통스러운 상황이 그의 문학적 재능을 최대한으로 일깨웠다. 일국의 군주로서 누렸던 최상의 향락 생활에서 극한의 밑바닥 생활로 3년을 보내니 그에게 무엇이 남았겠는가. 앞의 시 「우미인」의 마지막 두 구절, "묻나니 얼마나 더 슬퍼야 하나/동쪽으로 흐르는 저 강물처럼"이라는 시구는 중국 고전 시가에서 명구로 전해 온다. 망국의 군주로서 애상에 젖은 그의 노래는 끊일 줄 몰랐다. 가득 불어나 동쪽으로 흐르는 양자강의 봄 강물처럼.

오야제烏夜啼
이욱

숲속에서 져 가는 봄의 꽃잎들	林花謝了春紅,
모두 한순간이다	太恩恩,
아침 비 저녁 바람 어쩔 수 없네.	無奈朝來寒雨晚來風。
나를 취하게 하는 그대의 눈물	胭脂淚, 留人醉,
언제 다시 만나랴	幾時重,
슬픔은 끝이 없네 강물 흐르듯.	自是人生長恨水長東。[4]

「오야제」는 36자로 된 교방 곡목이다. 곡목일 뿐이므로 '까마귀 우는 밤'이라는 문자적 의미는 노래 가사와 직접적인 관련은 없다. 이 시는 시인 자신의 비극적인 운명에 대한 하소연이다. 당나라가 망하고 혼란과 격변의 시기에 태어난 것이 잘못인가. 부왕의 명에 따라 억지로 국주가 된 것이 잘못인가. 이욱은 원래 남당 중주中主이자 부왕인 이경李璟의 여섯 번째 아들이었는데 이마가 넓고 성품이 넉넉했다. 태자인 맏형의 시기를 받게 되자 그는 일부러 서책에 빠진 채 정치를 멀

---

4   위의 책, p.559.

리했다. 공교롭게도 태자가 요절하자 이경과 대신들은 후계자를 논의
하게 됐고 이경은 여섯째 아들 이욱을 염두에 두고 있었다. 예부시랑
종모鍾謨는 부왕 이경에게 상서를 올려 이욱은 불교를 믿고 유약 무능
하니 그 아래의 아들인 이종선李從善을 태자로 옹립하자고 했다. 부왕
은 화를 내고 종모를 귀양 보냈다. 종모의 상서는 당시 대신들의 의견
을 모은 것으로, 후계자는 이욱 본인이나 대신들이나 원치 않는 일이
었다. 나라를 구할 정도의 능력이 없는데도 망해 가는 나라를 책임져
야 했던 시인. 그 모든 것이 어쩔 수 없는 '아침 비'이며 '저녁 바람'이
다. 이제 그 모든 것 사라질 때가 왔다. 오직 사랑하는 사람들, 다 두고
떠나야 한다. 갇혀 있는 집에서 이욱의 시중을 들고 있던 근신 몇 명은
이 노래를 듣고 함께 눈물을 훔쳐야 했다.

낭도사浪淘沙
이욱

주렴 밖 잔잔히 지는 빗방울   簾外雨潺潺,
봄기운 잦아들고   春意闌珊。
이불 속 느끼는 한밤중 추위.   羅衾不耐五更寒。
꿈속에선 갇혀 있는 몸인 줄 몰라   夢裏不知身是客,
한없이 즐거웠네.   一晌貪歡。

혼자서는 누대에 서 있지 말자   獨自莫憑欄,
끝없는 이 강산에   無限江山,

이별은 쉬워도 만남 어려워.　　　別時容易見時難。

꽃잎 떠 흐르는 강 봄도 떠 간다　　流水落花春去也,

저 하늘 세상으로.　　　　　　　　天上人間。[5]

　「낭도사」역시 교방 곡목의 하나다. 첫 번째 절의 '란산'闌珊은 앞서 살펴본 당완의 「채두봉」에서도 나온 단어로 '쓸쓸하다' '잦아들다'는 뜻이다. 시에서는 자신을 '객'客이라고 했지만, 사실은 연금된 수형자나 다름없는 신세였다. 두 번째 절의 첫 구에서 '막'莫은 '~하지 말라'의 뜻이다. 그런데 다른 판본에서는 이 글자가 '모'暮로 되어 있다. 그러면 이 구절은 '저녁 무렵 혼자서 누대에 서니'라고 번역된다. 재위 15년간 갖가지 노력을 다 했으나 어쩔 수 없이 나라를 망하게 한 군왕, 자신은 이제 죄인의 몸이다. 오직 꿈속에서만 자신이 갇힌 줄 모르고 즐거워한다. 봄이 왔지만 추위는 여전하다. 꽃잎 떠서 강물에 흘러가듯, 이 노래에서 이욱은 봄이 가고 나면 자신도 저 하늘로 갈 것임을 예언처럼 말한다.

5　　　위의 책, p.560.

송 휘종, "꿈결에 놀라 깨어 한숨을 쉰다"

송나라(960~1279)는 우리의 고려(918~1392)와 비슷한 시기에 존립했던 중국 왕조다. 현재 중국의 학자들에게 만약 과거로 돌아가 잠시 살아 보는 것이 가능하다면 가장 먼저 돌아가고 싶은 중국 왕조는 어느 왕조인가를 물으니, 열에 아홉은 송나라라고 대답했다.[1] 당나라에서 중앙 관직에 오르는 사람의 열에 아홉은 귀족 출신이었다. '안사의 난' 이후로 과거에 합격해서 역사서에 이름을 남긴 당나라 인물들 268명 중 205명이 귀족의 자제였다. 당나라의 과거 시험은 귀족 자제들 간의 경쟁일 뿐이었다.[2] 귀족 중심의 당나라와는 달리 송나라는 사족士族 중심이었다. 송대의 과거 시험에는 학력, 가문, 재산의 다소에 관계없이 누구나 응시가 가능했다. 단지 공업, 상업에 종사하는 사람,

---

1   吳鈞, 『生活在宋朝』, 長江文藝出版社, 2015년, p.1.
2   襲鵬程, 『江兩詩社宗派研究』, 文史哲出版社, 1983年版, p.82.

승려로서 환속한 사람, 불효 등 인격 파탄자, 범죄자의 자식 등 몇 가지 경우는 제외됐다. 상공업자 등을 제외한 평민들도 공부해서 관리가 될 수 있었으므로 수많은 사람들이 선비의 대열에 들어섰다.[3] 개국 황제인 송 태조 조광윤은 후대 황제들만 볼 수 있는 비밀 유언을 남겨 "전 왕조의 황족, 사대부, 간언하는 사람을 죽이지 말라"[4]고 했다. 이처럼 문인을 존중하는 송 태조의 개국 정신은 거의 북송北宋, 남송南宋 양대 왕조를 지배했다. 송나라 때 지방의 관리들이 황제에게 수많은 상서를 올리고, 중앙 관리는 황제에게 자신의 생각을 거침없이 진언한 분위기도 이러한 개국 정신에 힘입은 것이다. 현대 중국의 학자들이 송나라 때를 선망하는 것은 이러한 언론의 자유와 인권의 보장 때문일 것이다. 다른 왕조에 비해서 잔혹한 형벌도 거의 없었고, 백성들의 경제 활동도 상대적으로 자유로웠다. 백성들의 문화 수준이나 시민 의식이 전체적으로 향상된 것도 중요한 배경이었다.

과거 시험의 경우 당나라 때는 매년 평균 71명의 관리를 뽑았다면 송나라 때는 매년 평균 361명을 뽑았다.[5] 연구에 따르면 송나라의 매년 평균 고급 관리 선발 숫자는 그 뒤의 원나라 12명, 명나라 89명, 청나라 103명보다 많은 숫자였다. 당 현종이 즉위하고 732년에 조사한 당나라 전체 인구는 4천5백만 명이었다. 북송 소성 원년(1094)의 인구

---

3   羅立祝,「科擧應試制度政策的演變與特徵」,『北京大學敎育評論』, 2005년 10월, p.82.

4   "不得殺士大夫及上書言事人."(葉夢得,『避暑漫抄』)

5   張希淸,「論宋代科擧取士之多與冗官問題」,『北京大學學報』, 1987년 제5기, p.106~107.

는 9천5백만 명이었다.[6] 인구는 두 배 늘었는데 과거 급제자 숫자는 다섯 배가 늘었다. 배치할 관직이 없어, 업무는 없고 이름뿐인 관직이 허다했다. 그런 사회적인 변화에 부정적인 면이 없지 않았으나, 긍정적인 면은 지식인 계층이 두터워졌다는 점이다. 중산층이 지식인으로 가득해지자 전에 없는 학술과 문화의 발전이 일어났다. 토인비나 페어뱅크 등은 북송 시기에 금나라의 침략만 아니었다면 12세기 초반인 그 당시 중국이 산업혁명을 이뤘을 것이라고 했다.[7] 인쇄술과 출판 사업 등 문화적 부흥이 경제적 부흥과 함께 일어났다. 고대 중국 최고의 철학과 문학 예술 이론이 이 당시에 꽃을 피웠다. '사군자' 四君子가 문인화로 자리를 잡았고,[8] '세한삼우' 歲寒三友 같은 소재가 그림으로 들어왔다. 추운 겨울에도 시들지 않는 소나무, 대나무, 매화가 문인 묵객의 벗이 되었다는 말이다. 송나라 때 임경희林景熙가 집에 언덕을 쌓고 매화, 소나무, 대나무를 심어서 벗으로 삼았다는 기록에서 유래한다.[9] 일상생활 속에서 정신적인 가치가 중시되었음을 알게 해 주는 대목이다. 나중에 남송의 주희朱熹에 의해서 '사서' 四書라고 불린 『대학』·『중용』·『논어』·『맹자』 같은 책들은 요즘의 초중등 교재처럼 국가 시험의 기초 학습서이자 모든 사람들의 필독서가 된다. 글을 모르는 사람도

---

6   李寶柱, 「宋代人口統計問題研究」, 『北京大學學報』, 1982년 제4기, p.76.
7   Amold J. Toynbee(1889~1975), 『Mankind and Mother Earth』; John King Fairbank(1907~1991), 『China : A New History』; 吳鈞, 『生活在宋朝』, 長江文藝出版社, 2015, p.235~236.
8   "四君子之入畫, 各有先後, 要至宋而始備。"(鄭午昌, 『中國畫學全史』)
9   "卽其居累土爲山, 種梅百本, 與喬松修篁爲歲寒友。"(林景熙, 「王雲梅舍記」, 『霽山集』)

그 내용이 뭔지 알았을 뿐 아니라 일부 유명한 구절은 어디서든 암송됐다.

북송의 제6대 젊은 황제 신종 조욱趙頊(1048~1085)은 야심만만했다. 1067년 스무 살에 즉위한 그는 국가 재정을 튼튼히 해야 북방의 적을 막을 수 있다고 믿었다. 부국강병 정책이나 관료 조직의 개선에 나선 그의 계획과 추진은 수천 년 이래로 대단히 혁명적인 조치였다. 그러나 개혁은 역사적 조건과 시기가 맞아야 했다. 그가 왕안석王安石(1021~1086)을 불러서 재상 직위를 주고 추진한 16년간의 개혁 정책은 순조롭지 않았다. 국가 재정을 넉넉하게 하는 정책은 안정된 자리를 잡고 있던 귀족과 대지주, 대상인들의 이익에 타격을 줬다. 신구 세력이 당쟁을 벌이며 추진된 개혁의 혼란은 백성을 힘들게 했다. 일부의 성과를 제외하고 국력은 크게 소진됐고 황제는 서른일곱의 나이로 죽었다. 북송의 수도인 개봉을 중심으로 한 왕안석의 거국적 개혁 정책도 동시에 끝났다. 후계는 여섯 번째 아들인 철종 조후趙煦(1076~1100)에게 돌아갔고, 그는 그동안의 정책을 뒤집으면서 혼란만 가중시켰다. 다시 15년 만에 철종이 스물넷의 나이로 죽자 황위는 철종의 아우이며 신종의 열한 번째 아들인 휘종徽宗(1082~1135)에게 물려졌다. 이때가 1100년이다.

스물네 살의 철종이 후사 없이 죽었을 때 대신들은 크게 동요했다. 철종의 부친인 신종의 아들 중에서 황태자의 순위가 차례대로 다시 거론됐다. 가장 근접한 혈통부터 순위를 따져 하나씩 거론하며 후계 구도를 논의했다. 그 첫째 후보인 신왕申王은 시각장애인이었으므로 황위 후보에서 제외됐고, 그 아래인 조길趙佶은 당시 열아홉 살의 젊은이로 '단왕'端王이라는 지위로 있었다. 설왕설래 끝에 누군가 그의 이름을 말하며 후계자로 논의하자고 했다. 당시 재상이었던 장돈章惇이 별안간 큰소리로 말했다. "단왕은 너무 경박해서 천하를 맡길 수 없습니다."端王輕佻, 不可君天下 이 한마디에 모두들 조용해졌다. 그건 사실이었다. 단왕은 너무나 경박하고 점잖지 못했기 때문에 황제라는 국가 최고의 지중한 자리에 걸맞지 않았다. 수시로 홍등가에 드나들었고, 거기서 마음에 드는 사람은 변장을 시켜 황궁에 불러들였다. 공부보다는 놀이에 열중하며 수준 낮은 젊은이들과 어울렸다. 아는 사람은 다 아는 사실이었다. 그러나 그가 정말 황제가 될지도 모르는 터에 '경박'이라니. 당시 최고의 결정권은 황태후에게 있었다. 황태후는 앞뒤 여러 가지를 고려해서 그 경박한 사람을 북송의 여덟 번째 황위 계승자로 낙점한다.

휘종은 즉위하자 역대의 많은 황제가 등극 초기에 한 것처럼 검소한 생활과 청명한 정치를 시도했다. 허심하게 비판적 의견을 받아들이고 인재를 등용하려고 노력했다. 그러나 몇 년 가지 않아 그는 능력과 인품의 한계를 드러냈다. 정치가 그럭저럭 안정되었다고 여기고 자신의 지위에 자만하는 순간 눈과 귀가 머는 법이다. 휘종은 곧바로 간신의 유혹과 농간에 빠져든다. 그 간신이란 중국 역사상 권모술수의 재상으로 가장 유명한 채경蔡京이다. 문제는 이때부터 시작됐다. 예술에 능했던 휘종은 온통 관심사가 글씨나 그림과 놀이였다. 그의 재위 기간 동안 채경 이외에도 왕보王輔, 이방언李邦彦, 동관童貫 등을 비롯해 여덟 명의 최악의 재상과 고관이 국정을 농단했다. 북송 왕조는 거의 내리막길을 굴러 내려가는 낡은 마차와 같았다. 권력자들은 백성의 피와 살을 쥐어짜듯 수탈해서 상상을 초월하는 부정과 부패를 자행했다. 평민 108명이 산적이 되어 활약하는 『수호전』의 이야기는 지어낸 소설이 아니라 휘종 시기의 실화를 배경으로 한다. 백성들 중에서 힘이 남아 있고 정신이 제대로 박힌 사람들은 모두 산으로 숨어들어 국가와 싸웠다. 후대 역사가는 이렇게 말했다. "휘종 황제는 정말 못 하는 게 없었다. 왕 노릇을 빼고는."[10]

　휘종은 재상에게 정치를 맡기고, 본인은 그림을 그리거나 족구를 했다. 당시의 족구는 '축국'蹴鞠이라고 했는데 구장을 좌우로 나누고 중앙에 높이 세운 한 개의 골문을 두고 발로 가죽 공을 차서 넣는 게임이었다. 고구高俅라는 사람은 족구 묘기를 잘해서 황제의 눈에 들었고, 그는 황궁을 수비하는 지휘관에 올랐다. 휘종은 고구의 주선으로 남의 눈을 피해 평상복 차림으로 당시 수도인 개봉에서 이름이 알려진 기생 이사사李師師를 찾아 사귀기도 했다. 황제가 남몰래 홍등가를 드나든 것이다. 그 뒤로 휘종과 이사사의 이야기는 각종 소설의 소재가 됐다. 황제의 여자 문제는 주변 사람이 다 알았음에도 아무도 나서서 제지하지 못했다. 양전楊戩 같은 근신들은 조정의 업무를 등한시하고 밤의 향락에 빠진 휘종을 등에 없고 국정을 농단했다. 뿐만 아니라 휘종은 대엿새마다 침소로 처녀를 불러들였다. 휘종과 한 번 잠자리에 든 그 처녀들은 곧바로 직함을 부여받았다. 만약 두 번째 불려가 재차 침소에 들면 그 처녀는 그때마다 진급했다. 이름뿐인 직함이지만 공식적인 직급이었다. 휘종이 퇴위했을 때 궁중에서 나온 여자들의 숫자를 관청에

10　"宋徽宗諸事皆能, 獨不能爲君耳!"(脫脫, 『宋史·徽宗紀』)

서 세어 보니 6천 명이었다. 이 이야기는 휘종이 금나라에게 무릎 꿇고 항복한 사건인 이른바 '정강지변'靖康之變의 전후 사건을 기록한 역사서에 나오는 생생한 증언이다. 이 문헌은 위의 이야기를 전하면서 이렇게 덧붙였다. "그러니 국가가 망한 것은 당연한 일이었다."[11]

임강선臨江仙
조길

강물은 흘러흘러 산을 지나고	過水穿山前去也,
한없이 시를 지어 노래 부를 때.	吟詩約句千餘。
차가운 회수 강 위 비가 내린다.	淮波寒重雨疏疏。
해오라기 앉은 강가 안개 질은데	煙籠灘上鷺,
사람들은 뱃전에서 물고기 산다.	人買就船魚。
잠시 오래된 절 머무노라니	古寺幽房權且住,
밤 깊어 스님의 방에서 잘 때	夜深宿在僧居。
꿈결에 놀라 깨어 한숨을 쉰다.	夢魂驚起轉嗟吁。
시름은 한없이 밀려오는데	愁牽心上慮,
눈물로 답장의 편지를 쓴다.	和淚寫回書。[12]

11   "二王令成棣譯詢宮中事: 道宗五七日必禦一處女, 得禦一次即界位號, 續幸一次進一階。退位後, 出宮女六千人, 宜其亡國。"(『靖康稗史箋證』卷5『呻吟語』)
12   唐圭璋 編, 『全宋詞』, 中華書局, 1992, p.897.

휘종 조길은 '임강선'이라는 곡목의 이 노래시를 짓고 "선화 을사년 겨울 박주로 행차하는 길에"宣和乙巳冬幸亳州途次라고 부제를 달았다. 선화 을사년(1125) 겨울은 휘종이 금나라의 침략을 받고 죄수가 되어 끌려가기 1년 전이다. 금나라의 침략으로 나라가 위태로워지자 미리 황제의 직위를 아들에게 물려주고 박주의 사찰로 피신 가는 길이었다. 시에서 시름에 겨워하는 황제는 사실 국가와 백성에 대한 안위를 염려하는 게 아니다. 여인들과 재물 등 자신의 소유물을 잃지 않을까 하는 불안일 뿐이다. 금나라 군사들이 쳐들어 와 여인들과 재물을 몰수해 갈 때 그는 그것을 누구보다 애통해 했다.

『송사』는 휘종을 이렇게 기록했다. "휘종이 나라 잃은 까닭을 보면 서진의 혜제처럼 백치도 아니었고, 동오의 손호처럼 잔악하지도 않았다. 조정에는 조조나 사마사처럼 황제를 좌지우지하는 권력자도 없었다. 약삭빠른 황제가 사적인 욕심을 갖고 편견으로 일관하면서, 올바른 인물을 배척하고 잘못된 사람들을 끌어들여 국정을 포기했기 때문이다. ……예로부터 욕망에 빠져서 올바름을 버린 군왕 중에서 패망하지 않은 자가 없었다. 그중에 휘종이 가장 심했다. 이에 특별히 이를 기록하니 후세가 경계해야 할 것이다."[13]

그는 25년이나 재위했고 32명의 아들과 34명의 딸을 낳았다. 그러나 그런 망국의 통치 끝인 1127년 3월 휘종은 결국 북쪽에서 내려온 금나라 군사들 앞에 무릎을 꿇고 평민으로 강등되는 처벌을 받는다.

[13]   "迹徽宗失國之由, 非若晉惠之愚, 孫皓之暴, 亦非有曹, 馬之篡奪, 特特其私智小慧, 用心一偏, 疏斥正士, 狎近奸俠。……自古人君玩物而喪志, 縱欲而敗度, 鮮不亡者, 徽宗甚焉, 故特著以爲戒。"(『宋史』)

그는 패망 직전 황급히 황제의 지위를 물려준 아들 흠종과 자녀들 모두, 그리고 일가 및 시종 등 3천여 명과 함께 인질이 되어 북쪽으로 끌려갔다. 모든 재물, 서화, 문화재 등 값어치 있는 것 역시 완전히 북쪽으로 실려 갔다. 그는 하루아침에 평민이 됐고 죄수가 됐다. 금나라 수도에 가서는 상복을 입은 채로 아골타 사당에 절을 해야 했다. 금나라는 그와 그 아들 흠종에게 보잘 것 없는 인간, 얼빠진 인간이라는 뜻이 담긴 '혼덕공'昏德公, '중혼공'重昏公이라는 모욕적인 칭호를 하사했다. 그 두 사람이 황제의 지위에 있는 동안 어떻게 생활하며 어떻게 나라를 다스렸는지 훤히 알고 있었던 것이다. 지금의 하얼빈 근처에서 수감돼 있던 휘종은 아들과 함께 동물의 가죽을 몸에 걸치고 각종 행사에 끌려 나가야 했다. 하얼빈은 중국에서 가장 추운 곳이어서 겨울에는 평균 기온이 영하 30도에 이른다. 방한의 용도로 준 가죽옷이었을 것이다. 죄수가 되어 이곳저곳으로 옮겨 다닐 때는 신발을 신기지 않아 발이 찢어진 채 끌려 다녔다. 9년 동안 거의 사람대접을 받지 못한 채 살다가 휘종이 죽기 직전 갇혔던 감옥은 건물이 아니라 땅을 깊이 파서 만든 토굴이었다. 1135년 휘종이 먼저 죽자 군사들은 그의 시신을 반쯤 태운 다음 보관해서 불을 붙이는 기름으로 썼다. 이 과정을 지켜본 흠종은 자살을 시도했지만 성공하지 못했다. 그 역시 오랜 기간 균주均州 등으로 끌려 다니며 갖은 고초를 겪다가 금나라 기병들의 기습 훈련 화살에 맞고 말발굽에 짓이겨져 죽었다.

송나라는 망하고, 휘종의 아홉 번째 아들인 고종 조구趙構가 즉위해서 수도를 항주로 옮기며 송 왕조의 명맥을 이어간다. 이것이 역사에서 말하는 '남송'이다. 가까스로 명맥을 유지하긴 했으나 남송의 국력은 쇠퇴하고 혼란은 거듭됐다. 문신을 우대하고 무신을 경시하는 송나라의 정책과 사회적 분위기가 고려에도 왜곡된 영향을 주었을 것이다. 1127년 남송이 항주를 수도로 해서 명맥을 이어가기 시작한 43년 뒤인 1170년 고려에서는 '무신의 난'이 일어난다. 고려 무신정권은 남송과 수명을 거의 같이했다.

나라를 망하게 한 휘종이지만 그에게는 하늘이 준 뛰어난 예술적 재능이 있었다. 그는 황실에 전에 없던 궁중화원을 설치하고 1104년부터 과거 시험을 통해 화가를 뽑았다. 그림을 잘 그리면 높은 관직에 오를 수 있었다. 그 과거 시험에는 창조 화법이 각광을 받았다. 어느 과거 시험에 '깊은 산중의 절'이라는 제목의 문제가 출제되었는데, 이 시험에서 많은 사람들이 멋진 그림을 그려 급제했다. 그중 장원급제한 사람의 그림은 절은 안 보이고 동자승 하나가 계곡에서 물을 길어 오는 정경뿐이었다. '꽃길을 달려온 말발굽의 꽃향기'라는 제목의 시험에서 장원급제한 사람의 그림에는 꽃은 하나도 없고 한 마리 말과 그 말의 발굽 주변을 날고 있는 나비 그림뿐이었다.

휘종 본인의 그림 작품도 수천 폭에 달했는데, 현재 남아 있는 작품은 몇 점 되지 않는다. 하지만 그 몇 안 되는 휘종의 그림을 보아도 당시 회화 예술의 대단한 수준을 엿볼 수 있다. 주목할 만한 것은 화가 장택단張擇端이 그린 〈청명상하도〉淸明上河圖이다. 이 그림은 휘종 당시 북송의 수도인 개봉의 번화한 모습을 극사실주의 방식으로 그린 것이다. 청명절날 강가 주변에 살고 있거나 거리를 거니는 840명의 인물을 포함해서 46개의 점포가 포함된 100여 채의 가옥, 그 점포에 걸린 간판, 거리의 수레와 말, 운하의 배 등 교통 수단과 거리의 정경을 생생하게 그려 남겼다. 심지어 사람들의 직업과 상점의 간판 글씨까지 알아볼 수 있을 정도로 섬세했다. 네거리의 한쪽 중앙에 있는 큰 집 대문 위에는 '조태승가'趙太丞家라는 한의원 간판이 걸려 있고 '술병을 고치는 약환 있음'治酒所傷眞方集香丸, '위와 장을 고치는 치료를 함'大理中丸醫腸胃冷 같은 광고가 대문 양옆에 붙어 있다. 그 앞의 거리에는 고려에서 온 것으로 보이는 사람이 갓을 쓴 채 말을 타고 시종들을 데리고 가는 모습도 보인다. 당시 번화하고 풍요로웠던 북송의 수도를 잘 보여주는 최고의 기록화임에 틀림없다. 하지만, 그림에 나온 병사들이 지극히 나태하고 해이한 모습으로 그려져 있다. 운하의 공물 운반선에 탄 사람들이 힘겨운 모습이다. 일부 전문가들은 이 그림이 북방 금나라의 침략을 예견하여 황제에게 올리는 일종의 상주문 성격의 그림이라고 해석한다. 황제는 한번 보고 치워 버렸지만 900년 전의 이 그림은 현재 북경에 남아 있다.

그림뿐 아니라 서예에도 휘종은 정상의 실력을 보여서 '수금체'瘦金體라는 필체를 개발했다. 가늘고 긴 필획으로 쓰인 이 글씨체는 마치 현대의 사인펜으로 쓴 서예 글씨처럼 독특하다. 황제가 서예 글씨를 중시하는 바람에 역대 최고의 명필들을 배출했다. 최악의 재상으로 악명이 높은 당시의 채경도 서예로 휘종의 환심을 사서 고위직에 올랐다. 그의 글씨는 지금도 남아 있는데, 유려하고 단아한 조형성으로 높은 평가를 받는다. 채경은 원래 과거에 급제한 뒤 지방관으로 있었으나 환관직에 있는 동관에게 뇌물을 주고 중앙으로 들어온 뒤 재상을 네 번이나 연임하며 17년을 재직했다. 휘종도 그가 지독하게 교활하다는 것을 알았지만, 자신의 오락과 환락에 꼭 필요했다. 사람들은 채경의 이름조차 극도로 싫어해서 나중에 소식·황정견·미불·채경의 '송대 4대 서예가'에 들어 있던 그의 이름을 빼 버리고, 역시 글씨에 능했던 채양蔡襄으로 바꿨다. 채경은 흠종 즉위 후 영남으로 귀양 가다가 지금의 장사에서 굶어 죽었다. 북송이 멸망한 것은, 마치 당나라 현종의 조정이 간신 이임보의 20년 농단에 망한 것처럼, 채경의 17년 농단의 결과라 해도 과언이 아니다. 황제는 감독이었고 이들이 주연이었음을 감안하면 이들 왕조의 망국은 결국 국가를 사유물로 여기며 일신의 쾌락에만 탐닉했던 무능한 황제들의 죄과였다. 신기질, 육유 등은 채경 같은 간신이 정권을 농락하다가 죽은 지 몇 년 뒤에 태어났다. 그러나 그때에도 나라의 정세는 크게 나아지지 않았다.

이청조, "그 누가 진 꽃잎 쳐다나 보랴"

이청조李淸照(1084~1155)는 이처럼 북송과 남송이 교차하는 혼란기에 태어났다. 앞에서 살펴본 신기질, 육유보다는 한 세대 위였다. 신기질과 같이 산동성 제남 사람인 이청조는 어려서 학문이 높은 부친 이격비李格非의 사랑을 받고 자랐다. 집안이 문인 가정이었으므로 어린 시절 집에 쌓인 많은 책을 읽었다. 남편 조명성趙明誠은 이부시랑 조정지趙挺之의 아들로 좋은 집안 자제간의 만남이었지만 북송이 무너지는 혼란 속에서 두 집안은 적대적 관계가 되었다. 초기에 이청조는 조명성과 행복한 결혼 생활을 했는데 조명성이 병으로 일찍 죽으면서 불행한 후반생을 보낸다. 그 뒤 이청조가 남긴 아름다운 시들은 두고두고 많은 사람들의 주목을 받았고, 그녀는 나중에 중국 문학사에서 '천고제일의 여성 시인'으로 불린다.

여몽령如夢令

이청조

어젯밤 성긴 비에 바람 불었지	昨夜雨疏風驟,
깊은 잠을 자고도 술이 덜 깼다.	濃睡不消殘酒,
휘장 걷는 아이에게 물어 봤더니	試問捲簾人,
해당화는 여전히 피어 있단다.	卻道海棠依舊,
아느냐 모르느냐	知否,知否,
이파리는 무성해도 꽃잎 시들었으리.	應是綠肥紅瘦。[1]

위의 시는 결혼 초기 행복하던 시절의 노래다. 단곡인 이 노래의 곡목 '여몽령'은 후당後唐 장종莊宗의 시구 "꿈처럼, 꿈처럼, 새벽달 지는 꽃, 자욱한 안개"如夢如夢, 殘月落花煙重에서 따왔다. 나중에 소식이 '여몽'如夢을 '여몽령'으로 바꿨다고 한다. 이청조가 이 시에서 그린 것은 비바람 속 시들어 가는 해당화가 아니다. 해당화는 자신의 젊음이며 아름다움이다. 이파리만 무성한 것은 나이 들어가는 자신의 모습이다.[2] 위의 작품은 노래 가사인 '사'詞다. 이청조는 문학사에서 시인보다는 '사인'詞人으로 더 알려졌다. 송나라 시기에도 시는 끊임없이 지어졌다. 문명의 발달과 문화의 발전은 당나라에 비해서 현저하게 많은 시인과 작품을 쏟아냈다. 짓기 위해서 짓는다기보다는, 시를 짓는 것

---

1   『全宋詞』, 中華書局, 1992, p.927.
2   천주메이(陳祖美)의 『이청조간명연표』(李淸照簡明年表)에 따르면 이 시가 1100년 경에 지어진 것이라고 하는데, 사실 이때 그녀의 나이는 17세에 불과했다.

이 언어와 문자 생활의 일부였다. 친구에게 좋은 술 한 병 보내면서 이들은 쪽지에 시를 써서 붙였다. 대화 중에도 흥이 나면 즉석에서 시를 지어 읊었다. 대부분의 문인들이 생활 속에서 시를 지었다. 단지 그 시의 수준과 품격이 다를 뿐이었다.

그런데 가사와 시는 구별이 있었다. 가사는 노래를 위한 시였고, 시는 낭송을 위주로 했다. 그런 까닭에 가사는 서정의 글이 더 많은 반면, 시는 내용을 음미하는 사유의 글이 더 많았다. 이런 차이는 당나라 때와 비교하면 커다란 변화였다. 문자 생활을 하는 인구가 상대적으로 적었던 당나라에서는 시와 노래가 함께 불렸다. 그러므로 당대의 시는 대부분 서정의 발로였다. 당시를 읽으면 그 어느 왕조 때보다도 훨씬 감성적이고 감각적임을 느낄 수 있다. 송나라에 와서 감성의 노래는 '사'라고 하는 새로운 장르로 대부분 옮겨 갔다. 그리고 시는 사변적으로 변했다. 송나라 시의 이런 특징은 뒤의 소식의 시에서 볼 수 있다.

완계사浣溪沙

이청조

작은 뜰 창문 아래 무성한 봄풀　　小院閑窓春已深,

휘장이 쳐진 방엔 어둑한 그늘　　重簾未捲影沈沈,

옥루에 홀로 앉아 거문고 타네.　　倚樓無語理瑤琴。

먼 산에 안개 이는 저녁 어스름　　遠岫出山催薄暮,

잔바람 가는 비에 옅게 긴 구름　　細風吹雨弄輕陰,

이제는 지는 배꽃 어쩔 수 없네.　　梨花欲謝恐難禁。[3]

　　흘러가는 것이 봄뿐이랴. 청춘도 흘러가고 사랑도 흘러간다. '완계사'도 곡명이다. 춘추 시기의 절세미인 서시西施가 '약야계'若耶溪라는 곳에서 '옷'紗을 '빨면서'浣 불렀던 노래라고 해서 붙은 이름이다. 앞뒤 각각 21자씩 총 42자로 지어진다. 이 시는 다음에 볼 '완계사'와 함께 그녀의 젊은 시절에 지어진 것으로 보인다. 지극히 서정적인 이 시는 이청조의 대표작이다.

완계사
이청조

봄기운 넘실대는 어느 한식날　　　　淡蕩春光寒食天,
향로에 끊길 듯이 연기 오르고　　　　玉爐沈水裊殘煙。
꿈에서 깨어 보니 기운 꽃비녀.　　　　夢回山枕隱花鈿。

제비도 안 왔는데 풀 따기 하고　　　　海燕未來人鬪草,
매화는 다 져서 버들솜 필 때　　　　　江梅已過柳生綿。
황혼의 성긴 비에 그네 젖는다.　　　　黃昏疏雨濕鞦韆。[4]

3　　　　『全宋詞』, 中華書局, 1992, p.928.
4　　　　위의 책, p.928.

이 노래 시는 경치만 그렸는데도 정감이 넘친다. 첫 번째 절은 젊은 여인이 한식날을 맞아 나른한 봄잠에 겨운 모습이다. 두 번째 절은 주변의 정경을 그렸지만 고요한 그림 속에는 봄기운이 넘실댄다. 봄이란 젊음이다. 젊음과 봄이 함께 흘러간다. 비에 젖는 그네는 시인 자신이다. 그네는 여성의 상징이다. 한식날 그네를 타는 풍속은 그 유래가 전하지 않지만, 그네라는 놀이의 인류학적 근저에는 아마 젊은 여성의 '사랑에 대한 갈망'이 있을 것이다. 그네를 타면 공중에 뜬 사람의 몸이 짜릿함을 느낀다. 봄을 맞은 여성이 느끼고 싶은 감각일 것이다. 그러나 이 노래에서 그네는 비에 젖고 있다.

완계사
이청조

술잔의 술 가득하게 따르지 말라	莫許杯深琥珀濃,
취하지도 않았는데 그리움 넘쳐	未成沈醉意先融。
저녁 내내 바람결에 듣는 종소리.	疏鍾已應晚來風。
고운 향 사라지고 꿈결 깨 보니	瑞腦香消魂夢斷,
비녀 장식 빠진 채 풀어진 머리	辟寒金小髻鬟松。
술도 깨어 몽롱하게 마주한 등불.	醒時空對燭花紅。[5]

5   위의 책, p.927.

이청조는 열여덟 되던 해인 1101년, 당시 태학생이던 스물한 살의 조명성과 결혼했다. 이청조의 부친은 예부원외랑이었고, 조명성의 부친은 이부시랑으로 둘 다 조정의 고위 관리였다. 이 두 집안은 지위는 높았지만 물려받은 재산 없이 모두 '생계형' 관직 생활을 했기 때문에 검소하게 살아야 했다. 남편 조명성은 금석학金石學을 공부했다. 그는 휴가 날이면 전당포에 물건을 잡히고 돈을 빌렸다. 그리고 그 돈으로 상국사相國寺 근처의 시장에서 금석문 탁본과 과일을 샀다. 조명성은 아내 이청조와 함께 과일을 먹으며 탁본을 감상하곤 했다. 부부는 서로에게 세상의 좋은 비문과 서화를 많이 모아 공부하자는 약속을 했다. 쉬는 날이면 시내의 골동품 점포를 순회하며 자료를 구입했다. 때로는 야외에 나가 답사를 하고 탁본 작업을 했다. 이청조는 남편과 이런 일을 하는 것이 즐거워 종종 신발을 벗어서 들고 뒤를 따랐다.

이들이 결혼한 지 2년째 되는 1102년 황제 휘종은 보수파에 대한 탄핵을 가해 소위 '원우당'元祐黨 당파 120명을 파면·귀양시킨다. 이때 이청조의 부친 이격비도 이 명단에 들어 처벌을 받고 낙향한다. 뿐만 아니라 당시의 간신 재상인 채경의 정치 농간에 많은 사람이 죽거나 쫓겨났는데, 그중에 조명성의 부친 조정지도 포함되었다. 1107년 이런 정치 풍파 속에서 결국 조정지는 죽었다. 아들 조명성도 쫓겨나 고향인 산동 청주로 돌아와 이청조와 함께 지낸다. 이들은 자신의 집을 '귀래당'歸來堂이라 하고, 이청조는 자신의 호를 '이안거사'易安居士라고 했다. 모두 도연명의 「귀거래혜사」歸去來兮辭에서 따온 글자들이다. 좌천된 몸이지만 오히려 행복한 나날이었다.

조명성은 이청조가 서른한 살 되는 해인 1114년, 그녀의 초상화를 그리고 다음과 같이 적었다. "쓰는 시 아름답고 기품은 단정한 님, 손 잡고 돌아가서 한 백 년 해로하리."[6] 이청조에 대한 조명성의 애틋한 사랑이 드러난다. 1117년 조명성과 아내 이청조는 함께 그들의 저서 『금석록』金石錄 초고를 완성한다. 이들 부부의 행적은 『금석록』에 적힌 이청조의 후기에 생생하게 남아 있다. 그러나 애석하게도 1129년 남 편 조명성은 지금의 남경에서 병으로 죽는다. 남편이 죽고 북송 정권 도 절강 항주로 수도를 옮기면서 마흔다섯의 이청조도 절강의 소흥으 로 피난한다. 그는 평생을 남편과 함께 모은 15대의 마차 분량의 금석 문 자료와 골동 서화를 피난 도중에 대부분 잃는다.

완계사
이청조

외로운 봄 머리조차 다듬지 않고	髻子傷春慵更梳,
저녁 바람 뜰 앞의 매화도 진다	晚風庭院落梅初。
열은 구름 뜬 곳에 쓸쓸한 달빛.	淡雲來往月疏疏。

향로에는 여전히 향불 타는데	玉鴨薰爐閑瑞腦,
붉은 휘장 아래엔 드리운 꽃술	朱櫻斗帳掩流蘇。
서각은 이런 추위 녹여 주려나.	通犀還解辟寒無。[7]

---

6   "淸麗其詞, 端莊其品, 歸去來兮, 眞堪偕隱。政和甲午新秋, 德父題于歸來堂。"(『易安居 士畫像』)

7   『全宋詞』, 中華書局, 1992, p.934.

두 번째 절의 '서뇌'瑞腦는 고급 향료다. '유소'流蘇는 휘장 아래에 장식으로 실 가닥처럼 늘어진 술이다. '서각'으로 번역된 '통서'通犀는 휘장에 걸어 액막이를 하고 방을 따뜻하게 해 준다는 물소 뿔 장식이다. 이런 것들은 이 집이 부유하고 화려함을 암시한다. 그러나 그런 환경에도 불구하고 사랑하는 사람을 잃은 시인은 외로움과 추위를 한없이 아프게 느낀다.

이청조는 소흥에서 장여주張汝舟와 재혼했다. 장여주는 그녀의 골동과 서화를 탐냈으나 남은 게 없음을 알고 나서는 폭언과 폭행을 일삼았다. 이청조는 장여주의 부정을 고발하고 이혼했지만, 남편을 고발하면 부인도 3년형의 처벌을 받는 당시의 법에 따라 수감됐다가, 주변의 탄원으로 9일 만에 풀려났다. 자녀가 없었던 그녀는 늙어서 홀로 지내며 시가 창작과 금석 연구에 매진했다. 1134년 「금석록후서」를 쓰고, 1143년 『금석록』을 완성한 뒤 1156년 일흔셋의 나이로 죽는다.

성성만聲聲慢
이청조

찾고 찾아 헤매도	尋尋覓覓,
차갑고 쓸쓸하고	冷冷淸淸,
처량하고 참담하고 아픈 이 가슴.	淒淒慘慘戚戚。
잠깐 따뜻했다 추워진 계절	乍暖還寒時候,
정말 견딜 수 없네.	最難將息。
멀건 술 몇 잔으로	三杯兩盞淡酒,

어찌 막으랴	怎敵他,
저녁의 찬바람을.	晚來風急?
기러기 날아가니	雁過也,
가슴 더 아프구나	正傷心,
예전에 고향에서 보았던 새들.	卻是舊時相識。
땅에는 온통 국화 꽃잎들	滿地黃花堆積。
참 가련하다	憔悴損,
그 누가 진 꽃잎 쳐다나 보랴.	如今有誰忺摘?
창가에 서서	守著窗兒,
내리는 땅거미를 바라다본다.	獨自怎生得黑?
오동나무에 들는 가는 빗소리	梧桐更兼細雨,
황혼 무렵엔	到黃昏,
후두둑 떨어진다.	點點滴滴。
이런 정경 앞에서	這次第,
시름이란 두 글자를 어째야 하나.	怎一箇愁字了得![8]

　　시의 맨 앞에 나온 '심심尋尋 멱멱覓覓, 랭랭冷冷 청청淸淸, 처처淒淒 참참慘慘 척척戚戚'이라는 시구는 우리말로 읽건 중국어로 읽건 이미 숨이 막힌다. 가슴이 답답하고 아파 온다. 글자 하나하나가 이미 깊은 슬픔을 담고 있는 것이다. 그동안 이런 시어로 시를 쓴 사람이 없었다.

8　　위의 책. p.932.

뿐만 아니라 각 구절의 뒤에도 '멱'覓·'척'戚·'식'息·'급'急·'식'識·'적' 積·'적'摘·'흑'黑·'적'滴·'득'得 등의 글자로 맺는다. 모두 가슴이 답답해지는 발음이다. '즘적타'怎敵他에서 '즘'怎은 이 시에서 세 번이나 나오는데, 현대 중국어에서처럼 '어떻게'라는 의문사다. 송나라 때 시문에는 이처럼 구어가 쓰이기 시작한다. '적'敵은 '대적하다'의 뜻이다. '저차제'這次第에서 '저'這도 현대 중국어에서 쓰이는 '이것'이라는 뜻이다. 현대 중국어에서 '순서'라는 뜻으로 쓰이는 '차제'次第는 고대 중국어에서 '정황'이나 '정경'이라는 뜻이다.

곡목이 '성성만'인 이 시는 모두 97자로 씌어 있다. 전체 글자 수가 홀수인 것은 전후의 절이 각각 49자와 48자로 된 곡이기 때문이다. 이청조가 만년에 지은 것으로 알려진 이 시는 그녀의 처량한 심정을 지금까지도 느끼게 한다. 나이 들어 늙어 가는 몸이건만 그녀에게는 잠자리에서 온기를 함께 나눌 사람도 없다. 마음은 물론 몸조차 따뜻하게 쓰다듬어 줄 사람이 없는 것이다. 늙어 가면서 누구와 이 삶을 함께해야 한단 말인가. 이 '시름'愁이라는 글자를 누구와 풀어 간단 말인가. 누구나 겪을 법한 노년의 외로움, 통속적이라고 할 만한 사랑의 애수. 그러나 이청조의 손에서 이처럼 진하게, 절절하게 그려진 것이다.

시가 보여주는 정경은 모두 가슴 아리다. 이별이 슬퍼서 아리고, 사랑이 그리워서 아리다. 인생이 허무해서 아리고, 뜻을 펼치지 못해서 아리다. 세상 사는 일이 뜻 같지 않아서 울었던 이백, 자신을 포함해서 모든 살아가는 사람을 애처로운 눈으로 그려 낸 두보, 허무한 인생이니 술을 들며 달래자던 백거이, 이들은 중국의 당나라를 풍미한 대 시인들이었다. 사랑을 잃고 울던 설도, 마음을 받아달라고 하소연한 어현기, 망한 나라와 자신을 돌아보며 울던 이욱, 남편을 보내고 혼자 남은 외로움을 달래던 이청조, 이들에겐 공통점이 있다. 비애감이다. 슬프니까 운다. 왕국유는 이렇게 설명한다.

"무아지경은 고요함 속에서 얻어지는 것이라면, 유아지경은 움직임에서 고요함으로 변화되는 과정에서 얻어진다. 그러므로 전자는 아름답고 후자는 장엄하다."[9]

이 말을 간단히 바꾸면, 유아지경이란 시인들이 느끼는 그 어떤 맺힌 것을 풀어 갈 때 펼쳐지는 정경이다. 비애의 외침이다. 그러나 운다고 다 멋있지는 않다. 썼다고 다 글이 아닌 것처럼, 문자로 그렸다고 다 좋은 맛을 띠는 것은 아니다. 그 울음의 언어와 음률이 교묘해야 시는 더욱 아름다워진다. 맛이 진해지고 현란해진다. 황정견의 말을 빌리면 "뻔한 내용인데 멋있게 탈바꿈하고, 통속적인 내용인데 우아하게 그려지는 것"以俗爲雅, 以故爲新[10]은 언어와 문자의 요리에서 나오는 것이다. 하지만 그것은 기교만으로 될 일이 아니다.

---

9   "無我之境, 人惟於靜中得之。有我之境, 於由動之靜時得之。故一優美, 一宏壯也。"
10 "蓋以俗爲雅, 以故爲新, 百戰百勝, 如孫吳兵法。"(黃庭堅,「再次韻楊明叔序」) 이런 관점은 황정견의 독창이 아니라 북송 초기의 매요신과 소식의 학설을 이은 것이다.

이청조, "그 누가 진 꽃잎 쳐다나 보랴"

감정이 잦아든 시가 지어지다

여기서 '사물은 균형을 잃으면 운다'고 한 한유의 말을 다시 한 번 되새겨 보자. 한유는 다른 문장에서도 이렇게 말한다. "평화로운 노래는 담백하고, 시름 깊은 노래는 아름답다. 기쁨의 노래는 멋있게 쓰기가 어렵지만, 고통 속에서 나온 말은 멋지다. 그러므로 좋은 문장은 객지 생활이나 초야에 묻혔을 때의 글이다. 고관대작이 되면 기세가 넘치고 자만해서, 천부적으로 글을 좋아하지 않으면 잘 쓰게 되지 않는다."[1] 이런 견해는 중국에서 오랫동안 공유된 관점이다. 한유와 함께 당나라 문장의 명인으로 쌍벽을 이룬 유종원도 말한다. "유능한 사람이 뜻을 펼치지 못하면 나중에 반드시 (문장으로) 존중을 받는다. 옛

---

[1] "夫和平之音淡薄, 而愁思之聲要妙, 歡娛之辭難工, 而窮苦之言易好也。是故文章之作, 恒發于羈旅草野; 至若王公貴人, 氣滿志得, 非性能而好之, 則不暇以爲。"(韓愈, 「荊潭唱和詩序」)

날에 좋은 글을 남긴 사람은 다 그런 사람들이다."² 다시 말하면 깊이 고뇌하고 끊임없이 궁구하면 명문 명시가 나오지 않을 수 없다는 뜻이다. 사마천이 궁형宮刑의 치욕을 극복하고 『사기』라는 절세의 역사서를 쓴 것은 바로 그가 말한 대로 억울함·슬픔·비애감·수치심·분노 등 '가슴속의 끓어오름이 붓을 멈추지 않게'發憤著書 했던 것이다.

그 옛날 누군가도 '끓어오름'이 있어서 『주역』을 지었을 것이다.³ 사마천의 말대로 공자가 『주역』을 읽으며 『춘추』를 정리한 것도 그런 끓어오름 때문이다. 주나라 사람들이 『시경』의 노래를 부르고, 굴원이 「이소」를 쓴 것도 그 끓어오름 때문이다. 좌구명이 『좌전』을 쓴 것도, 손빈이 무릎 슬개골을 베이는 형을 당하고 『병법』을 쓴 것도 가슴속의 끓어오름 때문이다. 끓어오름이 없으면 붓이 나아가지 않는다. 첸중수 錢鍾書(1910~1998)는 사마천의 '끓어오름'과 한유가 말한 '울음'은 그 성격이 다르다고 한다. 사마천의 끓어오름은 한스러움에서 출발하지만 한유가 말하는 '울음'은 모든 감정을 다 포함하기 때문이라는 것이다.⁴ 그러나 이 둘의 원천은 같다. 모두 가슴속 저 깊은 곳에서 나온다는 점이다. 가슴속 깊은 곳에서 나오는 것일수록 남의 가슴도 천년만년 울린다. 나중에 송나라의 구양수는 이렇게 말했다.

"내가 듣건대 시인은 대부분 뜻을 펴지 못한 채 역경에 처한다고

---

2   "賢者不得志于今, 必取貴于後, 古之著書者皆是也."(柳宗元,「韋王陸劉柳程」,『新唐書·列傳』卷九十三)

3   "作『易』者, 其有憂患乎."(『系辭下』) 陳鼓應 註譯, 『周易今注今譯』, 商矛印書館, 2012, p.675.

4   錢鍾書, 『管錐編』(三), p.1490.

한다. 그건 왜 그럴까. 세상에 전해 오는 유명한 시는 대부분 역경에 처한 사람의 손에서 나왔기 때문이다. 사람이 자신의 능력을 펼치지 못하면 산천 강호에서 지내면서 많은 자연 경물을 본다. 가슴속에 근심이나 시름이 쌓이면 그 슬픔을 귀양 간 사람이나 과부 등의 마음으로 경물에 빗대어 노래한다. 대부분의 사람이 역경에 처할수록 더욱 절절한 시를 쓰게 된다. 그러므로 시가 사람을 역경에 처하게 하는 것이 아니라, 역경에 처한 상황이 좋은 시를 쓰게 하는 것이다."[5]

구양수의 이런 관점은 '궁이후공'窮而後工이라는 성어가 됐다. '궁'窮이란 '통'通이나 '달'達의 반대말로, 나아갈 길이 '막혔다'는 뜻이다. 하고자 하는 일이 안 된다는 말이다. '공'工은 교묘하다는 뜻이다. 여기서 우리는 시가 발하는 맛의 원천을 알게 된다. 역경에 처해서 사람의 마음이 저 밑바닥에 떨어지면 그동안 마음을 뒤덮고 있던 껍데기들은 벗겨진다. 위선, 탐욕, 허위, 명예는 물론 선입관, 고정관념 등 생각의 틀마저 다 사라진다. 남은 것은 오직 순수한 감정의 울림뿐이다. 그 울림이 경물景物에 기탁이 되면 끓어오른다. 끓어오른 것이 언어와 만나면 시가 되고, 붓과 만나면 그림이 된다. 그처럼 경물에 기탁된 울림은 마치 파도의 너울처럼 길고도 멀리 간다. 나의 마음도 울리고 남의 가슴도 울린다. 그리고 그 끓어오른 것이 맵고 시고 달고 쓰고 짠 어떤 맛을 현란하게 띤다. 그러므로 그것은 기교의 결과가 아니라 감정의 정수가 결정체가 되어 맺힌 것이다. 앞에서는 왕국유의 말을 빌려 그것

---

5   "予聞世謂詩人少達而多窮, 夫豈然哉? 蓋世所傳詩者, 多出于古窮人之辭也。……然則非詩之能窮人, 殆窮者而後工也。"(歐陽修,「梅聖俞詩集序」)

을 '유아지경'이라고 했다. 감정의 울림이 아름답게 드러난 시다. 순수한 감정의 울림. 시가 지어지는 원형이다. 살아 있음으로 울고, 슬프니까 우는 것이다.

그렇다면 다음의 시는 어떻게 설명해야 할까. 남조南朝 제량齊梁 시기 강엄江淹(444~505)의 시다.

도징군전거陶徵君田居
강엄

동쪽 밭을 일구어 묘종을 하니	種苗在東皋,
두렁마다 새싹이 가득하구나.	苗生滿阡陌。
호미질 하는 일 힘이 들어도	雖有荷鋤倦,
가끔씩 탁주 맛 즐길 수 있지.	濁酒聊自適。

땔감 실은 마차 위 날이 저물자	日暮巾柴車,
희미한 저녁 빛에 길도 어둡다.	路闇光已夕。
저 멀리 굴뚝 연기 집 찾아가니	歸人望煙火,
처마 밑 어린 아들 나를 반기네.	稚子候簷隙。

힘들지 않느냐고 다들 묻지만	問君亦何爲?
한평생 할 일이 여기 있구나.	百年會有役。
바라건대 올 농사 잘만 된다면	但願桑麻成,
올 봄엔 옷감과 실을 짜련다.	蠶月得紡績。

오직 내 마음은 이것뿐이라   素心正如此,

길을 내고 벗들을 기다리리라.   開逕望三益。[6]

    제목을 풀이하면 '도연명처럼 전원에 살다'이다. 제목의 '징군'徵君이란 관직에 들어가지 않은 선비를 일컫는다. 시는 도연명의 시 「귀원전거」歸園田居와 「귀거래혜사」의 시의詩意를 되살려 썼다. 열두 번째 구절의 '잠월'蠶月은 음력 3월이다. 마지막 구절의 '삼익'三益은 '정직함, 성실함, 그리고 풍부한 지식'의 인품을 갖춘 친구들이라는 뜻이다.[7] 이 시를 두고 역대로 많은 사람들이 칭찬했다. 쉬운 언어, 명료한 의미, 앞뒤의 정경에 맞는 자연스러운 표현이 이 시를 주목하게 한다. 시의 배경을 설명할 필요도 없고, 시의 구절을 풀이할 곳도 없다. 중요한 것은 감정의 색채가 잦아들어 고요한 생활의 단면만 그려졌다는 점이다. 끓어오르는 감정을 그린 노래도 아니며, 맺힌 것을 풀려는 노래도 아니다.

제파산사후선원題破山寺後禪院
상건

맑은 새벽 절에 가니   淸晨入古寺,

아침 햇살 숲에 든다.   初日照高林。

---

6   『江文通集』,『四部備要』, 卷六十七, 中華書局, 1989, p.64.

7   "友直, 友諒, 友多聞, 益矣。"(『論語』「季氏」)

대나무 길 이어지는	竹徑通幽處,
선방 옆엔 꽃과 나무.	禪房花木深。

산 경치에 기쁜 새들	山光悅鳥性,
내 마음은 맑은 연못.	潭影空人心。
온 세상이 고요한데	萬籟此都寂,
종소리만 들려온다.	但餘鍾磬音。[8]

'파산사의 선원 벽에 적다'라는 제목의 이 오언율시를 쓴 상건常建은 성당盛唐 시기의 시인이다. 당나라 사람 은번殷璠이 편찬한 당나라 명시 선집인 『하악영령집』河嶽英靈集에는 이 시가 첫 번째로 나온다. 시 제목의 '파산'破山이란 지금의 강소성 상숙常熟의 우산虞山이다. '파산사'라는 절은 원래 흥복사로 상건이 이 시를 쓸 때는 이미 삼백 년이 넘은 고사古寺였다. 앞의 두 연은 시인이 새벽녘 절을 찾아가서 본 정경을 그렸다. 그리고 뒤의 두 연에서 시인은 새들의 울음소리를 듣고 그 새들의 기쁨을 알아챈다. 시인 자신의 가슴도 맑고 고요한 호수가 된다. 그 순간 산사에서 들려오는 종소리가 온 마음을 휘감는다. 주변의 모든 자연경관과 소통하며 사물과 하나가 된 명징한 심경이 그려진 것이다.

당나라 후기에 지어진 사공도司空圖(837~908)의 다음 시에는 아예 시인 자신의 목소리조차 사라졌다.

---

[8]　『全唐詩』, 上海古籍出版社, 1992, p.334.

독망獨望

사공도

마을 잇는 나무 그늘	綠樹連邨暗,
밭두렁엔 원추리 꽃.	黃花入陌稀。
먼 비탈에 봄풀 솟고	遠陂春草綠,
그 위로는 물새 난다.	猶有水禽飛。[9]

시의 첫 구절은 나무숲이 마을을 뒤덮고 있는 정경이다. 둘째 구절은 밭두렁에 드문드문 핀 '황화'黃花다. 황화는 백합과의 원추리 꽃이다. 멀리 산비탈에는 봄의 새싹이 초록빛으로 솟아오르고, 그 위로 물새가 날고 있다. '홀로 바라보다'라는 제목의 스무 자로 된 이 짧은 오언절구 시는 무엇을 노래한 것인가. 단순한 경물을 묘사한 것이라면 그것이 시인과 독자에게 주는 의미는 무엇인가. 이것은 분명 다섯 가지 맛에 들지 않는다. 그 기준으로 보면 아무 맛도 없는 듯하다. 시인은 아무 말 없이 자신이 발견한 정경을 우리에게 펼쳐 보인다. 거기에는 시인의 감정은 물론 어떤 의미나 생각도 안 보인다. 확실히 지금까지 보아 온 시와 다르다. 감정의 색채가 드러나지 않은 시. 이를 다시 왕국유의 말을 빌려서 '무아지경'이라고 하자. 무아지경은 글자대로라면 '나'의 감정적 색채가 없는 경지다.

비유를 하자면, 앞에서 본 대부분의 시에서는 정경이 그려진 무대

---

9   위의 책, p.1594.

에 주인공이 등장해서 온몸으로 자신의 감정을 펼쳐 보인다. 주인공이 자신의 가슴속 깊은 곳에서 우러나온 감정을 몰입된 연기로 그려 낼 때 관객들은 함께 공명하며 탄복해 마지않는다. 그런데, 주인공이 없는 연극이 나타난 것이다. 설사 주인공이 있더라도 그는 그저 다른 배경처럼 소품일 뿐이다. 관객에게 들으라고 외치는 특별한 대사도 없고, 무대에는 아무렇지도 않은 것처럼 보이는 일상의 정경이 펼쳐진다. 그러나 그 특별할 것 없어 보이는 연극에서 표현하기 어려운 맛이 전해진다. 주인공이 사라지거나, 적어도 주인공의 외침 소리 없는 무대, 이것이 무아지경의 시다. 왕국유가 '무아지경'이라고 지목한 시구가 있다.[10]

영정유별穎亭留別
원호문

친구와 작별하려　　故人重分攜,
강가에 세운 마차.　　臨流駐歸駕。
맑디맑은 하늘과 땅　　乾坤展淸眺,
눈 앞 경치 그림인 듯.　　萬景若相借。

북풍 사흘 내린 눈에　　北風三日雪,

10　　"採菊東籬下, 悠然見南山', '寒波澹澹起, 白鳥悠悠下', 無我之境也。"(王國維, 『人間詞話』,『詞話總編』) 中華書局, 北京, p.4239.

온 세상 다 변했다.	太素秉元化。
산들은 우뚝해서	九山鬱峥嶸,
넘기도 어려우리.	了不受陵跨。

잔잔히 이는 물결	寒波澹澹起,
유유히 내리는 새.	白鳥悠悠下。
떠날 마음 급하지만	懷歸人自急,
세상 만물 한가롭다.	物態本閒暇。

술 한 잔에 노래 한 곡	壺觴負吟嘯,
인생살이 애닯구나.	塵土足悲咤。
멀리 친구 돌아보니	回首亭中人,
펼쳐진 숲 그림 같네.	平林淡如畫。[11]

'영정에서 작별하다'라는 제목이다. 원호문元好問(1190~1257)은 송나라와 원나라 사이에 백여 년 존립했던 북방 여진족의 왕조 금나라 시기의 시인이다. 그는 친구를 두고 떠나는 길이 아쉬워 강가에 말을 매고 함께 앉았다. 한 잔의 술을 들고 다시 얘기를 나누며 주변의 경치를 본다. 원근의 장면을 두루 그려 내면서 그 정경에 자신의 정회를 싣고 있다. 왕국유가 주목한 것은 "잔잔히 이는 물결 / 유유히 내리는 새"라는 두 구절이다. 그가 이 부분을 '무아지경'이라고 한 까닭은, 시인

---

[11]   『遺山集』, 吉林出版社, 2005.

의 심경이 이 두 개의 시구에 녹아 있기 때문이다. 그러므로 경치가 어떻다는 말을 할 필요도 없었다. 무심하게 시인의 눈에 들어온 정경. 이는 사실 시인이 자신의 심경과 같은 정경을 포착한 것이다.

강엄, 상건, 사공도, 그리고 원호문의 이런 시들을 보면 그동안 보아 온 굴원, 이백 등의 시와 다르다. 이들 시에는 끓어오르는 게 없다. 오히려 무덤덤한 듯하다. 이런 무미건조한 듯한 노래는, 그러나 읽으면 읽을수록 맛이 있다. 마치 세속이라는 배의 밑바닥에서 서로 뒤엉켜 울고 웃다가 배의 갑판 위로 올라온 것 같다. 시원한 물처럼, 맑은 공기처럼 사람들에게 희열을 준다. 그것은 더 이상 시고 맵고, 달고 짜고 쓴 눈물이 아니다. 표현하기 어려운 어떤 맛이 있다.

'균형을 잃으면 운다.' 그러나 앞의 시들처럼 모든 우는 것이 균형을 잃어서만은 아니다. '역경에 처하면 글이 아름답다.' 그러나 모든 아름다운 글이 역경에 처해서 나오는 것만은 아니다. 모든 우는 새들이 짝을 찾기 위한 것은 아니다. 모든 문학과 예술의 우수한 창작물이 자기 가슴속의 응어리를 풀려는 것만은 아니다. 시에서도 문학 이론만으로는 설명할 수 없는 시적 경지가 있다. 균형을 잃어서도 아니고, 역경에 처해서도 아닌 이런 노래들은 고요하면서도 생기가 있다. 고즈넉하면서도 명랑하다. 쓸쓸한 듯하면서도 따뜻하다.

지금까지 보아 온 것처럼 대부분의 시들은 인생의 무상함이나 삶의 고단함, 사회적 좌절 등을 그렸다. 또 이별의 슬픔, 사랑의 갈망, 소외의 시름 등 감정의 표출을 하지 않는 시가 없었다. 그러나 그렇지 않은 시가 있었던 것이다. 사람이란 감성을 지닌다. 경물을 보면 그 감성이 물결치며 흘러나온다. 비록 앞에서처럼 격정적이지는 않아도 살아

있는 생명으로서 감정의 물결은 언제나 일고 있다. 강엄이나 사공도, 원호문의 시 같은 것은 잔잔하기 그지없다. 감정의 물결이 잦아든 것이다. 잦아들어 마치 무미한 것처럼 보인다. 세상을 보는 눈이 담백해서 시인에게 감정이 없는 듯하다. 사실 가만히 보면 감정이 없는 게 아니라 정경 속에 녹아 버린 것이다. 이는 아마 시인 자신의 내적 조화로움에서 출발하는 시선일 것이다. 이런 노래는 왕국유의 말대로 '무아지경'이라는 시적 경지를 열어 보인다. '무아지경'이라는 시적 경지의 본질은 무엇인가. 중국 고전 시가에서 이러한 시들은 어떻게 펼쳐져 왔을까.

二부. 어부의 노래

소식, "지팡이 기대어 듣는 강의 물소리"

    소식蘇軾(1037~1101)의 죄는 시와 문장을 함부로 써서 황제를 능욕하고 조정을 비웃었다는 것이다. 시와 문장이라는 게 원래 해석하기 나름이다. "폐하께서는 부족한 제가 현실 상황을 잘 몰라 신진 관리들을 못 쫓아간다는 것을 아십니다. 그리고 제가 별 문제를 일으키지 않고 백성들을 잘 관리한다고 보셨습니다"[1]라고 쓴 소식의 글을 보고 적대 세력들이 트집을 잡았다. '신진 관리'들은 전부 '문제를 일으키고 있다'는 것 아니냐는 말로 해석한 것이다. 그러니 다양하게 풀이가 가능한 시는 말할 것도 없었다. 글자 하나하나를 억지 해석해서 무고했다. 그렇게 마흔셋의 소식은 원풍 2년(1079) 정적政敵들에 의해서 없는 죄를 뒤집어썼다. '변법'變法이라는 개혁 정책에 반대하는 서른아홉 명

---

[1] "陛下知其愚不適時, 難以追陪新進; 察其老不生事, 或能牧養小民。"(蘇軾, 「湖州謝上表」)『蘇軾文集』, 中華書局, 1986, p.653. 신종 원풍 2년(1079), 서주에서 호주로 좌천 발령을 받고 황제에게 올린 의례성 글의 일부이다.

의 지인들까지 연루됐다. 호주에서 체포 압송되어 개봉에 끌려가서는 거의 죽음의 문턱까지 갔다. 그러나 그의 인품과 재능을 아는 황제의 은덕으로 가까스로 살아났다. 그가 귀양 간 곳은 양자강 중류에 있는 황주였다. 귀양지라는 곳은 대개 문명으로부터 거리가 먼 곳이다. 대역죄가 아니고서는 차마 죽일 수 없는, 사대부 이상 신분의 사람을 멀리 쫓아내는 장소다. 귀양 간 사람들은 이름뿐인 직위를 갖고 업무도 권한도 없었다. 오히려 감시와 통제를 받았다.

서강월 西江月
소식

들 강에 아득히 물결이 치고	照野瀰瀰淺浪,
하늘엔 은은히 구름이 인다.	橫空曖曖微霄。
말에서 장니도 거두지 않고	障泥未解玉驄驕,
나는 꽃 숲에서 잠이나 자리.	我欲醉眠芳草。

시냇물에 어리는 바람과 달빛	可惜一溪明月,
물속의 달그림자 밟지를 마라.	莫教踏破瓊瑤。
안장 베고 누우니 녹양교로다	解鞍欹枕綠楊橋,
두견새 소리로 여는 봄 새벽.	杜宇一聲春曉。[2]

---

2   鄒同慶·王宗堂 著, 『蘇軾詞編年校注』, 中華書局, 2002, p.361.

황주에서 소식은 간혹 그를 아끼는 친구들과 술을 들었다. 「서강월」이라는 곡목에 붙여진 이 시는 황주에 온 지 3년 되던 원풍 5년 (1082) 봄에 쓰였다. 파도치는 '천랑'淺浪은 기수蘄水 강에 달빛 내린 정경이다. '장니'障泥란 말을 탄 사람의 옷에 흙이 튀지 않도록 가죽 같은 것을 말의 안장 양쪽에 늘어뜨려 놓는 말다래를 말한다. '옥총교'玉驄驕는 좋은 말의 수사적 표현이다. '경요'瓊瑤는 원래 옥돌이지만 여기서는 물에 비친 달빛을 비유했다. 이렇게 아름다운 시를 쓴 소식은 다음과 같이 후기를 남긴다.

"황주에서 봄밤에 기수 강가를 거닐고는 술집에 들러 좀 취했다. 달을 보며 작은 다리를 지나다가 말에서 내려 팔을 베고 누워서 쉬었다. 잠시 후 깨어 보니 새벽이다. 산들이 둘러섰고 시냇물 소리가 들린다. 속세가 아닌 듯했다. 이 시 몇 글자를 써서 다리에 붙인다."[3]

시인은 귀양 생활을 즐기고 있었다. 시름은커녕 꽃밭에서 잠들고 새소리에 귀를 기울인다. 이 시는 앞에서 본 많은 시들의 분위기와 사뭇 다르다. 당장 먹을 것 입을 것 걱정해야 하는 게 귀양 생활이다. 생계가 막연하고 생활이 고달프게 마련이다. 그러나 이 시를 보면 귀양 생활의 고단함이나 쓸쓸함이 드러나지 않는다. 탄식과 좌절의 목소리가 없다. 더구나 당나라 때의 일부 시인들처럼 조정이 있는 하늘을 보면서 눈물짓는 일은 없다. 확실히 앞에서 보았던 시들과 다른 분위기다. 당시 소식은 귀양지에 오자마자 시종을 포함한 스무 명의 식구들

---

[3]   "春夜行蘄山水中, 過酒家, 飲酒醉, 乘月至一溪橋上, 解鞍曲肱少休。及覺已曉, 亂山葱蘢, 不謂人世也。書此詞橋柱上."(『蘇軾詞編年校注』) 中華書局, 2002, p.361.

을 데리고 정혜원定慧院 절에서 곁방살이를 했다. 몇 달 뒤에는 버려진 역사驛舍인 임고정臨皋亭으로 옮겨 갔고, 2년 뒤에 '설당'雪堂이라는 허름한 집을 짓기 전까지도 먹을 것 입을 것을 걱정해야 하는 극도의 궁핍한 생활을 하고 있었다. 다음의 노래도 당시에 지은 것이다.

정풍파定風波
소식

숲속에 후두둑 빗방울 쳐도	莫聽穿林打葉聲,
휘파람 노래하며 천천히 걷자.	何妨吟嘯且徐行。
짚신에 지팡이는 말보다 좋다	竹杖芒鞋輕勝馬,
뭐가 걱정이냐	誰怕?
도롱이 쓰고 살련다 안개비 속에.	一蓑煙雨任平生。
차가운 봄바람에 술이 다 깼다	料峭春風吹酒醒,
고개 너머 노을도 마중 나온다.	微冷, 山頭斜照却相迎。
문득 지나온 길 뒤돌아보니	回首向來蕭瑟處,
나 돌아가련다	歸去,
비바람 없는 날씨 언제 있었나.	也無風雨也無晴。[4]

"3월 7일 사호 가는 길에서 비를 만났다. 우산 없이 비에 젖자 모두

---

4   鄒同慶·王宗堂 著, 앞의 책, p.356.

들 어쩔 줄 몰라 했다. 나는 혼자 아무렇지도 않았다. 잠시 후 날이 개
어 이 시를 지었다."5 「정풍파」라는 곡목에 맞춰 이 시를 짓고 소식이
남긴 글이다. 사십여 년 지나온 세월을 돌이켜 보니 희노애락의 파노
라마였다. 삼 개월 넘게 옥살이를 하면서 사형 직전까지 갔던 그는 지
금 알았다. 지나고 보니 인생이란 꿈과 같은 것. 끊임없는 비바람이나
영원한 화창함이란 없다. 그 어떤 날씨도 인생사처럼 모두 변화하는
과정의 장면 장면일 뿐이다. 황주로 귀양 가기 전, 밀주에 근무할 때
지은 소식의 명시를 보자.

수조가두 水調歌頭
소식

저 달은 언제부터 생긴 것인가	明月幾時有?
술잔 들고 묻노라 푸른 하늘에.	把酒問青天。
모르겠네 천상의 그 궁궐에는	不知天上宮闕,
오늘 밤이 어느 해 어느 밤인지.	今夕是何年。
바람 타고 나도 가서 보고 싶지만	我欲乘風歸去,
아름다운 그곳의 화려한 궁궐	又恐瓊樓玉宇,
너무 높아 추위에 못 견디리라.	高處不勝寒。
일어나서 춤을 추자 그림자 함께	起舞弄清影,

---

5 "三月七日，沙湖道中遇雨。雨具先去，同行皆狼狽，余獨不覺，已而遂晴，故作此
詞。"(위의 책, p.356.)

소식, "지팡이 기대어 듣는 강의 물소리"

이 세상만 한 곳이 또 어디 있나.　　何似在人間!

붉은 기둥 돌아선 창문의 달빛　　轉朱閣, 低綺戶,
잠 못 드는 사람을 비추는구나.　　照無眠。
한스럽진 않아도 무슨 까닭에　　不應有恨,
이별 때만 저 달은 둥근 것이냐.　　何事長向別時圓?
사람에겐 만남과 이별이 있듯　　人有悲歡離合,
달에게도 보름과 그믐이 있지　　月有陰晴圓缺,
그것은 영원히 변치 않는 법.　　此事古難全。
바라건대 우리들 오래 살면서　　但願人長久,
저 밝은 달만은 함께하리라.　　千里共嬋娟。[6]

　이 시는 희녕 9년(1076) 소식이 그의 아우 소철蘇轍에게 부친 노래
글이다. 곡목 「수조가두」 뒤에는 "병신년 중추절 새벽이 되도록 기분
좋게 마시고 크게 취해서 이 시를 짓고 아우 소철을 그린다"[7]라고 썼
다. 마지막 구의 '선연'嬋娟은 달을 가리키는 문학 용어다. 형으로부터
이 노래 가사를 받은 아우 소철은 아마 곡에 맞춰 이 노래를 불러 봤을
것이다. 시어 중의 '화려한 궁궐'瓊樓은 상상의 달나라이기도 하고, 황
제가 있는 곳이기도 하다. 그곳은 아름답지만 춥다. 거기가 아무리 좋
다 한들 인간 세상만 한 곳이 어디 있는가. 세상에는 만남과 이별, 기

6　　위의 책, p.173.
7　　"丙辰中秋, 歡飮達旦, 大醉. 作此篇, 兼懷子由."(위의 책, p.173.)

뿜과 슬픔이 교차한다. 달에도 둥글고 이지러짐, 맑고 흐림이 있는 것처럼. 이는 자연의 섭리다. 그러니 우리 두 형제는 오래도록 살면서 그 아름다운 달을 함께 감상하자. 소식은 멀리 부임해 지내는 객지 생활로 서로 떨어져 있음에도 아우와 못 보는 것을 아쉬워하지 않는다. 달을 보고 있으면 아우도 그 달을 보고 있으리라. 그렇게 우리는 연결되어 있다.

　술잔을 들고 푸른 하늘에 묻는 시인은 저 앞에서도 있었다. 이백과 백거이다. 이들은 달을 보며 허무감에 휩싸인다. 달을 보고 노래하고, 달과 함께 대화하지만 텅 빈 가슴을 채울 길 없다. 술을 마시며 달래고, 칼을 들어 강물을 베어 보기도 한다. 그 시인들은 슬픔을 노래로 해소하고, 가슴속의 답답함을 시로 풀어 갈 뿐이다. 그렇게 시인들의 허무감은 아름다운 넋두리로 변한다. 사는 게 허망하다고, 아녀자의 비파 소리를 듣고 울고 꽃을 보며 운다. 그러나 소식은 더 이상 울지 않는다. 사랑의 아픔이건 인생의 굴곡이건 현실을 한 걸음 물러서서 본다. 보면서 나지막이 읊조린다. 삶이란 원래 그런 것이라고.

염노교念奴嬌
소식

파도치며 장강 물 흘러가듯이	大江東去, 浪淘盡,
천고의 풍류 인물 다 떠났구나.	千古風流人物。
사람들은 말하지 누대의 서쪽	故壘西邊, 人道是,
주유 장군 서 있던 적벽이라고.	三國周郎赤壁。

바위 높이 치솟고	亂石穿空,
파도가 밀려오며	驚濤拍岸,
눈 더미처럼 몰아치는데,	捲起千堆雪。
그림 같은 이 강산에	江山如畵,
한때의 그 호걸들 다 어디 갔나.	一時多少豪傑。

그 옛날 주유를 생각하노니	遙想公瑾當年,
어여쁜 소교도 갓 시집왔고	小喬初嫁了,
얼마나 멋있었나 영웅의 자태.	雄姿英發。
예복에 부채 들고 담소할 때도	羽扇綸巾, 談笑間,
적군들은 재가 되어 날아갔었지.	強虜灰飛煙滅。
옛날을 회상하는	故國神遊,
나를 보며 웃으리라	多情應笑我,
머리 벌써 희었다고.	早生華髮。
인생은 꿈같은 것	人生如夢,
한잔 술을 따라서 강에 붓는다.	一樽還酹江月。[8]

신종 원풍 5년(1082), 마흔여섯의 소식은 적벽赤壁이 있는 강에서
배를 타고 친구들과 술을 마셨다. 황주의 귀양 생활에도 적응이 되
었다. 적벽을 보니 그 옛날 여기서 주유周瑜가 화공火攻으로 조조曹操
의 선박 군단을 불태우던 장면이 생각난다. 소식이 이 노래를 짓고 또

8   위의 책, p.398.

「적벽부」를 지은 곳은 원래 주유와 조조의 전투 유적지와는 거리가 있다. 소식은 역사를 생각하며 이곳인 것처럼 노래한 것이다. 서른넷의 젊은 주유는 풍채며 기백이며 분명 천하의 영웅이었다. 그가 차를 마시며 측근들과 담소하는 중에도 내려진 명령에 따라 전투는 치열했을 것이다. 그 순간 몰아치는 파도 속에서 조조의 선박은 재가 되고 있었으리라. 그처럼 대단한 인물들 다 떠나간 적벽은 이제 고요한 그림처럼 아름답게 남아 있다. 이곳에서 술잔 들고 서 있는 정 많고 머리 허연 나. 돌아보니 옛사람이나 나나 인생이란 한바탕 꿈이 아닌가. 떠나간 그 옛사람들에게 술 한잔 따라 올리자.

'적벽회고'赤壁懷古라는 부제가 붙은 이 문장을 쓴 소식은 다음과 같은 글을 남겼다.

"오늘 이위李委가 와서 작별을 고한다. 그를 데리고 작은 배에 술을 싣고 적벽 아래에서 마셨다. 이위가 피리를 잘 불어 술이 거나해지면 피리를 불곤 했다. 바람이 일자 파도에 따라 큰 물고기가 튀었다. 산 위에서는 송골매가 날아올랐다. 여기서의 조조와 주유를 생각하니 마치 어제 일처럼 여겨진다. 때마침 범자풍范子豐 형제가 왔기에 그에게 이 글을 써 준다."9

시를 읽으면 이것이 노래였음을 잊기 쉽다. 사람들은 「염노교」라는 곡조에 이 시를 붙여 노래 불렀다. 원래 '염노교'는 서정적인 곡조였으므로 그동안 사랑의 노래로 불렸다. 그러나 소식은 역사를 생각하고

---

9   "今日李委秀才來相別, 因以小舟載酒飲赤壁下。李善吹笛, 酒酣作數弄, 風起水湧, 大魚皆出, 山上有棲鶻, 亦驚起。坐念孟德·公瑾, 如昨日耳。適會範子豐兄弟來求書字, 遂書以與之。"(蘇軾, 「與范子豐」)『蘇軾文集』, 中華書局, 1986, p.1453.

흘러간 영웅을 그린다. 당시로부터 따져도 거의 팔백 년 가까운 과거의 일이며, 실제로 전투가 벌어졌던 장소와도 거리가 있다. 시간과 공간을 넘나들며 소식이 그려 내는 그림은 웅장하고 아름답다. 그동안에는 노래 가사를 이런 분위기로 쓴 사람이 없었다. 호방하고 비장한 이 노래로 소식이 전하는 것은 허무감에 휩싸인 단순한 '시름'이 아니다. 인간 세상의 도도한 흐름이다.

임강선臨江仙

소식

동파에서 취하기를 거듭하다가	夜飮東坡醒復醉,
돌아오니 거의 삼경이 됐다.	歸來髣髴三更。
아이들은 천둥처럼 코를 고는데	家童鼻息已雷鳴。
문을 두드려도 대답 없으니	敲門都不應,
지팡이 기대어 듣는 강의 물소리.	倚杖聽江聲。

내 몸이 내 것 아님 한스럽구나	長恨此身非我有,
그 언제나 허둥대는 삶을 잊을까.	何時忘却營營。
바람도 잦아지고 물결 잠들면	夜闌風靜縠紋平。
여기에서 떠나자 작은 배 타고	小舟從此逝,
강호에 여생을 맡겨 보련다.	江海寄餘生。

그 이듬해인 원풍 6년(1083) 4월에 지은 노래 시 「임강선」이다. 부

제는 '밤중에 임고정에 돌아오다.'夜歸臨皐[10] '동파' 언덕 옆에서 친구들
과 술을 마시고 밤이 늦어서 돌아오니 시종들은 잠에 곯아떨어져 문
열어 줄 생각을 못한다. 시인은 지팡이에 기대서 강물 소리를 듣는다.
장자莊子의 말대로 지금까지 살아 온 내 몸도 내 뜻대로 된 적이 없다.
이것저것 재고 따지며 살아야 하는 삶을 언젠가는 잊으리라. 그리고
그때쯤이면 관직을 버리고 강호로 떠나리라. 작은 배를 타고.

　　소식의 문장 중 가장 많은 역대 문인들의 논평이 달린 문장은 단연
「적벽부」赤壁賦다. 수백 편이 넘는 논평을 보면 역대의 사소한 언급을
제외하고라도 얼마나 많은 문인들이 「적벽부」를 좋아했는지 알 수 있
다. 소식은 귀양 생활 3년 되던 원풍 5년(1082), 황주의 앞을 흐르는 양
자강에 배를 띄우고 친구들과 술잔을 든다. 잠시 후 달이 뜨고 물안개
가 깔리자 한 친구가 퉁소를 불어 아름다운 소리를 띄운다. 소동파는
친구와 뱃전을 두들기면서 노래를 부르다가 문득 이런 즐거움 속의 허
무한 인생에 관해서 친구와 일단의 대화를 나누는 것이다.

적벽부赤壁賦
소식

임술년 가을날에　　　　　　　　　壬戌之秋,
칠월의 열엿새 날　　　　　　　　　七月旣望,
소자는 친구들과　　　　　　　　　蘇子與客

10　　鄒同慶·王宗堂 著, 앞의 책, p.467.

적벽에서 배를 탔다.　　　　　泛舟遊于赤壁之下。

청풍은 불어오고　　　　　　　清風徐來，
물결도 잔잔한데　　　　　　　水波不興。
술잔 들어 권하면서　　　　　　擧酒屬客，
명월의 시 읊조리고　　　　　　誦明月之詩，
요조의 장 노래했다.　　　　　歌窈窕之章。

잠시 후　　　　　　　　　　　少焉，
동산 위에 달이 떠서　　　　　月出於東山之上，
북두성을 지나갈 때　　　　　　徘徊于斗牛之間。
물안개가 자욱하며　　　　　　白露橫江，
강과 하늘 이어졌다.　　　　　水光接天。

조각배 가는 대로　　　　　　　縱一葦之所如，
물결 따라 흘러가니　　　　　　凌萬頃之茫然。
빈 하늘 바람 탄 듯　　　　　　浩浩乎如馮虛禦風，
멈출 줄을 모르는 채　　　　　而不知其所止。
표표하게 세속 떠나　　　　　　飄飄乎如遺世獨立，
신선되어 오르는 듯.　　　　　羽化而登仙。

마신 술이 거나하자　　　　　　于是飮酒樂甚，
뱃전 치며 노래한다　　　　　　扣舷而歌之。

노래 가사 이르기를   歌曰:
삿대 달고 노를 저어   桂棹兮蘭槳,
달빛 어린 강을 가니   擊空明兮泝流光。
아득한 가슴이여   渺渺兮予懷,
미인을 그리노라.   望美人兮天一方。

퉁소 부는 친구 있어   客有吹洞簫者,
노래 소리 맞춰 분다.   倚歌而和之。
우는 듯한 그 소리는   其聲嗚嗚然,
원망하듯 사모하듯   如怨如慕,
훌쩍이듯 하소하듯   如泣如訴,
이어지는 그 여음은   餘音裊裊,
실처럼 끊임없어   不絕如縷。
계곡 교룡 잠 깨우고   舞幽壑之潛蛟,
배 안 과부 울게 했다.   泣孤舟之嫠婦。

소자는 고쳐 앉아   蘇子愀然,
옷매무새 바로하고   正襟危坐
친구에게 물어보길   而問客曰:
어찌 그리 멋있는가.   何爲其然也?

친구가 대답한다   客曰:
달은 밝고 별 드문데   月明星稀,

까막까치 날아가네　　　　　　　　烏鵲南飛,

조조의 시 그 아닌가.　　　　　　　此非曹孟德之詩乎?

하구를 바라보고　　　　　　　　　西望夏口,

무창을 향하는데　　　　　　　　　東望武昌,

겹겹의 산천들이　　　　　　　　　山川相繆,

울창하게 이어지네　　　　　　　　鬱乎蒼蒼,

이는 그가 주유에게　　　　　　　　此非孟德之

패하던 곳 아니었나.　　　　　　　困于周郎者乎?

형주를 격파하고　　　　　　　　　方其破荊州,

강릉으로 내려갈 때　　　　　　　　下江陵,

강물 따라 동쪽으로　　　　　　　　順流而東也,

전함과 깃발들이　　　　　　　　　舳艫千里,

하늘을 가렸었네　　　　　　　　　旌旗蔽空,

강 위에서 술을 들며　　　　　　　釃酒臨江,

창 걸치고 시를 쓰니　　　　　　　橫槊賦詩,

일세의 영웅이던　　　　　　　　　固一世之雄也,

그런 그도 가고 없네.　　　　　　　而今安在哉?

하물며 나나 그대　　　　　　　　　況吾與子,

강호에서 지내는 몸　　　　　　　　漁樵于江渚之上,

자연과 벗을 삼아　　　　　　　　　侶魚蝦而友麋鹿,

조각배 올라타고

술잔 서로 권하나니

천지간 하루살이

창해의 일속이라.

짧은 인생 슬퍼지고

긴 장강이 부러워라

신선 되어 노니는 일

달과 함께 영원함은

참으로 불가함을

곡조에 실어 봤네.

駕一葉之扁舟，

擧匏樽以相屬。

寄蜉蝣于天地，

渺滄海之一粟。

哀吾生之須臾，

羨長江之無窮。

挾飛仙以遨遊，

抱明月而長終。

知不可乎驟得，

託遺響于悲風。

소자가 대답했다

그대도 아시는가.

강물은 흘러가도

언제나 저기 있고

달도 찼다 기울지만

언제나 거기 있네.

변한다고 본다면

영원한 것 하나 없고

불변이라 본다면

모두가 다 영원한 것

무엇이 더 부러운가.

蘇子曰：

客亦知夫水與月乎？

逝者如斯，

而未嘗往也。

盈虛者如彼，

而卒莫消長也。

蓋將自其變者而觀之，

則天地曾不能以一瞬。

自其不變者而觀之，

則物與我皆無盡也。

而又何羨乎！

이 세상 천지간에	且夫天地之間,
모든 사물 주인 있네	物各有主,
내 것이 아니라면	苟非吾之所有,
터럭도 원치 말게.	雖一毫而莫取。
강 위의 맑은 바람	惟江上之清風,
산 위에 높이 뜬 달	與山間之明月,
귀에 들면 음악 되고	耳得之而爲聲,
눈에 들면 그림 되네	目遇之而成色,
취해도 금치 않고	取之無禁,
써도 다함 없으리니	用之不竭,
조물주의 무한 보물	是造物者之無盡藏也,
나와 자네 몫이라네.	而吾與子之所共適。

친구 기뻐 미소 띠며	客喜而笑,
잔을 씻어 다시 드니	洗盞更酌。
안주는 다 떨어지고	肴核既盡,
잔과 쟁반 흩어졌다.	杯盤狼籍。
배에 서로 베고 누워	相與枕藉乎舟中,
새벽 옴을 몰랐더라.	不知東方之既白。[11]

'소자'는 소식 자신이다. 친구들은 이위와 도사 양세창楊世昌이다.

---

11   『蘇軾文集』, 中華書局, 1986, p.5.

먼저 펼쳐진 것은 시간·장소·사람들·주변 정경이다. 기분이 좋아지자 그들은 서로 노래를 주거니 받거니 한다. 그때 한 사람이 퉁소를 구슬피 불었고 이에 감동 받은 소식은 그 곡조가 어떤 심사인지 묻는다. 인생의 허망함을 퉁소에 실었다고 손님이 말하자 소식의 논변이 펼쳐진다. 그리고 그들은 이 멋진 사상이 담긴 논변에 기분이 좋아져서 다시 술을 들고 크게 취한다. 배 위에 이리저리 쓰러져 누운 채 새벽이 밝아 오는 것조차 몰랐다.

소식의 논변의 바탕에는 '사물과 내가 다 영원한 것'이라는 관점이 깔려 있다. 그의 이런 관점은 『장자』에 연원을 두고 있다. 장자는 말한다.

"가득 차거나 텅 비어도 도道의 입장에서 보면 정말로 가득 차거나 텅 빈 것은 아니다. 마찬가지로, 쌓이거나 흩어진다는 것도 도의 입장에서 보면 쌓이거나 흩어지는 게 아니다."[12]

텅 빈 가슴과 맑은 영혼이 보는 세상은 무한하고 영원하다. 장자의 말대로, "다르다고 보면 간과 쓸개도 전혀 다른 것이지만, 같다고 보면 온 세상의 만물은 모두 하나다."[13] 세상은 모두 연결되어 있고, 나와 남은 하나라는 사실을 맑은 영혼의 눈을 뜬 사람은 안다. 그리고 그런 관점으로 보면, 산 위에 뜬 달, 강 위에 부는 바람이 다 내 가슴속에서 그림이 되고 음악이 된다. 이 세상에 우리가 누리고 즐기지 못할 것이 없

---

12   "不際之際, 際之不際者也。謂盈虛衰殺, 彼爲盈虛非盈虛, 彼爲衰殺非衰殺, 彼爲本末非本末, 彼爲積散非積散也。"(『莊子』「知北遊」) 方甬 譯註, 中華書局, 2014, p.370.
13   "自其異者視之, 肝膽楚越也; 自其同者視之, 萬物皆一也。"(『莊子』「德充符」) p.148. 이에 관해서 吳子良이 『荊溪林下遇談·坡賦祖莊子』에서 언급했다. 曾棗莊 主編, 『蘇文彙評』, 四川文藝出版社, 2000, p.6.

는 것이다. 다만 나와 사물을 분별하는 까닭에 사람들은 '영원하다'거나 '허무하다'고 생각할 뿐이다.

제서림벽題西林壁
소식

이리 보면 고개요 저리 보면 봉우리	橫看成嶺側成峰,
멀고 가까움 높고 낮음 모두 다르니,	遠近高低各不同。
여산의 참모습을 모르는 것은	不識廬山眞面目,
이 몸이 산에 있기 때문이로다.	只緣身在此山中。[14]

'서림사의 벽에 쓰다'라는 제목의 이 칠언절구는 산 경치를 구경하는 시인의 생각을 적었다. '제'題란 앞에서 본 최호의 「제도성남장」題都城南莊에서처럼 시를 지어서 어디에 '적다'라는 뜻이다. '서림사'는 여산廬山의 서쪽에 있는 절이다. 소식은 원풍 7년(1084) 황주에서 여주로 발령을 받고 떠나는 길에 황주에서 멀지 않은 여산을 들렀다. 이 시는 소식의 시에 특징적으로 나타나는 철학적인 사유의 색채를 띤 대표작이다. 위의 「적벽부」에서처럼 변화와 불변을 하나로 보는 소식은 강에서나 산에서나 편안하다. 최호처럼 안개 낀 강 위에서건, 이백처럼 장안이 안 보여서건 '시름에 겹다'고 말하지 않는다. 소식은 알고 있다. 물안개가 갈 길을 가로막고 뜬구름이 해를 가리는 것, 그것이 인생이

---

14   『蘇軾詩集』, 中華書局, 1986, p.1219.

다. 여산에 오른 소식은 깊은 계곡이건 산등성이건 갈 길 모르겠다고 탄식하지 않는다. 인생처럼, 사람이 산에 있으면 내 갈 길, 내 삶의 그 진정한 참모습을 알기 어려운 법이기 때문이다.

「적벽부」를 지은 지 석 달쯤 되었을 때 소식은 다시 친구들과 함께 적벽 앞 강으로 배를 타고 나갔다.

후적벽부後赤壁賦
소식

그해 시월 보름날	是歲十月之望,
설당에서 걸어서	步自雪堂,
임고정을 가는데	將歸于臨皐。
두 벗 함께 걸었다.	二客從予過黃泥之坂。
서리 이슬 내리고	霜露既降,
낙엽도 모두 졌다.	木葉盡脫。
그림자 진 땅을 보고	人影在地,
하늘의 달을 보니	仰見明月,
서로 보며 즐거워서	顧而樂之,
주고받고 노래했다.	行歌相答。
노래 끝에 말하기를	已而歎曰:
벗 있는데 술이 없고	有客無酒,

술 있어도 안주 없네
바람 맑고 달 밝은데
이 좋은 밤 어찌할까!

有酒無肴,
月白風清,
如此良夜何!

누군가 말하기를
오늘 저녁 그물망에
물고기가 걸렸는데
큰 입에 가는 비늘
송강의 농어 같네
어디 가서 술 구할까?

客曰:
今者薄暮,
擧網得魚,
巨口細鱗,
狀如松江之鱸。
顧安所得酒乎?

집에 가서 얘기하자
아내가 대답한다
제게 술이 좀 있어요
오래전에 만든 건데
급할 때 쓰려고요.

歸而謀諸婦。
婦曰:
我有斗酒,
藏之久矣,
以待子不時之需。

술과 고기 들고 가서
적벽에서 배를 타니
흐르는 강물 소리
천길 암벽 울려 오고
산 멀리 달 뜨면서
수면의 돌 드러난다.

于是攜酒與魚,
復遊于赤壁之下。
江流有聲,
斷岸千尺。
山高月小,
水落石出。

세월이 흘러선지
강산도 변했구나.

옷을 걷고 올라가서
바위를 디뎌 밟고
풀섶을 제치는데
바위는 짐승인 듯
초목은 교룡인 듯
수리 둥지 잡고 올라
깊은 골짝 내려 본다
벗들은 못 올랐다.

휘파람 길게 부니
초목이 울리면서
산과 골이 대답하고
바람 속에 물결 인다.
불안하고 걱정되며
숙연하고 두려워져
더 머물기 불가했다.
돌아와 배를 타고
강 가운데 흘러가게
되는대로 맡겨 뒀다.

曾日月之幾何,
而江山不可復識矣。

予乃攝衣而上,
履巉岩,
披蒙茸,
踞虎豹,
登虬龍,
攀棲鶻之危巢,
俯馮夷之幽宮。
蓋二客不能從焉。

劃然長嘯,
草木震動,
山鳴谷應,
風起水湧。
予亦悄然而悲,
肅然而恐,
凜乎其不可留也。
反而登舟,
放乎中流,
聽其所止而休焉。

소식, "지팡이 기대어 듣는 강의 물소리"

한밤중 다 되어서	時夜將半,
사방은 적막한데	四顧寂寥。
마침 학 한 마리가	適有孤鶴,
동쪽에서 날아온다.	橫江東來。
날개는 몹시 크고	翅如車輪,
검고 흰 색깔인데	玄裳縞衣,
까악 하고 길게 울며	戞然長鳴,
배를 비껴 날아간다.	掠予舟而西也。
잠시 후 다들 가고	須臾客去,
나도 역시 잠들었다.	予亦就睡。
도사가 꿈에 나와	夢一道士,
깃옷으로 춤추다가	羽衣蹁躚,
임고정에 내려와서	過臨皋之下,
인사하며 말 건넨다.	揖予而言曰:
적벽에선 즐거웠소?	赤壁之遊樂乎?
그 이름을 물어보니	問其姓名,
고개 숙여 대답 없다.	俯而不答。
오호라! 아하!	嗚呼! 噫嘻!
이제야 알겠구나.	我知之矣。
어제 그 한밤중에	疇昔之夜,
나를 지나 날아간 학	飛鳴而過我者,

바로 그대 아니었나?	非子也邪?
도사는 미소 띠고	道士顧笑,
나도 놀라 잠이 깨서	予亦驚寤。
방문 열고 밖을 보니	開戶視之,
그 간 곳을 모르겠다.	不見其處。[15]

소식은「후적벽부」를 쓰고 이렇게 후기를 남겼다.

"10월 15일 밤 도사 양세창과 적벽 앞에서 배를 띄웠다. 취하고 보니 한밤중인데 한 마리 학이 강의 남쪽에서 날아온다. 날개는 마차의 바퀴처럼 컸다. 까악 하고 길게 울면서 우리가 탄 배를 지나 서쪽으로 날아갔다. 무슨 조짐인지 모르지만 이를 기록한다."[16]

중국 학자 둥나이빈董乃斌은 이 글이 전체적으로 꿈을 기록한 것인 듯하다는 의견을 제시했다.[17] 그러나 문맥의 흐름과 이 후기를 보아 학 이야기는 뱃놀이 끝에 술 취하고 잠시 잠들었을 때의 꿈속 정경이다. 내용은 시간과 장소, 그리고 정경의 경과를 차례로 묘사한 다음 문득 꿈에 본 학 이야기를 하고 끝을 맺는다. 학 이야기를 하기 전까지는 평범한 기술이다. 그러나 꿈에 본 학 이야기는 전체적인 정경을 몽환적이고 신비한 분위기로 전환시킨다. 이 문장의 주된 내용은 여기 있다.

15 『蘇軾文集』, 中華書局, 1986, p.8.
16 "十月十五日夜, 與楊道士泛舟赤壁, 飲醉, 夜半, 有一鶴自江南來, 翅如車輪, 嘎然長鳴, 掠余舟而西, 不知其爲何祥也, 聊復記云."(『蘇文忠詩合註』卷二十一「次韻孔毅父久旱已而甚雨三首」, 施之之, 『注東坡先詩』)
17 董乃斌,「『後赤壁』賦是寫夢之作嗎?」,『文史知識』, 2010년 9월.

학은 신선의 화신化身이다. 꿈에 소식을 찾아온 신선은 소식에게 안부를 묻고 떠난다. 그는 마치 소식을 곁에서 지켜 주는 강호江湖의 신선인 듯하다. 이 글의 의미는 이런 몽환 속에서 소식의 탈속적인 정신세계를 엿볼 수 있다는 점이다.

남송의 유명한 유학자이며 문인인 차약수車若水(1209~1275)는 말한다.

"두 편의 적벽부는 모두 소식의 호연지기를 보여준다. 그의 가슴이 텅 비었기 때문에 이런 말이 나올 수 있었다. 이는 맹자의 호연지기와는 다르다. 맹자는 의미를 따져서 말한 반면 소식은 장자와 같은 경지다. 배울 수도 없고 길도 없으며 단계도 필요 없다. 이미 된 사람은 된 모습을 보이고 안 된 사람은 안 된 모습을 보인다. 맹자처럼 잔뜩 쌓아서 된 학식으로는 비견할 수 없을 정도의 경지다."[18]

사실 "강 위의 맑은 바람, 산 위에 높이 뜬 달"은 눈과 귀를 가진 사람은 다 보고 다 듣는다. 그러나 마음이 복잡하거나 심란하면 아예 들리지도 보이지도 않는다. 마음속에 욕망이나 분노가 들끓고 있으면 아무리 학식을 쌓고 노력한다 한들, 보아도 들어도 아무 의미 없는 것들이다. 그것이 음악이 되고 그림이 되는 것은 보고 듣는 사람의 마음이 고요하고 맑기 때문이 아닌가.

소식의 이런 철학적인 사유는 이미 젊었을 때부터 드러난다. 다음은 소식이 스물다섯 살 때인 가우 6년(1061) 첫 부임지 봉상으로 가는 길에 아우 소철과 헤어지고 서로 주고받은 시다. 소철이 먼저 형 소식

18　"兩赤壁賦, 見得東坡浩然之氣, 是他胸中無累, 吐出這般語言. 卻又與孟子浩然不同. 孟子集義所生. 東坡是莊子來人, 學不得, 無門路, 無階梯, 成者自成, 擴者自擴, 不比孟子, 有繩墨, 有積累也."『蘇文彙評』, 四川文藝出版社, 2000, p.10.

에게 이런 시를 부쳤다.

회민지기자첨형懷澠池寄子瞻兄
소철

정주에서 손잡은 채 당부했었죠	相携話別鄭原上,
먼 길에 덮인 눈을 조심하라고.	共道長途怕雪泥。
돌아오는 저 대량 땅 들어섰을 때	歸騎還尋大梁陌,
형님은 이미 고효를 넘으셨겠죠.	行人已度古崤西。
민지 마을 사람들이 기억할까요	曾爲縣吏民知否?
절방 벽에 우리가 썼던 그 시들.	舊宿僧房壁共題。
재미없는 관직 생활 외로운 길에	遙想獨遊佳味少,
말 없는 말들만 울며 갔으니.	無言騅馬但鳴嘶。[19]

아우 소철이 쓴 '민지를 생각하며 자첨 형에게 보내는 시'다. '자첨'
子瞻은 소식의 자다. 소식 형제는 5년 전 과거 응시 차 개봉으로 가는
여행길에 민지에 있는 봉한奉閑 스님의 암자에 묵은 적이 있다. 형제는
당시 그 절의 벽에 각각 시를 적어 기념했다. 소철은 그 일을 생각하며
이 시를 써서 형 소식에게 보낸 것이다. 봉상으로 부임하는 길에 민지
의 그 절을 들른 소식은 다음과 같이 회답한다.

---

[19]　陳宏天, 高秀芳 點校, 『蘇轍集』全四册, 中華書局, 1990, p.12.

화자유민지회구和子由澠池懷舊

소식

이 세상 인생이란 무엇 같을까	人生到處知何似,
눈밭에 잠시 앉은 기러기 같네.	應似飛鴻踏雪泥。
눈 위에 발자국은 남아 있지만	泥上偶然留指爪,
기러기는 날아서 어디 갔을까.	鴻飛那復計東西。
스님은 죽어서 탑이 되었고	老僧已死成新塔,
무너진 담벽에는 옛 시 남았다.	壞壁無由見舊題。
지난날 힘든 여로 기억하느냐	往日崎嶇還記否,
길은 멀고 피곤해서 말도 울었지.	路長人困蹇驢嘶。[20]

제목은 '민지를 기억하는 자유의 시에 화답하다'이다. '자유'子由는 아우 소철의 자다. 화답하는 시이기 때문에 각 연의 각운이 같은 글자로 되어 있다. 이 때문에 원시의 느낌과 흐름을 잇는 효과를 준다.

소식은 말한다. 예전에 뵈었던 스님은 세상을 떠나 부도 탑이 되어 있다. 무너진 담벼락에는 우리 형제가 썼던 시 글이 보인다. 삶이란 그저 '눈밭에 남은 기러기의 발자국' 같은 것. 그 미미한 흔적을 남기고 기러기는 또 어디로 날아가는지 아무도 모른다. 사람만 이처럼 흘러가는 게 아니다. 눈 위의 기러기 발자국도 곧 사라질 것이다. 젊은 시절의 글

20   『蘇軾詩集』, 中華書局, 1986, p.96.

이지만 소식의 시에는 인생을 객관적으로 바라보는 태도가 엿보인다.

송나라에 이르러서 당나라 때와 같은 '감정의 표출'은 잦아들고 시는 새로운 모습으로 바뀐다. 삶을 관조하고 철리哲理를 읊조리는 분위기가 된다. 시를 주고받으며 생각을 주고받고, 때로는 이치를 따지기도 했다.

송나라의 이런 분위기는 서양의 '문예 부흥' 시기를 연상케 한다. 지식인 계층이 많아지고 그에 따라 문화 예술에 대한 탐색과 향유의 폭도 넓어졌다. 사람들은 철학을 논했고, 인생과 예술을 얘기했다. 시이건 산문이건 글에는 유교와 불교, 도교의 사상이 스몄다. 당나라 때 그처럼 열정적으로 쓰인 수많은 시들에 대해서 문인들은 자신의 논평인 '시화'詩話를 쏟아 냈다. 그때 그들은 알게 됐다. 진정한 시는 단순한 감정의 표출이 아니라 영혼의 울림이라는 것. 송나라 문인들이 시를 '선'禪에 비유한 것은 우연이 아니다. "시 공부는 마치 참선 공부와 같다."學詩渾似學參禪(吳可, 「學詩詩」)는 관점은 당나라 때부터 있어 왔는데, 송나라에 이르러 학자들에게 공통된 인식으로 자리 잡았다.[21] 이런 송나라의 분위기를 일부 학자들은 '노경老境의 미美'라고 한다.[22] 세상을 보는 사람들의 의식이 성숙해진 것이다.

---

21   관련 연구로는 徐傳武, 「漫說"學詩渾似學參禪"」, 『齊魯學刊』, 1994년 제3기, p.32~34 등이 있다.

22   橫山伊勢雄, 「宋代詩論にみる「平淡の体」について」, 『漢文學會會報』 第20号, 東京教育大學漢文學會, 1961年 6月.

소식, "이 세상 어느 곳에 꽃이 없으랴"

성숙해진 시인들은 이제 울지 않는다. 슬픔의 심경이면 그 슬픔의 원천을 찾아내고 그것이 무엇인지 생각했다. 인생을 살아간다는 것이 원래 힘든 일임을 알았다. 삶에는 만남과 이별이 있고, 기쁨과 슬픔이 공존한다. 인생은 원래 꿈같은 것이며 흘러가는 것이다. 그러니 이별에 앞서 울고, 뜻을 펴지 못해서 탄식하지 않는다. 이제 송나라의 시인들은 시를 지음에 맵고 짠 맛만을 추구하지 않는다. 시의 맛을 보는 눈이 한 차원 달라진 것이다. 시는 대화이며 명상이며 노래이며 놀이였다. 비유를 하자면 당나라 때의 시풍은 청춘 남녀들의 서정의 노래였다면, 송나라의 시는 장년 노년의 사람들이 세상사를 다 깨달은 것처럼 이치를 말하며 시로 놀이를 한다. 비애를 극복한 시인들의 세상을 보는 눈이 달라졌을 뿐 아니라, 감성적 정경을 그려 내는 소식의 기량도 남달랐다. 다음의 시는 소식이 지방관으로 순탄한 관직 생활을 하던 희녕 6년(1073), 항주 통판으로 재직할 당시 서호에서 배를 띄우고 연회를 벌일 때의 정경을 그린 것이다.

음호상초청후우 飮湖上初晴後雨
소식

기일其一

아침의 고운 햇살 언덕 비추고　　　朝曦迎客艷重岡,
저녁 비가 술 들라고 나를 붙잡네.　　晚雨留人入醉鄕。
이런 멋을 나만 알고 그댄 모르리　　此意自佳君不會,
물의 신께 한 잔의 술 올리고 싶네.　　一杯當屬水仙王。

기이其二

찰랑이는 고운 물빛 방금 갠 하늘　　水光瀲灩晴方好,
아름답게 내리는 비 몽롱한 산색.　　山色空濛雨亦奇。
서호를 서시에 비유한다면　　　　欲把西湖比西子,
옅은 화장 짙은 화장 모두 예쁘지.　　淡妝濃抹總相宜。[1]

　'호수에서 술을 마시는데 맑았다가 비가 온다'는 제목으로 쓴 두 수
의 칠언절구다. 기록에 따르면 소식은 항주에 부임한 뒤 현지의 친구

1　　『蘇軾詩集』, 中華書局, 1986, p.430.

들과 종종 서호西湖에 배를 띄우고 술을 마셨다. 이 시는 아침에는 맑았다가 저녁에 비가 내리는 어느 날 하루 동안의 날씨를 소재로 서호를 그렸다. 역대로 많은 문인 묵객이 이 시에 대해 좋은 논평을 남겼다. 진선陳善은 "서시를 보려면 서호를 보면 되고, 서호를 보려면 이 시를 보면 된다"고 했고, 사신행査愼行은 "이 시의 '찰랑이는'부터 두 구절은 단 한 글자도 과장됨 없이 그동안 서호를 그려 온 다른 모든 시들을 완전히 압도했다"고 한다. 왕문고王文誥 역시 서호를 그린 "이 시는 예전에도 없었고 앞으로도 더 없을 명시"라고 했다. 그 외에도 많은 사람들이 이 시를 극찬하고 있다.[2]

이들이 칭찬하는 것은 특히 두 번째 시다. 두 번째 시의 앞 두 구절은 전혀 과장됨 없이 서호의 맑은 뒤 비 오는 정경을 여실하게 그렸다. 나머지 두 구절은 역대 미인의 상징적 인물인 항주의 서시를 서호의 아름다움에 비유한 절묘한 수사를 보였다. 그렇게 원래 아름답기 때문에 어떤 날씨라도 다 멋지다는 서호만의 특징을 잘 잡아낸 것이다. 짙은 화장이건 옅은 화장이건 다 아름답다는 서시는 사실 심장병이 있어서 늘 가슴에 손을 얹고 미간을 찌푸리고 다닌 것으로 유명하다.『장자』에도 그런 그녀의 모습이 너무 아름다워 마을 여성들이 그 찌푸린 인상을 흉내 냈다는 일화가 있을 정도다. 이 시에서 소식이 그려 낸 것은 육안으로 보이는 서호가 아니라 서호의 본질적인 특징이다. 장자가 서시의 일화에서 강조하고자 한 것도 육안으로 보는 아름다움이란 보잘것없는 것이며 궁극적으로는 사물의 본질을 꿰뚫어 보아야 한다는

2   『蘇詩彙評』, 四川文藝出版社, 2000, pp.317~318.

점이다. 소식은 바로 그런 면에서 서호를 성공적으로 그려 냈기 때문에 최고의 작품으로 평가 받는다.

여기서 하나 주목할 것은 이 시가 명시가 된 것이 서호라는 사물에 대한 본질을 파악해 그려 낸 것에 그치지 않는다는 점이다. 서호를 그렇게 그려 낼 수 있었던 것은 따지고 보면 시인에게 남다른 눈이 있었기 때문이다. 서호의 특징을 포착해 낸 주체는 결국 시인의 마음이다. 소식은 "오직 취했을 때 진정함 생겨／텅 빈 마음으로 거칠 것 없다"고 한다.[3] 술에 취했을 때는 장자가 비유한 대로 의식적 자아가 엷어지면서 사물을 보는 눈이 다소 맑아진다. 다시 말하면 서호라는 경관을 볼 때 고정관념에 구속받는 의식으로 보지 않는다는 말이다. 호수 위에 배를 띄우고 술을 마시며 지은 시라는 점을 감안하면 그의 이런 시적 영감의 포착이란 음주 후에 한결 성공적이었던 것이다. 다음의 시는 소식이 양자강 유역의 한 사찰을 방문하고 남긴 시다.

증혜산승혜표贈惠山僧惠表

소식

세상을 다 다녀도 미흡하신 듯　　　行遍天涯意未闌,
마음 다스리는 법 여전하시다.　　　將心到處遣人安。
산속의 노스님은 그대로신데　　　山中老宿依然在,

---

[3]　"惟有醉時眞, 空洞了無疑。"(蘇軾, 「和陶飮酒二十首」)『蘇軾詩集』, 中華書局, 1986, p.1881.

책상 위 『능엄경』은 아니 보시네.　　案上楞嚴已不看。

목침에 기대어 보는 지는 꽃잎들　　欹枕落花餘幾片,
문 닫아도 대나무는 절로 푸르다.　　閉門新竹自千竿。
객이 와서 차 마시면 아무것 없네　　客來茶罷空無有,
귤이나 매실 등도 아직 덜 익고.　　盧橘楊梅尙帶酸。[4]

　　'혜산사 스님 혜충에게 올림'이라는 제목의 칠언율시다. 강소성 무석에 있는 혜산사는 중국에 불교가 전래된 초기에 지어진 절이다. 오래간만에 찾아가니 노스님은 여전히 건재하시다. 책상에 『능엄경』楞嚴經도 그대로다. 그러나 이제는 『능엄경』 얘기는 안 하신다. 스님은 이제 목침에 기대어 지는 꽃잎을 보신다. 문을 닫아도 문밖의 대나무는 푸릇푸릇 절로 잘 자란다. 아무것도 없는 절에 손님이 오면 그저 차를 달여 함께 마신다. 이곳에서 시인의 눈길이 간 곳은 책상 위에 있는 『능엄경』이다. 안 보신 지 오래된 듯한 그 정경은 그대로 시구가 됐다. 시인의 선입견이 작용하지 않은 것이다. 더구나 이 시구는 이런 정경을 지극히 자연스러운 대구對句로 포착하고 있다. 다음의 시는 소식이 항주를 떠나 산동에서 근무할 때의 작품이다.

4　　위의 책, p.946.

강성자 江城子
소식

생사를 달리한 지 십 년 됐건만	十年生死兩茫茫,
잊으려 애써 봐도 잊을 수 없소.	不思量, 自難忘。
천리 무덤에	千里孤墳,
말없이 쓸쓸히 누운 그대여.	無處話淒涼。
이제는 만나도 못 알아보리	縱使相逢應不識,
내 얼굴 다 늙었고 머리 셌으니.	塵滿面, 鬢如霜。

꿈속에 문득 고향엘 갔지	夜來幽夢忽還鄉,
그대는 창 앞에서 화장을 하네.	小軒窗, 正梳妝。
서로 말없이	相顧無言,
천 줄기 만 줄기 눈물 흘리니.	惟有淚千行。
해마다 내 마음 찢어지는 곳	料得年年腸斷處,
달 밝은 밤 머언 그곳 소나무 선 곳.	明月夜, 短松岡。[5]

　　죽은 사람을 애도하는 시를 노래 가사로 넣은 것 중 가장 절절한 작품의 하나다. 「강성자」는 곡목이며 상하 70자로 지어진다. 소식은 열아홉 살 때 열여섯인 왕불王弗과 결혼했다. 그녀는 1065년 수도인 개봉에서 스물일곱의 나이로 죽었다. 10년 뒤 소식은 산동 밀주에서

5　　『蘇軾詞編年校注』, 中華書局, 2002, p.141.

근무할 때 아내의 꿈을 꾸고 이 시를 썼다. 소식은 이 시를 지으며 "을 묘년 정월 스무날 밤, 꿈을 기록했다"[6]고 한 것을 보면 이 시가 지어낸 것이 아니라 당시 꾸었던 꿈과 그 느낌을 고스란히 적었음을 알 수 있다. 시인의 마음은 10년이 지났어도 소나무 서 있는, 죽은 아내의 무덤가를 서성인다. 이 노래는 가슴속 저 깊은 곳에서 나와서 거의 천년이 가깝도록 사람의 가슴을 울린다. 그 몇 년 뒤 호주에서 근무할 때 그는 필화筆禍 사건을 겪는다. '오대시안'烏臺詩案이라는 이름으로 역사에 남겨진 이 사건으로 그는 결국 황주로 귀양을 간다. 다음의 노래 시는 황주에서 귀양 생활을 하던 시기에 지은 것이다.

수룡음 水龍吟

소식

꽃인 듯 꽃 아닌 너	似花還似非花,
아무도 관심 없어 날리는 대로	也無人惜從教墜。
가지 떠나 길에 지니	抛家傍路,
생각해 보면 분명히	思量却是,
무정한 듯 보여도	無情有思。
가슴 깊이 슬펐으리	縈損柔腸,
안타까운 어여쁜 눈	困酣嬌眼,
뜨려다가 다시 감고	欲開還閉。

6 "乙卯正月二十日夜記夢"(위의 책, p.141.)

꿈결 따라 바람 따라	夢隨風萬里,
님 계신 곳 찾아갈 때	尋郎去處,
꾀꼬리 소리에 단잠을 깨리.	又還被鶯呼起。

어쩔 수 없네 날리는 버들솜	不恨此花飛盡,
아쉬운 건 다시 못 필 져 버린 꽃잎	恨西園, 落紅難綴。
새벽 비 지나가면	曉來雨過,
흔적조차 없으리	遺蹤何在?
부평처럼 부서지리	一池萍碎。
버들 봄빛 셋이라면	春色三分,
그중 둘은 흙에 떴고	二分塵土,
그중 하나 물에 떴네	一分流水。
가만히 보니	細看來,
버들솜이 아니라	不是楊花,
점점이 떠난 님의 눈물방울들.	點點是離人淚。[7]

'장질부의 양화사에 차운하다'次韻章質夫楊花詞라는 부제가 붙은 노랫말이다. '차운'次韻이란 누군가 시를 쓰면 그 원작의 각운 글자를 그대로 사용해서 다시 지었다는 뜻이다. 누가 시를 지어 보내오면 '차운'으로 지어서 원작자에게 편지 답장처럼 보낸다. 곡목 「수룡음」은 상하 102자로 지어진다. 장질부는 소식의 동료이며 친구다. 원풍 4년(1081)

---

7   위의 책, p.314.

그는 이 시를 지어 장질부에게 보내면서 이렇게 썼다.

"자네의 시는 절묘해서 어떻게 화답해야 할지 모를 정도였네. 그런데 자네가 버들솜 날릴 때에 출장을 간다고 하니 네 명의 그 친구들이 생각나네. 문을 닫고 근심을 끊은 채 자네 시의를 살려 봤네. 한 수 차운해서 보내니 남에게는 보이지 말게."[8]

귀양지 생활에서 시 한 수를 쓸 때도 조심했던 소식의 심정이 보이는 편지다. 소식의 이 노래 시 때문에 장질부의 원시는 사람들에게 잊히는 비운을 당한다.

'양화사'楊花詞의 '양화'는 우리말로 버들개지라고도 한다. 실제로는 꽃이 아니라 겉이 솜 같은 털로 싸인 버드나무 씨다. 꽃인 듯하기도 하고 아닌 듯하기도 한 버드나무에서 날리는 버들솜을 그렸다. 아무도 돌아보지 않는 운명. 바람 부는 대로 날아가 흩어지는 그것은 이 시에서 감정을 가진 생명체가 되었다. 아무렇게나 날려서 흐르는 물에 뜬 봄의 정령. 버들솜을 보며 시인은 이별의 눈물이 점점이 떠 있다고 노래한다. 소식의 노래 시 중에서 가장 많은 주목을 받은 작품이다.[9] 호방하고 초연한 시문을 썼던 그에게도 이런 따뜻한 시선이 있었던 것이다. 황주에서의 귀양 생활을 마치고 풀려난 소식은 잠시 수도인 개봉의 조정에서 근무했다. 다음의 시는 당시에 지은 작품이다.

---

8   "柳花詞妙絶, 使來者何以措詞。本不敢繼作, 又思公正柳花飛時出巡按, 坐想四子, 閉門愁斷, 故寫其意, 次韻一首寄去, 亦告不以示人也。"(蘇軾, 「與章質夫三首」)『蘇軾文集』, 中華書局, 1986, p.1638.

9   陳景周,『蘇東坡詞歷代傳播與接受專題研究論考』, 蘇州大學出版社, 2014, p.311.

혜숭춘강만경이수 惠崇春江晚景二首

소식

기일其一

대숲 뒤에 복사꽃 갓 피어나고	竹外桃花三兩枝,
봄 강물 따스해짐 오리가 아네.	春江水暖鴨先知。
쑥갓이 가득한 곳 갈대 싹트니	蔞蒿滿地蘆芽短,
이 시절은 복어가 올라올 때지.	正是河豚欲上時。

기이其二

흩어질 듯 말듯이 짝진 기러기	兩兩歸鴻欲破群,
북으로 올라가는 나그네 같네.	依依還似北歸人。
삭막한 북쪽 지방 풍경을 알면	遙知朔漠多風雪,
강남의 봄기운 더 품다가 가지.	更待江南半月春。[10]

이 시는 원풍 8년(1085), 소식이 혜숭 스님의 그림 〈춘강만경〉을 보고 쓴 제화시題畫詩다. 실경이 아니라 그림에 있는 경치를 시로 묘사한 것이다. 첫째 시를 보면 그림에 대나무·복사꽃·강물·오리·쑥갓·갈대 등이 보임을 알 수 있다. 시인은 한 걸음 더 나아가 그 그림 속 봄

---

10   『蘇軾詩集』, 中華書局, 1986, p.1401.

강물이 따스해졌음을 오리와 함께 느낀다. 쑥갓이나 갈대 싹은 복어 요리에 들어가는 것들이다. 그래서 쑥갓과 갈대 싹을 보는 시인은 복어를 연상한다. 그 따뜻한 강물을 따라 복어도 올라오고 있을 것이다. 둘째 시에서 시인이 기러기에게 건네는 말은 풍부한 상상력을 가진 시인만이 할 수 있는 말이다. 그러나 그림에 없는 것까지 그려 낸 시 속의 이런 세계는 단순한 상상의 결과물만은 아니다. 맑은 영혼의 시인만이 볼 수 있는 보이지 않는 세계다. 경사京師에서의 생활은 소식에게 이처럼 서화를 즐기며 일시의 안온한 생활을 유지하게 했다.

당시 황제는 철종이었는데, '변법'을 추진했던 신종의 여섯 번째 아들이다. 이때는 철종이 어려서 신종의 모친 고태후高太后에 의해서 수렴청정 되던 시기였다. 고태후는 '변법'을 폐지하고 사마광이나 소식 등 보수 세력을 복귀시켰다. 그러나 고태후가 사망하면서 철종은 재차 '변법'을 시행한다. 쉰아홉의 소식은 개혁 세력에 의해서 1094년 다시 귀양을 떠나야 했다. 이번에는 광동의 혜주였다. 소식은 그 직전 해에 둘째 부인 왕윤지王閏之가 죽자, 시종으로 평생을 같이해 온 조운朝雲을 아내로 삼아 살고 있었다. 어느 날 소식은 자신이 지은 '접련화蝶戀花 노래를 그녀에게 불러 보라고 했다. 조운은 노래를 하다가 중간에 목이 잠기며 눈에는 눈물이 가득했다. 소식이 그 까닭을 물었다. 그러자 조운이 대답한다. "버드나무 솜꽃은 지고 있지만/이 세상 어느 곳에 꽃이 없으랴', 이 구절은 못 부르겠어요."[11] 이 구절이 너무 가슴 아

---

11   "奴所不能歌, 是'枝上柳綿吹又少, 天涯何處無芳草'也!"(張宗橚, 「林下詞談」, 『詞林紀事』)

린 가사였던 것이다.

접련화蝶戀花
소식

꽃잎들 빛바래며 살구 열렸다.	花褪殘紅青杏小。
제비들이 나는 계절	燕子飛時,
푸르른 강물이 마을 둘렀고	綠水人家繞。
버드나무 솜꽃은 지고 있지만	枝上柳綿吹又少。
이 세상 어느 곳에 꽃이 없으랴.	天涯何處無芳草。
담장 안 그네 타는 소리 들린다.	牆裏鞦韆牆外道。
밖에는 길 가는 행인	牆外行人,
담장 안에서 소녀가 웃네.	牆裏佳人笑。
웃음소리 점점 작아져 가니	笑漸不聞聲漸悄。
정 많은 사람은 더욱 괴롭다.	多情卻被無情惱。[12]

'춘경'春景이라는 부제가 붙은 이 시는 일찍이 소식이 산동 밀주에 근무할 때 지은 것이다.[13] 봄은 가고 꽃은 지지만 꽃은 어디건 언젠가는 또 있으리. 시인이 어느 집 앞을 지나가는데 담장 안에서는 젊은 처

---

12 『蘇軾詞編年校注』, 中華書局, 2002년, p.753.
13 일부에서는 이 시가 소성 2년(1095) 광동의 혜주에서 지어진 것이라고 한다. 위의 책, p.754.

자들의 그네 타는 웃음소리가 들린다. 시인의 발걸음이 멀어질수록 그 웃음소리도 멀어 간다. 정 많은 시인은 웃음소리가 귀에 맴돈다. 봄을 노래하는 시를 보통 '상춘'賞春의 노래라고 하지만, 감수성 많은 시인들에게 이 계절은 대개 이처럼 봄을 아파하는 '상춘'傷春의 시절이 되고 만다. 마치 예견이라도 한 것처럼 기후와 환경이 열악한 혜주에서 조운은 그 이듬해 병으로 죽었다.

중국의 남방 지역인 혜주에서의 귀양 생활은 힘들었다. 가까스로 집을 짓고 현지에 적응할 만하다고 여겼을 때 소식의 적대 세력들은 그가 살아있는 것만으로도 불만이었다. 결국 소성 4년(1097), 소식은 다시 해남도 담주로 귀양을 간다. 지금의 베트남 가까운 곳이다. 소식은 거기서 도연명처럼 아예 관직을 떠날 결심을 한다. 다음의 시는 그 몇 년 전인 원우 7년(1092) 쉰일곱 살 때 지은 것이다. 정치적 소용돌이와 그에 따른 부침 속에서 그는 이미 도연명처럼 사는 삶을 꿈꾸고 있었던 것이다.

화도음주 和陶飮酒

소식

기삼其三

도를 잃으면 진심도 잃어버려서	道喪士失已,
하는 말 모두가 이치 안 맞지.	出語輒不情。
강남 풍류 즐기는 시인들조차	江左風流人,

취해서도 여전히 명예를 찾네.　　　醉中亦求名。

도연명은 참으로 맑고 진실해　　　淵明獨清眞,

담소하는 가운데 삶을 얻었지.　　談笑得此生。

그 몸은 바람 속의 대나무 되어　　身如受風竹,

부드럽게 흔들리는 이파리 같네.　掩冉衆葉驚。

다양한 모습으로 살아나는 삶　　俯仰各有態,

술 취하면 시는 절로 나왔지.　　得酒詩自成。[14]

　　소식은 만년에 도연명의 시적 경지와 정신적 경지에 완전히 몰입한다. 그는 500년 전의 도연명에게 말을 걸기 시작했다. 그것이 유명한 '도연명의 시에 화답하다'라는 의미의 '화도시' 和陶詩다.[15] 도연명의 「귀거래혜사」를 본뜬 「초편」哨遍을 짓는 등 전적으로 쓴 '화도시'만 109수다. 옛날 한 시인의 시를 보고 그에 화답하는 의미에서 각운 글자를 그대로 사용해 가며 집중적으로 같은 리듬의 시를 쓴 것은 소식이 처음이다. 그 외에도 도연명의 시의를 되살려 쓴 시를 합하면 수백 수를 헤아린다. 도연명이 쓴 전체 시의 숫자가 129수에 불과하니 소식은 훨씬 더 많은 시로 그를 흠모한 것이다.

　　위 작품은 '도연명의 음주시에 화답하는 시 이십 수'라는 제목의 시 중 하나다. 청나라 문인 온여능溫汝能은 이 시를 두고 말한다. "술 취하

14　　『蘇軾詩集』, 中華書局, 1986, p.1881.

15　　소식의 '화도시'에 관해서 명지대학교 김보경 교수가 『蘇軾 '和陶詩' 考論』(復旦大學
　　　出版社, 2013)이라는 연구서를 내놓았다.

면 시는 저절로 나온다는 말은 예로부터 멋을 아는 시인들이 즐기던 풍류다. 그러나 도연명처럼 외물에 구애받지 않고 참된 마음으로 초탈한 경지를 얻은 이는 없었다. 이 시의 뒷부분 여섯 구절은 담담하고 자연스러워 거의 도연명의 시와 다름없다. 소식이 아니라면 도연명 같은 진면목을 그려 낼 사람은 없을 것이다."[16] 소식의 시 그대로 남들은 술에 취해서 세상을 달관한 듯 처신하지만 실제로 보면 그것도 일종의 처세술이다. 바람에 흔들리는 대나무 잎처럼 아무런 자태 없이 사는 사람은 도연명이었다. 있는 모습 그대로의 그는 삶이 시였다. 옛 시문을 보면 많은 사람들이 '뜻'을 펼치려고 산다. 무엇인가를 갈망하고, 어떤 것을 위해서 산다. 도연명은 무엇을 '위해서'가 아니라 삶을 느끼며 살았다. 소식은 그런 도연명을 그의 시에서 발견한 것이다.

소식의 세 번째 귀양지인 해남도는 당시에 소수민족이 사는 낙후된 곳이었다. 여름에는 습기가 안개를 이루고 수시로 비가 뿌렸다. 먹을 만한 음식도 없었고 모든 것이 곰팡이로 썩었다. 거기서 죽고 돌아오지 말라고 보낸 귀양지였다. 소식은 해남에서 도연명을 생각하며 지냈다. 3년 뒤 황제가 바뀌자 다시 사면되어 뭍으로 올라오게 된다. 강을 따라 배를 타고 그는 양자강의 하류에 있는 강소성 상주로 향했다. 은퇴를 하고 그곳에서 밭을 일구며 도연명처럼 살 생각이었다. 이미 예순다섯인 그는 오랜 귀양 생활로 몸도 허약했다. 결국 전원의 생활을 위해서 찾아가는 길인 강 위에서 얻은 병으로, 그는 상주에 도착한지 얼마 되지 않아 파란만장한 일생을 마친다. 1101년의 일이다.

---

16   『蘇詩彙評』, 四川文藝出版社, 2000, p.1482.

소식은 송나라 최고의 문장가였으며 중국문학사에서 이백·두보· 도연명·백거이와 함께 중국의 대문호이다. 신종 황제의 '변법'이라는 국가 개혁의 정치적·역사적 소용돌이 속에서 그는 세 차례나 귀양을 간다. 그런 와중에도 삼천여 편의 문장과 2,700수의 시를 남겼다. 송 나라는 물론 중국문학사에서 이백과 두보 이상으로 뛰어난 문학적 재 능을 펼쳤다. 시에서는 유아지경의 시와 무아지경의 시가 교차되는 다 양한 시적 정경을 열었다. 그의 진정한 위대함은 그 모든 문학 창작의 근저에는 대단한 철학과 학식이 바탕을 이루고 있다는 점이다. 문학과 예술, 인생과 세상을 보는 그의 사상에는 명확하고도 뚜렷한 관점이 확보되어 있었다. 앞서 많은 시인들의 훌륭한 작품을 감상하며 작품을 논할 때 소식의 견해와 이론이 필요했던 것은 이 때문이다. 죽음과 맞 닥뜨리면서 일생을 보낸 그가 찾아낸 정신의 귀착지는 어디일까. 중국 고대의 사상적 총화라고 할 수 있는 풍부한 학식을 바탕으로 수천 편 의 글을 쓰며 고난의 삶을 살았던 그가 삶을 통해서 깨달은 것은 무엇 인가.

첫 번째 귀양지 황주에 갓 도착한 소식은 생계조차 어려웠다. 소식 은 현지에서 얻은 황무지와 다름없는 밭을 일구기 시작했다. 그 밭이 동쪽의 언덕에 있어 '동파'라고 했다. '동파'라는 이름을 지을 때 그는 백거이를 생각했다. 백거이는 소식이 젊은 시절 가장 존경하는 인생의 거울이었다.[17] 백거이는 818년 지금의 사천성 중경 지역인 충주 자사

17 　　"蘇公貶居黃州, 始自稱東坡居士, 詳考其意, 蓋專慕白樂天而然." (洪邁, 『容齋三筆』 卷五 「東坡慕樂天」)

소식, "이 세상 어느 곳에 꽃이 없으랴"

로 부임했다. 그는 매일 그곳의 '동파'東坡라는 곳을 산책하며 '동파' 이름이 들어간 여러 편의 시를 남겼다.[18] 소식도 백거이처럼 초연하게 살고 싶었다. 황주에서 얻은 밭 근처 땅을 '동파'라고 이름 짓고 그곳에 식구들과 살 집을 지었다. 집이라야 다섯 칸짜리 작은 농가에 불과했다. 집이 완성되는 날 마침 눈이 내렸다. 소식은 자신의 집 이름을 '설당'雪堂이라고 명명하고 건물의 안팎에 빈틈없이 흰색을 칠했다. 그때 한 손님이 지나가다가 들렀다. 두 사람이 잠시 한담을 나눈 다음 손님이 말한다.

"선생은 탈속인인가요, 아니면 세속인인가요? 탈속에는 자질이 부족하고, 세속에는 미련이 보입니다."
소식이 뭐라고 대답할까 생각하고 있는데 그가 또 말한다.
"하하, 그렇습니다. 선생은 탈속인으로 살고 싶으면서도 그렇게 못하고 있지요. ……늦었지만 저를 만난 게 다행입니다. 제가 선생께 자유로운 삶이 무엇인지 알려드리겠습니다. 괜찮겠습니까?"
소식이 말했다.
"저는 이미 (정계의) 울타리를 벗어난 지 오랩니다."
손님이 말했다.
"오호, 선생은 아직도 잘 모르시는군요. 권세·이익·명예·도덕 등은 울타리가 아닙니다. 진짜 울타리는 '생각'智입니다. 생각이 머

---

18   "白樂天爲忠州刺史, 有「東坡種花」二詩, 又有「步東坡」詩, 云: '朝上東坡步, 夕上東坡步; 東坡何所愛, 愛此新成樹.' 本朝蘇文忠公不輕許可, 獨敬愛樂天, ……謫居黃州, 始號東坡, 其原必起於樂天忠州之作也."(周必大, 『二老堂詩話』)

릿속에 있으면 말로 나오고 행동으로 나타납니다. 그건 눌러도 나오고 감춰도 드러납니다. 사람의 문제는 몸이 있다는 것이고, 몸의 문제는 생각이 있다는 것입니다. 이렇게 '설당'을 지으셔서 생각과 몸을 쉬려고 하시지만, 이런 것으로는 쉴 수 없습니다. 언젠가 다시 떠오를 머릿속 생각을, 이 설당은 그저 잠시 덮어 둘 뿐입니다. 모든 벽면을 하얗게 해서 마음을 맑게 하려는 것도 시각만 해칠 뿐입니다."

손님은 지팡이를 들어서 벽을 가리키며 말을 이어간다.

"여기를 보면 눈이 내리면서 울룩불룩하지요? 눈이 쌓이면서 들어간 곳 나온 곳이 있는데, 바람이 불면 모두 평평해집니다. 하늘이 불룩 나온 것을 싫어하고 우묵하게 들어간 것을 좋아해서겠습니까? 그렇게 되는 게 사물의 '흐름'勢입니다. 사람도 마찬가집니다. 선생이 여기 살며 이런 집을 지어도 힘들기는 마찬가지입니다. 단지 여기서 우묵 들어간 눈처럼 살려고 하는 것 아닙니까?"

소식이 대답했다.

"이건 우연히 그렇게 한 것입니다. 특별한 생각은 없었습니다. 어떻게 해야 하는지요?"

손님이 말한다.

"그럼 비가 오면 비를 그릴 겁니까? 바람이 불면 바람을 그릴 겁니까? 비바람이 몰아치면 우울하고 불안합니다. 눈을 그린 것 역시 마음에 무슨 생각이 있다는 것입니다. 다른 아름다운 것을 그려도 마찬가집니다. 생각이 움직인다는 것은 마음속에 어떤 틀이 자리 잡고 있다는 뜻입니다."

소식이 대답한다.

"맞는 말씀입니다. 그러나 다 그렇지는 않습니다. 저도 말씀드릴 것이 있습니다. ……선생의 말씀은 경지에 오른 사람의 것이고, 제 말은 아직 공부하는 사람의 것입니다. 저는 선생의 경지에 오를 수 있지만 선생은 저의 경지에 내려올 수 없습니다. 좋은 음식에 질린 사람이라도 거친 음식을 주면 화를 냅니다. 고급 옷을 입기에 지친 사람이라도 나쁜 옷을 입히면 싫어합니다. 선생의 말씀은 좋은 음식이나 고급의 옷과 같습니다. 앞으로 선생께 많은 것을 배우겠습니다. 그리고 감사의 뜻으로 시를 한 수 읊겠습니다."

설당 앞뒤에는 막 자란 봄풀	雪堂之前後兮, 春草齊。
설당 좌우에는 빗긴 오솔길	雪堂之左右兮, 斜徑微。
설당의 안에 사는 멋진 이 사람	雪堂之上兮, 有碩人之頎頎。
죽장에 짚신으로 둘러보나니	考槃於此兮, 芒鞋而葛衣。
마음을 텅 비웠네, 맑은 샘물로	挹清泉兮, 抱甕而忘其機。
노래하며 쑥 캐네, 광주리 들고	負頃筐兮, 行歌而采薇。
지금껏 잘못 살고 이제 옳은지	吾不知五十九年之非而今日之是,
지금껏 잘 살았고 이제 그른지	又不知五十九年之是而今日之非。
천지의 위대함도 관심이 없고	吾不知天地之大也,
세월이 가는 것도 관심이 없네	寒暑之變,
지금까지는 초라했지만	悟昔日之癯,
오늘 나는 넉넉하다네	而今日之肥。
그대 말씀 이제 알겠네	感子之言兮,

그동안 참으면서 입 닫았지만	始也抑吾之縱而鞭吾之口,
이제야 묶인 삶의 굴레 벗었네	終也釋吾之縛而脫吾之羈。
내가 이 설당을 지은 까닭은	是堂之作也,
눈의 형세를 취함이 아니요	吾非取雪之勢,
눈의 의미를 취하려 함이니	而取雪之意。
세상에서 도피한 게 아니라	吾非逃世之事,
세속적 마음을 피하려는 것	而逃世之機。
눈을 감상함에 관심 없는 나	吾不知雪之爲可觀賞,
세상 사는 방법도 무심하다네	吾不知世之爲可依違。
성격에 맞는 대로	性之便,
마음이 가는 대로	意之適,
다른 아무것도 관심이 없고	不在于他,
만물의 흐름만 생각한다네	在于群息已動,
해 뜨고 몸을 일으킬 때의	大明既升, 吾方輾轉,
문틈으로 비치는 그 햇살과 먼지	一觀曉隙之塵飛。
그대가 버리지 않으신다면	子不棄兮,
나도 그대 길을 따라가리라	我其子歸。[19]

손님은 이 노래를 듣고 미소를 지으며 웃었다. 소식은 그를 따라 설당 밖으로 나갔다. 손님은 떠나면서 돌아보고 말한다.
"참으로 군자이십니다."

---

[19]　　「雪堂記」, 『蘇軾文集』, 中華書局, 1986, p.410.

위의 기록은 소식이 손님과의 대화를 그대로 남긴 것이다. 일부 학자들은 이 손님이 당시 황주에 거주하고 있던, 자가 빈로邠老인 반대림潘大臨의 조부 반혁潘革이라고 한다.[20] 당시 예순여섯이었다. 노래에서 '오십구 년'이라고 한 것은 문학적인 표현이다. 『회남자』「원도」에, "거백옥이 나이 오십이 되고 보니 사십구 년이 잘못이었음을 알았다"는 구절이 있다. 그 외에도 이백이 「심양자극궁감추작」尋陽紫極宮感秋作 시에서 같은 표현을 쓰는 등 문인들이 삶을 돌아볼 때 과거를 회상하고 반성하는 의미로 마흔아홉까지 잘못 살았다는 말을 썼다. 소식도 여기서 그런 의미로 말한 것이다. 당시 소식은 마흔 여섯이었다. 내용을 보면 먼저 소식이 손님에게 지적을 받는다. 그 지적은, 소식이 아무리 설당을 짓고 세상을 잊고 살려고 해도 본질적인 변화 없이는 소용없다는 것이다. 산으로 들어가고, 강으로 나아간들, 자기 '마음속의 속세'가 사라지지 않는 한 아무 소용이 없다. 본질적인 변화란 '생각을 버리는 것'이다. 세상으로부터 자유롭게 살고 싶다는 생각도 하나의 고정관념이다. 마음속에 이런 관념이 틀이 되어 자리 잡으면 어떤 생각도 스스로 얽어매는 그물이 된다. '생각'이란 마음이 작용해서 형성된 것이고, 그것을 지니는 순간 또 다른 하나의 굴레에 빠질 뿐이다. '자유로운 삶'이라는 생각도 굴레였다. 손님의 말은 『장자』에서 어부가 공자에게 했던 말과 같다.

"어떤 사람이 자기 그림자와 발자국이 싫어서 그것들을 떼어 버리려고 했습니다. 그런데 발을 빨리 움직일수록 발자국은 더욱 많아졌습

---

20   陳禮生, 「"客"從何處來? ─讀蘇劄記之一」, 『黃岡師專學報』, 1987.

니다. 아무리 빨리 뛰어도 그림자는 그의 몸을 떠나지 않았습니다. 그는 아직도 천천히 뛰기 때문이라고 생각합니다. 그리고 쉬지 않고 달리다가 결국 지쳐 죽고 말았답니다. 그늘에서 쉬면 그림자가 사라지고, 가만히 있으면 발자국이 생기지 않는다는 것을 몰랐던 겁니다."[21]

사실 굴원도 세상의 발자국과 그림자를 싫어한 사람이다. 발자국과 그림자 없는 세상을 꿈꾸며, 고결하고 정의로운 사람으로 남고 싶었다. 그러나 그는 오히려 세상으로부터 버림을 받았다. 귀양지에서도 그는 그런 번뇌 속에서 벗어나지 못했다. 그는 발자국과 그림자를 머릿속에 넣은 채로 귀양 생활을 하고 있었던 것이다. 고결하고 정의로운 삶을 살고 싶다는 '생각'에 매달려 있었다. 그리고 불의에 속하는 사람들을 이해하지 못했다. '이것이 올바른 길이다'라는 생각이 강할수록 그 반대편의 사람들이 원망스러웠다. 굴원은 끓어오르는 원망을 노래로 남기면서도, 결국은 세상과 화해하지 못했다. 자기 자신의 마음속에 있는 생각의 틀과 화해하지 못한 것이다. 그 틀이 녹아 없어져야 했다.

그 틀을 녹여 없애지 못해서 굴원은 울었다. 왕발과 진자앙도, 이백과 두보도 울고, 백거이도 그 끓어오름을 노래했다. 그러나 소식의 시대에 와서 사람들은 알았다. 도연명이 왜 그처럼 담백한 심경의 노래를 남겼는지. 알고 보니 우는 사람만 있었던 게 아니다. 감성을 넘어서 영혼으로 세상을 노래한 사람들이 있었다. 굴원을 만난 어부처럼,

---

21   "客淒然變容日, '甚矣, 子之難悟也! 人有畏影惡迹而去之走者, 擧足愈數而迹愈多, 走愈疾而影不離身, 自以爲尙遲, 疾走不休, 絶力而死, 不知處陰以休影, 處靜以息迹, 愚亦甚矣!'"(『莊子』「漁父」) 方勇 譯註, 앞의 책, p.538.

도연명·사령운·왕유·맹호연·유종원·위응물·장지화 등 곳곳에는
세상을 받아들이고 그것과 하나 되어 사는 사람들이 있었다. 이들은
강에 나가면 어부였으며 산에 가면 초부요, 밭에 나가면 농부였을 뿐
이다. 그리고 그들의 노래는 달랐다. 조화롭고 평온한 노래를 불렀다.
사람들은 그들을 은둔자라고 불렀다. 문학사에서는 그들을 자연시인,
산수시파로 명명했다. 오히려 그런 이름이 그들을 이해하는 데 오해를
준다. 그들은 산과 강을 노래하기 위해서 대자연으로 돌아간 것만이
아니다. 그들이 진정 돌아간 곳은 마음속의 자연이었다. 어부가 굴원
에게 말한 것처럼, 그들은 세상과 대립하지 않고 담장을 허물어 버렸
다. '설당'에서 손님이 소식에게 말한 대로 자기 생각 속의 틀을 깨트
려 버렸다. 『장자』의 앞의 글에서, 언제나 삼가며 '참됨'眞을 지켜 가시
라는 어부의 충고에 공자는 다시 묻는다.

"'참됨'眞이란 무엇인가요?"
어부가 대답한다.
"정성이 지극에 이른 상태입니다. 완전히 영혼만 남은 상태에 이르
지 않으면 사람의 마음을 움직이지 못합니다. 억지로 우는 사람처
럼, 슬퍼하기는 해도 슬픔이 느껴지지 않습니다."[22]

시를 짓는 일로 다시 설명하면, 시인의 가슴속 저 깊은 곳에서 나

22   "孔子愀然曰: '請問何謂眞?' 客曰: '眞者, 精誠之至也。不精不誠, 不能動人。故強哭
者, 雖悲不哀。'"(『莊子』 「漁父」) 위의 책, p.539.

온 노래가 아니면 남을 울릴 수 없다. 완전히 영혼으로 부르는 노래가 아니면 공명을 주기 힘들다. 장자가 말한 것은 시가 아니라 삶이다. 장자는 온전한 삶을 강조한다. 세속적인 허울과 껍데기를 벗어 버리고 진정한 삶을 살라고 한다. '참됨'眞을 회복하지 않는 삶은 거짓이다. 그것은 선인의 가르침이나 책의 문장을 머리에 우겨넣은 것일 뿐이며, 가슴으로 몸으로 소화되지 않은 날것이다. 자기는 열심히 살고 진실하게 산다고 여기지만 자신을 속이고 사는 삶이다. 무아지경의 시는 그런 고정관념에서 벗어나 온전한 삶 속에서 나오는 노래다. 진정한 시인은 관념을 허물고 생각을 깨트려 새로운 세계를 본다. 참 자아의 눈을 뜬 것이다. 여기에 그런 사람이 있다.

도연명, "울 밑에서 국화 따다"

귀원전거歸園田居
도연명

기일其一

세속과 멀었던 나	少無適俗韻,
산과 강을 좋아했지.	性本愛邱山。
속세에 잘못 들어	誤落塵網中,
삼십 년이 흘러갔다.	一去三十年。

철새는 숲 꿈꾸고	羈鳥戀舊林,
고기 연못 그리듯이,	池魚思故淵。
남쪽 땅 밭 일구어	開荒南野際,

소박한 삶 살려 한다.	守拙歸園田。

작은 땅에 집 지으니	方宅十餘畝,
초가집 몇 칸짜리.	草屋八九間。
뒤란에는 큰 나무들	楡柳蔭後簷,
뜰 앞에는 과일 나무.	桃李羅堂前。

건넛마을 어둑한데	曖曖遠人村,
저녁연기 펴오른다.	依依墟里煙。
골목에선 개가 짖고	狗吠深巷中,
뽕밭에선 닭이 운다.	雞鳴桑樹顚。

집 뜰 앞은 깨끗하고	戶庭無塵雜,
텅 빈 방은 넉넉하다.	虛室有餘閑。
새장 살이 벗어나서	久在樊籠裏,
자유의 삶 되찾으니.	復得反自然。[1]

도연명陶淵明(352~427)의 작품 중 그의 시풍을 잘 보여주는 '전원에 돌아와 살다'라는 제목의 연작시 다섯 수 중 하나다. 네 번째 단락의 '애애'曖曖란 어둑한 저녁의 정경이다. 건너다보이는 마을에선 그 어스름 속에 저녁연기가 '끊일 듯 말 듯'依依 오르고 있다. 마을 어딘가에서

---

1   『靖節先生集』,『四部備要』, 中華書局, 1989, p.32.

는 개 짖는 소리, 닭 우는 소리가 들린다. 시각과 청각의 입체적인 이 정경은 시인이 꾸며낸 것일 수가 없다. 무심하고 텅 빈 마음으로 보는 세계에서는 이처럼 눈과 귀가 마음껏 열려 있다. 있는 그대로가 그림이 되고 음악이 될 뿐이다. 이때 '자연으로 돌아왔다'는 시인은 산과 강으로 돌아온 것일 뿐 아니라, 자연스러운 삶으로 돌아온 것이다. 시인이 지은 시구이지만 너무 자연스럽다 보니 '지었다'기보다는 가슴에서 나오는 대로 글자만 맞춘 노래처럼 들린다. 다음은 도연명의 시구 중에서 많은 사람들이 칭찬한 두 구절이다.

> 울 밑에서 국화 따다　　採菊東籬下,
> 우두커니 남산 보네.　　悠然見南山。

　왕국유는 이렇게 말한다. "이 시구들은 무아지경을 보여준다. 유아지경은 '나'로써 대상을 보는 것이므로 대상에 나의 색채가 밴다. 무아지경은 '대상'物으로 '대상'物을 보는 것이다. 그러므로 어느 것이 '나'이고 어느 것이 '대상'인지 알 수 없다. 옛사람들이 노래 가사인 사詞를 지을 때에는 유아지경이 많았는데 그것은 무아지경을 그릴 수 없었기 때문이 아니다. 뛰어난 사람들만이 그런 경지를 그려 펼칠 수 있었던 것이다."2

2　「採菊東籬下, 悠然見南山」, 「寒波澹澹起, 白鳥悠悠下」, 無我之境也。有我之境, 以我觀物, 故物皆著我之色彩。無我之境, 以物觀物, 故不知何者爲我, 何者爲物。古人爲詞, 寫有我之境者爲多, 然未始不能寫無我之境, 此在豪傑之士能自樹耳。"(王國維, 『人間詞話』, 『詞話叢編』) 中華書局, 北京, p.4239.

대상으로 대상을 본다는 말을 왕국유는 '이물관물'以物觀物이라고
했다. 시인 자신도 한 개의 사물이 되어 다른 사물을 대해야 한다는 이
말은, 선입견 없이 사물을 대한다는 것이다. '무아'라는 관점은 불교
의 전래 이래 충분히 인식되어 온 이론이다. 무아의 상태로 사물을 보
는 것이다. 왕국유의 이 말은 중요한 견해이긴 하지만 좀 더 확실한 설
명이 필요하다. 사실 '이물관물'이라는 말보다는 '이오관물'以吾觀物이
더 정확하다. 굳이 나눠서 말하자면, '오'吾란 참된 나를 가리키는 것으
로 일상적인 의미의 '아'我와 다르다. '너와 나'라고 할 때의 나를 '아'
라고 한다면, 그런 분별심 없이 순수하고 절대적인 의미의 나는 '오'이
다. 이것은 장자가 참된 내가 껍데기의 나를 잊는다고 한, '오상아'吾喪
我라고 할 때의 그 '오'吾다. 상대적인 개념의 것이 아닌 순수한 나, '참
됨'眞의 상태에 있는 나다. 참되고 순수한 나의 눈으로 세상을 보는 일.
그때 시인은 사물과 내가 교유하는 '물아합일'物我合一을 경험한다. 그
러나 거기에는 중요한 전제가 있다. '물아합일'을 위해서는 그 이전에
'오아합일'吾我合一이 우선돼야 한다. 선입견이나 고정관념으로 굳어
버린 생각을 맑게 비워 내어, '상대적인 나'를 버리고 '절대적인 나'로
돌아오는 것이다. 순수한 영혼의 회복. 맑은 영혼의 눈을 뜬 다음에 비
로소 세상이 제대로 보인다.

　앞에서 유아지경을 얘기하면서, '나'로써 대상을 본다는 왕국유의
말에서 '나'란 주관적인 감정을 가진 주체라고 했다. 시인은 대개 주관
적인 감정을 지닌 채 경물을 그려 낸다. 앞에서도 얘기했지만 시인이
시를 그려 낼 때 시인 자신의 정서가 배제된다는 건 있을 수 없다. 당
연히 '나'의 감정으로 경물을 본다. 경물을 접하면서 자신의 감성이 물

결치지 않는다면 시인일 수가 없다. 눈앞의 어떤 정경을 보아도 아무 느낌이 없다면 시인이 아니다. 시와 노래라는 것은 마음속 흐름의 표현이다. 그중에서 가장 많이 표현되는 것은 우리가 이제껏 보아 온 것처럼 마음에 맺힌 것을 풀어내는 일이다. 맺힌 것이란 기쁨이 아니라 그 반대의 것들이다. 기쁨은 감동을 주기 어렵지만 슬픔은 공명하게 한다. 슬픔의 감정이란 인간의 저 깊은 가슴속에 자리한 원초적 갈망이 빚어내는 정서인 까닭이다.

"옛말에도 '생각이 나면 그 누가 노래하지 않으랴. 배가 고프면 그 누가 밥을 먹고 싶지 않으랴'라고 했다. 시와 노래란 마음속에 갈망하는 것이 있기 때문이다. 기쁨은 좋은 노래가 되기 어렵지만, 슬픔은 좋은 노래가 된다."[3]

이런 왕국유의 기본적인 관점은 앞에서 본 한유의 '모든 사물은 균형을 잃으면 운다'는 이론과 같다. 또한 구양수의 말처럼 '역경이 시를 아름답게 하는 것'이라는 관점과 맥락을 같이한다. 가슴속 깊은 곳에서 나오는 감정들은 서로 공명한다. 새가 노래하는 것은 짝을 찾기 위해서다. 풀과 나무가 꽃을 피우는 것은 씨를 퍼트리기 위해서다. 시인이 노래하는 것은 맺힌 것을 풀고 싶기 때문이다. 그러나 도연명의 시처럼 기쁨과 슬픔, 좌절과 탄식 등 희노애락이라는 감정을 넘어선 노래가 있다. 앞에서 얘기한 다섯 가지 맛을 내는 시가 아니라, 전혀 다른 맛을 가진 시다. 이것을 당나라 후기 사공도의 말을 빌리면 '맛 너

---

[3]　"詩詞者, 物之不得其平而鳴者也. 故歡愉之辭難工, 愁苦之言易巧." (王國維, 『人間詞話』, 刪稿·八)

머의 맛味外之旨이라고 할 것이다. 맛은 맛인데 다섯 가지 맛과는 다른 '참맛旨이다. 그 '참맛'이란 무슨 맛인가. 다음은 위의 시구가 들어간 시의 전문이다.

음주 飲酒
도연명

기오其五

변두리에 집 지으니	結廬在人境,
마차 소리 별로 없다.	而無車馬喧。
묻는 안부 대답하길	問君何能爾,
마음 쉬면 집도 외져.	心遠地自偏。

울 밑에서 국화 따다	采菊東籬下,
우두커니 남산 보네.	悠然見南山。
아침저녁 새로운 산	山氣日夕佳,
날던 새도 돌아오고.	飛鳥相與還。
삶의 의미 예 있나니	此中有眞意,
무슨 말이 필요하랴.	欲辨已忘言。[4]

4   『靖節先生集』,『四部備要』, 中華書局, 1989, p.48.

"내가 한가하게 지내다 보니 즐거움이 적은데다가 요즘 들어 밤이 길어졌다. 우연히 좋은 술 생기면 저녁마다 마시지 않을 때가 없다. 그림자를 마주하고 홀로 마시다 보면 곧 취하게 된다. 취한 뒤에는 시를 몇 구절을 적어서 혼자 즐기곤 했는데, 시를 적은 종이는 많아졌지만 글귀에 순서가 없었다. 그래서 친구에게 이것들을 옮겨 적으라고 했으니 그저 즐기기 위함이다."[5]

이 시 「음주」의 서문에서 도연명이 한 말이다. 도연명의 이 시는 역대의 많은 문인들로부터 찬사를 받았다. 중국의 일부 책에서는 첫 구절의 '인경'人境을 사람들이 사는 지역이라고 설명했는데, 번역에서는 마을 한 귀퉁이인 변두리라고 하는 것이 더 나을 것이다. '경'境은 경계를 가리킨다. '인경'이란 사람들이 사는 지역의 경계, 즉 변두리를 말한다. 그렇지 않으면 '사는 곳이 한쪽에 치우쳐 있'는 네 번째 구절의 '지자편'地自偏이라는 말과 앞뒤가 맞지 않는다. 시인은 멀리 산속으로 숨어들어 은둔하는 게 아니라 도회 중심과는 좀 떨어진 가장자리에 산다. 가장자리에 살면서 그 한가한 생활과 고요한 심경을 묘사했다. 여기에는 비애나 시름이 없다. 사랑의 슬픔이나 인생의 허무감에 좌절하는 목소리가 없다. 담담하게 자기 생활의 단면을 그렸다. 그 단면에 시인의 평온한 정신세계가 드러난다.

이 시에서 사람들이 특별히 주목한 부분은 위에서 왕국유가 말한 대로 "울 밑에서 국화 따다/우두커니 남산 보네"라는 두 구절이다. 도

---

5   "余閑居寡歡, 兼比夜已長。偶有名酒, 無夕不飮。顧影獨盡, 忽焉復醉。旣醉之後, 輒題數句自娛。紙墨雖多, 辭無詮次, 聊命故人書之, 以爲歡笑爾。"

연명은 술을 즐겼는데, 간혹 술에 띄우기 위해 국화를 땄다. 이날은 국화를 따다가 우연히 남산을 보면서 느낀 생각을 적었다. 남산은 여산廬山이다. 이 시구가 칭찬을 받은 이유는, 없는 것을 '지어낸' 것이 아니라 있는 대로 '그려 낸' 데 있다. 그렇다고 눈에 들어오는 그대로의 것을 그린 것은 아니다. 육안으로 본 경치가 아니라 심안心眼으로 열린 세계다. 지어낸 것은 시에 시인의 의지가 들어가고, 그려 낸 것은 시인의 의지가 들어가지 않는다. 북송의 채관부蔡寬夫는 이 구절이 자신과 사물이 완전히 하나가 된 상태를 그린 것으로, 삼라만상을 벗어난 경지라고 말한다. 만약 '견'見을 '망'望으로 읽는다면 그 시구는 '건상유족'褰裳濡足, 즉 옷자락을 들고 세상에 두 발을 담그는 극히 세속적인 모습이라고 채관부는 말한다.[6]

소식 역시 다음과 같이 말했다.

"도연명의 시에 '울 밑에서 국화 따다/우두커니 남산 보네'라고 했다. 이는 국화꽃을 따다가 우연히 남산을 봤는데, 애초부터 아무 생각 없이 심경과 풍경이 일치했기 때문에 기뻤던 것이다. 그러나 요즘에는 모두 '남산을 건너다본다'望南山고 읽고 있다."[7]

소식의 관점으로 설명하면 이 시구에는 '애초부터 아무 생각 없이 남산을 봤는데, 그때 심경과 풍경이 일치하는' 무아지경이 그려졌다는

---

6   "蔡寬夫『詩話』云: '採菊東籬下, 悠然見南山.' 此其閑遠自得之意, 直若超然邈出宇宙
     之外。俗本多以見字爲望字, 若爾, 便有褰裳濡足之態矣。"(胡仔, 『苕溪漁隱叢話』)

7   "東坡云: 陶潛詩: 採菊東籬下, 悠然見南山。採菊之次, 偶然見山, 初不用意, 而景與
     意會, 故可喜也。今皆作望南山。杜子美云: 白鷗沒浩蕩, 萬里誰能馴。蓋滅沒於煙波間
     耳, 而宋敏求謂予云: 鷗不解沒, 改作波字。二詩改此兩字, 覺一篇神氣索然也。"(위의
     책)

것이다. 아무 생각 없는 '무심한 심경'으로 역시 아무 생각 없는 '무심한 남산'을 마주한 것이다. 이를 소식은 정경과 심경의 만남, 즉 '경여의회'景與意會라고 했다. 여기서 우리는 왕국유가 왜 도연명의 시구를 '무아지경'이라고 했는지 일말의 단서를 알 수 있다. '무심함'이다.

담근 술에 띄워 향을 낼 생각으로 울타리 아래 국화를 따는 일은 무심한 일이다. 무심하다는 것은 부처의 말을 듣고 미소를 띤 가섭의 마음처럼, 맑고 고요한 심경으로 서로 통하는 경지를 말한다. 이를 설명할 수 있는 중요한 글자는 '견남산'見南山의 '견'見이다. 이 부분을 여기서는 남산을 본다고 번역했는데, 이 글자가 보여주는 시적 의미는 무엇일까. '보다'라는 의미를 가진 글자에는 이 '견'見 외에도 '간'看·'시'視·'관'觀·'람'覽·'목'目·'규'窺·'도'睹 등 여러 글자가 있다. 이 중에서 도연명의 시상을 가장 잘 나타낸 것이 '견'見이었다면, 이 글자는 무엇인가 다른 점이 있을 것이다. '간'看은 보는 행위에 초점이 맞춰진 글자다. '시'視는 응시하는 것처럼 집중해서 보는 것이다. '관'觀은 전체적인 모습을 보는 것, '람'覽은 둘러보는 것, '목'目은 단순한 눈길, '규'窺는 몰래 보는 것, '도'睹는 보고 상황을 알아채는 것 등의 각기 다른 의미를 띤다. 그러나 '견'見은 '현'現과 같다. 우리말에서 나를 남에게 보인다는 뜻의 '알현'謁見의 경우처럼 '견'見을 '현'으로도 발음한다. 중국어로도 이 두 글자는 경우에 따라 'xiàn'이라고 읽는다. 이 글자의 의미는 어떤 사물이 눈앞에 드러나는 것이다. 나타나는 것이다. 그러므로 '견'見에서는 보는 사람과 보이는 사물이 동일한 선 위에 있다. 도연명이 남산을 보면 남산도 도연명을 본다. 사실 서로 본다고 하기보다는 문득 펼쳐진 눈앞의 정경을 서로 알아차리고 받아들이는 것이다.

이것이 나와 사물의 '하나됨'이다.

그러나 소식 당시 일부 사람들은 이 시를 읽으면서 '견남산' 見南山을 '망남산' 望南山이라고 고쳐 읽었던 모양이다. '망' 望이란 멀리 있는 것을 '건너다보는 것'이다. 건너다보는 것은 그곳에 무엇이 있는지 궁금해서 알아보려고 보는 행위이다. 국화꽃을 따던 시인이 남산을 '건너다본다'면 그것은 무심한 마음이 아니다. 사람들은 소식으로부터 크게 지적받을 만한 오독을 하고 있었던 것이다. 무심한 도연명이 무심한 남산과 만난 장면이 바로 앞의 시구다. 평온한 심경을 설명하는데 더 이상의 말이 필요 없다. 장자의 말대로 "자신의 몸을 잊어버리고 귀나 눈의 작용을 멈춰 세상 사람들이나 사물을 잊은 채 자연의 도와 하나가 되는"[8] 경지에서 열린 세계다. 이처럼 심경이 녹아서 정경에 어우러진 맛, 이것이 바로 사공도가 말한 시의 '맛 너머의 맛'이다.

이로 볼 때 소식을 중심으로 한 송나라의 시인들이 왜 그토록 도연명에 주목했는지 알 수 있다. 그는 많은 시에서 '맛 너머의 맛'을 보여준 시인이었다. 그는 마음이 평온했고 생활은 담백했으며, 맑디맑은 영혼의 노래를 남겼다. 도연명의 시는 마치 좋은 친구가 옆에서 자신의 아름답고 담담한 생활을 노래로 들려주는 느낌이다. 그는 이웃 농부가 와서 김매러 가자면 갔고, 저녁이면 달빛을 감상하며 돌아왔다. 부귀나 명예 등 세속의 어느 문제도 그의 마음속에 자리잡지 못했다. 산과 강을 보고 꽃과 풀을 보면서 그 모든 것을 완전하게 받아들였

---

8   "墮爾形體, 吐爾聰明, 倫與物忘, 大同乎涬溟."(『莊子』「在宥」) 方甬 譯註, 앞의 책, p.169.

다. 그는 뜰 앞의 나무와 텃밭을 그윽하게 바라보며 편안한 미소를 짓는다. 그리고 그런 고요한 즐거움을 종종 노래로 옮겼다. 앞에서 읽은 '전원에 돌아와 살다'라는 연작시를 이어서 보자.

귀원전거歸園田居
도연명

기이其二

시골에는 잡일 적어	野外罕人事,
외진 골목 사람 없다.	窮巷寡輪鞅。
대낮에도 닫아걸고	白日掩荊扉,
텅 빈 방에 끊긴 잡념.	虛室絶塵想。

때가 되면 밭일 보러	時復墟曲中,
풀 헤치며 오고 간다.	披草共來往。
누굴 봐도 별 말 없고	相見無雜言,
오직 하는 농사 얘기.	但道桑麻長。

곡식 채소 잘 자라니	桑麻日已長,
논과 밭이 넓어 간다.	我土日已廣。
서리 우박 쏟아져서	常恐霜霰至,
잡초될까 걱정일 뿐.	零落同草莽。

기삼其三

남산 밑에 콩 심으니	種豆南山下,
풀만 많고 싹 안 트네.	草盛豆苗稀。
새벽이면 김매러 가	晨興理荒穢,
달빛 함께 돌아온다.	帶月荷鋤歸。

길은 좁고 초목 많아	道狹草木長,
저녁 이슬 옷 적시네.	夕露霑我衣。
옷 젖어도 괜찮으니	衣霑不足惜,
이런 생활 끝없기를.	但使願無違。⁹

　　'기이'其二 첫 구절의 '잡일'人事이란 인간관계를 맺고 청탁을 하는
등의 세속적인 일들이다. 그런 일이 없으니 집 앞 골목에는 마차 탄 사
람들이 드나들지 않는다. 그저 누구를 만나도 농사 얘기 외에는 '별다
르게 할 말'雜言이 없다. 시 '기삼'其三을 보면 비록 농사는 생각만큼 잘
되지는 않지만 아침이면 김매러 가고 저녁이면 '호미 메고'荷鋤 돌아온
다. 시인은 다만 이런 생활에 '어긋남이 없기'無違를 바랄 뿐이다. 시인
에게도 근심과 걱정은 있다. 농사가 잘 될지, 내가 사는 이런 생활이
순조로울지 모르는 것이다. 그러나 도연명은 이런 시름과 우려를 감정
으로 드러내지 않는다. 스스로 소화시켜서 평온한 노래로 내놓는다.

9　　『靖節先生集』, 『四部備要』, 中華書局, 1989, p.256.

도연명은 중국문학사에서 처음으로 산수와 전원을 소재로 시를 쓴 시인이었다. 그는 자연을 노래하고 자유의 삶을 살았다. 그가 살던 시기는 삼국의 내란이 막을 내리고 조조의 위나라에 이어서 진晉나라가 정권을 잡은 때였다. 원래 명문 귀족이었으나 열 살 전후로 부모가 죽고 가난한 생활을 해야 했다. 어려서는 책을 많이 읽었으며 성품이 고상해서 도가 사상에 심취했다. 이십대부터 지방의 작은 관직 생활을 했다. 405년 8월, 그는 쉰 초반의 나이로 마지막 관직인 팽택령을 하다가 3개월 뒤인 11월에 사직했다. 427년 사망할 때까지 129수의 시와 12편의 문장을 남겨, 그 시문은 『도연명집』에 수록됐다. 그의 전체 작품을 보면 술 관련 시가 절반을 차지한다. 술을 소재로 한 시를 통해서 그는 삶의 본질에 침잠하는 즐거움을 노래했다.

음주飮酒
도연명

기칠其七

아름다운 가을 국화	秋菊有佳色,
이슬 젖은 꽃잎 따서,	裛露掇其英。
술에 그 꽃 띄워 두면	泛此忘憂物,
세상 미련 멀리 가리.	遠我遺世情。

한 잔의 술 홀로 들다	一觴雖獨盡,
술 한 동이 다 마셨다.	杯盡壺自傾。
해는 져서 고요한데	日入群動息,
뭇 새들도 돌아오고.	歸鳥趨林鳴。
노래하는 처마 아래	嘯傲東軒下,
나의 삶이 예 있구나.	聊復得此生。[10]

'술을 마시다'라는 제목인 이 시의 시어를 보면 전고는 물론 어려운 글자가 거의 없다. '망우물'忘憂物은 술을 가리키는 문학적 표현이다. '소'嘯는 휘파람인데 여기서는 노래로 번역했다. '동헌'東軒은 볕이 드는 동쪽의 처마다. 시의 표현은 간결하고 명료하다. 시의 전체 분위기는 마치 맑은 물을 마시는 것처럼 상쾌하다. 그의 인품에서 나오는 '목소리'일 것이다. 도연명은 짧은 산문 「오류선생전」五柳先生傳에서 다음과 같이 스스로를 묘사했다.

그는 어디 사람인지 이름이 뭔지 알 수 없었다. 집 주변에 버드나무 다섯 그루가 있어서 '오류선생'이라고 불렀다. 사람이 한가롭고 말이 없는데다가 세속의 것을 탐하지 않고 책 읽기만 좋아했다. 깊이 연구하는 것도 아니고 단지 깨닫는 것이 있으면 종종 밥 먹는 것을 잊을 뿐이었다. 성품이 술을 좋아했으나 집이 가난해서 자주 마시지는 못했다. 친구가 그걸 알아 가끔 술상을 차려 놓고 그를

10 위의 책, p.49.

불렀다. 마실 때는 취할 때까지 마셨고, 취하면 돌아왔다. 어디 머무는 것에 마음을 쓰지 않았다. 집은 허물어져 비바람을 가리지 못했다. 초라한 옷차림에 먹을거리도 부족했지만 언제나 태평스러웠다. 늘 혼자서 글을 쓰며 즐겼다. 거기에 자기의 멋을 담으면서 득실을 따지지 않은 채 평생을 살았다. 「검루」에 전해 오는 말이 있다. "가난함에 슬퍼 말고, 부귀영화 탐하지 말라." 멋진 말이다. 바로 이런 사람을 두고 하는 말이 아닐까. 술잔을 들고 시를 지으며 자신의 뜻을 즐기니 신선 나라 백성인가, 하늘나라 백성인가.[11]

그가 바로 도연명이다.

독산해경讀山海經
도연명

초여름에 우거진 숲	孟夏草木長,
집 주위로 빙 둘렀다.	繞屋樹扶疎。
새들이 와 지저귀는	衆鳥欣有託,
나도 역시 집이 좋다.	吾亦愛吾廬。

밭 갈고 씨 뿌렸으니	旣耕亦已種,
집에 와서 책 읽는데,	時還讀我書。

11   위의 책, p.76.

사람 없는 깊은 골목	窮巷隔深轍,
오던 수레 그냥 간다.	頗廻故人車。
마음 편히 술잔 들고	歡然酌春酒,
뜰 앞의 야채 딸 때,	摘我園中蔬。
바야흐로 내리는 비	微雨從東來,
실바람도 살살 분다.	好風與之俱。
주왕 전기 읽고 나서	汎覽周王傳,
『산해경』을 다시 보며	流觀山海圖。
세상 만물 훑어보니	俯仰終宇宙,
안 즐기고 어이하리.	不樂復何如。[12]

위의 시는 '산해경을 읽다'라는 제목의 연작시 열세 수 중의 첫 번째 작품이다. 앞의 여섯 구절은 농사짓고 책 읽는 자신의 일상을 묘사했다. 이어지는 정경은 세속 사람들과의 왕래도 끊고 혼자서 즐기는 초연한 생활이다. 마지막 대목은 좀 더 구체적인 장면인데, 이 부분이 이 시의 핵심이다. '범람'汎覽이나 '류관'流觀이라는 표현을 보면 책을 읽기는 하되 독서를 위한 독서가 아니라 재미로 읽는다. 훑어보는 것이다. 어디에도 마음을 빼앗기지 않는 소탈하고 자유로운 시인의 정서를 보여준다.

12   위의 책, p.62.

도연명에 관해서 가장 잘 알려진 이야기는 그가 팽택현의 현령으로 있을 때의 일화다. 상급 관청에서 감독관이 내려온다고 하자 그 길로 사직하고 고향으로 돌아갔다. 역사서에 전하는 기록을 보면 다음과 같다.

"도연명은 평소 간소한 생활을 좋아했고 사사로이 윗사람 모시는 일을 싫어했다. 상급 관청에서 감독관이 온다는 말을 들은 아전이, 의관을 갖추고 접견하셔야 한다고 하자 도연명은 탄식하며 말한다. '내가 왜 다섯 말의 쌀 봉급 때문에 쩔쩔 매면서 시골의 그런 어린애한테 허리를 굽혀야 하느냐?' 그러고는 그날로 직인을 내던지고 현령직을 사임했다. 그는 집으로 돌아가며 「귀거래혜사」를 지었다."[13]

이 내용은 도연명의 사람됨을 가장 잘 표현한 일화이기도 하다. 이야기만 보면 도연명의 처신은 지조나 절개라고 하기보다는 '사는 게 뭔가' 하는 근본적인 의문에서 한 행동으로 보인다.

도연명이 살았던 동진 시기는 한나라 때에 비해서 많은 변화가 있었다. 한나라가 무너지면서 전국은 세 개의 세력으로 나뉘고, 그것은 결국 삼국의 패권 전쟁으로 이어졌다. 이 삼국의 싸움에서 승리를 거머쥔 쪽은 조조의 위나라였다. 한나라 이전, 진시황에 의해서 통일된 중국은 15년 만에 망한다. 이를 이은 한나라는 제대로 된 통일 대국으로서 문명과 문화의 꽃을 피웠다. 동중서董仲舒는 유가 사상을 통치 이

---

13   "素簡貴, 不私事上官。郡遣督郵至縣, 吏白應束帶見之, 潛嘆曰:「吾不能爲五斗米折腰, 拳拳事鄕里小人邪」。義熙二年, 解印去縣, 乃賦「歸去來」。"(『晉書』卷九十四 「列傳第六十四 隱逸 · 陶潛」) "郡遣督郵至, 縣吏白應束帶見之, 潛嘆曰:「我不能爲五斗米折腰向鄕里小人。」卽日解印綬去職。賦歸去來。"(『宋書』卷九十三 「隱逸列傳 · 陶潛」)

념으로 확정하는 역할을 했다. 당시 사회가 황노黃老를 숭배했기 때문에 통치하기 쉽지 않았던 것이다. 진秦나라 때 만들어진 군현제는 그대로 이어졌다. 그러나 이는 지역을 다스린다고 하기보다는 통제가 주된 목적이었다. 통제란 군사적으로 누르고 경제적으로는 세금을 거두는 일이다. 나라의 통일된 틀은 진나라에 의해서 만들어졌고 그걸 유지하고 발전시킨 것이 한나라다. 이런 한나라는 무능한 황제의 등장으로 후한 시기에 들어서며 국가 기강이 무너진다. 기강의 해이는 결국 왕조의 멸망을 초래했다. 삼국의 패권 다툼 끝에 위나라가 맹주가 됐지만 전체적인 위기는 해결되지 않았다.

당시 위나라의 황제 조모曹髦는 어떻게든 이런 국면을 타개해 보려고 개혁을 추진했으나 그것도 결국 실패한다. 정권은 포악무도한 무인 정권인 사마씨司馬氏에게 넘어가고 진晉나라가 시작된다. 정신적인 것을 싫어했던 진나라 무인 정권은 피비린내 나는 통치를 하며 모든 탐욕을 물질에 집중했다. 인간이 누릴 수 있는 사치의 극에 달했던 당시의 왕개王愷나 석숭石崇 등이 그런 대표적인 인물이다. 이 두 사람은 서로 상대방 집안의 보물 중 하나인 최상급 산호초를 깨트리며 더 좋은 것으로 보상해 주겠다고 부유함을 과시했다. 거대한 원림으로 이루어진 석숭의 집은 천여 명의 시종이 일했다. 화장실에 열 명의 시녀가 비단 옷을 입고 둘러서 있으면서 볼일을 보고 나오는 손님에게는 반드시 새 비단옷으로 갈아입혔다. 상아로 만든 침상 앞에 향료 가루를 뿌려 놓고 밤 시중드는 미녀들이 밟도록 했다. 그중 발자국이 안 날 정도로 몸이 가벼운 사람에게는 진주 백 알을 하사했다. 빈객을 접대하는 과정에 손님이 술을 마시지 않으면 시중드는 미녀에게 죄가 있다 하며 죽였다.

이 시기의 사람들은 정치와 현실에 대해서 말하는 것을 싫어했다. 정시 연간(240~248)에 일어난 청담淸談 고론高論의 풍조는 그런 혼란한 사회 분위기에서 지식인들 사이에 나타난 현실 도피적인 인문 담론이었다. 당시의 이런 풍조는 일상적인 한담이 아니라 일정한 절차를 가진 토론 형식으로 진행됐다. 두 사람 또는 여러 사람이 모여 좌장인 사람이 특정한 주제를 먼저 제시한다. 그러면 상대방, 또는 참석자가 그에 대한 새로운 관점을 개진해 나간다. 이런 토론의 주제는 대개 노장 사상이나 주역 등 철리적인 것이었다. 정치나 생활 등 현실 문제는 완전히 배제됐다. 토론은 주재자가 있어 일정한 결론을 맺는다. 토론은 의견을 교환하며 상호 배우는 좌담으로 그치기도 했지만, 때로는 옳고 그름의 승부를 가르는 대결의 방식이기도 했다.

한나라 말기의 '청의'淸議라는 전통이 위진 시기에 되살아난 것이다. 최악의 정치와 혼란한 사회 속에서 사람들이 찾은 정신적 안위의 탈출구였다. 당시 지식인은 관리 계층을 포함하고 있었으므로 사회의 근간이 현실 문제에서 한 발자국 물러나 고담준론을 일삼았다. 이런 분위기에서 왕필王弼은 원래 정치 사상서인 『도덕경』을 철학적으로 풀이했다. 또한 곽상郭象은 원래 자유로운 삶을 말한 『장자』를 심오한 철학으로 주석했다. 오늘날 인문 토론 같은 이런 풍조는 사람들에게 삶을 되돌아보고 가치를 재정립하는 긍정적인 효과가 있었다. '죽림칠현'竹林七賢으로 대표되는 당시의 지식인들은 한나라 때 들어온 불교와 전래 사상인 노장의 이론으로 삶을 해석하는 일에 몰두했다. '칠현'의 한 사람인 완적阮籍은 친구들과 시를 짓고 술에 취해 살았다. 기

분 내키면 혼자 마차를 달려 계곡 깊은 곳에 들어가 한없이 울다 오곤
했다.[14] 유영은 하인에게 삽을 갖고 다니게 하면서 자신이 술 마시다가
죽으면 아무데나 묻어 달라고 했다. 당시 지식인들의 암담한 심경이
드러나는 일화다. 관직을 헌신짝처럼 버렸다는 도연명의 이야기는 죽
림칠현으로부터 100년 뒤의 일이지만 진나라 말인 동진 시기는 이런
역사적·사회적 분위기의 연장선상에서 있었던 것이다.

　「귀거래혜사」는 도연명이 관직을 떠나기 직전에 지은 일종의 선언
의 시다.[15] '사'辭라고 한 것은 운율을 넣고 글자 수를 맞춰 노래 가사로
지었기 때문이다. 이는 중국문학의 문장 분류로 보면 '부'賦의 일종이
다. '부'란 대개 자신의 생각이나 눈앞의 정경을 '두서를 갖춰 가며 미
사여구로 묘사한 운문'이다. 이 「귀거래혜사」 역시 도연명이 고향으로
돌아가는 장면을 상상하며 자신의 생각을 아름다운 수식과 운율로 그
려 냈다.

　　　귀거래혜사歸去來兮辭
　　　도연명

　　　돌아가자　　　　　　　　　歸去來兮,
　　　풀 무성한 전원에 왜 안 돌아가랴.　田園將蕪胡不歸,

14　　『晉書』卷四十九「阮籍列傳」.
15　　첸중수는 저우전푸(周振甫) 등의 관점을 근거로 「귀거래혜사」가 도연명 자신의 경
　　　험을 기술한 게 아니라 그가 관직을 떠나기 전 마음속으로 그려서 쓴 것이라고 말한
　　　다.(錢鍾書, 『管錐編』, 中華書局, 2014, pp.1931~1932.)

몸 때문에 마음도 힘이 들었지　　　　　既自以心爲形役,
어째서 탄식하며 슬퍼했던가.　　　　　奚惆悵而獨悲。
지나간 일들은 고칠 수 없고　　　　　　悟以往之不諫,
앞으로의 세월은 바꿀 수 있네.　　　　知來者之可追,
길은 잃었어도 멀지 않으니　　　　　　實迷途其未遠,
이젠 옳고 어제까진 잘못이었네.　　　　覺今是而昨非。

흔들리는 작은 배 허공을 탄 듯　　　　舟遙遙以輕颺,
바람이 불어와 옷깃 날리고,　　　　　　風飄飄而吹衣,
길손에게 앞길을 물으며 갈 때　　　　　問征夫以前路,
새벽빛 희미함이 아쉬우리라.　　　　　恨晨光之熹微。

내 집이 바라보여　　　　　　　乃瞻衡宇,
기뻐서 달려가면,　　　　　　　載欣載奔,
종 녀석들 반기고　　　　　　　僮僕歡迎,
아들이 기다리리,　　　　　　　稚子候門,
오솔길 우거진 곳　　　　　　　三逕就荒,
꽃과 나무 여전하리.　　　　　松菊猶存,
아들과 방에 들면　　　　　　　攜幼入室,
술동이에 가득한 술.　　　　　有酒盈罇。

홀로 잔을 들어 술을 마시며　　　　　引壺觴以自酌,
뜰 안의 나무를 바라다보자.　　　　　眄庭柯以怡顏。

창문에 기대어 미소 지으면   倚南窓以寄傲,
두 다리 쉴 곳이 편안하리라.   審容膝之易安。

앞밭은 나날이 아름다워져   園日涉以成趣,
대문은 있어도 항상 닫혔다.   門雖設而常關。
산책을 하다가 쉬기도 하고   策扶老以流憩,
때론 고개 들어 둘러보나니.   時矯首而遐觀。
구름은 무심히 산 위로 솟고   雲無心以出岫,
날던 새 피곤하면 돌아오는 곳.   鳥倦飛而知還。
햇볕이 은은히 저 가려 할 때   景翳翳以將入,
한 그루 소나무를 어루만지리.   撫孤松而盤桓。

돌아가자   歸去來兮,
교제나 노는 일 모두 끊으리.   請息交以絶遊,
세상과 나는 서로 잊기로 하자   世與我而相違,
수레 타고 더 무엇을 구할 것인가.   復駕言兮焉求,
친척의 정담에 즐거워하며   悅親戚之情話,
거문고와 책읽기를 맘껏 즐기리.   樂琴書以消憂。
농부는 봄이 왔다 내게 전하며   農人告余以春及,
서쪽 밭에 농사일 나가자 하리.   將有事於西疇,
마차를 타거나 작은 배 저어   或命巾車, 或棹孤舟,
깊고 깊은 계곡을 찾아서 가면,   既窈窕以尋壑,
산길은 구불구불 거칠긴 해도   亦崎嶇而經邱,

도연명, "울 밑에서 국화 따다"

나무들 무성하게 우거졌으리.	木欣欣以向榮,
샘물은 바야흐로 졸졸 흐르고	泉涓涓而始流,
만물도 제때를 만났음에랴	善萬物之得時,
내 삶이 머물 곳 이제 알겠네.	感吾生之行休。

그만두자	已矣乎,
인생이란 얼마나 짧은 것인가.	寓形宇內復幾時,
어째서 마음 맡겨 두질 않으랴	曷不委心任去留,
뭘 위해 허둥지둥 살아가는가.	胡爲乎遑遑欲何之,
부귀는 내가 꾸는 꿈이 아니요	富貴非吾願,
천당 가는 기대란 할 수 없는 것.	帝鄕不可期,
좋은 새벽이면 나 홀로 나가	懷良辰以孤往,
지팡이 세워 놓고 김을 매리라.	或植杖而耘耔,
언덕에 올라가 휘파람 불고	登東皋以舒嘯,
맑은 시내에서 시를 쓰리라.	臨淸流而賦詩,
자연의 섭리 따라 살다 가노니	聊乘化以歸盡,
천명을 즐기는데 뭘 걱정하랴.	樂夫天命復奚疑。[16]

문장에서 두 번 나온 '귀거래혜'라는 말에서 '래'來와 '혜'兮는 모두 어기사이다. '돌아가자'라는 말인 '귀거'歸去에 붙여서 어감을 살린 허사다. '이의호'已矣乎라는 말에서 '의호'矣乎도 어기사이다. '이'已는 '지'

---

16   『靖節先生集』, 『四部備要』, 中華書局, 1989, p.69.

止와 같다. 달리 번역하면 '다 끝났다!'라고도 할 수 있다. 고향으로 가기 전인 지금 이미 마음이 정리된 것이다. 도연명이 「귀거래혜사」를 쓰면서 적은 서문을 보면 그때 그의 처지와 생각을 알 수 있다. 진솔하고 담담한 이 서문에는 그가 왜 관직을 떠나야 했는지 잘 드러난다. 그는 이렇게 말한다.

우리 집은 가난해서 농사로는 자급자족할 수 없었다. 아이들은 많고 양식은 부족했다. 생활에 필요한 것을 해결할 방법이 없었다. 친구들은 나더러 관청 일을 하라고 해서 그럴까 했지만 막상 들어갈 길이 없었다. 마침 외지로 갈 일이 있어서 그곳 관직의 사람들이 도움을 줬다. 집안 어른이 내가 가난한 것을 알고 소읍의 일을 맡겼다. 내란이 끝나지 않아 멀리는 못 가고 백 리 거리의 팽택에 공관 전답이 있어서 추수하면 술을 담글 정도는 됐다. 그래서 그 직무를 맡았다. 그런데 그 직무를 맡고 얼마 되지 않아 문득 고향으로 돌아가고 싶은 생각이 들었다. 사실, 나는 자연스러움을 좋아하는 성격이라서 억지로 꾸며 하는 일을 못했다. 춥고 배고파도 마음까지 아프고 싶지는 않았다. 관직이라는 것은 몸을 편하게 하자고 마음 노역을 하는 셈이었다. 그러다 보니 크게 탄식하며 삶에 대한 부끄러움이 느껴졌다. 농사 거두는 일을 기다렸다가 어느 날 밤 짐을 꾸려 관청을 떠날 생각을 했다. 정씨네로 시집간 여동생이 얼마 전 무창에서 죽었다. 문상 가려는 생각이 급해서 먼저 사직했다. 가을에서 겨울이 되도록 관직에 80여 일 있었다. 관직을 떠나는 것은 나의 바람이었으므로 글의 제목은 「귀거래혜사」라고 했다.

을사년 11월이다.[17]

이 아름다운 문장 「귀거래혜사」는 산문이면서도 시와 다름없다. 앞 서문을 보면 이 글을 지은 때는 한겨울이다. 그는 관직을 떠나기 직전 고향으로 달려가서 봄 농사를 시작하는 장면을 아름답게 꿈꾸고 있었던 것이다. 나중에 그가 실제로 돌아간 고향과 농사 일이 이 노래 시에서처럼 낭만적이지는 않았을 것이다. 그럼에도 불구하고 이 같은 아름다운 노래의 감동은 어디서 나오는지 알 수 없다. 청아한 삶을 꿈꾸는 시인의 의지가 아름다운 운율에 실렸기 때문일 것이다. 사실 그냥 읽으면 평이한 서술 같지만 자세히 보면 내용이 전환될 때마다 각운을 바꾸고 있다. 처음의 "돌아가자" 부분부터 "새벽빛 희미함이 아쉬우리라"는 구절까지의 한 단락은 귀歸~비悲 등의 '이' 발음의 각운으로 되어 있다. 집에 도착해서는 분奔~문門 등 '운' 발음, 술을 마시면서 소나무를 어루만지는 구절 까지는 안顏~안安 등 '안' 발음의 각운으로 변화를 보인다. 이어서 유遊~구求 등의 '우' 발음으로, 마지막 부분은 시時~지之 등 다시 '이' 발음으로 각운을 썼다. 전체적으로 보면 다섯 번의 각운 변화가 있었다. 각각의 운이 어떤 분위기를 표현한다고 설명할 수는 없지만 각운의 변화는 느낌을 달리하고 분위기를 바꾼다. 각 구절의 글자 수도 일곱 글자, 여섯 글자, 네 글자 등의 변화를 줬다. 내용은 자신의 현실을 돌아보며 관직을 버리고 고향으로 돌아가는 장면, 집에 도착할 때 가족들이 반기는 정경, 집에 돌아가서의 즐거운 심

17   위의 책, p.69.

정, 고향 집에서의 평온한 생활, 그리고 곧 하게 될 그런 생활을 그리는 나의 의지를 적었다. 내용에 따라 운도 글자 수도 바뀐 것이다.

잡시雜詩
도연명

기일其一

삶이란 뿌리 없이	人生無根蔕,
날리는 먼지 같다.	飄如陌上塵。
바람 따라 흩어지는	分散逐風轉,
이 몸은 잠시의 것.	此已非常身。

만났으니 형제로다	落地爲兄弟,
남이면 또 어떠랴.	何必骨肉親。
기쁠 때 즐기려면	得歡當作樂,
술 마련해 초대하자.	斗酒聚比鄰。

좋은 시절 다시없고	盛年不重來,
하루 가면 그만이다.	一日難再晨。
매 순간이 소중한 것	及時當勉勵,
가는 세월 못 잡는다.	歲月不待人。[18]

도연명, "울 밑에서 국화 따다"

이 시는 「잡시」라는 제목의 연작시 열두 수 중의 첫 번째 시다. 내용을 보면 시인에게 허무감이 가득한 것처럼 보인다. 세월은 덧없이 흘러가고, 사람이 바라는 것과 현실은 대부분 어긋나게 마련이다. 그런 상황에서 시인은 좌절하기보다는 고결한 정신의 삶을 선택한다.

『송서』는 도연명의 생활의 한 단면을 이렇게 전한다. 도연명은 "9월 9일 중양절에 술이 없어서 집 주변의 국화꽃 옆에 한동안 앉아 있었다. 마침 왕홍이 술을 보내왔다. 도연명은 그 자리에서 술을 마시고 취했다. 도연명은 음악을 잘 몰랐지만 낡은 거문고 하나가 있었는데, 그 거문고에는 줄이 없었다. 술을 얼큰하게 마시면 문득 거문고를 어루만지며 자신의 뜻을 실어 연주 흉내를 내곤 했다. 높은 사람이든 낮은 사람이든 찾아오면 그는 종종 술을 차려 대접했다. 도연명이 먼저 취하면 손님에게 말했다. '내가 취했소. 나는 잘 테니 자네들은 알아서 가시오.' 그의 진솔한 성품이 이와 같았다."[19] 집안이 풍족하지 않았던 도연명은 제대로 된 거문고를 살 돈이 없었다. 음악과 그 멋을 아는 그였지만 그는 줄 없는 거문고 하나를 집 안에 두고 술이 취하면 문득 그 거문고를 끌어안고 혼자서 소리 없는 음악을 연주하곤 했다.

소식은 도연명 사후 그를 가장 잘 이해한 사람이다. 도연명보다 거의 500년 뒤에 살다간 소식이지만 그는 누구보다 도연명의 시를 좋아했다. 사실 도연명은 소식이 그를 최고의 시인으로 부각시키기 전까지

---

18   위의 책, p.58.
19   "嘗九月九日無酒, 出宅邊菊叢中坐久, 値(王)弘送酒至, 卽便就酌, 醉而後歸。潛不解音聲, 而畜素琴一張, 無弦, 每有酒適, 輒撫弄寄其意。貴賤造之者, 有酒輒設。潛若先醉, 便語客: '我醉欲眠, 卿可去', 其眞率如此。"(『宋書·隱逸傳』)

는 그다지 주목받지 못했다. 그러던 그를 소식은 역대 최고의 시인이라고 평가한다. 그의 그런 평가는 단순히 개인적인 취향에서 그런 것이 아니다. 소식은 자신의 문학과 예술에 대한 풍부한 이론을 바탕으로 도연명을 발견한 것이다. 그 이론의 핵심에는 '무아지경'이 있다.

무아지경으로 자연을 낚아채다

송나라의 유명한 시인 중 한 사람인 주방언周邦彦(1056~1121)의 노
래 시 중에 이런 구절이 있다.

연잎에 햇볕 들어 빗물 마르니　　　葉上初陽乾宿雨,

수면은 맑고 둥근데　　　　　　　水面淸圓,

송이송이 연꽃이 바람에 선다.　　——風荷擧。[1]

이 시의 전체 내용은 눈앞의 연꽃을 보면서 고향의 연꽃을 그린 것
이다. 그중에서 이 구절을 왕국유가 주목했다. 그는 이렇게 말한다.
"이 시는 연꽃의 영혼을 완전히 그려 냈다." 여기서는 '영혼'이라고 번
역했는데, 원 문장의 단어는 '신리'神理다. 이 단어는 중국문학과 예술

1　　『全宋詞』, 中華書局, 1992, p.603.

계에서 흔히 말하는 '신운'神韻과 같은 말이다. 각각의 사물이 갖고 있는 고유한 내적 특성이 그것이다. 그것을 포착해서 문자로 그려 냈을 때 우리는 그 작품에 신운이 넘친다고 한다. 예를 들면 시들어 가는 꽃을 그릴 때 그 '시듦'을 그려 낸다면 그것이 신운이다. 홀로 날아가는 새를 보고 '고독'을 그려 낸다면 그것이 신운이다. 이 시에서는 그 신운이 어디에서 살아났을까. 그것은 '거'舉자에 있다. 여기서는 '선다'라고 번역했는데, 이 글자는 '거수'舉手나 '천거'薦舉라고 할 때처럼 손으로 무엇인가를 높이 들어 올린다는 뜻이다. 비가 멎고 햇볕이 비추자 연꽃은 하나둘 고개를 든다. 시인은 이 모습을 포착했고 가장 적절한 글자로 표현했다. 사람들은 이처럼 한 글자를 잘 써서 시의詩意의 오묘함을 잘 살리는 시인을 '일자사'一字師라고 했다. 신운을 그려 내는 것은 한 글자에 국한되지 않는다. 한 구절이기도 하고 한 수의 시이기도 하다.

옛날 "한나라 위나라 시기의 시는 기상만 넘쳐서 글귀만으로는 기막히다 할 게 없다. 진晉나라 이후로는 아름다운 시구가 많이 나왔는데, 예를 들면 도연명의 '울 밑에서 국화 따다/우두커니 남산 보네'나, 사령운의 '연못 둑에 봄풀 숏고' 등이다. 사령운이 도연명에 미치지 못하는 까닭은 시구가 정교하기는 하지만 도연명처럼 소박하고 자연스럽지 못하기 때문이다." 이런 평가를 한 사람은 송나라의 엄우嚴羽다. 도연명의 이 구절은 앞에서 분석하고 파악한 바 있다. 이 시구들은 시인의 무심한 심경이 산수의 무심한 정경과 하나가 되는 경험 속에서 탄생되었다. 산수란 원래 무심한 것이니, 여기서의 중요한 점은 앞에서 말한 대로 시인의 '무심함'이다.

그렇다면 엄우가 말하는 사령운의 시구는 어떤 면에서 멋있다는 것인가. 사령운謝靈運(385~433)은 도연명과 같은 시기인 동진 시기의 하남 태강 사람으로, '강락공'康樂公으로도 불린다. 역대로 사령운이 지은 시의 한 시구는 엄우 외에도 많은 사람들로부터 논란의 대상이 되어 왔다. 사령운은 중국의 시 문학사에서 도연명과 함께 산수의 경관을 집중적으로 묘사한 첫 시인이다. 그중 '연못의 누각에 오르다'라는 제목의 「등지상루」 시에 나오는 이 시구를 처음으로 언급한 사람은 교연皎然(730~799)이다. 교연은 "진정한 정서의 표현이란, 사령운의 '연못 둑에 봄풀 솟고'라는 구절 같은 것이다. 시의 의미는 글자 밖에 있기 때문에 글자만 보면 마치 담담하고 무미한 듯 보인다"라고 말한다. 여기서 아무 맛이 없어 보인다는 그의 말을 주목할 필요가 있다. 시의 '맛'이란 각각의 심경을 다섯 가지로 분류한 것을 말한다. 슬프면 슬픈 대로 기쁘면 기쁜 대로 가장 좋은 맛을 내는 게 제일이었다. 그런데 맛없는 맛이란 무엇인지 이 말을 음미하면서 사령운의 시 '연못의 누각에 오르다'를 보자.

등지상루 登池上樓
사령운

물고기들 곱게 놀고	潛虯媚幽姿,
기러기들 멀리 울면,	飛鴻響遠音。
구름에겐 부끄럽고	薄霄愧雲浮,
물고기들 부러웠다.	棲川怍淵沈。

관직 생활 어설픈 몸　　進德智所拙,
농사일도 힘 부쳐서,　　退耕力不任。
갓 부임한 해변 마을　　徇祿反窮海,
병에 지쳐 빈숲 본다.　　臥痾對空林。

침상에서 지내다가　　衾枕昧節候,
문득 산책 나서 보니,　　褰開暫窺臨。
귀에 차는 냇물 소리　　傾耳聆波瀾,
올려다본 높은 고개.　　舉目眺嶇嶔。

겨울바람 지나가고　　初景革緒風,
봄의 햇볕 가득한데,　　新陽改故陰。
연못 둑에 봄풀 솟고　　池塘生春草,
나무 위엔 새도 운다.　　園柳變鳴禽。

『시경』 노래 시린 가슴　　祁祁傷豳歌,
『초사』 노래 젖는 마음.　　萋萋感楚吟。
외딴 곳에 홀로 살며　　索居易永久,
고향 떠나 외로워도.　　離群難處心。
은둔이란 별것이랴　　持操豈獨古,
무심한 삶 지금이다.　　無悶徵在今。

무아지경으로 자연을 낚아채다

시인은 물고기처럼 깊은 연못으로 은둔하고 싶어도 그럴 만한 처지도 아니다. 그렇다고 기러기처럼 하늘 높이 날며 자신의 목소리를 낼 만한 능력도 없다. 관직이라도 있어야 생활을 유지할 테니 말직을 받아서 외진 곳으로 갔다. 그러나 몸이 약해서 늘 집 안에서만 웅크리고 살았다. 어느 날 우연히 문을 열고 나섰다. 시냇물 소리 들리고 산봉우리는 푸르다. 봄볕이 따뜻한 날 시인의 눈에 가득 들어온 것은 연못에 피어나는 새싹들, 그 주변의 나무에서 지저귀는 새들의 울음소리. 세상이 모두 이처럼 살아 있구나! 그는 그날 저녁 숙소로 돌아가 이 느낌을 시로 쓰기 시작했다. 그러나 중간에 시가 막혀 전전긍긍하고 있었다. 그때 마침 사촌동생이자 시인인 사혜련謝惠連이 들어오는데, 그를 보는 순간 저도 모르게 시구가 떠올랐다.[2] "연못 둑에 봄풀 솟고/나무 위엔 새도 운다." 마치 예전에는 못 본 정경인양, 아름다운 봄 경치가 시인의 눈과 가슴을 온통 채운다. 선언하듯 외친 이 두 구절은 시인이 머리를 짜내어 지은 시구가 아니다. 낮에 본 정경이 생생하게 눈에 들어오고 귀에 들린 것이다. 말마디는 짝을 이루고 시의는 저절로 살아났다.

그런데, 이 시의 저 두 시구가 뭐가 아름답다는 말인가. 평범하기 그지없는 구절일 뿐 아닌가. 이렇게 생각한 사람이 많았다. 금나라의 왕약허王若虛(1174~1243)는 사령운의 이 시구가 아무리 봐도 멋있는 시구로 보이지 않는다고 한 대표적인 사람이다. 그는 사람들이 이 시구를 칭찬하는 것은 옛사람들이 멋있다고 하니까 덩달아 그럴듯하게 해

---

2   鍾嶸, 『詩品』 卷中 『歷代詩話』, 中華書局, 2004, p.14.

석들을 한 것이라고 잘라 말한다. "전승군은 '아마 병이 완쾌되어 일어나면서 이런 정경을 보고 지은 시구이므로 더 아름답다고 여겼을 것이다'라고 한다. 사실 하늘이 준 좋은 시구는 굳이 강조하지 않아도 아름다운 법이다. 그렇지 않다면 백 번 설명해 봐야 무슨 소용인가. 이원응도 '아무리 읽어도 이 시구가 좋은 줄 모르겠다'고 하는데 사실 내 생각과 같다. 대부분 사령운에 대한 칭찬은 양진 시기의 유풍 때문이다. 후세 사람들이 그런 평가만 믿고 감히 부정하지 못했지만 그것은 잘못된 평가임에 틀림없다."[3] 사실 아직도 왕약허의 이런 관점을 지지하는 사람이 있다.[4] 이들은 말한다. "연못 둑에 봄풀 솟고/나무 위엔 새도 운다"라는 이 글이 어디가 그처럼 대단하다는 말인가?

여기서 다시 시의 '맛'을 얘기해 보자. 세상 사람들은 맵건 시건 달건 쓰건 짜건 그 맛 중에서 가장 특별한 맛을 낸 절묘한 표현을 기대한다. 그러나 이 두 줄의 시구는 한마디로 말하면 '맛'이 없다. 단순하게 생각하면 사람들이 그동안 왜 이처럼 무미건조한 글귀를 칭찬했는지 이해하기 어려운 게 사실이다. 도연명의 시구를 읽을 때처럼 덤덤하고 담담하다. 그러나 이런 관점에 대해서 왕약허보다 한 세기 전에 활약한 섭몽득葉夢得(1077~1148)은 이미 이렇게 말한 적이 있다.

"사람들은 '연못 둑에 봄풀 솟고/나무 위엔 새도 운다'라는 시구를 별것 아니라고 하는데, 이는 모두 특이한 시구만 멋있다고 보기 때문이다. 이 시구의 아름다움은 바로 무심한 심경으로 있다가 문득 아름

---

3   王若虛, 『滹南詩話』
4   李壯鷹, 「論"池塘生春草"」, 『文藝研究』, 2003년 6월.

다운 정경을 만났기 때문이다. 전혀 작위적인 조작 없이 지은 것으로, 일반적인 생각으로는 그려 내기 어려운 시구다. 시의 미묘함이란 이런 관점을 근본으로 해야 하는데, 억지로 생각해서 어려운 문구를 지으려는 사람들은 이를 이해하지 못한다."[5]

섭몽득의 관점은 앞서 도연명의 '동쪽 울타리' 시구를 칭찬한 소식의 견해와 똑같다. 관건은 '무심한 심경'無所意이다. 무심한 심경이 아름다운 정경을 만나서 하나가 된 것이다. 그러나 무심한 심경으로 눈에 보이는 정경을 있는 그대로 묘사한다고 해서 다 기가 막힌 시구가 되지는 않는다.

"사람들은 깊이 생각해서 쓰면 시구가 자연스럽지 않다고 하는데 이는 잘못된 생각이다. 호랑이 굴에 들어가지 않고 어떻게 호랑이 새끼를 꺼낸단 말인가. 시적 경지를 포착하려면 지극히 어렵고 힘든 사유의 과정을 거쳐야 한다. 그렇게 해서 쓰인 시구는 마치 저절로 쓰이고 쉽게 쓰인 것처럼 보인다. 그러나 이렇게 쓰는 시인이야말로 고수다."[6]

시승詩僧 교연皎然의 말이다. 시인의 '무심한' 심경이란, 사실은 깊은 사유 끝에 수많은 잡념과 감정이 삭아서 녹아 버린 경지다. 다소 문학적인 용어이기는 하지만 이 경지를 나는 이 책에서 '맑은 영혼'으로 표현하기로 했다. 이처럼 녹아 버린 자신의 심경이 눈앞의 정경과 하

---

5   "池塘生春草, 園林變夏禽', 世多不解此語爲工, 蓋欲以奇求之爾。此語之工, 正在無所
     意, 猝然與景相遇, 所以成章不假繩削, 故非常情之所能到。詩家妙處, 當須以此爲根
     本, 而思苦言艱者, 往往不悟."(葉夢得, 『石林詩話』) p.426.
6   皎然, 『詩式』, 『歷代詩話』, 中華書局, 2004, p.31.

나가 돼서 시인 마음은 봄풀로 피고 있고, 봄 새로 지저귀는 것이다. 이 시의 참맛은 시인과 하나가 된, 봄풀의 솟는 맛이며 봄 새의 우는 맛이다.

　좋은 시는 평이하고 담담한 듯 보이지만 그 속에 깊은 아름다움이 있다. 위의 시를 다시 보면, "연못 둑에 봄풀 솟고/나무 위엔 새도 운다"의 전후 구절들은 모두 시인의 생각이나 감정이 들어간 시구들이다. 오직 이 시구만 시인의 정서가 드러나지 않았다. 만약 위아래 시구 없이 단 두 줄의 이런 시구가 시의 전문이라면 아무도 그 아름다움을 인정하지 않을 것이다. 그러나 백거이의 시「비파행」에서 "이 순간 소리 없음 더욱 낫구나"라고 한 대목을 보자. 놀랍도록 귀를 즐겁게 하는 연주 소리 중간에, 소리가 잦아들며 문득 고요해진다. 적막하기만 한 그 잠시의 고요함 속에서 사람들은 연주 소리보다 더 황홀한 순간을 맞는다. 그 짧은 공백이 주는 여운은 연주 소리보다 더 큰 울림으로 가슴에 물결친다. 그러므로 연주 소리나 공백이 주는 소리나, 소리는 결국 내 가슴에서 물결치고 있음을 알 수 있다. 내 마음이 텅 비어 있을수록 공명으로 물결치는 그 여운은 오래 갈 것이다. 언덕에 피는 봄풀이나 가지에서 우는 봄 새가 기쁜 것은 바로 내 가슴이 그리던 것을 발견했기 때문이다. 그것이 나의 텅 빈 가슴으로 쏟아져 들어왔기 때문이다. 이미 그 옛날 종영鍾嶸(약 468~518)도『시품』詩品에서 아름다운 시구의 예로 위와 같은 사령운의 시구를 들면서, 심경이 배인 정경의 자연스러움을 강조한 적이 있다. 자연스런 시구란 시인 자신의 생각이나 의지를 묘사한 것이 아니라 맑은 영혼이 정경에 녹아든 구절이다. 고금의 멋진 시구는 결코 꾸며서 지은 게 아니라 이처럼 '직심直尋—그대로 찾아낸 것'이라는 게 종영의 관점이다. "종영은 말한다. '그대 그리움은 물처럼 흘러'思君如流水라는 시구는 마주쳐서 보이는 대로 그린 것이요, '누대에 불어오는 바람 슬프다'高臺多悲風라고 한 시구 역시 보이는 대로 그린 것이다. '맑은 새벽녘에 언덕에 올라'淸晨登隴首라는 시구는 경험을 그대로 그린 것이며, '밝은 달빛이 흰 눈에 내려'明月照積雪 또한 예전 책에 나온 시구가 아니다."[7] '직심'이 무엇을 의미하는지는 뒤에서 다시 한 번 확인하게 될 것이다.

'울 밑에서 국화 따다'나 '연못 둑에 봄풀 솟고' 등의 시구는 확실히 별맛 없어 보인다. 겉으로 보면 너무 평범해서 별 것 아닌 듯한데 읽으면 읽을수록 깊은 맛이 나는 것. 이것에 처음 주목한 사람은 앞서 말한 대로 당나라 때의 문인 사공도司空圖였다. 나중에 사공도는 「여왕가평시서」與王駕評詩書, 「제유유주집후」題柳柳州集後 등에서 시의 그 독특한 멋을 '미'味로 설명했다. '미외지지'味外之旨, '운외지치'韻外之致라는 말은 그의 「여이생논시서」與李生論詩書(『文集』 권2)에 나온다. '미외지지'는 중국문학사에서 '미외지미'味外之味, '언외지의'言外之意라고도 한다. 음식의 맛이 구미를 즐겁게 하는 것처럼 문학과 예술은 정신을 즐겁게 한다. 그 맛이란 말로는 표현하기 어렵지만 정신을 즐겁게 하는 문학 예술에 탐닉한 문인들은 그 맛이 어디서 오는지 궁금했다. 시에서 그 맛을 찾아내고 구사하는 일이란 기본적으로 문자와 문구의 기교에서 출발할 것이었다. 역대의 많은 문인들은 마치 아름다운 꽃이 어떻게 그렇게 피어날 수 있는지 파악하려는 것처럼 시의 맛을 궁구해 왔다.

[7]　葉夢得, 『石林詩話』, 『歷代詩話』, 中華書局, 2004, p.426.

시에서 형언하기 어려운 독특한 맛이란 확실히 산문 같은 평범한 글과는 다른 어떤 점이 있음에 틀림없다. 그것은 근체시 등에서 다양하고 복잡한 격률로 최고의 기교를 보이기도 하고 소박한 고시에서 알 수 없는 매력으로 드러나기도 한다. 언뜻 보면 문자와 문구가 그런 매력을 발산하는 것처럼 보이기도 한다. 하지만 음미하면 할수록 문자와 문구 이면의 행간에서 어떤 다른 것이 엿보인다. 분명히 문자와 문구가 발하는 것이기는 하면서도 실제로는 그 자간과 행간의 여백에 감춰진 듯 보이는 맛의 비밀스러움이야말로 시 문학의 커다란 매력이며 의문점이 아닐 수 없다.

사공도는 이것을 '맛 너머의 맛'이라고 하며 좋은 시의 특징이라고 보았다. 사실 이는 종영이 말한 '자미'滋味를 발전시킨 개념이다. 종영은 좋은 시에 각별한 맛이 있음을 파악하고 좋은 시를 모아 자신의 저서 『시품』에서 상중하 품평을 했다. 사공도는 한 걸음 더 나아가 시의 진정한 맛이란 겉맛을 넘어 속맛에 있다고 보았다. '맛 너머의 맛'을 풀어 말하면 '겉맛 너머의 참맛'이라고 해야 할 것이다. 그는 "맛을 안 다음에야 시를 얘기할 수 있다"고 한다. 사공도가 이생에게 보낸 편지 글을 읽어 보자.

"글쓰기도 어렵지만 시 쓰기는 더 어렵습니다. 옛날부터 이를 비유한 말이 많지요. 저는 '맛'으로 비유해야 시를 잘 설명할 수 있을 것 같습니다. 남쪽 지방의 먹을 만한 음식 중에, 예를 들어 식초는 정말 시지 않은 게 없답니다. 그런데 전부 '신맛'뿐입니다. 소금은 짜지 않은 게 없지만 전부 '짠맛'뿐입니다. 중부 지방 사람들은 배고픔만 때우면 그런 것은 안 먹습니다. 시고 짠 맛 외에는 순정한 맛이 없기 때문입니

무아지경으로 자연을 낚아채다

다. ……좋은 시는 가볍지 않고 드러나게 쓰지도 않습니다. 이를 알아야 시의 '독특한 운치' 韻外之致를 이야기할 수 있습니다. 절구의 경우는 표현 방법의 기본을 터득한다면 대단히 풍부한 창작이 가능합니다. 멋있게 쓰려고 하지 않아도 저절로 멋있게 되는데, 이게 쉬운 일은 아닙니다. 선생의 시를 두고 사람들이 이해를 못하지만, 기교가 전부가 아니라는 것을 알아야 '맛 너머의 참맛' 味外之旨을 알게 될 것입니다."[8]

앞서 다섯 가지 정서를 다섯 가지 맛으로 가정해서 말한 바 있다. 그것을 사공도의 말로 설명하면, 좋은 시는 다들 좋은 맛을 내긴 내는데 그것이 전부일 수는 없다는 것이다. 맵고 시고 달고 쓰고 짠 맛이란 나름대로 다 맛이 있다. 시에도 좋은 맛이 있다. 예를 들어서 이별의 슬픔을 가슴 아프게 그린 시가 있다고 하자. 그러나 그것은 단지 남방의 소금처럼 아주 맛있는 소금일 뿐이다. 그러나 사람이 음식을 먹을 때는 소금만 먹지 않는다. 아무리 먹어도 질리지 않고, 입에서 그리워지는 맛이 있다. 사공도는 이를 '순정한 맛' 醇美者이라고 했다. 이것이 시의 '참맛'이다. 그런 맛을 내게 하는 게 얼마나 어려운지 사공도는 그의 친구 극보極浦에게 보내는 편지에서 이렇게 말한다.

"대숙륜은 '시인이 그려 내는 정경은 마치 남전藍田 지방이 따뜻해지면 옥돌 바위에서 아지랑이가 올라오는 것처럼, 보이기는 해도 눈앞에 그려 낼 수는 없다'고 합니다. '형상 밖의 형상' 象外之象, '정경 밖의 정경' 景外之景이라는 것은 정말 말로 쉽게 표현할 수 있는 게 아닌 듯합

---

8   "文之難, 而詩之尤難, 古今之喩多矣, 而愚以爲辨於味, 而後可以言詩也。……今足下之詩, 時輩固有難色, 倘復以全美爲工, 卽知味外之旨也。"(司空圖, 「與李生論詩書」, 『意境典型比興編』) 中國社會科學出版社, 1994년, p.80.

니다."⁹

시인이 시로써 그려 내는 정경이란 사실 육안으로 보는 경관이 아니다. 일찍이 왕창령은 시가 그려 내는 경지를 세 가지로 설명했다. '물경'物境은 경치를 그린 것, '심경'心境은 정서를 그린 것, '의경'意境은 마음을 그린 것이다.¹⁰ 중국문학에서는 지금도 '의경'이라는 용어를 많이 쓰는데, 사실 엄격한 정의가 필요한 말이다. 중국에서는 이를 비교적 폭넓은 의미로 쓰고 있지만, 이는 결코 의도·의지·생각·포부 등이 경치와 어우러진 것을 말하는 것이 아니다. '의경'이란 시인 내면의 순수한 영혼이 외부의 정경과 혼연일체가 된 상태이다. 그것은 마치 아지랑이처럼 있는 듯 없는 듯 보여서 포착하기 어렵다. 그것을 사공도는 시의 밖의 시의, 즉 '경외지경'境外之境이라고 했다. 보통의 시인들은 시를 써서 매운맛·신맛·단맛·쓴맛·짠맛 등에서 각자 나름대로의 맛을 잘 낸다. 그들이 쓴 시구가 어떤 맛을 내건, 어떻게 그 맛을 가장 잘 내는가가 관건이다. 그런데 사공도 등은 새로운 맛을 발견한 것이다. 이를 송나라에 이르러 엄우가 잘 설명했다.

시에는 특별한 내용이 있으니 그것은 책의 내용과는 관련이 없다. 시에는 남다른 표현이 있으니 그것은 이론적인 것과는 거리가 멀다. 그러나 책을 많이 읽지 않고, 이론을 많이 공부하지 않으면 좋

---

9   "戴容州云: '詩家之景, 如藍田日暖, 良玉生煙, 可望而不可置於眉睫之前也.' 象外之象, 景外之景, 豈容易可談哉!"(司空圖, 「與極浦書」)

10   "詩有三境: 一曰物境, ……二曰情境, ……三曰意境, 亦張之于意, 而思之于心, 則得其眞矣."(王昌齡, 「詩格」) 陳應行 編, 『吟窗雜錄』, 中華書局, 1997.

은 시를 쓸 수 없다. 이치의 굴레에 빠지지 않고, 문자의 틀에 걸리지 않아야 좋은 시를 쓴다. 시란 영혼을 노래하는 것이다. 당나라 때 시인들은 그런 멋에 빠지면 영양이 (잠을 잘 때 나무에) 뿔을 걸쳐서 자취를 남기지 않듯, 지은 흔적 없이 시를 지었다. 기가 막힌 시구는 결코 적당히 꾸며서 쓴 게 아니다. (당나라 시인들은) 허공 중의 음악 소리, 얼굴의 표정, 물에 비친 달, 거울 속의 정경 등을 표현하면, 표현하는 시구는 몇 글자에 불과하지만 그 여운은 끝이 없었다.[11]

어떤 영양은 포식동물로부터 자신을 보호하기 위해서 나무에 올라가 허공 중의 나뭇가지에 뿔을 걸쳐 몸을 매달고 잠을 잔다고 한다. 자신의 흔적을 땅에 남기지 않기 위해서다. 시인이 시를 쓸 때는 그 시가 원래부터 전해 오던 것처럼, 예전부터 내가 부르던 노래인 것처럼 자연스럽게 써야 한다는 말이다. 엄우가 이런 말을 강조한 것은 엄우가 살던 송나라의 사람들이 시를 그처럼 쓰지 못했기 때문이다. 시로 이치를 따지고, 시로 논변을 펼치고, 시로 지식과 재능을 다투려고 하는 송나라 때의 문학 풍조는 엄우를 답답하게 했다. 그의 지적은 사색의 시를 많이 쓴 소식에게도 해당되는 말이었다. 엄우가 보기에 시란 자연경관에 기탁된 영혼의 어우러짐이어야 했다.

엄우는 말하다. "참선의 요체는 깨달음에 있다. 시의 핵심 역시 깨

---

11   "夫詩有別材, 非關書也; ……言有盡而意無窮."(嚴羽, 『滄浪詩話』, 淸 何文煥 輯, 『歷代詩話』) 中華書局, 2004, p.688.

달음에 있다."[12] 시를 '오묘한 깨달음'妙悟으로 설명한 엄우의 이런 탁월한 견해는 지금도 우리 주변의 시를 되돌아보게 한다. 머리로 쓴 시인가, 가슴으로 쓴 시인가. 글재주인가, 영혼의 울림인가. '특별한 내용'이라고 번역된 문구의 원문은 '별재'別材다. '별도의 제재'라고도 할 수 있다. '남다른 표현'이라고 번역된 문구의 단어는 '별취'別趣다. '별도의 방법'이라고도 할 수 있다. 달리 표현하면, 진정한 시는 공부해서 되는 게 아니고, 기술만으로 되는 게 아니라는 말이다. 시란 다른 경로, 즉 '깨달음'으로 열리는 세계다. 공부를 안 하고, 연습을 안 하고는 시를 쓸 수 없지만 공부나 연습이 전부가 아니라는 말이다. 시는 이치를 따져서 쓰는 게 아니라 '오묘한 표현'으로 그려진다. '오묘한 깨달음'이란 보이지 않는 세계, 고정관념에 눈이 멀어서 못 보던 세계를 발견하는 일이다. 시인이 그 세계로 들어가, 그 경험을 그려 내는 것이다. 그렇게 그려 내면 언어 문자는 몇 글자 안 되지만 그 의미는 한없이 읽는 이의 가슴속에 남아 있다. 그 세계에서는 나와 남이 없다. 하나가 되어 공명한다.

이제 사공도가 말한 '맛 너머의 맛'이 무엇인지 어느 정도 이해할 수 있을 것이다. 맛 중에서 '짠맛'을 예로 든다면 우리는 그것을 '이별'이라고 가정했다. 이별을 표현한 가슴 뭉클한 이백의 시 「황학루송맹호연지광릉」에서 시인은 친구 맹호연을 배로 떠나보내고 그 배가 사라질 때까지 바라보고 있다. 시인은 이 송별의 시에서 아쉬움, 서운함, 쓸쓸함 등 어떤 직접적인 감성의 표현을 하지 않았다. "친구는 서쪽으

---

12   "大抵禪道惟在妙悟, 詩道亦在妙悟."(위의 책, p.686.)

무아지경으로 자연을 낚아채다

로 황학루 떠나/꽃피는 삼월에 양주로 가네.//돛단배 사라지는 푸른 산 너머/장강만 하늘 끝 흐르고 있다." 친구의 배가 떠난 강을 한없이 보면서 시인은 오래도록 자리를 뜨지 못하고 있는 것이다. 이 시는 어떤 문자로도 이별이 주는 아쉬움, 서운함, 그리움 등의 단순한 감정을 표현하지 않았다. 그러나 이 장면에는 그보다 더 깊고 더 많은 정감이 녹아 있다. 그러므로 이 시는 이백의 다른 이별시 「송우인」이나 「증왕륜」보다 더 멋이 있다. 이런 시들이 이별의 '짠맛'을 잘 드러냈다면, 「황학루송맹호연지광릉」은 '맛 너머의 맛'을 보여준다. 단순한 감정이 아니라 '진정한 어떤 것'이 스며든 시—이것이 시의 깊은 맛이다. 왕국유의 말을 더 들어 보자.

시적 정경이란 사물의 경치만을 일컫는 게 아니다. 희노애락 역시 사람 마음속의 경치다. 그러므로 '진정한 경치'眞景物, '진정한 감정' 眞感情을 그려 내는 것이 바로 시적 정경이다. 그렇지 않다면 아무 것도 아니다. "살구꽃 가지 끝에 흐드러진 봄"紅杏枝頭春意鬧이라는 시구에서 '흐드러진'이라는 뜻의 '뇨'鬧자가 이 시구의 시적 정경을 창출하고 있다. "구름 개자 꽃 그림자 흔드는 달빛"雲破月來花弄影이라는 구절에서 완연한 시적 정경을 만들어 내는 것은 '그림자를 흔든다'는 의미의 '농'弄이라는 글자다.[13]

---

13   "境非獨謂景物也。喜怒哀樂, 亦人心中之一境界。故能寫眞景物, 眞感情者, 謂之有境界。否則謂之無境界。'紅杏枝頭春意鬧', 著一'鬧'字, 而境界全出。'雲破月來花弄影', 著一'弄'字, 而境界全出矣。"(唐圭璋 編,『詞話叢編』, 中華書局, 1993, p.4240.)

"살구꽃 가지 끝에 흐드러진 봄"은 송기宋祁(998~1061)의 '춘경'春景
이라는 부제가 붙은 시의 한 구절이다.

옥루춘玉樓春
송기

동쪽 마을 풍경이 고와지는데	東城漸覺風光好,
물결 위로 노 저어 손님 맞는 배.	縠皺波紋迎客棹。
버드나무 물안개 차가운 새벽	綠揚煙外曉寒輕,
살구꽃 가지 끝에 흐드러진 봄.	紅杏枝頭春意鬧。

덧없는 인생살이 기쁨도 적어	浮生長恨歡娛少,
천금을 주고라고 웃음 사야지.	肯愛千金輕一笑。
그대 위해 노을 속 권하는 잔에	爲君持酒勸斜陽,
꽃 사이로 비치는 저녁의 햇빛.	且向花間留晚照。[14]

「옥루춘」은 곡목이다. 시의 제목은 '봄의 경치'다. 시는 위아래 두
절로 되어 있는 가사다. 첫 번째 절은 손님을 맞이하는 아침 정경이다.
두 번째 절은 손님과 함께 맞는 저녁의 정경이다. 첫 번째 시의 마지막
구절은 살구꽃 가지에 넘치는 봄의 분위기를 '뇨'鬧 한 글자로 살렸다.
'뇨'鬧라는 글자는 원래 싸울 '투'鬪자와 시장 '시'市자가 합쳐진 글자다.

---

14   『全宋詞』, 中華書局, 1992, p.116.

원래의 뜻은 시장에서처럼 사람들이 흥정하고 다투며 몹시 시끄러운 정경이다. 여기서는 '흐드러진'이라고 번역했지만 '시끄러운'이나 '넘쳐나는'이라고 번역해도 좋을 것이다. 이 시가 유명해지자 송기는 '살구꽃 재상'紅杏尚書이라는 별명이 붙었다. 다음 시는 장선張先(990~1078)의 작품이다.

천선자天仙子
장선

술잔을 쥐고 듣는 수조의 노래	水調數聲持酒聽,
낮술은 깨었건만 여전한 시름.	午醉醒來愁未醒。
보내는 봄 오는 봄 몇 번이던가?	送春春去幾時回?
거울 보면 슬프네 가는 세월에	臨晚鏡, 傷流景,
지난 일 그리워도 소용없으리.	往事後期空記省。

모래 위 노는 새들 어둑한 연못	沙上竝禽池上暝,
구름 개자 꽃 그림자 흔드는 달빛.	雲破月來花弄影。
겹겹이 쳐진 휘장 등불 가려져	重重簾幕密遮燈,
마을은 조용하네 바람만 불고	風不定, 人初靜,
내일은 지는 꽃잎 길 가득하리.	明日落紅應滿徑。[15]

15   위의 책, p.70.

「천선자」도 곡목이다. 가는 봄과 함께 늙어 가는 자신을 그린 평범한 주제다. 당시 장선은 쉰둘의 나이로 절강 가화嘉禾(지금의 가흥시)의 판관으로 있었다. 이 시를 쓰면서 장선은 "마침 나는 가화 판관이라는 말직에 있었는데 몸이 편치 않아 관청 회의에 참석하지 못했다"라는 부제를 달았다. 회의에 참석을 못하고 그는 집에 있으면서 이 시를 남긴 것이다. 장선은 한 글자 한 글자를 잘 다듬는 것으로 유명했다. 서로 다른 세 개의 시에서 그림자 '영'影자를 기가 막히게 써서 '장삼영' 張三影[16]이라는 별명이 붙었다. 이 시에서는 '그림자를 희롱'弄影한다는 '농'弄자 하나로 전체적인 시의를 완연히 살아나게 했다. '농'弄자는 원래 두 손으로 구슬 등을 매만지며 논다는 뜻이다. 시구에서는 '꽃이 그림자와 놀고 있다'라고도 해석이 가능하지만, 시적 분위기를 위해서 번역에서는 달빛이 꽃 그림자를 흔든다고 했다. 소식은 "하늘이 준 시구인지는, 글자 하나로 결정짓는다"[17]고 한다.

위의 시구들을 칭찬한 왕국유는 여기서 중요한 개념 하나를 제시한다. 그것은 '격'隔과 '불격'不隔인데, 우리말로 옮기면 '분리됨'과 '하나됨'이다. '분리됨'은 시인과 사물이 이질감을 갖고 괴리를 느끼는 부조화의 상태다. '하나됨'이란 서로 각기 다른 개체임에도 하나처럼 소통이 되는 경지이다. '분리됨'의 상태에서는 시적 대상을 아무리 잘 묘사하려고 해도 본모습을 포착하지 못한다. 시인의 심경이 정경에 투사

---

16   "尙書郎張先善著詞, 有云: '雲破月來花弄影'、'簾壓卷花影'、'墮飛絮無影', 世稱誦之, 謂
      之'張三影.'"(『後山詩話』) 『歷代詩話』, 中華書局, 2004, p.308.
17   "天工爭向背, 詩眼巧增損。"(蘇軾, 「僧淸順新作垂雲亭」) 『蘇軾詩集』, 中華書局,
      1986, p.451.

되지 못한다. 더구나 합일合—이란 어림도 없다. 단지 '내'가 '너'를 그릴 뿐이다. 그러나 '하나됨'의 상태에서 시인은 나무를 대신해서 말하고 꽃을 대신해서 운다. 시인과 대상이 하나가 되어 시인이 꽃인지 꽃이 시인인지 모른다. 앞서 본 송기의 시구로 말하면, 살구꽃을 보는 순간 시인은 그 꽃에 넘치는 봄의 기운을 느낀다. 그는 그것을 '흐드러진'이라는 뜻의 '뇨'鬧로 표현한다. 장선의 시에서 시인은 달빛 아래 꽃나무가 만들어 내는 그림자를 보니 달빛에 흔들리며 꽃나무가 자신의 그림자와 놀고 있다. 이를 '농'弄으로 묘사한다. 시인은 그 순간 살구꽃, 꽃나무와 하나가 되어 있다.

산원소매山園小梅
임포

다른 꽃 다 지고 홀로 남아서　　　　　衆芳搖落獨暄姸,
정원의 아름다움 가득 채웠다.　　　　占盡風情向小園。
꽃 그림자 드리워진 물도 맑은데　　　疏影橫斜水清淺,
그 향기 전해 온다 달 뜬 황혼에.　　　暗香浮動月黃昏。

새들이 내리다가 먼저 살피고　　　　霜禽欲下先偸眼,
나비도 이 꽃 보면 넋을 잃겠지.　　　粉蝶如知合斷魂。
시 읊으며 가까이 다가가 보니　　　　幸有微吟可相狎,
음악이나 술 없이도 차오르는 기쁨.　不須檀板共金樽。[18]

이 작품은 송나라 때 문인 임포林逋(967~1028)가 쓴 '정원의 작은 매화나무'라는 제목의 시다. 두 번째 연의 "꽃 그림자 드리워진 물도 맑은데/그 향기 은은하다 달 뜬 황혼에"라는 두 구절은 역대로 많은 사람들이 감탄을 거듭했다. 매화의 아름다움을 이보다 더 멋있게 그려낼 수는 없다는 것이다. 매화꽃 가지의 '성긴 그림자'疏影가 '기울어져 뻗은'橫斜 모양으로 맑고 야트막한 물에 비친다. '옅은 향기'暗香는 '은은히 전해 오고'浮動 황혼 무렵의 달이 떠 있다. 호사가들은 평생 독신으로 살던 임포가 매화를 아내로, 학을 자식으로 삼았다고 말한다. 소식은 이 시를 보고 "선생의 이 시는 그야말로 절세의 작품이다. 세속의 때가 하나도 없이 정결하다"고 한다.[19] 문학 이론가들은 이런 시가 어떤 대상을 노래한 것이라고 해서 '영물시'라고 한다. 그러나 단순히 '영물시'라고 하면 시인에게 미안한 일이다. 이 시에서 그려진 것은 매화라는 사물이 아니라 시인과 매화의 '하나됨'이기 때문이다. 희노애락도 저 밑바닥에서 울려와 대상과 소통하고 하나 될 때 진정한 맛이 살아난다. 왕국유의 말을 빌리면 '진감정'眞感情이다. 진감정이 '진眞울림'을 준다.

이쯤에서 도연명의 "울 밑에서 국화 따다"라는 시구나, 사령운의 "연못 둑에 봄풀 솟고"라는 시구가 왜 그처럼 무덤덤한데도 역대 문인들의 칭찬을 받았는지 이해할 수 있다. 소식은 일찍이 글의 표현 기교가 절정에서는 오히려 담백하고 평이해야 한다고 보았다. 문학에 맛이

---

18   『中國歷代詩歌選』, 人民文學出版社, 1988, p.570.
19   "先生可是絶倫人, 神淸骨冷無塵俗."(蘇軾, 「書林逋詩後」) 『蘇軾文集』, 中華書局, 1986, p.1343.

있다면, 소식은 형언할 수 없는 그 맛이란 기교를 넘어서 오히려 평담함에서 나와야 한다고 강조한다.

"무릇 문장이라는 것은, 젊었을 적엔 기상이 넘치고 몹시 화려하게 쓰게 되지만, 나이가 들면서 원숙해지면 점점 평담하게 쓰게 되는데, 사실 이는 평담한 것이 아니라 현란함이 극치에 이른 것이다."[20]

글 쓰는 사람이 나이가 들어 글을 쓰면 현란함은 사라지고 평담해진다. 『노자』는 "언어로 표현되면 도는 아무 맛도 없는 것처럼 담담하다"[21]고 했다. 그러나 그 평담함이란 단순한 평이함이 아니다. 현란함이 녹아든 것이다.

소식이 보기에 좋은 시는 겉으로는 무미건조한 듯하지만 씹으면 씹을수록 오묘한 맛이 나는 시다. 단순한 고졸 담백함 속에 현란하고 복잡한 최고의 기교가 녹아들어 있기 때문이다. 소식의 이와 같은 관점은 중국 고대 도가 사상가인 열자나 장자가 말한, "깎고 또 다듬어 다시 질박함으로 돌아간다"[22]는 말과 같다. 질박함으로 돌아간다는 것은 원래의 통나무 상태로 돌아가는 것이 아니다. 반드시 '깎고 다듬는' 과정을 거쳐야 한다. 담백함이란 무수히 깎고 다듬어서 결과적으로는 손댄 흔적이 없는 듯한 경지를 말한다. 손을 댄 흔적이 작품에 스며든 것이다. 감춰져 있기 때문에 겉으로 보면 평담한 것처럼 보이지만 실은 무수한 손길과 현란한 기술이 녹아든 것이다. 최고의 시는 이처럼

---

20   "凡文字, 少小時須令氣象崢嶸, 彩色絢爛。漸老漸熟, 乃造平淡。其實不是平淡, 絢爛之極也。"(蘇軾, 「與二郎侄一首」)『蘇軾文集』, 中華書局, 1986, p.2523.

21   "道之出口, 淡乎其無味。"(湯漳平 王朝華 譯註, 『老子』, 中華書局, 2014, p.132.)

22   "雕琢復朴。"(『列子·皇帝』); "旣雕旣琢, 復歸於朴。"(『莊子』「山木」) 앞의 책, p.323.

겉으로 보이는 것과 실재하는 가치가 다르다. 소식은 그런 시인으로 도연명을 제일로 쳤다.

"나는 다른 시인들의 시는 별로 좋아하지 않는데 오직 도연명의 시는 좋아한다. 도연명이 지은 시는 얼마 안 되지만 질박하면서도 아름답고, 말라붙은 듯하면서도 기름지기 때문이다. 이는 조식·유정·포조·사령운·이백·두보 등의 시인들도 감히 못 미치는 경지다."[23]

도연명의 시가 보여주는 세계는 역대 제일의 시인으로 여겨지는 이백과 두보도 미치지 못한다. 그의 시에는 소박한 표현 속에 아름다움이 녹아 있고, 평이한 듯하면서도 깊은 뜻이 있기 때문이다. 소식의 말처럼 질박하면서도 아름답고, 말라붙은 듯하면서도 기름지다는 것은 일종의 형용 모순이다. 소식은 왜 이런 모순을 제일로 여겼을까. 여기서 우리는 노자의 말을 상기하게 된다. '대교약졸'大巧若拙, 진정한 기교는 졸렬해 보인다. 마찬가지로 진정한 현람함은, 겉으로 보면 소박해 보인다.

최고의 기교는 서툰 것처럼 보이고, 최고의 아름다움은 소박한 듯이 보인다. 기교를 넘어서 도의 경지에 이른 포정庖丁의 소 잡는 솜씨가 제시하는 것은 무엇인가. 담담하고 무미한 듯한 시구(또는 그림)란 실제로는 단순 소박한 것이 아니다. 그 담담 무미 속에는 현란함이 배어 있다. 표현된 것은 담담한 시구이지만 보여주는 경지와 열리는 세계는 '도'의 것이다. 육안으로 보고 귀로 듣는 것을 넘어서서 사물의

---

23   "吾於詩人, 無所甚好, 獨好淵明之詩。淵明作詩不多, 然其詩質而實綺, 癯而實腴, 自曹·劉·鮑·謝·李·杜諸人, 皆莫及也。"(蘇軾, 「與子由六首」其五節錄)『蘇軾文集』, 中華書局, 1986, p.2515.

본질을 꿰뚫는 시인의 눈이 창조해 낸 세계이다. 그것이 맛 너머의 맛, 글 속의 글을 보여주는 까닭은 표상을 넘어서 본질을 그려 냈기 때문이다. 껍데기를 꿰뚫고 알맹이를 그려 냈기 때문이다. 그런 시가 그려 낸 세계는 실은 창조된 것이 아니라 그동안 보지 못한 세계일 뿐이다.

화가가 그림을 그릴 때, 처음에는 눈에 보이는 경치를 그린다. 그것을 완벽하게 그리는 수준이 되면 화가는 그 대상의 정수만 그린다. 정수만 그리는 수준을 넘어서면 화가는 자기 영혼으로 대상의 영혼을 본다. 이 경지가 되면 화가는 그림을 그리는 것이 아니라 영혼의 눈으로 본 것을 재현한다. 마치 하늘이 화가의 손을 빌려 보이지 않는 세계의 모습을 전하는 듯하다. 형상 아닌 본질을 그리다 보니 투박하고 졸렬해 보인다. 껍데기가 아닌 알맹이를 그리니 현란하다 못해 농익은 기술로 질박 무미한 지경에 이른다. 시인이 그려 낸 정경이란 알맹이이며 핵심이다. 창조된 게 아니라 원래 있는 것이다. 다만 육안으로 볼 수 없었을 뿐이다. 그것을 시나 그림으로 그려 낸 것이 바로 예술적 자연이다. 시인의 영혼과 사물의 영혼이 하나를 이루는 경지. 이 경지를 왕국유의 말로 바꾸면 '불격'不隔, 즉 '하나됨'이다.

무심한 심경과 무심한 정경의 만남, 이것을 달리 표현하면 시인의 맑은 마음이 사물을 허심하게 받아들인 것이다. 도가 사상에서 줄곧 강조되어 온 이런 관점은 문학사에서 일찍이 사공도가 제시했고, 송나라에 이르러 소식과 엄우를 포함한 많은 문인들이 언급했다. 따지고 보면 이 이론은 나중에 심화되고 치밀해졌지만 '맛 너머의 맛'을 가진 시는 이미 수백 년 전 도연명을 필두로 해서 끊임없이 지어지고 있었다. 많은 사람들이 '맛있는 맛'에 열광하면서 이백과 두보의 시를 칭찬

할 때, 송나라에 이르러 소식이 그 '맛 너머의 맛'을 발하는 시인으로 도연명을 발견한 것이다. 중요한 것은 이 모든 것이 맑은 마음에서 출발한다는 점이다. 다음 네 구절은 「참료 스님을 보내며」라는 소식 시의 일부다.[24]

참으로 멋진 시를 쓰려 한다면	欲令詩語妙,
마음을 텅 비우고 고요히 하라.	無厭空且靜。
고요하면 만물의 흐름 보이고	靜故了群動,
텅 비우면 모든 정경 다 들어온다.	空故納萬境。

마음이 맑고 고요하면 사물의 본질을 볼 수 있다. 일찍이 노자도 만물이 변화하는 모습을 밝게 보려면 마음을 맑고 고요하게 해야 한다며 '허'虛와 '정'靜, 즉 비움과 고요함을 강조했다.[25] 『장자』에서는 도를 깨우치는 길을 묻는 공자에게 노담은 "재계하라, 가슴속을 깨끗이 씻어 내고, 정신을 맑게 하라"고 했다.[26] 노담이 공자를 꾸짖는 까닭은, 공자의 머리에는 틀에 박힌 생각으로 가득 차 있기 때문이었다. 고정관념은 사물의 본모습을 못 보게 할 뿐 아니라 심지어 크게 왜곡한다. 정경에 심경을 싣는 시인도 머릿속에 선입견이 가득하다면 시를 쓸 수 없을 것이다. 고정관념이나 선입견이란 시간과 공간이 바뀌면 왜곡되고 뒤틀린 의식으로 변질될, 공허한 생각의 틀일 뿐이기 때문이다.

24   蘇軾, 「送參寥師」, 『蘇軾詩集』, 中華書局, 1986년, p.905.
25   "致虛極, 守靜篤。萬物並作。吾以觀其復。"(湯漳平 王朝華 譯註, 앞의 책, p.61.)
26   "汝齋戒, 疏瀹而心, 澡雪而精神。"(『莊子』「知北遊」) 앞의 책, p.365.

중국 최초의 회화 이론으로 유명한 남조 시기 송나라의 화가 종병 宗炳(375~443)은 세계사에서 처음으로 촌척寸尺의 원근법 비율로 산하山 河를 재어 그리는 방법을 제시한 사람이다.[27] 그는 마음을 맑게 해야 사물을 제대로 그려 낼 수 있다고 하며 '징회미상'澄懷味象을 말했다.[28] '징회'란 가슴을 맑게 한다는 뜻이다. '미상'은 대상을 음미한다는 뜻이다. 마음이 고요하고 맑을 때 그리려는 대상의 본모습이 들어온다. 잡념은 물론 선입견 없이 대상과 만나는 일이다. '징회관도'澄懷觀道라고도 불리는 이런 관점은 중국미학 이론의 원천이 된다. 중국문학 이론의 선구자인 남조 시기 양나라의 문인 유협劉勰(465~520)도 그의 대표 저서 『문심조룡』文心雕龍에서 문장을 잘 쓰는 비결은 오장육부, 즉 마음을 깨끗이 하는 것이라고 했다.[29]

문학과 예술에서 마음을 비운다는 것은 무엇인가. 문예 창작에서 말하는 이른바 '입신' 入神이란 무엇인가. 이런 질문에 답할 수 있는 '징회미상'을 잘 실천한 사람이 있다. 소식의 외사촌 형으로 스무 살 위인 송나라 때 유명한 화가 문동文同(1018~1079)이다. 진사 출신으로 시문과 서예 등에 모두 뛰어난 재능을 보였던 그는 대나무 그림을 가장 잘 그렸다. 소식은 문동의 대나무 그림을 칭찬하면서 마음과 손의 합일이 입신에 이르렀음을 칭찬했다.[30] 여기서 그는 대나무를 그릴 때는 "완

27 "竪畫三寸, 當千刃之高; 橫墨數尺, 體百里之遠。"(「畫山水序」) 이는 이탈리아 건축가 브루넬레스키(Filippo Brunelleschi, 1377~1446)보다 1천 년 앞섰다.

28 "聖人含道映物, 賢者澄懷味象。至于山水, 質有而趣靈。……夫聖人以神法道而賢者 通, 山水以形媚道而仁者樂, 不亦幾乎?'(宗炳, 「畫山水序」)

29 "是以陶鈞文思, 貴在虛靜, 疏瀹五藏。"(劉勰, 『文心雕龍』「神思」)

30 蘇軾, 「文與可畫篔簹谷偃竹記」, 『蘇軾文集』, 中華書局, 1986, p.365.

성된 그림이 가슴속에 있어야 한다"成竹於胸는 유명한 말을 남겼다. 문동이 먹으로 그린 대나무는 멀고 가까움은 물론 먹의 농담으로 대나무 잎의 앞면과 뒷면이 구분되도록 했다. 그렇게 그려진 대나무는 극도로 사실적이었을 뿐 아니라 정말로 살아 흔들리는 듯했다. 마치 조물주의 능력을 빌려서 묵죽墨竹에 생기를 불어넣은 듯했다. 한번은 객客이 대나무 그림을 보고 그 비결을 물으니 문동은 이렇게 말한다.

내가 좋아하는 것은 도道입니다. 단지 대나무로 표현한 것이지요. 처음에 숭산의 남쪽에 은거하며 대나무 숲에 집을 지었습니다. 보고 듣는 게 없으니 마음에 걸리는 일도 없었습니다. 아침이면 대나무와 함께 놀고 저녁에는 대나무와 벗이 됐지요. 대나무 숲에서 밥을 먹고 그 그늘에서 누워 쉬면서 대나무의 변화를 다 봅니다. 때로 바람이 멎고 비가 그치면 텅 빈 산에 해가 솟습니다. 그러면 아름다운 대나무들이 온 계곡에 울창합니다. 이파리는 비췻빛 깃털 같고 줄기는 푸른 옥빛입니다. 잎들은 맑고 깨끗한 모습으로 빗물을 떨어트립니다. 그때가 되면 사람 말소리 하나 없고 대숲에는 매미와 새 우는 소리만 들립니다. ……이것이 대나무의 대나무다움입니다. 처음에는 나도 이 모든 것이 기뻤습니다. 그러나 이젠 기뻐도 기쁨이 의식되지 않습니다. 붓이 내 손에 있는 것도 모르고 종이가 눈앞에 있어도 모릅니다. 문득 흥이 나서 그리기 시작하면 긴 대나무 그림이 숲을 이루니 자연이 만든 대나무와 제 그림에 무슨 차이가 있겠습니까?

무아지경으로 자연을 낚아채다

대나무와 하나가 되려면 아침저녁으로 대나무와 함께한다. 마음을 맑고 고요하게 한다. 그리고 대나무가 보여주는 모든 생명의 변화를 남김없이 받아들인다. 한참 지나면 대나무와 내가 함께 숨 쉬는 것을 체험한다. 처음에는 그 모든 과정이 기쁨으로 다가온다. 그러나 나중에는 그 기쁨이 내 몸에 스며들어 '기쁨이라는 것'조차 없다. 대나무와 하나가 됐기 때문이다. 대나무는 완전한 모습으로 내 가슴에 들어와 있다. 그런 내가 그림을 그리면 그대로 살아 있는 대나무가 될 뿐이다. 이런 문동의 말에 객이 대답한다.

포정은 소를 잡는 사람이지만 양생養生하는 사람도 그에게 배울 게 있습니다. 윤편은 수레바퀴 만드는 장인이지만 공부하는 사람도 그에게 배울 게 있습니다. 만물의 이치는 하나입니다. 각자가 하는 일이 다를 뿐입니다. 선생이야말로 그것을 대나무에 기탁하며 도를 깨달은 분 아닌가요?[31]

소식의 아우 소철이 남긴 이 글이 우리에게 들려주는 말은, '도의 경지'가 어떻게 '기예'와 만나는가이다. 도의 경지는 사물과 내가 합일이 된 상태다. 합일은 나의 마음이 맑고 고요할 때 가능하다. 맑고 고요해야 주관적이거나 기술적인 접근을 넘어서서 대상을 온전히 받아

---

[31] "夫予之所好者道也, 放乎竹矣! 始予隱乎崇山之陽, 盧乎修竹之林. 視聽漠然, 無槪乎予心。客曰: "蓋予聞之: 庖丁, 解牛者也, 而養生者取之; 輪扁, 斫輪者也, 而讀書者與之, 萬物一理也, 其所從爲之者異爾, 况夫夫子之托于斯竹也, 而予以爲有道者, 則非耶?"(蘇轍, 「墨竹賦」)『蘇轍集』全四卷, 中華書局, 1990, p.333.

들인다. 『장자』에서 요리사가 소를 잡을 때 기술적인 것을 넘어서 입신의 경지에 이른 것은 19년 동안 소 잡는 일에만 몰입한 뒤에 이른 단계이다. 처음 몇 년 동안 요리사는 소를 대상화했다. '나'는 요리사이고 '너'는 소였다. 그러나 이제는 내가 '소'이고 소가 '나'이다. 대상화하고 분리된 상태에서는 기술로만 접근한다. 그러나 어떤 예술도 기술만으로는 한계가 있다. 요리사의 말대로 도가 기술에 녹아들어야 한다. 기성자紀渻子가 기른 싸움닭이 혹독한 훈련 끝에 '나무로 만든 닭'이 된 것처럼, 오랜 기간의 단련을 거쳐 승부의 욕심과 격분의 감정이 사라진 경지에 이르러야 한다. 역시 『장자』에서 몇 달 동안 연습을 한 뒤에 마치 길에 떨어진 것을 줍듯이 매미를 잡은 꼽추의 경지처럼 기예와 도가 함께 가야 한다. 이를 소식의 말로 바꿔 말하면 '기도양진'技道兩進이다.[32] 기예와 도가 하나가 되는 장기간의 연마 끝에 이르러, '하나됨'이란 바로 '나와 사물이 혼연일체가 된 상태'이다.

시도 이와 같다. 종영은 말한다.

"시는 다듬고 꾸미는 일 없이 소박하게 써야 하며, 단지 풍격이 바르고 순수하기만 하면 최상이라고 하는데 사실은 그렇지 않다. 무염無鹽처럼 미모 없이 덕만 있는 것이, 어찌 문왕이나 태사처럼 덕과 용모가 다 갖춰진 것만 한가?"[33]

무염은 못생겼지만 지혜와 덕이 출중해서 제나라 선왕의 정비가 된 여인이다. '무염'은 『열녀전』列女傳에 나오는 종리춘鍾離春의 다른 이

---

32   蘇軾, 「跋秦少游書」, 『蘇軾文集』, 中華書局, 1986, p.2194.
33   "詩不假修飾, 任其醜樸。但風韻正, 天眞全, 即名上等。予曰: 不然, 無鹽闕容而有德, 曷若文王,太姒有容而有德乎?"(鍾嶸, 『詩品集注』) 上海古籍出版社, 1994년.

름이다. 산동 무염읍 여인으로, 외모가 추했으나 지혜가 있어 제 선왕의 정비가 되었다.[34] 그러나 문왕이나 태사처럼 좋은 인품은 좋은 용모가 갖추어져 있을 때 더욱 큰 힘을 발휘한다. 시도 이처럼 오래 생각하고 부단히 다듬으며 연마한 끝에 지혜나 덕 같은, 그 '생각'이라는 것이 사라지면서 향기를 띤다. 맑은 마음은 좋은 문자와 아름다운 시구에 실려야 멀리 간다. 앞의 것을 '도'라고 한다면 뒤의 것은 '기예'다. 도가 기예와 함께 나아가는 것. 그 경지가 되면 나와 사물 사이에 괴리가 없다. 고운 향기의 꽃처럼 완전히 피고 온전히 진다. 화가와 시인은 "우두커니 자신을 잊고/스스로 대나무가 된다."[35]

34   이숙인 옮김, 『열녀전』, 예문서원, 1996년, p.355.
35   "嗒然遺其身。其身與竹化。"(蘇軾, 「書晁補之所藏與可畵竹三首」) 『蘇軾詩集』, 中華書局, 1986, p.1522.

맹호연, "맑은 강 달빛이 내게 내린다"

맹호연孟浩然(689~740)은 왕유와 더불어 당나라 중기의 대표적 시인
이다. 원래의 이름은 '호'浩인데 자字인 '호연'으로 더 많이 알려졌다.
왕유와 비견될 만큼 고상하고 청아한 시적 경지를 열었다. 나중에 시
의 별이라는 뜻으로 '시성'詩星이라는 별명을 얻었다. 시를 잘 지었던
그는 스물셋이었을 때 녹문산에 은거하며 누군가 천거해 주길 바랐으
나 뜻대로 되지 않았다. 그 뒤 10년이 넘도록 야인野人으로 살며 문인
들과 교유했다. 서른여덟 살 때 이백을 만나 친구가 된다. 그리고 몇
년 뒤 이백이 쓴 시가 앞에서 본 「황학루송맹호연지광릉」이다. 맹호연
은 서른아홉이 돼서야 작심하고 과거에 응시했는데 낙방했다. 그는 실
망했으나 크게 좌절하지는 않았다. 자신의 학식과 재능을 바탕으로 왕
유 등 훌륭한 문인들과 사귄다. 당시 과거에 낙방하고서 문인들의 모
임에 참석한 그는 사람들과 함께 시를 짓는 기회에 다음과 같은 시구
를 써 냈다.

엷은 구름 은하수에 맑게 깔리고　　微雲淡河漢,

성긴 비는 오동잎에 후드득 진다.　　疏雨滴梧桐。[1]

　이 시에서의 이미지는 구름·은하수·비·오동나무다. 이 네 가지 이미지를 조합해서 시를 시답게 한 글자는 중간에 있는 엷다는 뜻의 '담'淡과 물이 똑똑 떨어진다는 뜻의 '적'滴이다. 위에서처럼 번역하면 구름과 비가 이 두 글자의 주체가 된다. 엷은 구름이 지나가며 한 두 방울 비를 뿌리는 정경이다. 이 시구를 내어 놓자 그 자리에 모인 문인들은 감탄하면서 더 이상 시를 짓지 못하고 붓을 놓아 버렸다. 이미지와 글자들이 짝을 이룬 대구의 묘미, 눈에 보이고 귀에 들리는 정경의 조화, 그리고 이 모든 정경의 아스라한 분위기가 일품이다. 이 일로 그는 순식간에 장안의 명사가 되었다.

　그러나 그에게는 관운官運이 없었다. 왕유의 초청을 받고 그의 관청에 갔을 때 별안간 현종 황제가 들렀다. 맹호연은 침대 아래 숨었지만, 왕유는 황제에게 그 상황을 감출 수만은 없어서 그에게 나와 인사 올리게 했다. 황제가 이름을 익히 들었다면서 시를 지어 보라 했는데, 그의 시 중 한 구절이 '부재명주기'不才明主棄였다. 재능이 없다 보니 훌륭한 군주로부터도 버림을 받았다는 뜻이다. 황제는 자신이 인재를 못 알아봤다는 의미로 해석하고 불쾌해했다.[2] 결국 맹호연은 발탁될 기회를 잃었다. 다음의 시는 그가 은거하던 녹문산에서 지은 작품이다.

1　"微雲淡河漢, 疏雨滴梧桐。逐逐懷良馭, 蕭蕭顧樂鳴。"(孟浩然, 「省試騏驥長鳴」, 『丹陽集』)

2　『신당서』(新唐書) 권203 열전 제128.

춘효春曉
맹호연

봄잠에 새벽이 온 줄도 몰라	春眠不覺曉,
곳곳에 들리는 새 울음소리.	處處聞啼鳥。
밤사이 비바람 몰아치더니	夜來風雨聲,
꽃들은 얼마나 떨어졌을까.	花落知多少。[3]

'봄의 새벽'이라는 제목의 이 시는 맹호연의 작품 중에서 가장 많이 알려졌다. 오언절구에 능한 그의 재능이 고스란히 보인다. 어려운 글자나 표현이 없으며, 자연스러운 시의詩意 속에 꽃을 염려하는 시인의 고즈넉한 심경이 드러난다. 짧고 단순하기만 한 듯한 스무 개의 글자가 보여주는 정경은 지극히 조화롭고 아름답다. 읽는 이에게 청각적인 정경을 열어 보일 뿐 아니라 시인의 섬세한 정서가 잘 그려졌다. 일부 논자들은 '비바람'을 정치적인 혼란으로, '꽃'을 고관대작들로 보는데, 이는 과도한 해석이다. 대단히 수준 높은 시는 아니지만 아름다운 시의를 보여준다.

3   『全唐詩』, 上海古籍出版社, 1992, p.379.

과고인장 過故人莊

맹호연

친구는 음식을 준비해 놓고	故人具雞黍,
전원의 농가로 나를 불렀다.	邀我至田家。
푸르른 나무가 둘러선 마을	綠樹村邊合,
청산은 들 밖에 비끼어 있다.	青山郭外斜。

창 열고 앞 밭을 내다보면서	開筵面場圃,
잔 들고 올 농사 얘기 나눈다.	把酒話桑麻。
중양절 되기를 기다렸다가	待到重陽日,
다시 와 국화를 감상하리라.	還來就菊花。[4]

　'친구의 집에 들르다'라는 제목의 오언율시다. 이 시는 맹호연이 녹문산에 살 때 친구를 찾았던 경험을 눈에 보이듯 그려 냈다. 정감과 정경이 아름답게 펼쳐진다. '고인'故人은 오래된 벗이다. '계서'雞黍란 고기와 밥 등 음식이다. 네 번째 구절의 '곽'郭은 교외에 있는 성인 '곽'廓이다. '상마'桑麻란 농사를 가리킨다. 앞의 시에서는 정황과 정경, 뒤의 시에서는 초점을 당겨서 두 사람의 대화와 다짐을 그렸다. 담담한 필치에 따뜻하고 아름다운 정감이 넘친다.

4　　위의 책, p.376.

야계범주耶溪泛舟

맹호연

해는 져도 아직 밝아서　落景餘淸輝,

배를 저어 강에 나갔다.　輕橈弄溪渚。

물도 맑아 예쁜 고기들　泓澄愛水物,

배 띄우니 둥실 흐른다.　臨泛何容與。

백발노인 낚시 내리고　白首垂釣翁,

고운 여인 빨래하는데,　新妝浣紗女。

서로 아는 눈길이지만　相看似相識,

말 한마디 건네지 않네.　脉脉不得語。[5]

　　'야계 강에 배를 띄우다'라는 제목의 오언율시다. 앞에서 이청조의
시를 이야기하며 나온 '야계'는 절강에 있는 작은 강으로 '약야계'若耶
溪로 불린다. 맹호연은 당시 장안을 떠나 양자강 하류의 절강 지방을
여행했다. 이 시는 그때의 작품이다. 둘째 연의 '용여'容與는 배가 물결
따라 둥실 떠 흐른다는 뜻이다. '백발노인'이란 시인 자신이고 마지막
연의 '맥맥'脉脉은 서로 응시하는 모습이다. 서로 쳐다보면서도 말을
건네지 않는 순간의 그 미묘함을 잘 포착했다. 평온한 강남의 경치가
풍경화처럼 다가오는 시다.

5　　　위의 책, p.371.

맹호연은 비록 관직에 들어가는 일에 실패했지만 이백처럼 괴로워하지는 않았다. 신기질처럼 열혈 장부로서 세상을 통탄하지도 않았다. 좌절할 법한 처지나 시름에 젖을 만한 상황에서도 맹호연은 언제나 고아한 정서를 유지했다. 그의 정신적인 경지가 엿보이는 위의 시는 담담한 필치의 전원 풍경 속에 고요하고도 맑은 심경을 담았다.

숙건덕강 宿建德江
맹호연

안개 낀 강가에 배 저어 대고	移舟泊煙渚,
해 지니 나그네 시름 새롭다.	日暮客愁新。
너른 들 하늘은 숲에 닿는데	野曠天低樹,
맑은 강 달빛이 내게 내린다.	江淸月近人。[6]

'건덕강에서 묵다'라는 제목의 오언절구다. 건덕강은 지금의 절강성 서쪽에 있다. 첫 구절의 '저渚'란 강 중간에 있는 작은 섬이다. 큰 섬은 '주洲'라고 하는데 여기서는 이런 구분이 필요 없다. 나그네는 시인 자신이다. 맹호연이 장안을 떠나 절강에서 지낼 때의 작품이다. 대부분의 시를 보면 앞에는 정경을, 뒤에는 심경을 그렸는데 이 시는 이런 형식을 뒤바꿨다. 심덕잠은 이 시를 두고 "시어는 담담하지만 시의 맛은 결코 담담하지 않다"[7]고 한다. 깊고 멀리까지 전하는 시적인 맛이

---

6   위의 책, p.379.

이 네 구절의 시 너머에 있다는 말이다. 뒤의 두 구절은 그의 작품 중 잘 알려진 아름다운 시구다.

맹호연은 삶의 여러 가지 좌절 속에서도 낙담하지 않았다. 오히려 자신의 생활에 침잠했고, 순간순간의 삶을 소중히 여겼다. 생활 속에서의 아름다움을 찾아 시로 옮겼다. 그 전까지의 사람들은 시에서 자신의 심경이나 경물 묘사에 집중했다. 맹호연은 당나라에 들어와서 산수 자연의 아름다움을 전적으로 노래한 첫 번째 시인이다. 많은 아름다운 시를 남겼으나 등창 병에 시달렸다. 나중에 생선을 먹은 것이 병세를 악화시켜서 생을 마감해야 했다.

이백과 맹호연이 친구처럼 가까웠음은 앞에서 얘기했다. 그런데 이 두 시인의 시에서 가장 많이 쓰인 단어 유형은 완연히 다르다. 이백의 시에서 가장 많이 사용된 글자는 '천'天·'백'白·'하'何·'장'長·'인'人의 순이며, 이어서 '아'我자가 여섯 번째로 뒤를 이었다. 자아 의식이 남달랐음을 보여준다. 그러나 맹호연의 시에서는 '산'山·'인'人·'일'日·'강'江·'불'不이라는 글자가 순서대로 많이 쓰였다. '아'我자는 거의 150위에 있다.[8] 빈도가 높은 숫자가 시인의 머리를 차지하고 있음에 틀림없다. 단순하게 말하면 이백은 하늘을, 맹호연은 산을 보고 있는 셈이다. 시적 분위기도 완연히 다르다. 이백은 좌절과 외로움을 시와 술로 풀면서 통쾌하고도 비장한 정감으로 자신의 삶을 노래했다. 그러나 맹호연은 똑같이 좌절과 외로움에 휩싸여도 분위기가 고요하고 따

7   "語淡而味終不薄."(沈德潛, 『唐詩別裁集』)
8   『全唐詩索引』, 孟浩然卷, 中華書局, 1992, p.282.

뜻하다. 자신의 상황을 그대로 받아들이며 현실을 아름다운 눈길로 바라보았다.

추등난산기장오秋登蘭山寄張五
맹호연

북산의 흰 구름 속	北山白雲裏,
그대 홀로 즐거우리.	隱者自怡悅。
산에 올라 바라보며	相望試登高,
기러기에 마음 싣네.	心隨雁飛滅。
저녁에는 시름 져도	愁因薄暮起,
기쁨 솟는 맑은 가을.	興是淸秋發。
산촌 사람 가끔 보면	時見歸村人,
나루에서 쉬다 간다.	沙行渡頭歇。
먼 곳 나무 냉이 같고	天邊樹若薺,
강의 배는 반달 모양.	江畔舟如月。
중양절에 술잔 들며	何當載酒來,
우리 언제 취해 볼까.	共醉重陽節。[9]

　이 시는 '가을날 난산에 올라 장오에게 부치다'라는 제목이다. '난산'은 지금의 호북성 양양 서북쪽에 있는 산이다. 맹호연은 난산에

9 　『全唐詩』, 上海古籍出版社, 1992, p.370.

오르며 북산에 은거하는 친구 장오(본명 장자용張子容)를 그리워한
다. 오언고시로 쓰인 이 시는 친구를 그리는 마음을 이처럼 맑게 그
렸다.

하일남정회신대夏日南亭懷辛大
맹호연

서산 너머 노을 지니	山光忽西落,
연못 위로 달이 뜬다.	池月漸東上。
머리 감고 쐬는 바람	散髮乘夕涼,
문을 열고 누운 마루.	開軒臥閑敞。
연꽃 향기 전해 오고	荷風送香氣,
댓잎 이슬지는 소리.	竹露滴淸響。
거문고를 타려는데	欲取鳴琴彈,
들어 줄 친구 없네.	恨無知音賞。
멀리 그대 생각하다	感此懷故人,
밤이 깊어 꿈에 든다.	中宵勞夢想。[10]

이 시 역시 친구를 그리는 내용이다. 제목은 '여름날 남정에 올라
신대를 그리다.' '신대'란 맹호연의 신구 신악辛諤을 가리킨다. 시인은
친구를 종자기鍾子期에 비유하면서 이 좋은 계절, 이 멋진 곳에 자신의

---

[10]   위의 책, p.370.

심경을 알아줄 친구가 곁에 없음을 아쉬워한다. 백아伯牙가 산을 생각
하면서 거문고를 타면 종자기가 듣고 말했다. "높고 높은 태산 같네." 峨
峨兮若泰山 백아가 강물을 생각하면서 거문고를 타면 종자기는 말했다.
"넘실넘실 강물 같네." 洋洋兮若江河 '지음' 知音이라는 것은 음악을 잘 이
해한다는 것이지만 실제로는 마음이 통한다는 뜻이다. 마음이 통하는
친구가 눈앞에 없음을 아쉬워하며 맹호연은 꿈에라도 만나고 싶다고
한다.

맹호연의 시를 보면 산수 경관이 기본 배경으로 그려진다. 산수의
정경에 자신의 심경이 실리는 것이다. 다른 시인의 시에서 산수 경치
가 단지 시인을 부각시키는 배경으로 그려졌다면, 앞 두 수의 시처럼
맹호연의 시에서는 산수에 맹호연의 감정이 이입되어 새로운 배경으
로 탄생된다. 맹호연의 시가 보여주는 정경에서 가장 주목되는 것은
격정적인 감정의 색채가 거의 없어 무미 담백하다는 점이다. 표현된
글자나 시구, 그리고 시가 펼쳐 보이는 정경 모두 평이하고 담백하다.
그러나 그것이 전하는 맛과 향기는 길고도 오래 간다.

왕유, "가만히 앉아서 구름을 본다"

맹호연보다 열두 살 적은 왕유王維(701~761)는 이백과 동갑이었다. 산서성 태원 사람이다. 부처의 제자 유마힐의 한자 이름을 따서 자를 '마힐'摩詰이라 했다. 시·서·화와 음악에 정통했고, 도가 사상과 불교에 심취했다. '시불'詩佛이라는 별명도 얻었다. 시는 오언절구·오언율시를 잘 썼다. 721년 진사에 급제해서 중앙 관직에 있었다. 안사의 난 때도 관직에 있었기 때문에 나중에 처벌될 뻔했으나 충심 어린 그의 시 작품 덕분에 사면됐다. 내란과 그로 인한 정치적 혼란 속에서 그는 관직에 있으면서도, 절반은 은둔하는 삶을 살았다. 다음의 시는 그의 작품 중 가장 잘 알려진 노래다.

위성곡渭城曲

왕유

위성 마을 아침 비에 흙먼지 젖고	渭城朝雨浥輕塵,
객사에는 파릇파릇 버들잎 핀다.	客舍靑靑柳色新。
그대여 가득한 술 한 잔 더 들라	勸君更盡一杯酒,
양관 밖 서역 가면 아는 이 없네.	西出陽關無故人。[1]

　'위성의 노래'라는 제목의 칠언절구다. '원이'元二라는 관리가 조정의 발령을 받고 안서도호부로 떠나게 되었다. 안서도호부는 지금의 신강 위구르 지방의 천산산맥 남쪽 일대를 말한다. 친구들이 마련한 원이의 전별식에서 왕유가 쓴 시다. 원제는 '원이를 안서로 보내며'라는 뜻의 '송원이사안서'送元二使安西이다. '위성'渭城은 서안의 서북쪽 근교에 있는 도시다. '양관'陽關은 지금의 감숙성 돈황 서남쪽에 있는 국경의 관문이다. 이 시는 지어지자마자 사람들에게 알려졌고 곧 '위성의 노래'로 불렸다. 원래의 시는 이처럼 짧은 것이었지만, 사람들은 위 시구의 일부를 반복하고 글자를 더해서 멋진 노래 가사로 만들어 불렀다. 위성곡은 음악사에서는 보통 '양관삼첩'陽關三疊으로 더 알려졌다. '삼첩'이라는 것은 세 번 중첩해서 노래를 부른다는 뜻이다. 오래도록 사람들의 뇌리에 남은 시다.

　앞의 두 구절 열네 자에는 전별하는 시간·장소·계절·날씨·분위

1　『全唐詩』, 上海古籍出版社, 1992, p.300.

기 등이 그림처럼 펼쳐진다. 이 평범한 시가 사람들의 공감을 불러일으킨 것은 셋째와 넷째 구절에 우정의 진정함이 잘 그려졌기 때문이다. 의미는 단지 술 한 잔 더 들라는 말에 불과하지만, 마지막 구절은 누구나 공감할 수 있을 뿐 아니라 읽는 이를 공명하게 한다. 시인은 이별이 서운하다거나 아쉽다는 표현을 하지 않았다. 단지 상대방의 입장에서 생각한 것이다. 친구는 이제 이 길을 나서면 아무도 아는 이 없는 낯선 곳에 이를 것이었다. 친구를 보내는 마당에 서운함이 없을 리 없다. 술을 권하는 이런 친구들의 속 깊은 정이 담담한 필치에 녹아 있다. 이것이 시의 '맛 너머의 맛'이다.

상사相思
왕유

남쪽 지방 붉은 콩들	紅豆生南國,
가을 오니 열렸구나.	秋來發幾枝。
그대 많이 따 가시게	願君多采撷,
그리움을 달래 주네.	此物最相思。[2]

'그리움'이라는 제목의 오언절구다. 손으로 '따다'라는 뜻의 '힐'撷은 '채'采와 비슷한 뜻이지만, 따서 담는 동작에 더 의미를 둔 글자다. 일부 판본에는 다른 제목으로 전해 온다. 남송의 홍매洪邁(1123~1202)

2   위의 책, p.299.

가 편찬한 『만수당인절구』萬首唐人絶句에는 다음과 같이 제목도 다르고 중간의 두 구절이 약간 바뀌었다. 여기서는 분위기를 다르게 하려고 번역도 약간 달리했다.

강상증이구년江上贈李龜年
왕유

붉은 콩은 남녘에서 난다 하더니	紅豆生南國，
가을 오니 옛 가지에 다시 열렸다.	秋來發故枝。
그대여 그 콩 꺾어 따지 마시게	勸君休采擷，
그것은 님 그리움 달래 주는 것.	此物最相思。[3]

이 노래는 원래 장안에서 유행하던 곡목이었다. 왕유가 이 시를 지을 때는 안사의 난이 한창이었다. 당시 궁중 가수 이구년李龜年도 난을 피해 강남으로 내려와서 지내던 중 왕유를 만나게 된다. '강 위에서 이구년에게 드리다'라는 제목의 오언절구다. 제목처럼 왕유는 이 시를 지어서 이구년에게 주었고, 이구년은 이 노래를 어느 연회에서 불러 그 자리에 모인 사람들을 모두 울게 했다.

셋째 구절의 '휴休'는 '~하지 말라'는 뜻이다. 앞의 시와 시구의 내용이 반대로 쓰였다. 그리운 사람을 기다리는 여인의 눈물이 피처럼 떨어져 맺혔다는 이 붉은 콩. 시인 마음속의 그리움과 연결돼 있다.

3   위의 책, p.299.

잡시雜詩
왕유

고향에서 온 그대여	君自故鄕來,
고향 소식 잘 알겠지.	應知故鄕事。
떠나오던 그날 그 창문 앞에	來日綺窗前,
매화는 여전히 피어 있던가?	寒梅著花未?[4]

　제목을 '잡시'라고 한 것은 왕유 이전에 도연명이 처음이다. 저도 모르게 입에서 나오는 대로 쓰인 시라서 특별한 제목을 붙이지 않은 경우의 시제다. 고향을 그리는 시 중에서 가장 아름다운 오언절구의 하나로 꼽힌다. 진정 궁금한 것은 고향의 가족들과 보고 싶은 사람이다. 그러나 시인은 아름다운 창 앞에 서 있던 매화나무가 올해도 여전히 꽃을 피웠는지 묻는다. 시인에게 그 매화는 고향의 사람들과 그 모든 향수의 정화다. 시인은 진정 매화를 궁금해하는 게 아니다. 시인은 매화의 소식을 물으면서 그 연상 속의 그리운 사람들과 하나가 되는 경험을 하고 있다. 소식이 「수조가두」 시에서 달을 보며 아우 소철과 연결됨을 느낀 것처럼.

4　　위의 책, p.299.

구월구일억산동형제九月九日憶山東兄弟

왕유

나 홀로 타향에서 나그네 되니	獨在異鄕爲異客,
명절엔 가족들이 더욱 그립다.	每逢佳節倍思親。
형제들 모두 모여 노니는 그곳	遙知兄弟登高處,
산수유꽃 꽂은 이 중 한 사람 없네.	遍插茱萸少一人。[5]

　왕유는 이 시를 짓고 "나이 열일곱에 썼다"라고 주를 달았다. 당시 그는 낙양에 있었는데, 그의 고향은 화산華山의 동쪽이었기 때문에 '구월 구일 산동의 형제를 그리다'라고 한 것이다. 셋째 구절의 '등고'登高는 중국인들의 가을 명절의 하나로 음력 9월 9일 산에 올라 음식을 즐기는 행사다. 다음 구절의 '수유'茱萸는 산수유. 사람들은 산수유 꽃을 머리에 꽂아 액막이를 했다. 마지막 구절의 '한 사람'은 시인 자신이다. 형제들이 그립다고 쓰지 않고, 그 형제들이 자신이 없는 것을 아쉬워할 것이라고 한다. 이것이 왕유 시의 남다른 맛이다.

　여기서 주목되는 한 가지는 왕유가 이백과 나이도 같고 같은 시기에 장안에서 지내며 관직에 있었는데도 이 두 시인은 한 번도 서로를 언급한 기록이 없다는 점이다. 이들이 만난 적이 없는 것인지, 만났어도 시나 문장으로 남기지 않은 것인지 알 길이 없다. 일단 문헌상으로는 이들이 서로의 이름을 문자로 남기지 않았다. 다른 어떤 문헌에도

5　위의 책, p.299.

이 두 사람 사이의 일을 기록한 글이 없다. 두 사람이 모두 맹호연과 절친한 친구 관계였음을 감안하면 이런 어긋남은 대단히 흥미로운 일이다. 천보 5년(746) 당시의 원로 시인 하지장이 장욱이나 이백 등 내로라하는 시인 묵객들 일곱 명을 불러 시와 술을 즐기는 장면은 두보의 「음중팔선가」에서 보았다. 이 자리에 왕유는 초대되지 않았다. 또한 당시의 재상 장구령이 벌인 왕지환·왕창령·왕유 등과의 연회에는 이백이 초청받지 못했다. 이백과 왕유의 이런 괴리와 그 까닭을 고증할 방법은 없다. 다만 추측할 수 있는 가능성은 이 두 사람이 적어도 의식적이건 아니건 서로에게 커다란 관심의 눈길을 주지 않았을 것이라는 점이다. 이 두 사람이 지향하는 가치가 전혀 다르기 때문일지도 모른다. 이는 굴원을 만난 어부가 '창랑의 노래'를 부르며 떠나면서, 다시는 그와 대화를 하지 않은 장면을 연상케 한다. 왕유는 세상을 초연한 눈으로 바라보는 시인, 또 한 사람의 '어부'였다.

죽리관竹裏館
왕유

커다란 대나무 숲 혼자 앉아서	獨坐幽篁裏,
거문고를 치다가 휘파람 분다.	彈琴復長嘯。
아무도 모르는 깊은 숲속에	深林人不知,
밝은 달만 다가와 나를 비춘다.	明月來相照。[6]

6   위의 책, p.299.

'죽리관'은 왕유가 장안과 망천輞川을 오가며 은거하던 별장의 한 개 건물 이름이다. 달빛 아래 혼자 앉아 있는 시인은 맑고 고요한 심경을 음악에 부친다. 시인을 벗해 주는 것은 오직 밝은 달이다. 역대로 많은 사람들이 왕유의 이런 경지가 가능한 것은 그가 불교를 믿은 시인이었기 때문이라고 설명한다. 불교를 믿었기 때문에 이런 경지에 이른 것인지, 원래 심성이 그렇기 때문에 불교를 좋아한 것인지는 알 수 없다. 여기서 보여주는 경지는 자연경관과 하나가 된 시인의 정신세계다.

명나라의 육시옹陸時雍은 말한다.

"왕유는 맑고 아름다운 시를 써서 도연명이나 사령운의 분위기에 가까웠다. 그의 율시律詩는 대단히 좋지만 고시古詩는 약간 부족했다. 형상을 떠나서 본질을 그려 내고, 정감을 통해서 본성에 다가간 시인이다. 누가 과연 그 정도의 경지를 다시 그려 내겠는가. 시를 논하는 세상 사람들은 대단하고, 고상하고, 기이하고, 특이한 것을 좋아한다. 이는 세속의 천박한 견해일 뿐 시의 정도는 아니다."[7]

신이오辛夷塢
왕유

나무 끝의 목련꽃　　　　　　木末芙蓉花,
산속에서 싹트는 붉은 봉오리.　　山中發紅萼。

7　　"摩詰寫色淸微, 已望陶、謝之藩矣, 第律詩有餘, 古詩不足耳。離象得神, 披情著性, 後之作者誰能之? 世之言詩者, 好大好高, 好奇好異, 此世俗之魔見, 非詩道之正傳也。"(陸時雍,『詩鏡總論』) 丁福保 輯,『歷代詩話續編』, 中華書局, 2006, p.1412.

아무도 없는 시냇가에서　　　　　　澗戶寂無人,

분분히 피고 또 진다.　　　　　　　紛紛開且落。[8]

　　'목련꽃 피는 계곡'이라는 제목의 오언절구다. '신이'辛夷란 목련을
말한다. '오'塢는 산으로 둘러싸인 계곡이다. '부용화'芙蓉花는 연꽃의
다른 이름이다. '악'萼은 꽃받침이다. 이 시가 지어진 때는 당 현종의
조정이 명재상 장구령에서 간신 이임보에게 넘어간 직후다. 당시 왕유
는 장안의 남쪽 종남산終南山 아래 망천이라는 곳에 별장을 지었다. 그
의 마음은 반은 관직 생활에 반은 전원 생활에 있었다. 시인은 아무도
없는 산속에서 피고 지는 목련을 노래한다. 목련은 가지 끝에 피고, 봉
오리가 붓끝 같았기 때문에 목필木筆이라고 했다. 꽃은 보라색과 흰색
의 두 종류가 있는데 여기서 '붉은 봉오리'라고 한 것은 보라색 목련을
묘사한 것이다. 이 꽃은 이파리가 나기 전에 펴서 색깔이 선염하고 또
곧바로 진다. 김소월의 시「산유화」에서의 꽃처럼 홀로 피고 홀로 지
는 꽃.[9] 그것이 무슨 의미라도 있다는 양, 시인은 꽃이 피고 진다는 '소
식'을 전한다. 그 '소식'에는 대자연의 흐름이 있다. 누가 보아 주지 않
아도 필 것을 피우고 질 것을 지게 하는 변화의 조화로움이다.

8　　　　『全唐詩』, 上海古籍出版社, 1992, p.299.
9　　　　"산에는 꽃 피네 / 꽃이 피네 / 갈 봄 여름 없이 꽃이 피네. // 산에 산에 피는 꽃은 / 저
　　　　만치 혼자서 피어 있네. // 산에서 우는 작은 새여 / 꽃이 좋아 산에서 사노라네. // 산
　　　　에는 꽃 지네 / 꽃이 지네 / 갈 봄 여름 없이 꽃이 지네."(김소월,「산유화」)

종남별업終南別業

왕유

중년 되면서 도를 좋아해	中歲頗好道,
남산 자락에 집을 지었다.	晚家南山陲。
기분 좋으면 혼자 걸으며	興來每獨往,
멋진 정경을 나만 즐기고.	勝事空自知。

물길 다한 곳 이르러서는	行到水窮處,
가만히 앉아서 구름을 본다.	坐看雲起時。
어쩌다 산속의 노인 만나면	偶然値林叟,
담소하느라 올 줄 모르고.	談笑無還期。[10]

　　망천 별장과 동일한 곳을 가리키는 '종남산 별장'이라는 제목의 오
언율시다. 왕유의 평소 모습을 잘 보여주는 정경을 그렸다. 첫째 연에
서 '도道란 불교를 가리킨다. 둘째 연의 '공空이란 글자에는 '공연히',
'헛되이'의 뜻으로, 이 좋은 경치를 '나만' 본다는 뜻이 포함되어 있다.
셋째 연의 '행도行到와 '좌간坐看 두 시구는 멋진 짝을 이룬 표현이다.
계곡을 따라 산속을 혼자 걷다가 때로는 앉아 쉬면서 구름을 본다. 사
람을 만나면 한담을 주고받는다. 해석이나 설명이 필요 없을 정도로
담백하다. 도연명이 국화를 따다가 우두커니 남산을 보는 것처럼 맑고

10　　『全唐詩』, 上海古籍出版社, 1992, p.293.

고요한 심경으로 자신의 일상에 오롯이 몰입한 정경이다.

녹채鹿柴
왕유

비인 산에 아무도 뵈지 않는데   空山不見人,

어디선가 들리는 사람 말소리.   但聞人語響。

오후의 숲속 깊이 햇볕 들어와   返景入深林,

파릇한 이끼 위를 비추고 있다.   復照青苔上。[11]

오언절구의 이 시 역시 망천 별장에서 지낼 때의 작품이다. '녹채' 鹿柴는 별장이 있는 곳의 지명이다. '시'柴로 발음되기도 하는 '채'柴는 울타리라는 뜻의 '채'寨나 '채'砦와 통용되는 글자다. 시의 앞 두 구절은 별 것 없는 단순한 정경 같아 보인다. '반경'返景이란 '반영'返影이다. 구름에 반사되어 비치는 햇볕이다. 시인이 있는 산속 어디선가 두런두런 말소리만 들린다. 시인은 이 시에서 자신의 생각을 말하지 않는다. 어디선가 들려오는 사람 말소리와 이끼 위를 비추는 햇볕만 독자에게 전한다. 독자는 이 시에 청각과 시각을 사로잡힌다. 이 시는 무엇을 그린 것인가. 고요함이기도 하고 맑은 경치이기도 하다. 그러나 그 본질은 고요하고 맑은 시인의 심경이다. 이런 고요함을 묘사한 것으로 옛날 왕적王籍의 시구가 있다.

11   위의 책, p.298.

매미 울어 조용한 숲   蟬噪林逾靜,

새소리에 고요한 산.   鳥鳴山更幽。

이 두 구절은 제목이 '약야계若耶溪에 이르다'라는 오언고시의 일부다.[12] 남조 양나라 때의 시인 왕적은 소흥에 부임했다. 그는 그곳에서 종종 천주산을 찾아갔다. 때로는 가서 몇 달이고 있다가 왔다. 어느날 그는 약야계에 이르러 그 조용한 정경에 넋을 잃고 "매미 울어 조용한 숲/새소리에 고요한 산"이라는 시구가 떠올랐다.[13] '유逾'나 '경更'은 '더욱'이라는 뜻이다. 매미나 새들이 우는 소리가 정적을 깨지만, 그 소리 때문에 그 정경이 정적 속에 있음을 '더욱' 드러낸다. 이 시구는 그 뒤 고요한 산중의 분위기를 묘사하는 명구로 지금까지 전해지는 것이다.

산거추명山居秋暝

왕유

텅 빈 산에 비가 갠 뒤   空山新雨後,

저녁 되자 가을 날씨.   天氣晚來秋。

---

12   "큰 배들 둥실 뜨고/너른 강 유유하다.//노을 속에 산봉우리/물에 비쳐 흘러간다.//매미 울어 조용한 숲/새소리에 고요한 산.//문득 드는 고향 생각/객지 생활 외롭구나."(艅艎何泛泛, 空水共悠悠。陰霞生遠岫, 陽景逐回流。蟬噪林逾靜, 鳥鳴山更幽。此地動歸念, 長年悲倦遊。"; 王籍, 「入若耶溪」)

13   "籍除輕車湘東王諮議參軍, 隨府會稽。郡境有雲門天柱山, 籍嘗遊之, 或累月不反。至若耶溪, 賦詩云: '蟬噪林逾靜, 鳥鳴山更幽。' 當時以爲文外獨絶。"(『梁書』「文學傳」)

달빛 내린 소나무 숲	明月松間照,
샘 흐르는 너럭바위.	清泉石上流。
빨래하는 여인들 소리	竹喧歸浣女,
연꽃 사이 어부의 배.	蓮動下漁舟。
꽃들도 다 졌건만	隨意春芳歇,
시인은 산이 좋네.	王孫自可留。[14]

　'산속의 가을 저녁'이라는 제목의 이 시 역시 왕유가 망천의 별장에
서 지낼 때 지은 오언율시다. 앞의 두 연은 순전한 정경이다 둘째 시에
가서 시인의 시의가 실렸다. 자연 경관의 아름다움 속에 빠진 시인은
돌아갈 줄 모른다. 셋째 연의 '훤'喧은 사람들이 떠드는 소리, '완'浣은
빨래한다는 뜻이다. 대나무 뒤편에서는 빨래하고 돌아오는 여인들의
말소리가 들린다. 연꽃이 흔들리는 것은 어부의 배가 지나가기 때문이
다. 여인들의 말소리, 흔들리는 연꽃. 이 두 가지 정경은 시인의 심경
이 얼마나 조용하고 고요한 상태에 있는지 극명하게 보여준다. 마지막
연의 '왕손'王孫이란 시에서 상대방을 점잖게 지칭하는 말이기도 하지
만, 여기서는 시인 본인을 가리켰다.

[14] 『全唐詩』, 上海古籍出版社, 1992, p.293.

조명간鳥鳴澗

왕유

가만히 있다가 지는 계화꽃	人閑桂花落,
고요한 밤중에 텅 빈 봄의 산.	夜靜春山空。
달이 뜨자 산새도 놀라 깼는지	月出驚山鳥,
가끔씩 시냇가엔 새 울음소리.	時鳴春澗中。[15]

'새 우는 시냇가'라는 제목의 오언절구다. 이 시는 시인이 안사의 난이 일어나기 10년 전쯤 소흥 동남쪽 오운계五雲溪에 머물 당시 지었다. 친구 황보악이 운계별숙에 있을 때 왕유가 지어 준 「황보악운계잡제오수」皇甫嶽雲溪雜題五首 중의 첫 번째 시다. '인한'人閑이라는 첫마디는 아무도 없고, 아무 일도 일어나지 않는 정적 속에 시인이 있음을 보여준다. '계화'桂花는 꽃잎이 작아서 그런 정적 속에서 떨어져도 알아챌 수 없다. 시인은 무념무상의 상태다.[16] 외부의 사물도 모두 잠이 들었다. 가끔씩 새소리가 세상의 고요함을 더욱 선명히 전한다. 심경과 정경이 하나가 된 왕유의 이런 시가 남다른 맛을 띠는 것은 '고요하기 때문'만이 아니다. 고요한 가운데 '하나됨의 상태가 됐기 때문'이다. 중국문학에서 '물아합일'物我合一이나 '천인합일'天人合一이라는 용어로 알려진 이 경지는 시가 만들어 내는 독특한 세계다. 여기서 '물'物이란,

---

15   위의 책, p.299.
16   "讀之身世兩忘, 萬念皆寂。"(胡應麟, 「詩藪」)

'아'我가 아닌 모든 객체를 말한다. 시의 참맛이란 바로 이런 '물아합
일'의 맛이다.

왕유, "가만히 앉아서 구름을 본다"

하나됨 속에서 주옥같은 시가 나온다

소식과 도연명, 맹호연과 왕유 등은 조화로운 심경의 시적 경지를 그려 낸 대표적인 시인들이다. 그리고 이들은 앞서 살펴본 굴원, 이백, 두보, 백거이와는 상당히 다른 분위기를 띤다. 겉으로만 보면 그 중요한 차이는 시가 그려지는 정경에서 시인의 감성적 색채가 얼마나 드러나는지 여부였다. 소설로 비유하면, 굴원, 이백, 두보, 백거이 등은 일인칭 소설로 쓰여 작가가 주인공이었다. 엄밀히 말하면 작가의 감정이 주인공이었다. 소식, 도연명, 맹호연, 왕유 등은 삼인칭 소설로 쓰이면서 작가가 내용의 뒤로 비켜섰다. 작가가 자신의 목소리를 내더라도 감정이 주인공이 되는 일은 없었다. 작가는 시가 그려 내는 정경의 한 소품이 되었다. 주변과 하나가 된 것이다. 물아일체의 심경을 표현한 이런 시는 중국문학사 곳곳에서 그려져 왔다.

풍교야박 楓橋夜泊
장계

달 지고 새 우는 밤 서리 내렸다	月落烏啼霜滿天,
강풍교 배 등불 보며 잠 못 드는데.	江楓漁火對愁眠。
고소성 저 멀리 한산사에서	姑蘇城外寒山寺,
한밤중 객선까지 종이 울린다.	夜半鍾聲到客船。[1]

생몰년이 밝혀지지 않은 장계張繼는 753년 과거에 급제해서 진사가 됐다. 2년 뒤 안사의 난이 일어나자 그도 대부분의 문인들처럼 비교적 안전한 강남으로 피난을 한다. 그때 소주로 와서 지은 칠언절구다. 이 시의 핵심어는 '시름 수愁'자다. 내란을 걱정한 시름이 아니라 나그네의 시름이다.

'까마귀'烏 울고 서리도 가득 내린 밤이다. '강풍'江楓은 강가의 단풍이 아니라, '강풍'이라는 이름의 다리를 가리킨다. '어화'漁火는 고기잡이배에 켜 놓은 등불이다. 시인은 잠을 못 이루고 다리와 배가 있는 경치를 보면서 객수客愁에 잠긴다. '고소'姑蘇는 소주의 옛 이름이다. 한산사는 소주 근교의 유명한 절로 지금도 찾아가 볼 수 있다. 한밤중에 절에서 종을 친 사례가 있었는지를 두고 말이 많았으나, 시인이 체험한 사실을 그렸다는 것이 정론이다. 시가 묘사한 것은 타향 객지에서의 쓸쓸함이지만, 눈으로 보고 귀로 듣는 정경이 어우러진 고적함 속

---

1   『全唐詩』, 上海古籍出版社, 1992, p.612.

에서 시인은 이 모든 것과 일체가 되어 있다.

두목杜牧(803~852)은 장안 사람으로 당나라 후기의 저명한 시인이다. 스물여섯에 진사에 급제하여 중앙과 지방의 관직에 있었다. 두목이 과거에 응시하러 갔을 때 시험 관리 책임관은 유종원의 친구 최언崔郾이었다. 시험 전날 최언이 사람들과 식사하는 자리에 잘 아는 노학자가 나타나서 자신이 발견한 청년 인재를 추천한다. 최언에게 그의 장원을 부탁했지만 장원 몇 자리는 이미 내정되어 있었다. 이렇게 두목은 5등으로 붙는다. 그러나 당시 수도인 장안에 근무하면 봉급이 적어서 그것만으로는 생활이 빠듯했다. 그러다 보니 일부 관리들은 조건이 좀 나은 지방 관직을 자원했다. 두목도 여러 차례 청원을 올려 호주 등의 지방에 가서 많은 시를 남긴다. 만년에는 장안의 번천樊川에 별장을 짓고 은거했다. 칠언절구를 잘 지었다. 이상은李商隱(812~858)과 함께 병칭되며 이름을 날렸다. 다음의 시는 그의 시중 가장 잘 알려진 작품이다.

산행山行
두목

멀리 가을 산길 오르다 보니 　　　遠上寒山石徑斜,
흰 구름 이는 곳에 인가가 있다. 　　白雲生處有人家。
잠시 서서 감상하는 단풍나무 숲 　停車坐愛楓林晚,
물든 잎은 봄꽃보다 아름답구나. 　霜葉紅於二月花。[2]

칠언절구의 이 시에서 사람들은 두 개의 글자에 주목했다. 2행의 '생'生은 '심'深으로 된 판본이 있는데, 여기서는 시적인 분위기를 더 내는 '생'으로 했다. 이 글자는 그림을 구체화하고 생동하게 한다. 사람들이 이 시의 시안이라고 본 글자는 3행의 '좌'坐다. 이 글자는 '~때문에'라고 해석된다. 마차를 세운 것은 단풍이 아름답기 때문인 것이다. 선진先秦 시기에도 이런 용법이 있었다.

제나라에서 사신으로 온 안자晏子를 모욕 주려고 초왕은 제나라 사람이 끌려가는 장면을 연출했다. 초왕이 묻는다. "무엇 때문이냐?"何坐 그러자 끌고 가는 사람이 대답한다. "도둑질 했기 때문입니다."坐盜[3] 그러나 '좌'坐를 단순히 '앉아서'라고 해석한다고 해도 틀린 것은 아닐 것이다.

이 시의 핵심은 마지막 구절에 있다. 가을 경치 속에 몰입한 시인은 서리에 물든 단풍잎이 봄꽃보다 아름다움을 문득 깨닫는다. 시인의 이 한마디는 오래도록 사람들에게 잊히지 않는 명구가 됐다. 줄곧 나이 든 사람의 아름다움을 표현하는 말로 쓰인 것이다.

2   위의 책, p.1330.
3   "晏子將使楚。楚王聞之, 謂左右曰: '晏嬰, 齊之習辭者也, 今方來, 吾欲辱之, 何以也?' 左右對曰: '爲其來也, 臣請縛一人, 過王而行。王曰, 何爲者也? 對曰, 齊人也。王曰, 何坐? 曰, 坐盜。'"(『晏子春秋』)

청명淸明

두목

청명절 추적추적 내리는 비에	淸明時節雨紛紛,
길 가는 나그네 가슴도 젖네.	路上行人欲斷魂。
술집이 어디냐고 길을 물으니	借問酒家何處有,
목동이 가리키는 살구꽃 마을.	牧童遙指杏花村。[4]

　술을 소재로 한 시 중에서 가장 잘 알려진 두목의 절창이다. 봄비가 내리는 청명절의 분위기에서 시인의 마음도 척척해 온다. 술집을 묻고 대답하는 시인과 목동의 정경이 그림처럼 드러난다. 술집이 살구꽃 핀 마을에만 있을 리가 없지만, 이 시가 전해진 뒤로 '행화촌'杏花村은 술집의 다른 이름이 되었다. 이 시를 보면 어떤 해설도 필요 없다. 시인의 심경과 분위기가 한 덩어리로 어우러지는 순간을 그렸다.

　정경에 심경을 가장 잘 실은 시 중에 또 하나의 걸작이 온정균溫庭筠(812~866)의 「상산조행」이다. 온정균은 앞에서 어현기의 시를 소개할 때 말한 당나라 말기의 시인으로 『화간집』花間集에 66수의 사詞가 전한다. 그는 두 손으로 손깍지 한 번 낄 때마다 각운이 하나씩 나온다는 말을 들을 정도로 시를 잘 썼다. 그러나 그는 권력자들을 비웃으며 도도하게 처신해서 사람들의 질시를 받았다. 마흔이 되어 과거에 응시했지만 당시의 혼란한 정세 속에서 계속 낙방하고 일생을 힘들게 보냈다.

4　　『中國歷代詩歌選』, 人民文學出版社, 1988, p.512.

상산조행尙山早行

온정균

새벽을 울리는 말방울 소리	晨起動征鐸,
나그네 떠나며 고향 그린다.	客行悲故鄉。
닭 우는 소리 주막집 달빛	雞聲茅店月,
서리 내린 나무다리 사람 발자국.	人迹板橋霜。
떡갈나무 낙엽은 산길에 지고	槲葉落山路,
탱자나무 꽃잎은 담장에 폈다.	枳花明驛牆。
장안에서 지낸 날 생각하는데	因思杜陵夢,
들오리 떼 호수에 가득 내린다.	鳧雁滿廻塘。[5]

'상산을 아침에 떠나다'라는 제목의 오언율시다. 이 시는 온정균이 장안의 친구를 찾아갔다가 양양으로 가는 길에 상산에서 지은 것이다. 여관의 새벽, 객들은 일어나 떠날 채비를 한다. 말의 목에 달린 종이 뎅그렁거린다. 먼 길을 또 가야 하는 객지의 외로움이 밀려온다. 길을 나서자 새벽의 정경이 그림처럼 펼쳐졌다. 닭 우는 소리, 주막집, 하얗게 뜬 새벽달, 나무다리, 사람들 발자국, 그 위에 내린 서리 등을 시인은 점점이 포착한다. 시의 분위기는 쓸쓸함이 가득한 이른 새벽의 정경이다. 낙엽도 꽃도 거기 있지만 그래서 더욱 외로움에 휩싸인다. 역

---

5   『全唐詩』, 上海古籍出版社, 1992, p.1483.

대로 문인들은 이 시의 두 구절의 아름다움에 매혹됐다. "닭 우는 소리 주막집 달빛／서리 내린 나무다리 사람 발자국"이라는 구절에서 시인은 아무 말 없이 이 이미지들을 우리에게 던져 준다. 그 말할 수 없는 고적한 풍경에 시인 자신의 감정조차 녹아 버렸던 것이다.

야우기북夜雨寄北
이상은

언제 오냐 묻지만 기약이 없소	君問歸期未有期,
호수 물 찬 파산에 밤비 내리오.	巴山夜雨漲秋池。
언제 가서 창가의 촛불 돋우며	何當共剪西窓燭,
비 오던 파산의 밤 얘기 나눌까.	却話巴山夜雨時。[6]

이상은은 온정균과 함께 당나라 말기의 대표적인 시인으로 불린다. 재도전 끝에 스물넷에 과거에 급제했다. 당시 제도는 급제하면 곧바로 보직을 주는 게 아니었다. 1년 정도 유예를 한 다음 부서에서 시행하는 시험을 보고 합격해야 배치됐다. 불행하게도 그는 당시의 정쟁에 말려들어 줄곧 지방의 말직을 맴돌았다. 때로는 그것마저 못하고 전전해야 했다. 이상은은 성실하고 감수성이 뛰어났다. 그는 특이하게 '무제'無題라는 제목의 시를 많이 남겼다. 시의 독특한 매력은 후세 사람들의 주목을 받았다. 청나라 때 손수孫洙가 편찬한 『당시삼백수』唐詩

---

6   위의 책, p.1361.

三百首에는 당나라 시인 중에 이상은은 두 번째로 많은 32수의 시가 실렸다. 실린 시가 제일 많은 시인은 두보의 38수, 세 번째가 왕유 29수, 네 번째가 이백 27수의 순이다.

'비 오는 밤에 북쪽으로 부치는 시'라는 제목의 이 칠언절구는 이상은의 대표작이다. 그가 사천 지방 '파산'巴山에 근무할 때 장안의 아내가 보낸 편지에 답장으로 쓴 시다. 일부 학자들은 아내가 아니라 친구에게 보낸 것이라고 하지만 시적 분위기에 맞지 않는다. 851년에 이상은은 절도사 유중을 따라 사천에 가서 막부 생활을 했다. 이 시는 그 당시 지어진 것이다. 고증에 따르면 그때 아내 왕씨가 장안에서 병으로 죽었다. 아내가 죽은 사실은 편지를 보내고 한참 뒤에야 알았다. 남송의 홍매가 편찬한 『만수당인절구』에는 시의 제목이 '야우기내'夜雨寄內로 되어 있다. '내'內란 아내를 가리키므로 아내에게 부친 것이다.

1행의 '군'君이란 남녀 구분 없이 상대방을 점잖게 부르는 호칭이다. 2행의 '창'漲은 빗물이 가을 호수에 '넘친다'는 뜻이다. '기'期자와 '파산야우'巴山夜雨라는 시어가 두 차례나 나온다. 스물여덟 글자의 짧은 시에서 이런 중복은 대개 금기시 된다. 권태감을 주기 때문이다. 그러나 시를 읊으면 중복된 느낌보다는 서로 다른 의미로 다가온다. '파산야우'의 경우 앞의 것은 시인 눈앞의 경치다. 뒤의 것은 시인이 나중에 집에 돌아가서 아내와 정담을 나눌 때 회상으로 그려질 경치다. 아내에게 전하는 진실한 마음, 아내에 대한 다정한 감성이 가득하다.

하나됨 속에서 주옥같은 시가 나온다

유원불치 遊園不値

섭소옹

나막신이 밟는 이끼 안타까울 듯	應憐屐齒印蒼苔,
사립문 두드려도 대답이 없네.	小扣柴扉久不開。
뜰 가득한 봄빛은 가두지 못해	春色滿園關不住,
담장 너머 삐져나온 살구꽃 가지.	一枝紅杏出牆來。[7]

'정원을 구경하고 집주인을 못 만나다'라는 제목의 칠언절구다. 섭소옹葉紹翁은 생몰년과 신분이 밝혀지지 않은 남송 중기의 시인이다. 어느 날 그는 친구 집을 찾아갔다. 중국 강남 지방의 정원은 상당수가 작은 공원 규모의 원림園林이다. 시인이 원림을 돌아보고 친구가 사는 안채에 다다라 보니 문 앞에는 이끼가 가득하다. 나막신 바닥에는 두 개의 턱인 '극치'屐齒가 있다. 그것이 고운 이끼를 밟아 망가트리는 것을 집주인은 안타까워할 듯하다. 아무도 없는 집에는 봄 분위기가 물씬 풍긴다. 문을 닫아걸어도 봄을 가두지는 못한다. 문 앞을 돌아서던 시인은 문득 담장 밖으로 나온 살구꽃 가지를 발견한다.

---

7   錢鍾書 選註, 『宋詩選集』, 人民文學出版社, 1994, p.266.

마상작馬上作

육유

나무다리 논둑길 비가 걷히고 　　　　　平橋小陌雨初收,

뜬 구름 밝은 해 흐르는 안개. 　　　　　淡日穿雲翠靄浮。

버드나무는 봄빛을 막지 못하리 　　　　　楊柳不遮春色斷,

담장 밖에 삐져나온 살구꽃 가지. 　　　　一枝紅杏出牆頭。[8]

　'말 위에서 짓다'라는 제목이다. 앞의 시와 이 시는 시의와 구도가
비슷하다. 마지막 구절도 한 글자를 제외하고 똑같다. 천중수의 견해
에 따르면 섭소옹이 육유의 이 시에서 마지막 구절을 베꼈을 것이라고
한다.[9] 사실 이와 비슷한 시구는 당나라 때의 시구에도 있지만 섭소옹
이나 육유만큼 아름답지는 못하다. 세 번째 구절에서 오는 봄을 막을
수 없다는 표현이 "담장 밖에 삐져나온 살구꽃 가지"라는 마지막 시구
와 잘 어우러졌기 때문이다. 어쨌건 이런 표현은 막 시작되는 봄을 그
려 내는 시인의 섬세한 감성이 아니고서는 포착될 수 없다. 섬세한 감
성이란 맑고 고요함 속에 살아난다. 어느 시가 더 아름다운지는 읽는
이의 몫이다.

　살구꽃은 보통의 사물이다. 보통 사람 같으면 눈에 들어오지 않는
다. 눈에 들어오더라도 아무 의미가 없을 것이다. 그러나 시인은 그것

8　　　위의 책, p.266.

9　　　錢鍾書 集, 『宋詩選註』, 三聯書店, 2015, p.433.

을 시적으로, 맑은 마음으로 알아차린다. 알아차리고 보니 그것이 전하는 것은 온 세상을 뒤덮는 봄 소식이다. 『장자』에서 텅 빈 가슴으로 사물을 대하라는 것은 원래 있는 것을 알아차리고 받아들이는 것이다. 이 받아들임이란 눈이나 귀 등의 육체적 감관으로 느끼는 것이 아니다. 영혼의 눈으로, 평소에는 보이지 않는 세상을 발견하는 일이다.

천정사天淨沙
마치원

등나무 고목나무 저녁 까마귀	枯藤老樹昏鴉,
작은 다리 시냇물 초가집 한 채	小橋流水人家,
옛날 길 가을바람 야윈 말 타고	古道西風瘦馬。
석양은 지는데	夕陽西下,
애끊는 나그네 하늘 끝 간다.	斷腸人在天涯。[10]

이 시는 원나라 시기 북경에서 활약한 극작가 마치원馬致遠(약 1250~1321)의 것이다. 관한경關漢卿, 정광조鄭光祖, 곽박郭璞과 함께 원대 4대 극작가의 한 사람이다. 15개의 극본과 120수의 산곡散曲이 전한다. 이 시도 송나라 때의 '사'詞처럼 노래로 불렸다. 송나라 때의 것을 '사'라고 한 것처럼, 원나라 때의 노래 시는 '산곡'이라고 했다. 이 시는 산곡이다. 전통 연극 중간에 불리는 노래 시를 '희곡'戲曲이라고 한 반면,

---

10   『中國歷代詩歌選』, 人民文學出版社, 1988, p.822.

·

평소에 불리는 노래가 '산곡'이다. '산곡'은 위의 시처럼 한 수로 끝나는 '소령'小令이 있고, 각운과 궁조가 일정하게 이어져 여러 곡으로 조합된 '대령'大令이 있다. 위의 시에서 '천정사'는 곡명이고, 본 제목은 '추사秋思다. 중국의 중고교 교과서에 언제나 실리는 명작이다. 왕국유는 이 시가 원나라 때의 노래 시 중에서 가장 뛰어나다고 평한다.

이 시에서의 이미지들은 나열되어 있다. 앞에서 본 온정균의 시 「상산조행」을 연상시키고, 또 박목월의 시 「불국사」[11]를 연상케 한다. 시인은 그것들이 '어떻다'고 하지 않는다. 가을날 길을 가는 나그네의 쓸쓸한 정경이 읽는 사람의 머리에 그림처럼 들어온다. 나그네는 시인 자신이다. 자신을 화면에 등장시키는 것은 유종원의 「강설」에서처럼 이전 시인들에게도 있었다. 시인은 맑은 눈길로 자신을 바라보고 있다. 청나라의 왕부지王夫之는 이렇게 말한다. "정경과 심경은 단어만 다를 뿐 사실은 하나다. 입신의 경지에서 시를 쓰면 이 둘이 하나가 된다." 왕국유 역시 "정경을 그린 모든 시어는 다 심경을 그린 것"이라고 말한다.[12] 시인 한 사람의 가슴속 심경이 글로 옮겨질 때, 시는 그 사람이 보는 세계를 그려 낸다. 그 세계가 보여주는 울림이 얼마나 순수한가에 따라서 그 파장도 오래가고 멀리 퍼진다.

---

11   "흰 달빛/자하문/달안개/물소리/대웅전/큰 보살//바람 소리/물소리//범영부/뜬 그림자//흐르는히 젖는데/흰 달 빛/자하문//바람 소리 물소리"(박목월,「불국사」)

12   "情景名爲二, 而實不可離。神于詩者, 妙合無垠。"(王夫之,『薑齋詩話』);"一切景語皆情語也。"(王國維,『人間詞話刪稿』)

하나됨 속에서 주옥같은 시가 나온다

어부, 하나 된 삶을 노래하다

저주서간滁州西澗

위응물

강가의 어여쁜 꽃 사랑스럽네   獨憐幽草澗邊生,

그 위의 나무에선 꾀꼬리 운다.   上有黃鸝深樹鳴。

저녁 무렵 강물 위로 쏟아지는 비   春潮帶雨晚來急,

아무도 없는 강에 빈 배 떠 있다.   野渡無人舟自橫。[1]

'저주의 서간 강에서'라는 제목의 칠언절구다. '저주'라는 지명은
지금의 안휘성 저주시를 가리킨다. 이 시는 이곳에서 자사로 있던 위
응물韋應物(737~792)이 당나라 덕종 건중 2년(781)에 지었다. 위응물은

---

1   『全唐詩』, 上海古籍出版社, 1992, p.453.

당나라 현종 시기에 궁궐에서 고위직에 있었으나 안사의 난으로 지방 관직을 전전한다. 소주 자사로 있었기 때문에 '위소주'로도 불린다. 맑고 고아한 산수 전원시로 유명하다.

그는 가끔 걸어서 저주의 서쪽 교외에 있는 작은 강 '서간'을 찾았다. 앞 두 구절은 앞뒤 짝을 맞춰서 눈앞에 펼쳐진 시각적·청각적 정경을 그려 냈다. 뒤의 두 구절은 이 시가 보여주는 남다른 '맛'을 띠고 있다. 저녁이 되자 내리는 비, 그리고 그 빗줄기 속으로 보이는 강가에는 빈 배 하나가 덩그마니 떠 있다. 시인은 이 정경이 '어떻다'고 말하지 않는다. 단지 그런 정경을 포착한 것일 뿐이다. 그러나 이 아무렇지도 않은 정경에는 깊은 어떤 것이 느껴진다. 설명할 수 없는 '맛'이다. 고적함, 외로움, 평화로움, 아름다움, 쓸쓸함, 아늑함. 이 모든 느낌이 뒤섞여 흐르면서 그 정경과 시인의 심경이 하나가 된다. 사공도가 시의 맛을 말하면서 왕유와 위응물 시의 '격'이 남다르다고 칭찬한 것은 당연하다. 아무런 수사도 가미하지 않은 채 이들의 시는 정경을 '있는 그대로'直致所得 그려 낸다.[2] 그러나 그냥 '있는 그대로'는 아니다.

회상우낙양이주부淮上遇洛陽李主簿
위응물

옛날 나루터에 초가집 짓고   結茅臨古渡,

---

2   "詩貫六義, 則諷諭抑揚蘊蓄溫雅, 皆在其間矣。然直致所得, 以格自奇。王右丞韋蘇州澄澹精致, 格在其中, 豈妨于遒擧哉?"(司空圖,「與李生論詩書」)

누워서 바라보는 회수의 강물.　　臥見長淮流。

창문 안 사람도 늙어 가려나　　窗裏人將老,

문 앞의 나무는 벌써 시드네.　　門前樹已秋。

가을 산에는 기러기 날고　　寒山獨過雁,

저녁 빗속에 먼 길 배 왔다.　　暮雨遠來舟。

날은 저무는데 객을 반기니　　日夕逢歸客,

어떻게 옛 정을 잊을 수 있나.　　那能忘舊遊。[3]

　　위응물의 이 시는 '회수 강에서 낙양 이 주부를 만나다'라는 제목의 오언율시다. '주부'主簿는 오늘날로 치면 공무원의 '주사'와 같은 옛 관직명이다. 양주에 와서 9개월 머물던 위응물은 하는 일이 잘 안 되자 774년 다시 낙양으로 올라간다. 가는 길에 회수 강변에 머물고 있는 옛 친구 이 주부를 찾아갔다. 시는 현지 나루터에 집을 짓고 사는 이 주부가 손님인 시인 자신을 반기는 장면을 묘사했다. 먼 길 배 타고 온 시인 자신이 시의 객체가 된 것이다. 이 정경을 보면 시에는 노년·만남·우정·풍광 등이 어우러졌다. 사실 이 중 어느 하나가 아니라, 이런 요소들이 어울려서 빚어 내는 어떤 조화로운 정경이다. 어느 한 단어나 생각만으로는 포착할 수 없는 그 '어떤 맛'이다. 시는 보이지 않는 정경을 찾아낸다. 보이지 않는 세계를 그려 낸다. 위 시에서 강조점을 찍은 둘째 연을 보자.

3　　『全唐詩』, 上海古籍出版社, 1992, p.446.

창문 안 사람도 늙어 가려나   窓裏人將老,

문 앞의 나무는 벌써 시드네.   門前樹已秋

잎이 누렇게 변한 가을 나무와, 창 안에 있는 초로의 친구. 시인은 이를 대조적으로 배치하며 시의를 기가 막히게 살렸다. 그런데 위응물의 이 시구는 '장차'라는 뜻의 '장'將과 '이미'라는 뜻의 '이'已 등 허사를 썼다. 글자들이 의미하는 것은 사람과 나무의 시간적인 대비다. 반대되는 뜻을 이루며 멋진 표현을 했지만 엄격하게 말한다면, 사실 그조차 장황하다.

나뭇잎 처음으로 물들던 그날   樹初黃葉日,

나의 머리카락도 희어지던 때.   人欲白頭時。_백거이

백거이의 이 시[4]에는 '방금, 막'이라는 뜻의 '초'初와 '~하려 한다'는 뜻의 '욕'欲이 들어갔다. 짝을 맞추려는 듯이 보인다. 약간의 작위적인 느낌이다. '글을 지으려는' 시인의 생각이 가미됐기 때문이다.

내리는 빗속에 빛바랜 나무   雨中黃葉樹,

등불 아래에는 머리 흰 사람.   燈下白頭人。_사공서

---

4 "節物行搖落, 年顔坐變衰。樹初黃葉日, 人欲白頭時。鄕國程程遠, 親朋處處辭。唯殘病與老, 一步不相離。"(白居易, 「途中感秋」)

어부, 하나 된 삶을 노래하다

사공서司空曙의 이 시⁵는 아무런 설명이 없다. 읽으면 그림이 되고, 그림은 그대로 읽는 이의 가슴속으로 들어온다. 내리는 빗속에 빛바랜 나무. 등불 아래에는 머리 센 시인. 설명하지 않아도 짝을 이루고 선명한 그림이 된다. 명나라 문인 사진謝榛은 이 셋 중에서 사공서의 시구를 제일이라고 평가했다.⁶ 세 사람의 시구는 똑 같은 소재, 비슷한 표현이다. 시가 얘기하려는 의미도 별 차이가 없다. 그러나 사공서의 시구가 더 멋있어 보인다. 사람들은 평소에도 이와 같은 정경을 (눈으로) 본다. 그런데 이 시는 그런 정경을 언어로 다시 집약해 놓았다. 문자 속의 소리로, 언어 속의 그림으로 발견하게 해 준다. 이게 시의 맛이다. 미묘한 차이임에도 사공서의 시구가 가장 깊은 울림을 주는 것은 다른 이유가 있다. 사공서의 시구에는 시인 자신의 어떤 의도도 안 보인다. 시인의 생각이 시구 속에 녹아들었다. 정경을 맑은 의식으로 (영혼으로) 본다. 생각은 삭아서 사라지고 영혼만이 남아 그 '빛바랜 나무'와 '머리 센 사람'이 되었다. 시를 쓴 시인인 '아'我가 없으므로 사람들은 이 시를 읽으면서 문득 가슴으로 받아들인다. 함께 운다.

가슴으로 받아들인다는 것은 육안으로 보는 것과 다르다. "귀로 듣지 말고 마음으로 들어라. 마음으로 듣지 말고 '기'氣로 들어라. 귀로 들으면 귀에 와서 닿는 소리로 그치고, 마음으로 들으면 자신의 마음에 부합하는 데에서 그친다. 그러나 '기'라는 것은 텅 빈 가슴으로 사

---

5   "靜夜四無鄰, 荒居舊業貧。雨中黃葉樹, 燈下白頭人。以我獨沈久, 愧君相見頻。平生自有分, 況是蔡家親。"(司空曙, 「喜外弟盧綸見宿」)

6   "韋蘇州曰: '窗裏人將老, 門前樹已秋。' 白樂天曰: '樹初黃葉日, 人欲白頭時。' 司空曙曰: '雨中黃葉樹, 燈下白頭人。' 三詩同一機杼, 司空爲優。"(謝榛, 『四溟詩話』)

물을 받아들이는 것이다."[7] 『장자』의 이 말이 전하는 의미는 명확하다. 선입관이나 의도된 생각 없이 명징한 의식 속에서 사람은 사물과 서로 교유한다. 여과 과정이 필요 없는 것이다. 모든 살아있는 것과 소통하고, 모든 존재하는 것과 하나가 된다.[8] 시인은 맑은 의식으로, 보이지 않는 세계의 순간순간을 포착한다. 그것이 앞에서 종영이 얘기한 '직심'直尋─그대로 찾아낸 것이다. 이는 엄우가 말한 것과 같이─선입관, 고정관념, 편견 등 '생각의 그물'에 걸리는 일 없이─"곧장 근원을 찾아가는 것"直截根源, "그대로 깨닫는 것"頓門, "곧바로 쳐들어가는 것" 單刀直入이다.[9] 직심으로 포착되면 시인의 의도로 대상을 가미하는 일 없이 그것을 그려 낸다. 정경에 심경을 실어 그려 낸 세계에서 우리는 하나임을 느낀다. 하나이기 때문에 공명한다.

유종원柳宗元(773~819)은 당 순종 영정 원년(805) 왕숙문 주도의 정치 개혁에 참여했다. 이른바 '영정혁신'永貞革新이라는 개혁 정책은 보수파와 환관들의 반격을 받고 실패했다. 앞에서 백거이 시를 얘기하면서 언급된 내용이다. 반대파의 공격을 받은 그는 호남 영주에 영주 사마라는 직함으로 귀양 간다. 당시 사마라는 직책은 아무런 권한이 없을 뿐 아니라 오히려 현지의 관할 책임자에게 감시를 받아야 했다. 심지어 숙소도 배정되지 않아 근처 암자의 곁방을 얻어 살았다.

---

7   "無聽之以耳而聽之以心, 無聽之以心而聽之以氣。耳止於聽, 心止於符。氣也者, 虛而待物者也。唯道集虛。虛者, 心齋也。"(『莊子』「人間世」) 앞의 책, p.53.
8   "獨與天地精神往來。"(『莊子』「天下」) 앞의 책, p.583.
9   『滄浪詩話』「詩辨」, 『歷代詩話』, p.687.

어옹漁翁

유종원

어부는 밤들어 서산에 묵고	漁翁夜傍西巖宿,
새벽녘 강물 길어 대나무 땐다.	曉汲淸湘燃楚竹。
안개 개고 해 솟아도 사람 없는데	煙銷日出不見人,
어기여차 소리에 푸르른 산하.	欸乃一聲山水綠。
돌아보는 하늘 끝 강물 흐르고	廻看天際下中流,
바위 위로는 무심히 구름 떠간다.	巖上無心雲相逐。[10]

　　강에서 낚시하던 어부는 자신의 배를 대고 서산 아래서 잔다. 새벽이 되자 강물을 떠다가 그곳 대나무 등걸을 때서 차를 끓인다. 여기까지는 평범한 그림이다. 새벽의 물안개 걷혔는데도 산하는 고요하다. 아무도 없다. 그때 이 어부는 '어기여차' 欸乃 하고 노 젓는 소리를 하며 강으로 나아간다. 그러자 주변을 두르고 있던 산과 강물이 일시에 푸르러 온다. 마치 어부의 그 소리가 고요한 산과 강을 깨운 듯하다. 소식은 이 시를 두고 말한다. "시라는 것은 기묘한 맛을 내야 진짜다. 말이 안 맞는 듯하면서도 이치에 맞는 것이 기묘한 맛이다. 이 시는 읽을수록 그런 기묘한 맛을 낸다." 이렇게 말한 소식은 한마디 더했다. "이 시의 마지막 두 구절은 없어도 괜찮았다."[11]

10　　『全唐詩』, 上海古籍出版社, 1992, p.876.

11　　"詩以奇趣爲宗, 反常合道爲趣。熟味此詩有奇趣, 然其尾兩句, 雖不必亦可。"(『河東先生集』卷四十三「書柳子厚漁翁詩」, 『冷齋夜話』卷五「柳詩有奇趣」)

'기묘한 맛'이란, 겉으로는 지나칠 정도로 평범한 표현인데다 허술하고 앞뒤 안 맞는 듯 보이는 문구인데 읽으면 읽을수록 가슴을 울리는 맛이다. 위의 시에서 어부는 시인이다. 어부는 아침의 정경 속에 강으로 나간다. '어기여차' 소리를 내자 그 소리가 산과 강에 울린다. 잠자던 산과 강이 그 소리에 일시에 깨어나는 듯하다. 그 순간 어부는 산과 강과 하늘과 완전히 하나가 되었다. 그 순간 열린 어부의 눈에 들어오는 것은 푸르른 산봉우리들이다. 산봉우리들은 언제나 거기 있었다. 그러나 마치 없던 산이 별안간 나타난 것처럼, 죽었던 산이 새롭게 살아나는 것처럼 탁 트인 어부의 눈과 귀에 온통 쏟아져 들어온다. 여기까지의 시적 경지만으로도 완벽했으므로, 소식은 마지막 두 구절은 없었어도 괜찮다고 말한 것이다.

이 시를 보면 당나라 전기錢起(710~782)의 시 「성시상령고슬」省試湘靈鼓瑟이 연상된다. 전기는 과거 시험을 보러 상경하는 도중 한 여관에서 머물게 되었다. 밤중에 잠 못 들고 있는데, 밖에서 누군가 시를 읊는 소리가 들린다. 그 시를 들어 보니 마지막 구절이 기가 막히게 멋있다.

> 연주 끝에 아무도 뵈지 않는데   曲終人不見,
> 강 위의 산봉우리 푸르러 온다.   江上數峰靑。

전기는 시를 읊은 사람을 찾았지만 사라지고 없었다. 그는 이 시구를 과거 시험의 시 쓰는 답안에 붙여 넣었고, 대단한 칭찬을 들으며 합격했다.[12] 시의 내용은 순임금과 그 아내들의 사랑이 배경이다. 옛날에 요임금은 자신의 두 딸 아황과 여영을 순에게 시집보냈다. 순임금

이 죽자 두 사람은 남편에 대한 사랑을 못 잊고 상강에 뛰어들어 죽었다. 이들은 강의 영혼이 되어 남편이 그리울 때마다 나와서 종종 음악을 연주하곤 했다. 전기는 이런 전설을 배경으로 그녀들의 연주 장면을 상상하여 묘사한 뒤 마지막 구절에 위와 같은 시구로 마무리한다. 아름다운 음악과 노랫소리. 그 소리 끝나는 현실의 눈앞에는 아무것도 없다. 모두 꿈이며 환상이다. 그런 연주와 노랫소리를 마음속으로 듣다가 문득 정신을 차려 보니 산봉우리들이 온통 푸르게 서 있음을 발견한다. 사랑하는 사람의 아름다운 노랫소리를 듣다 보면 하늘이 문득 푸르른 것처럼.

강설江雪
유종원

산이란 산에는 나는 새 없고	千山鳥飛絶,
길이란 길에는 인적 끊겼다.	萬逕人蹤滅。
작은 배 한 척에 삿갓 쓴 어부	孤舟蓑笠翁,
낚시하는 강 위로 쏟아지는 눈	獨釣寒江雪。[13]

---

12   "(錢)起能五言詩。初從鄕薦, 寄家江湖, 嘗于客舍月夜獨吟, 遠聞人吟于庭曰: 曲終人不見, 江上數峰靑。起愕然, 攝衣視之, 無所見矣, 以爲鬼怪, 而志其一十字。起就試之年, 李所試「湘靈鼓瑟」詩題中有靑字, 起卽以鬼謠十字爲落句, 煒深嘉之, 稱爲絶唱。"(『舊唐書』「錢徽傳」)

13   『全唐詩』, 上海古籍出版社, 1992, p.874.

「강설」은 유종원의 오언절구다. 이 시는 스무 자로 되어 있지만 시가 보여주는 정경은 한 폭의 커다란 산수화다. 앞의 두 구절은 대구로 짝을 맞춰 원경을 그렸고, 뒤의 두 구절은 초점을 당겨 근경을 그렸다. '산이란 산', '길이란 길'은 광대한 정경이다. 앞의 이 두 구절에서 이미 온 세상이 눈으로 뒤덮인 것을 알 수 있다. 강 위에 오직 한 사람만이 미미한 점처럼 보인다. 눈 내리는 강에서 낚시하는 사람은 시인 자신이다. 시인 자신이 그림 속에 들어가 고독한 정경이 됐다. 시의 첫 글자만 읽어도 '천'千·'만'萬·'고'孤·'독'獨이다. 마지막 구절은 '설'雪을 맨 끝에 둠으로써 '멸'滅과 각운을 맞추는 효과를 줬다. 동시에 이런 배치는 내리는 눈이 모든 정경을 뒤덮는 느낌을 살렸다.

그러나 시인이 묘사하고자 하는 것은 이런 단순한 서정이나 경치가 아니다. 정경에는 심경이 있다. 온 세상이 하얗게 변한 산하, 끊임없이 내리는 눈, 이런 정경에 시인만 '홀로'獨 남아서 '낚시'釣를 한다. 무엇을 낚는 것일까. 문구만 봐서는 '눈'雪을 낚고 있다. 이 시를 지을 당시 유종원은 이미 귀양살이에 적응이 되었다. 그는 자신에 대한 조정의 처벌을 거두어 주길 몇 차례 청원했지만 굴원이 당한 것처럼 조정은 그를 버렸다. 10년 동안의 귀양 생활에서 그는 이미 많은 것을 녹이고 삭였다. 아예 현지 사람이 되어 「영주팔기」永州八記 등 유명한 글을 남겼다. 위의 시는 그런 배경 속에서 탄생한 작품이다. '조개의 상처가 진주로 변하는 것'蚌病成珠처럼 고통이 시를 아름답게 한다.[14]

14   '방병성주'(蚌病成珠)라는 말은 원래 서한(西漢)의 유안(劉安)이 『회남자』(淮南子)
      「세림훈」(說林訓)에서 "明月之珠, 蚌之病而我之利"라고 한 말이 어원이다. 문학에서
      는 남조 양(梁)의 유협이 『문심조룡』「재략」(才略)에서 "敬通(馮衍)雅好辭說, 而坎

이와 같은 아름다운 시적 경지는 바로 오랜 귀양 생활 동안 고통이 삭아서 맺힌 결정이었던 것이다. 그러나 그 최고의 결정에, 고민이나 번뇌 등은 흔적조차 안 보인다.

하늘엔 나는 새 보이지 않고 땅에는 인적 하나 보이지 않는 정경 속에 시인 한 사람이 있다. 이때 자신의 심경과 같은 정경이 눈앞에 펼쳐졌다. 사실은 눈앞의 경치를 보는 것이 아니라, 문득 뜬 그 영혼의 눈이 멀리 공중에 올라가 이 거대한 정경과 강 위의 어부 자신을 내려다본 것이다. 그 순간 펼쳐진 아무런 걸림 없는 자유로움과 그 자유의 아름다움. 이것이 이 시가 보여주는 시인의 정신세계다. 그는 이 순간 대자연과 하나다. 고민이나 번뇌라는 껍데기를 벗어난 그가 이른 경지가 다름 아닌 '해탈'이다. 이 시를 고독이나 은둔으로만 해석하면 안 되는 까닭이 여기 있다. 소식은 "이 시는 누구도 감히 흉내 낼 수 없는 하늘이 준 경지"[15]라고 말한다. 고통이 삭아 없어진 그 시적 세계는 무한한 자유로움으로 펼쳐져 있다. 시인의 마음은 낚시에 있는 것이 아니다. 그가 낚는 것은 자연과 하나 된 경지다. 이것이 바로 시인이 이 시를 통해서 남긴 그의 무아지경이다.

지극히 평범하고 담백해 보이는 이 시가 가진 깊은 의미는 세상과 하나 된 시인의 자유로운 정신에 있다. 별것 아닌 것 같고 무미 덤덤한 이 시가 왜 최고의 시인가. 소식이 보는 시적인 맛의 기준은 분명하다.

"유종원의 시는 도연명보다는 아래인데 위응물보다는 한 수 위다.

壞盛世, 顯志自序, 亦蚌病成珠矣"라고 했다. 구양수의 '궁이후공'(窮而後工)과 같은 관점이다.
15   "柳子厚云: '千山鳥飛絶……' 人性有隔也哉! 殆天所賦, 不可及也已."(『東坡題跋』)

한유의 시는 호방하지만 기이함이 지나치고, 아름답고 깊은 맛은 부족하다. 담백 무미함이 중요하다는 것은, 겉으로 보면 무미하지만 그 속은 기름지고, 얼핏 보면 담백한 듯하면서도 그 속은 아름다운 것을 말한다. 도연명이나 유종원의 것이 그런 시들이다. 만약 안팎이 다 무미하고 담백하다면 별 것 아니다."[16]

소식의 이와 같은 말은 앞에서도 한 적이 있다. "질박하면서도 아름답고, 말라붙은 듯하면서도 기름진" 도연명의 시를 칭찬하면서다. 달리 말하면 겉은 평범한데 속이 아름다운 시가 진짜라는 것이다. 사람으로 비유하자면, 겉으로 평범한데 아무리 겪어 봐도 욕심 낼 것 다내고 화 낼 것 다 내는, 그런 '평범함'이라면 그런 사람은 별 것 아니다. 사람을 보았을 때, 하는 언행은 평범하고 수수하지만, 보면 볼수록 겪으면 겪을수록 속이 깊고 따뜻한 사람이 있다. 이런 사람이 진정 아름다운 사람이다. 나이가 들면서 영적인 성장도 동시에 이루어져, 원숙한 아름다움을 띠는 사람. 삶의 번민과 고통을 삭여서 벗어 버린 사람. 그런 사람의 진정한 따뜻함, 참된 아름다움 등은 겉에 드러나지 않는다. 녹아서 깊이 스며들어 있을 뿐이다. 그런 사람의 삶은 간결하고 명료하다. 무덤덤한 듯하면서도 은은한 온기를 띤다. 시도 이와 같다.

이런 시는 눈앞의 정경을 있는 그대로 그려 낸 것 같지만 실제로는 맑은 마음으로 받아들여 새롭게 펼쳐 낸 것이다. 이런 시적 세계가 바

---

16   "柳子厚詩在陶淵明下, 韋蘇州上。退之豪放奇險則過之, 而溫麗靖深不及也。所貴乎枯澹者, 謂其外枯而中膏, 似澹而實美, 淵明,子厚之流是也。若中邊皆枯澹, 亦何足道。佛云:「如人食蜜, 中邊皆甛。」人食五味, 知其甘苦者皆是, 能分別其中邊者, 百無一二也。"(蘇軾, 「題跋詩詞」)『蘇軾文集』, 中華書局, 1986, p.2109.

로 무아지경이다. 대상을 있는 그대로 그려 낸다고 해서 무아지경이 되는 것이 아니다. 자신의 정신이 무아인 상태에 이르렀을 때 비로소 무아지경이 포착된다. 다시 말하면 내 자신이 먼저 무아지경인 상태가 되어야 마침내 무아지경의 세계를 발견하게 된다. 이런 관점으로 본다면 앞에서 읽어 본 도연명, 맹호연, 왕유, 유종원 등의 많은 시야말로 무아지경에 다름 아니다. 내가 '나'를 잊었기 때문에 아름다운 정경이 눈에 '들어온 것'이다. 텅 빈 시인의 마음에 아름다운 세상이 들어온 것이다.

남곽자기南郭子綦가 책상에 기대 앉아 하늘을 향해 길게 숨을 내쉬는데, 그 모습을 보니 완전히 자기 형상을 잃어버린 모습이었다. 제자 자유子游가 그 앞에 모시고 있다가 어찌된 일인지 여쭸다. 남곽자기가 대답한다.

"자유야, 너 참 좋은 질문을 했다. 지금 나吾는 '나라는 것'我을 잃어버렸다. 너는 그걸 아느냐. 너는 사람의 피리 소리는 들었어도 땅의 피리 소리를 듣지 못했겠지. 또 땅의 피리 소리를 들었다 해도 아직 하늘의 피리 소리를 듣지 못했을 것이다."

하늘의 피리 소리, 자유는 그것이 무엇을 말하는 것인지 다시 물었다. 남곽자기는 말한다.

"그 피리 소리는 수만 가지로 다르다. 그 소리를 내게 하거나 멈추게 하는 그것은 각자의 내면에 있다."[17]

---

17 "南郭子綦隱机而坐, 仰天而噓, 荅焉似喪其耦。……子游曰: 「地籟則衆竅是已, 人籟則比竹是已。敢問天籟。」子綦曰: 「夫吹萬不同, 而使其自已也, 咸其自取, 怒者其誰邪!」(『莊子』「齊物論」) 앞의 책, p.16.

하늘의 피리 소리인 '천뢰'天籟에서 '천'天이란 하늘이 아니라 대자연이나 본연의 것을 가리킨다. 남곽자기는 '천뢰'가 무엇인지 정면의 대답을 하지 않았다. 의미 없는 질문이었기 때문이다. 그러나 이 대화를 통해서 우리는 '하늘의 피리 소리를 듣는', 즉 시적 경지에 들어가는 문의 두 가지 열쇠를 얻게 된다. 하나의 열쇠는 "내가 '나라는 것'을 잃어버렸다"吾喪我고 한 남곽자기의 말이다. 이 말은 오욕칠정에 물든 나를 넘어서서 순수한 본연의 자아만 남는 것이다. 두 번째 열쇠는 이처럼 망집의 자아를 벗어 놓았을 때 비로소 '천지가 나와 함께 생멸하고, 만물이 나와 더불어 하나임'[18]을 깨닫는다. 나비와 장자는 서로 분리된 각각의 존재가 아니었다. 꿈에서 깨고 나면 세상과 내가 하나임을 알게 된다. 이것이 『장자』「제물론」의 궁극적인 내용이다. 하늘의 피리 소리란 모든 존재하는 것의 내면에서 내는 소리다. 맑은 귀로 세상 만물의 영혼의 소리를 듣는 일. 맑은 눈으로 나를 포함한 모든 존재의 영혼의 세계를 보는 일. 그리고 그것과 어우러지는 노래를 부르는 것이다. 굴원을 만나고 떠나간 어부가 부른 것처럼. 그것이 바로 '어부의 노래'다. 어부의 노래는 세상과 내가 '하나임'을 전해 준다.

어가자漁歌子

장지화

서새산 앞에는 백로가 날고　　　　　西塞山前白鷺飛,

18　　　"天地與我竝生,而萬物與我爲一."(『莊子』「齊物論」) 앞의 책, p.31.

복사꽃 뜬 물에 물고기 논다.　　　桃花流水鱖魚肥。

도롱이 걸쳐 입고 삿갓 썼으니　　　青箬笠, 綠蓑衣,

바람 불고 비 내려도 안 돌아가리.　　斜風細雨不須歸。[19]

　'어부의 노래'라는 뜻의 노래시다. 시인에게 다섯 수가 전하지만 다른 네 수의 시는 평범하다. 이 시에서 앞의 두 구절은 정경, 뒤의 두 구절은 심경으로 조합됐다. '서세산'은 절강의 호주에 있다. '물고기'로 번역된 '궐어'鱖魚는 쏘가리다. 백로가 편안히 날고 있고, 쏘가리는 통통하게 살이 쪘다. '비끼는 바람'斜風과 '부슬비 오는'細雨 것을 즐기며 시인은 낚시를 거두지 않는다. 장지화張志和(732~774)는 당나라 숙종 연간에 과거에 급제하여 조정의 관직에 있었다. 그러나 모친과 아내가 차례로 병사하고, 관직 생활에도 염증을 느껴 젊은 나이에 은퇴한다. 그는 주로 강소 지방의 태호 일대에서 은둔 생활을 하며 『현진자』玄眞子라는 도교 문헌과 약간의 시를 남겼다. 『시식』詩式을 쓴 시승 교연, 중국 차의 경전이라고 할 수 있는 『차경』茶經을 쓴 차선 육우, 중후한 해서 서법으로 유명한 서예가 안진경과 친분이 있었다.

　이 시는 굴원을 만나고 떠나간 어부를 생각하게 한다. 바람 불고 비 오는 곳이 세상이다. 그 바람과 비를 맞으며 사는 게 인생이다. 세상과 인생을 하나로 보고 그 안에서 노니는 삶. 일희일비하지 않고 고요한 즐거움을 느끼는 삶이 거기 있다. 앞에서 강엄의 '도연명처럼 전원에 살다'라는 시나 사공도의 '홀로 바라보다' 등의 시처럼 감정이 잦

19　　『全唐詩』, 上海古籍出版社, 1992, p.112.

아든 시를 필두로 무아지경의 시들을 읽어 왔다. 이런 시들을 읽으면 마치 고요한 심경으로 술을 한잔 한 것 같은 느낌을 준다. 세상이 나와 함께 호흡하고 나와 함께 물결친다. 조화를 체험하는 것이다. 마음속 갈망과 서정을 노래하는 것이 '불평즉명'不平則鳴이라면, 이런 시들은 '조화로움을 노래한다'는 뜻으로 '화해이명'和諧而鳴이라고 할 수 있다.

굴원의 시를 비롯한 수많은 '불평즉명'의 아름다운 노래들을 감상하고, 도연명에서부터 '화해이명'의 시들이 어떻게 펼쳐져 왔는지 살펴보면서, 조화롭고 평온함을 노래하는 시적 경지는 오래전부터 열려 왔음을 알 수 있었다. 앞에서 본 것처럼 수많은 시인들이 세상과 나의 '무아지경'을 그림처럼 노래로 남겼다. 이렇게 보면 한유의 이론은 문학 창작의 가장 원초적인 동기를 설명하기는 하지만 모든 문학적 동기를 다 설명하는 것이 아니다. 다음의 시는 시가 그려 내는 무아지경이 궁극적으로 무엇을 추구하는지 그 일말의 단서를 전해 준다.

선거우의船居寓意
덕성

길고 긴 낚싯줄 드리운 강에   千尺絲綸直下垂，
물결이 하나 일면 끝없는 파랑.   一波纔動萬波隨。
고요한 밤 물고기도 잠들었으니   夜靜水寒魚不食，
한 배 가득 달빛 싣고 돌아가리라.   滿船空載月明歸。[20]

20   普濟, 『五燈會元』, 中華書局, 1994, p.275.

늘 작은 배로 강 건너는 사람을 실어 주며 살아서 '뱃사공 스님'이라는 별명을 듣던 당나라 말기의 승려 덕성德誠(820~858)의 시다. 그가 지금의 상해시 오강에서 거처할 때 지은 이 시의 제목 '선거우의'는 '낚싯배에 내 생각을 싣다'라는 뜻이다. 길고 긴 낚싯줄은 깊고 깊은 수행의 끈이다. 바람이 언뜻 불어 이는 한 개의 물결은 온 세상 가득 채우는 천만 개의 물결로 퍼진다. 하나는 모든 것이며 모든 것은 하나다. 물고기를 잡으려고 드리운 낚시는 깨달음을 낚았다. 어부는 달빛을 한 배 가득히 싣고 돌아온다.

어부의 마음은 물고기에 있는 것이 아니다. 어부의 세상살이에는 욕망의 낚시가 없다. 재물이나 권력, 명예 등의 물고기도 없다. 비가 내리고 바람이 불어도 불평하지 않는다. 탄식하고 좌절하지 않는다. 외로워하고 슬퍼하지 않는다. 그러므로 이들이 부른 노래를 들으면 고즈넉하다. 감정이 없는 듯하다. 가슴속에서 다 소화해 냈기 때문이다. 감정을 그대로 드러낸 아름다운 시들이 발효주와 같다면, 한 번 더 가공한 이런 시들은 증류주다. 발효주와는 달리 술지게미 같은 감정의 찌꺼기가 걸러진 술이다. 이런 술은 향이 깊고 오래간다. 이런 시는 맵고 시고 달고 쓰고 짠 맛을 띠지 않는다. 감정의 찌꺼기조차 녹아 증류되었으므로, 그 영혼만이 남아서 노래한다. 기쁨과 슬픔을 넘어선다. 겉으로 보기에는 맑고 무덤덤한 듯하다. 그러나 더욱 향기롭고 더욱 쉽게 취한다. 이것이 '어부의 노래'다.

그런즉, 문학으로 말하자면 시는 서정의 노래이지만 다른 한편으로는 깨달음의 노래다. 깨달음이란 신비한 어떤 것이 아니라 자아 내면의 갖가지 틀을 벗어 버리고 세상을 받아들여 나와 세상이 '하나가 된 상태에 들어가는 일'이다. 고정관념을 삭이고 감정을 녹이는 과정의 끝자락에 다다른 맑은 영혼이 부르는 노래다. 이것이 바로 눈으로 보고 귀로 듣는 것을 넘어서, 열린 가슴으로 세상과 소통하는 것이다. 비바람이 불어서 나뭇잎이 흔들리는 게 아니다. 비와 바람에 나뭇잎이 스스로 춤추는 것이다. 모든 존재하는 것의 춤과 그 노랫소리, 이것이 바로 '하늘의 피리소리'다. 시는 문학의 정수이면서도 사실은 인생과 존재의 물음에 대한 대답의 정화다. 금강석이 땅과 흙의 정수라면 시는 바로 삶의 물음에 답하는 언어의 금강석이다. 가슴에서 나와서 가슴을 아프게 하는 그 알 수 없는 연결은 '하나됨' 속에서의 교감이며 공명이다. 이것이 바로 시를 설명하면서 사공도가 말한 '맛 너머의 맛'이다.

육시옹의 말대로 시는 형상을 넘어서 본질을 그려 낸 것이다. 감성을 통해서 본성을 찾아가는 것이다.[21] 시는 명상의 결정에 서정이라는 날개를 달고 날아간다. 보이는 세상을 노래하면서 보이지 않는 세상을 그린다. 지는 꽃잎과 함께 울기도 하고, 고요한 산 경치에 미소 짓기도 한다. 감상에 젖는 개인적 희노애락의 울림을 넘어서, 너와 내가 하나 되고 사물과 내가 하나가 되어 노래하는 것이다. 오늘날 한동안 부박한 감정에 몰입하고 언어의 유희에 떠다니는 시가 있어 시를 대중들로부터 멀어지게 했지만, 본질적으로 시는 명상의 결정이요 깨침의 환호다.

언어란, 물고기를 잡는 통발과 같고, 토끼를 잡는 덫과 같다는 장

---

21   "離象得神, 披情著性."(陸時雍, 『詩鏡總論』)

자의 말을 상기하자. 궁극의 것은 통발과 덫이 아닌 것처럼 시의 본질은 언어도 서정도 아니다. 서정의 언어는 본질을 걸러내는 통발이며, 그것을 잡아채는 덫이다. 그러므로 굳이 말하자면 서정이라는 날개를 달고 더 멀리 더 깊이 '하나 된' 세계를 유영하는 것이다. 그 서정을 넘어서는 곳에 시의 힘이 있다. 시는 초월자의 노래다. '하나 된' 세계에서, 시는 인간의 희노애락을 하늘에 전하고 하늘의 말을 인간에게 전한다. 시인은 현상을 꿰뚫고 본질을 보며, 본질이 전하는 메시지를 언어로 노래한다. 그런 의미에서 시인은 노래하는 선각자이기도 하다.

시인은 '하나 된' 세계의 말을 하므로 눈에 보이는 세상의 말과 어긋날 수밖에 없다. 세상은 이를 알아차리지 못한 사람들의 세계다. 그러므로 세상은 하늘의 말을 하는 인간을 싫어한다. 역대의 뛰어난 시인이 세상으로부터 박해를 받은 것은 우연이 아니다. 시인이 노래하는 것은 '하나 된' 세계의 참모습인 까닭에, 감춰진 것을 드러내고 사라진 것을 소생하게 한다. 현실에서는 아직 나타나지 않은 것, 그러나 곧 올 것을 말하는 예언이 된다. 시는 보이지 않는 질서를 드러내어 우리에게 들려준다. 맑은 영혼을 가진 사람만이 그 소리를 듣는다. 그런 의미에서 진정한 시인은 하늘의 사람이다.

아는 이만 알 수 있는 초월자의 언어는 과거와 미래를 이어 주고 인간과 하늘을 소통시키는 진언이기도 하다. 그러므로 '하나 된' 세계에서, 시인은 인간의 평범한 말로 말을 할 수 없다. 다시 말하면, 시인은 생각으로 사유하는 것이 아니다. 통찰과 명상으로 사물 이면의 섭리를 보고 문자와 형상 이전의 언어를 사용한다. 굳이 인간의 말을 사용하자니 구부리고 뒤집으며, 함축하고 비유해야 비로소 희미한 의미가 포착된다. 그렇게 해서 시인과 화가가 그린 '한 송이 꽃'一點紅은 그저 단순한 껍데기의 것이지만 그것이 그려 낸 것은 '한없는 봄'無邊春이다.[22]

시는 술과 같다. 쌀을 익히면 밥이 되고 밥을 익히면 술이 된다.[23] 같은 쌀이지만 한 번 익히면 밥이요, 두 번 익히면 술이다. 글도 한 번에 쓰면 산문이요, 두 번에 쓰면 시가 된다. 삭히고 삭혀서 곡식의 정령이 땅의 기운과 섞인 것이 술이다. 사람의 생각도 삭고 삭아 하늘의 기운과 하나가 된 것, 그것이 시 아닌가. 술을 한잔한 것처럼 좋은 시 한 수 읽을 때, 틀에 박힌 '관념'으로부터 놓여남이 있다. 머리를 감싸고 있던 '생각'으로부터 풀려남이 있다. 놓여나고 풀려남 속에서 우리는 희열을 느낀다. 시적 정경의 새로운 세계 속에서 깨달음의 열루熱淚를 흘린다. 깨달음이란 특별한 것이 아니다. 마음속에 응고된 자아의 덩어리가 용해되어 나와 세상이 '하나임'을 체험하는 일이다. 대자유의 경지. 이것이 시와 그 예술이 사람을 공명시키는 힘이다.

---

22   "누가 저 한 송이 꽃으로／한없는 봄을 그려내는가."(誰言一點紅, 解寄無邊春。;「書鄢陵王主簿所畵折枝二首」)『蘇軾詩集』, 中華書局, 1987, p.1525.

23   산문을 밥에 비유하고, 시를 술에 비유한 것은 청대의 문인 오교(吳喬)가 『위로시화』(圍爐詩話)에서 한 말이다.

찾아보기

376

380

382